国家出版基金项目
NATIONAL PUBLICATION FOUNDATION

文化自信与中国散文丛书

吴周文　王兆胜　陈剑晖　主编

散文的文化传承与文化创新

SAN WEN DE WEN HUA CHUAN CHENG

YU

WEN HUA CHUANG XIN

梁艳萍　刘琴琴　周圣男　著

SPM
南方出版传媒
广东人民出版社
·广州·

图书在版编目（CIP）数据

散文的文化传承与文化创新 / 梁艳萍，刘琴琴，周圣男著. —广州：广东人民出版社，2020.3
（文化自信与中国散文丛书）
ISBN 978-7-218-13986-9

Ⅰ．①散… Ⅱ．①梁… ②刘… ③周… Ⅲ．①散文—文学研究—中国—近现代 Ⅳ．①I207.65

中国版本图书馆CIP数据核字（2019）第238890号

SANWEN DE WENHUA CHUANCHENG YU WENHUA CHUANGXIN
散 文 的 文 化 传 承 与 文 化 创 新

梁艳萍　刘琴琴　周圣男　著

出 版 人：肖风华

责任编辑：古海阳
特约编辑：沈晓鸣
责任校对：施 勇
排　　版：奔流文化
装帧设计：礼孩书衣坊
责任技编：周星奎

出版发行：广东人民出版社
地　　址：广州市海珠区新港西路204号2号楼（邮政编码：510300）
电　　话：（020）85716809（总编室）
传　　真：（020）85716872
网　　址：http://www.gdpph.com
印　　刷：广东鹏腾宇文化创新有限公司
开　　本：787毫米×1092毫米　1/16
印　　张：22.25　插　页：2　字　数：291千
版　　次：2020年3月第1版
印　　次：2020年3月第1次印刷
定　　价：58.00元

如发现印装质量问题，影响阅读，请与出版社（020-85716808）联系调换。
售书热线：（020）85716826

总　序

　　散文在中国源远流长、历史悠久、积累丰厚。它不仅博大精深，是中国的特产，是受西方文艺思潮影响最小的文体，而且是中国人的文化读本，也是中华民族精神的主要载体。可以说，中国散文在中国文化中占有重要的地位，是中国最大的一笔文学遗产。但是，过去我们对散文研究不够，更没有从民族复兴、当代文化建设，尤其是从国家文化战略、文化自信的高度来研究散文。有鉴于此，丛书立足于传统与现代、历史与现实，将散文看作一种精神纽带，将其同当代文化建设、民族复兴、文化自信，以及整个中华民族国民素质、精神文明水平的提高联系起来。

　　本丛书的理论起点，是基于中国散文与中国文化的一种内在逻辑关系。这种关系主要体现在三个层面：一是中国文化为散文的发展提供了丰厚的土壤，而中国散文则是中国文化的组成部分，是中国文化的一种载体；或者说，是将中国文化具体化、书面化和审美化的一种文体。二是散文与文化处于一种共构共荣、相长相生的状态：它们既共同承载着一个国家、一个民族的精神追求，体现了一个社会共同的价值标准，又是现代人的精神、感情和心灵的栖息地。三是中国文化和中国人文精神唯有在散文这种文体里，才能得到最为充分、扎实的传承和发展，这是其他文体所无法比拟的。

当前的中国已进入商业和高科技主导的信息时代，在文化转型的时代急变中，特别在物质文明取得高速发展的同时，要保证国民的精神不空虚、价值不迷失、道德不沦丧、理想不失落、审美不麻木，就必须重新发现中国散文的价值，发掘中国散文丰沃的思想文化和审美资源，以此助益当代文化建设。因此，本丛书的学术价值与现实意义主要体现在：其一，在中国传统散文中挖掘文化的价值。其二，塑造一种新的、符合现代性要求的文化人格，在反思文化中激发对文化生命理想的追求。其三，建构一种适合时代要求，能有效提高国民精神和审美感知水平的审美文化。其四，拓宽散文研究视野，改变传统散文研究就散文论散文的狭小格局。

同时，本丛书还具有较强的创新意识和体系意识。这主要从五个维度的展开与"散文文化"的提出这两个方面体现出来。

五个维度，指的是传统散文的维度、社会性的维度、中西文化融合的维度、国家文化战略的维度、精神建构与审美感知互补的维度。

"散文文化"概念是第一次提出，此前国内尚没有人提出这一概念。在此，我们有必要对"散文文化"进行一点阐释。

以往我们一般提"诗文文化"，但由于我国有强大的诗歌写作传统，且诗歌一直被视为最高级的文学样式，所以在许多研究者那里，诗被抬到了至高无上的地位，而"文"却越来越边缘化。事实上，自唐代举行科举考试后，人们便越来越重视"文"，由是散文的作用也就越来越大。及至"桐城派"，散文更是影响了一个时代的文风。所以，从文学史的演进发展来看，"文"对中国文化和人们日常生活的影响最大，它比小说、诗歌更全面、更深刻地影响着当代文化。尤其在信息化的互联网时代，因全民性的网上写作，散文更是全方位地影响着当代的日常生活。

中国"散文文化"的价值，首先体现在它与普通人的日常生活的关系上。散文既是一种文学写作，又是一种文化操作实践，一种面对现实生活和广大民众的独特发言。从古至今，散文都是从中国文化最根基性的部位，真实记录历史、社会和普通人的日常生活的。散文作为一种根基性写作，作为中国文化的一部分，已渗透进每一位中国人的精神血脉之中。它在不同的领域被应用，并以其潜在、缓慢又富于韧劲的特有气质参与到当代文化建设中。

其次，"散文文化"是中华民族情感的结晶。我们看历史上那些优秀的散文，无不体现了中华民族的感情结构和心理结构，正所谓："读诸葛孔明《出师表》而不堕泪者，其人必不忠。读李令伯《陈情表》而不堕泪者，其人必不孝。读韩退之《祭十二郎文》而不堕泪者，其人必不友。"可见，散文这种文学形式在整个中国文化当中占据非常重要的地位，它凝结着中国人的思想价值、文化理想，渗透进了中华民族浓浓的情感基因。从这个意义上说，我们研究中国散文就不仅仅是研究一种文字的写作，而是探究一种深植于文化中的大爱和人文情怀。我们的散文研究，要尽量透过散文作品的表层文字，挖掘出深藏于文字背后的民族情感原型和精神原型，使其更好地融入当代文化建设中。

再次，"散文文化"还凝聚着中华民族的智慧。中国的散文里充满了一种东方式的智慧，这种智慧有两个特征：一是"以寓言为广"。如《庄子·养生主》中的"庖丁解牛"，就相当典型地体现出庄子诗性智慧写作的特色，这个寓言主要通过庖丁高超的解牛技巧来隐喻某种生存之道。二是倾心于"平常心是道"的禅风与"以心传心，不立文字"的直觉思维方式。柳宗元的《始得西山宴游记》、苏轼的《记承天寺夜游》都是颇具"禅味"的散文小品。

中国的"散文文化"犹如一条大河，它时而波涛汹涌，时而涓涓细流，时而泥沙俱下，时而明净清澈。但不管如何曲折和难以辨析，"散文文化"都是中国人不容忽视的一笔精神财富和文学遗产。梳理、辨析"散文文化"传统的同时，再看看中国当代文学，我们深感中国当代文学从新时期之初开始，骨子里就缺乏一种文化自信和文化自觉。由于缺乏文化的主体性，才会一切唯西方马首是瞻，抱着如此矮化自己的奴性心态，中国当代文学怎么有可能进入"世界文学之林"？所以，在当下这样一个互联网、新媒体和传统文化相碰撞、相融会的时代，中国当代文学的确有必要回归到产生诗性的原初之处，回归到我国"散文文化"的伟大文学传统中。我们当下的文学创作与研究只有从"散文文化"中获取营养，才能使自己孱弱的身体强壮起来，在实现中华民族伟大复兴的新时代中精神饱满地再出发。本丛书的出版即是在这方面作出的有益尝试和探索。

吴周文　王兆胜　陈剑晖

2019年10月20日

目
录

contents

导　论

中国散文的文化嬗变

　　中国是一个诗的国，也是一个散文的大国。从历史上看，文体二分，即分为诗与文。先秦时代的《诗》《书》《易》《礼》《春秋》，后四者都是文，也是广义上的散文。中国散文在历史上，一直是不可或缺的文体，与诗歌、小说、戏剧比肩并立，虽然不能说散文高于其他的文体，但至少是不低于其他文体，具有相当重要的地位的。

　　诗文的承传，经历了历史的变迁，重诗或重文，或者此消彼长，或者比肩而行，从始源到当下，文脉不绝，源远流长，形成了中国散文的文化传统。从《书》《易》《礼》《春秋》到两汉、三国、南北朝散文，到唐宋八大家及其唐宋散文，再到元明清散文，都被视为古代散文。无论是历史散文、山水散文、策论杂文、碑铭行状、骈文辞赋等，都是散文的不同外在形体与形式。散文体式因时代的发展而产生，散文精神也发生了多次转向，但有一条线始终贯穿其中。中国古代散文一直有一个重要的精神内核在其中，这就是中国伦理文化的传承。从司马迁、班固、曹丕、陶渊明、吴均，到韩愈、柳宗元、苏轼、欧阳修，再到归有光、张岱、袁宏道……基本没有脱离伦理文化的先例。

　　笔者认为，古代散文的伦理文化，主要显现为家国同构、伦理教化。中国传统文化和散文写作，也往往会凸显或者隐含着这种理念与思想。仁为核心，礼为纲序，乐为教化，以期达到至善之境。

《礼记·乐记》说："礼乐皆得，谓之有德。德者，得也。"郭店楚简《五行》云："德，天道也。"这种道德伦理，在《周易·序卦传》里有更为细致的表述："有天地然后有万物生，有万物然后有男女，有男女然后有夫妇，有夫妇然后有父子。有父子然后有君臣，有君臣然后有上下，有上下然后礼仪有所错。"古人的生活基本是遵循着这样的秩序来进行的，上下有序，"至道大形，隆礼至法，则国有常"。古代散文一代代的发展、演变，作者、形式、语言虽有变化，但文化内核并未见扩容或者骤变。日本美学家今道友信是国外研究中国美学的重要学者，也是日本研究中国美学的第一人。他指出："中国人在论及自己与世界的根源时，都遵循'道'，即天地大自然的造化的理法，或者说是贯穿世界的宇宙秩序。"①正是这样的世界观、宇宙观，让中国古代文人都没有走出循道而行、为道而文的创作之路。即使有"文章合为时而著"，即使有"放诞不羁""独抒性灵"，也并没有完全脱离伦理文化的窠臼和桎梏，从而被顾炎武批评为"败坏天下"。

中国散文挣脱古代家国同构和纲常伦理的束缚，应该是自国门被坚船利炮打开，各种思想、理论逐渐通过欧美和日本两个渠道进入中国之后开始出现的。一方面，基督教进入中国，用引车卖浆之徒的语言翻译的新旧约全书，给国人带来了一种异质文化；另一方面，中国人出使西洋、日本，开眼看世界，催生了新的散文形式。魏源编著的《海国图志》，冯桂芬的《校邠庐抗议》，王韬的《弢园文录外编》，郑观应的《盛世危言》，郭嵩焘的《使西纪行》，钱单士厘的《癸卯旅行记》《归潜记》，等等。这些散文犹如一扇打开的窗户，让当时的读者看到了不同的文明和早已经超越了个人认知的世界。这些作品直抒胸臆，沉潜思考，一如王韬所指出的："文章所贵，在乎纪事述情，自抒胸臆，俾人人知其命意之所在，而一如我怀之所欲

---

① 今道友信编：《讲座美学》第一卷，东京大学出版会（日本）1984年版，第215页。

吐，斯即佳文。"①

当然，这一时期并行的还有龚自珍的散文。《明良论》凸显政治改革家敏锐的观察能力和独特的洞见；《说京师翠微山》也是其人格精神的显现；至于读者所熟悉的《病梅馆记》则既是其文化观念的阐述，亦是其拯救天下的热望与政治文化理念的表达。其后桐城散文的中兴，则有以梅曾亮、方东树、曾国藩等人为代表的散文写作。比较优秀的作品有梅曾亮的《记日本国事》《吴淞口验功记》，方东树的《书惜抱先生墓志后》《汉学商兑》，曾国藩的《日记》等。梅曾亮虽说"文章之事，莫大于因时"（《柏枧山房文集》卷二《答朱丹木书》），但囿于传统和保守的思想理念，此间散文依然缺乏社会内容。

这一时段的散文，文辞虽有扩展，但文化传承上依然延续了前代的散文传统，而实践上则维护"文家正轨"的道统。冯天瑜等在《中华文化史》中以"垂暮气象"形容清代的文化特征，指出："清代的中国封建社会已步入苍老之境，旧的事物正在走向没落，其衰亡征象日益鲜明。新生的趋向近代的文化因子，渐益滋长，渐益广泛，并日益活跃地为自己的未来开拓道路。"②

中日甲午战争战败，洋务运动破产，散文的桐城派传统也失去了活力，走向终结。公车上书，政治改良，散文"新文体"开始出现。梁启超倡导"文界革命"，将古语变为俗语，进行话语形式的革命，认为要以"流利畅达之笔"来写文章。康有为、梁启超、谭嗣同的散文，就是这时散文风格的代表。"变亦变，不变亦变"，文笔激变，文体殊异，开一代风气之先。散文的发展开始进入一个新的阶段，影响深远。

进入20世纪，王朝的大厦崩塌，文学革命风靡一时。白话文运动

---

① 王韬：《自序》，《弢园文录外编》，辽宁人民出版社1994年版。

② 冯天瑜、何晓明、周积明：《中华文化史》下册，上海人民出版社2005年版，第713页。

由初始的稚拙，走向枝繁叶茂、硕果累累的成熟，此时散文名家和作品很多。胡适、鲁迅、周作人、郁达夫、林语堂、俞平伯、叶圣陶、朱自清、沈从文、废名、何其芳、张爱玲……散文真正开始了为人的写作，为人的抒情。厨川白村的理论影响了现代散文的发展，essay的理念为现代散文所接纳。"在essay，比什么都要紧的事件，就是作者将自己的个人底人格的色彩，浓厚地表现出来。"①刘半农的《我之文学改良观》、傅斯年的《怎样做白话文》、周作人的《美文》、鲁迅的《怎么写》都是对散文写作的理论探索与实践总结。"任性而谈，无所顾忌""发表自己所要说的话"，成为这一时期散文的文化特征。

随后，由于战争与时代的发展，散文的写作和界说发生了很大的分歧，直至走向同化。散文要"写光明"，个性必须从属于集体。当代前半叶的散文文化生态显得单薄而苍白，"形散而神不散"犹如一个桎梏，框定了散文的写作。杨朔、秦牧、刘白羽的作品是这一时期散文的表征，虽然短时间内有所松动，但大体没有逃出这个藩篱。

新时期以来，散文彻底挣脱了枷锁，释放了自己的本性，繁荣发展，作品多元。从其文化表达来看，作家恢复了自我意识，有独语意识、参与意识、创新意识、世俗意识等多重表达。②作为一次散文革命，该时期参与创作实践的作家众多，老中青新几代人都写出了自己优秀的作品。如巴金、张中行、王世襄、汪曾祺、宗璞、张承志、周涛、史铁生、李劼、韩少功、李存葆、方方、钟鸣、苇岸、刘亮程、张锐锋、冯秋子、魏天真、习习、李修文、小引……名字还可以继续列下去，他们如群星一般，铸就了散文的辉煌与文化的传扬。

---

① 厨川白村著，鲁迅译：《苦闷的象征 出了象牙之塔》，人民文学出版社1988年版，第113页。

② 梁艳萍：《世纪末散文审美意识的嬗变》，《山花》2001年第3期。

第一章

散文的文化理解与文化认同

每一种文学形态都有其特定的时限性和场域性，在不同的历史舞台与社会语境中产生不同的反响。"散文"这一文学门类，与诗歌、小说、戏剧等形式鲜明的文学形式相比，在中国古典文学的舞台上可谓包含甚广，除了诗，一切汉语文章都可以归于散文的行列。

从混沌未开走向独立自觉，散文在漫长的演进之路上，积蓄了强大的艺术能量，留下了辉煌的历史文化遗产，长期居于中国古典文坛正统和正宗地位，被称为文体之源、母体之文。而散文作为传承中国文化较直接、较丰富、较普遍的一种载体，在文化领域也独领风骚，是贯穿中国文化思想发展过程的重要因素。

那么，散文是如何在历史文化洪流中涌动向前的？这要从中国古典散文的萌生阶段开始说起。在此之前，先要对"古典散文"这一概念加以理解和说明。

中国古典散文之范畴，从时间上看，"古典"与"现代"相对，古典指向历史、过去；从内涵上看，"典"即典范、法则、标准，古典所代表的不只是一种久远的时间跨度，还指向传统、本真、自然。学者杨庆存在阐释"中国古代散文"的概念中指出，这是一个"现代人使用的概念"，"实质上是在现代意义的'散文'概念基础上返视中国古代作品而出现的一个新概念"。[①]但这仅仅是今之学人用以区

---

① 杨庆存：《散文发生与散文概念新论》，《中国社会科学》1997年第1期。

分古今之别而创设的一个名称，"现代意义的'散文'概念是不适宜于研究中国古代文学作品的"。不过基于古今散文有"共通或相近"之处，有"承传弘扬的连结点"，创用这样一个概念对"古代散文"进行"限定和说明"，不失为一种合理的研究方法。理清了这一层关系后，杨庆存接着对"散文"概念进行了辞源学考证，否定了"散文"概念源自西方的看法，列举了"散文"一词在古典文献中的多项出处，指出中国"至晚在公元12世纪中叶，人们就已经开始使用具有文体意义的'散文'概念了"。《朱子语类》《鹤林玉露》《辞学指南》《文辨》多处使用"散文"概念，具体的例证如："若散文，则山谷大不及后山。"（《朱子语类》卷一四）"散文至宋始是真文字，诗则反是矣。"（王若虚《文辨》）通过对征引资料的进一步考察，杨庆存得出了这样的结论：古代"散文"的概念多与骈文、诗歌、韵文对举，三者之间依据文本语言形式上的特点进行划分。同时，"散文"也与"文""文章""古文"等概念既有联系，又有区别。①通过这些论述，我们可以看出，"散文"这一概念十分含混，虽没有形成单独的门户，但它涵盖了古代大部分文章。多数学者也是这样限定"散文"的研究范围，如郭预衡先生曾在《中国散文史》序言中表明，写这部散文史，目的是"从汉语文章的实际出发，写出中国散文的传统"，无论是文学散文、各类论说杂文、骈文辞赋统统包罗在内。②无疑，"散文"含混的内涵和广阔的外延大大拓展了自身的发展空间，同时也容易从一个极端走向另一个极端，造成散文主体迷失的困境，同时也增加散文理论研究的难度。

然而，考察"散文"的渊源不是为了创造"放之四海而皆准"的定理公论，也不是为了证明"推之百世而不悖"的研究方法，只是为了理解和认识"散文"文体的博大格局。无论是将视野放诸"一切汉语文章"的汪洋，还是对散文文本进行精挑细选式的鉴定，可能最终

---

① 杨庆存：《散文发生与散文概念新论》，《中国社会科学》1997年第1期。
② 郭预衡：《中国散文史》上册，上海古籍出版社2011年版，第1页。

都会殊途同归。因为，对彰显散文文体的主体性而言，概念的界定与对象的选择似乎并不那么重要。"我们就这样迷迷糊糊理解就好"的态度反而更能接近"散文"的本质，也更有利于对其进行价值向导和文化认同层面的观照和思考。

回到前面的问题，对"散文"进行文化理解需从它的源头开始谈起。文化源自人的需求和能力，文学亦是如此。一般认为，古典诗歌源于"孕而未化的语言"[1]，古典散文始于巫卜之术和文字记事。早在商代的甲骨刻辞和钟鼎铭文中就可以找到以"文"占卜和记事的痕迹，如这条"卜雨"的卜辞："癸卯卜，今日雨。其自西来雨？其自东来雨？其自北来雨？其自南来雨？"[2]（标点为作者所加）从表现形式来看，这片甲骨卜辞语言简单朴素、句式整齐、节奏鲜明，与普通的口头语言相比，稍稍显出一丝辞采声韵之美。而后承继卜辞衣钵的《周易》经文，与卜辞相比，句型更为复杂，多了一些比兴、象征和哲理的意味，如"复：亨。出入无疾，朋来无咎。反复其道，七日来复。利有攸往。"[3]"贞吉，悔亡；憧憧往来，朋从尔思。"[4]"弗遇过之；飞鸟离之，凶，是谓灾眚。"[5]这些卦爻辞的文辞仍十分简约，且表意模糊，尚不能算作散文的文本雏形。这些占卜之文的出现至少说明一点，散文和诗歌一样源远流长，又因为记言记事的现实需要，散文地位逐渐上升，散文体式因时而变，散文精神也发生多次转向，成为古典文学疆域的一大文化景观。

文学是时代精神的自然延伸，散文文化循着时代文化之径前行，古典散文的演进之路与古典文学乃至古典文化的走向并行不悖。历史学家傅斯年将中国文学史分为四期并为每期定一专名：第一期，上古，自商末叶至战国末叶，"文学自由发展期"；第二期，中古，自

---

① 闻一多：《神话与诗》，武汉大学出版社2009年版，第159页。

② 陈年福撰：《殷墟甲骨文摹释全编》第三卷，线装书局2010年版，第1206页。

③ 朱熹注，李剑雄标点：《周易》，上海古籍出版社1995年版，第69页。

④ 朱熹注，李剑雄标点：《周易》，上海古籍出版社1995年版，第81页。

⑤ 朱熹注，李剑雄标点：《周易》，上海古籍出版社1995年版，第131页。

秦始皇统一至初唐之末，"骈俪文体演进期"；第三期，近古，自盛唐之始至明中叶，"新文学代兴期"；第四期，近代，自明弘嘉而后至今，"文学复古期"。①作为古典文学的一支主流，散文的转向与分期大致与此相同。笔者参照这一分期，拟将古典散文分为以下四期：

第一期，从"文"到"人"。散文"学术"时代，先秦诸子散文到秦汉史传散文的文化裂变。

第二期，由"论"到"品"。散文"文学"时代，六朝骈俪散文走向鼎盛。

第三期，"边缘"至"核心"。散文"变革"时代，唐宋古文家散文的"载道"之路。

第四期，"式微"到"终极"。散文"复古"时代，明清"复古派"散文与"性灵派"散文的角逐。

然而，历史是连续的，不存在明确的分割点，分期只是人为制造的界限。历史时期之间的过渡是模糊的、渐进的，有学者将这一过渡模式形象地称作"黎明的喧嚣"②。黎明到来之际，黑夜白昼交替，多种声音混杂，历史分期所描绘的就是这样的情景。因此，上述分期的时间节点都是模糊划分的，只为表明变迁之迹、发展次序。简言之，本章拟将古典散文略分为秦汉文、六朝文、唐宋文、明清文四期，每一期选取的具体作品都是基于其文学意义而言。这些作品都是历史转变之际，经得起讲述的"黎明的喧嚣"，在它们身上，我们可以看到，暗与明、旧与新在喧嚣中碰撞、消融直至走向和谐。这恰似文明走过的历程。

---

① 参见《新潮》第1卷第2号，1919年。

② 马歇尔·布朗撰，都岚岚编译：《黎明的喧嚣——历史时期过渡的模式》，《上海交通大学学报》（哲学社会科学版）2009年第5期。

第一节　从"文"到"人"：诸子散文到史传散文的文化裂变

先秦两汉时期是我国散文的发端和奠基期，在"巫文化"和"史文化"两种文化源流的影响下，散文经历了从以"文"为中心的诸子散文到以"人"为中心的史传散文的裂变。

先秦时期，散文主要呈现为两种形态：一种是由巫卜之辞发展而来的诸子散文，儒墨道法等学派"蜂出并作，各引一端，崇其所善，以此驰说，取合诸侯"[①]，一时间，论辩、说理之风蔚起，开启了尚"文"的散文学术文化时代；一种是由史家记事发展而来的历史散文，代表作品主要见诸《尚书》《春秋》《国语》《左传》《战国策》等历史典籍，这些著作中不乏情节生动、叙事艺术高超的记叙散文，也不乏颇具辞采、铺陈得当、微言大义的记言记人散文，是后世"古文"效仿的典范。秦朝大兴文化专制，诸子之文遭到"燔灭"，刘勰称之为"秦世不文"[②]，散文发展一度停滞。到了西汉，天下一统，众体皆备，贾谊、枚乘、司马相如、扬雄等作家以辞赋体书"盛世鸿文"，陆贾、贾山、晁错、王符等作家以政论文扬先秦诸子之风，司马迁、班固的史传散文更是代表了一代散文的新高度，而这一时期散文的集大成者当属《史记》，它堪为古代散文的一座高峰。

一、诸子散文的自由之隅：庄子哲理散文

道家一派乃至诸子散文中最具文学色彩和审美意味、风格最为独特的莫若庄子散文。鲁迅先生曾言，诸子中，"文辞之美富者，实惟道家"。他这样评述庄子其人其文："庄子名周，宋之蒙人，盖稍后于孟子，尝为蒙漆园吏。著书十余万言，大抵寓言，人物土地，皆空言无事实，而其文则汪洋辟阖，仪态万方，晚周诸子之作，莫能先也。今存三十三篇，《内篇》七，《外篇》十五，《杂篇》十一；然

---

① 班固编撰，顾实讲疏：《汉书艺文志讲疏》，上海古籍出版社1987年版，第166—167页。

② 刘勰：《文心雕龙》，上海古籍出版社2010年版，第15页。

《外篇》《杂篇》疑亦后人所加。"①如鲁迅所言,庄子文章多是精妙的寓言,描摹世间万物,全凭丰富的想象力,气势磅礴,千姿百态,舒卷自如,晚周诸子之文,没有一篇比得过它。

郭预衡先生在《中国散文史》中提出,承续甲骨卜辞和《周易》文风的散文有四类:"一是《易传》一类的哲理之文;一是《山海经》一类的传奇志异之文;一是老子、庄子那样的谈玄论道之文;一是屈原、宋玉等的赋体杂文。"②笔者以为,将巫卜之风发扬得最充分的便是庄子散文,因其不仅深谙"谈玄论道",还兼具其他三类散文的特点。如它的言辞瑰玮,体物浏亮,可与赋体之文争奇斗艳;以大量虚诞的寓言推阐哲理,比《易传》说理更为生动、精妙;构造出奇特荒诞的想象世界,颇具《山海经》传奇志异之文的崇高之美。当然,这些都是形式层面的判断。从文化视角上看,庄子散文的独到之处在于,它受原始先秦巫文化的精神浸润最深、最明显,并对巫文化进行了创造性的吸收和阐发。

巫文化源自人类对自然的崇拜。远古时期,人们信奉自然万物皆有灵,通过"巫"连通神灵,便可在自然神灵的导引下,掌握自己的命运。巫术仪式庄严神秘的气氛及一系列复杂的程序也影响了后来的文学艺术,如神话传说、古典书画、歌舞、戏曲等,关于巫与文学艺术的渊源,文艺理论家及文化人类学家已经进行过多次论证,这里无须赘述。可资揣度的是,庄子散文荒诞玄妙的风格大抵源于此,而庄子追求的"天、地、人、物、道"万物齐一的人生观便是对巫文化自然崇拜的情感认同。

翻开庄子散文,仿佛遁入奇幻之境。如《逍遥游》开篇创设的怪诞之景:

> 北冥有鱼,其名为鲲。鲲之大,不知其几千里也。化而为

---

① 鲁迅:《汉文学史纲要》,北京联合出版公司2014年版,第14页。

② 郭预衡:《中国散文史》上册,上海古籍出版社2011年版,第19页。

鸟，其名为鹏。鹏之背，不知其几千里也。怒而飞，其翼若垂天之云。是鸟也，海运则将徙于南冥。南冥者，天池也。

《齐谐》者，志怪者也。《谐》之言曰："鹏之徙于南冥也，水击三千里，抟扶摇而上者九万里，去以六月息者也。"野马也，尘埃也，生物之以息相吹也。天之苍苍，其正色邪，其远而无所至极邪？其视下也，亦若是则已矣。[①]

庄子在《逍遥游》开篇中描绘了一个无穷大的世界，北海有一条大鱼名为"鲲"，鲲身形巨大，不知道有几千里。鲲变化成鸟，名为"鹏"，鹏的背如此之大，不知道有几千里。鹏振翅而飞，它的翅膀就像延伸到天边的云。这只鸟在海潮澎湃时顺势迁往南海。南海是一个天然形成的大池。《齐谐》是记载传奇志怪的书，据书中所载：大鹏迁往南海时，击水而行三千里，环绕旋风直上九万里高空，乘着六月的大风飞去。野马般的游气，飞扬的尘土，随着生物的鼻息飘动。天色苍茫，那是天本来的颜色吗？还是它无限高远没有边际的缘故？大鹏俯视大地，看到的也是这般吧。

庄子以文学化的想象力，借巨大无比的鲲鹏形象比照出一个无限大的世界，这个世界远离现实，可称为"无何有之乡"，是庄子的精神世界，象征着绝对自由之所在，看似形象化的描述语言，却蕴含着无限的哲学意味。清人刘熙载定是体悟到了庄子语言的哲学意味，专拣"怒而飞"一语加以评论："文之神妙，莫过于能飞。庄子之言鹏曰'怒而飞'，今观其文，无端而来，无端而去，殆得'飞'之机者。乌知非鹏之学为周耶？"[②]

日本美学家今道友信对庄子这段"巨鸟形象"的开篇深为赞赏，忍不住逐句对其进行"光的形而上学"的解释："在昏暗的北海中回

① 方勇译注：《庄子》，中华书局2010年版，第2页。
② 李天纲、张安庆编：《海上文学百家文库：刘熙载卷》，上海文艺出版社2010年版，第10页。

游的巨鱼","这巨鱼的名字叫鲲",因为"'北',在中国古典里意味着阴,也就是两极中否定的一极,那是昏暗的、地的方向"。"从北方的海飞向南方,这就是向积极的一极,向明亮的、充满光的方向也即天的方向飞去。这意味着向绝对的东西飞去"。"'南冥者,天池也。'天池,在形象的图式上应该是被当作点来考虑的,因为池与海相比较乃是远为渺小的东西。""鱼变为鸟的这个转化即鲲必须化生为鹏这个形变,意味着思维的转换、思维的质变的必然性。""'扶摇'这个词意思是旋风,卷起漩涡的飓风。它象征着思维的回旋式的运动。""作为新型思维的形象鹏,就不单单是回旋了,而且还乘着涡卷的飓风,盘旋着高飞上去……"今道友信围绕"光"的存在对"鲲鹏"意象进行了哲学式的引申,他认为,"庄周是人类精神向一的还归","是精神触及光本身,精神的沉醉在光也就是一中得到实现"。"在光里的这种陶醉即恍惚浮游,庄周名之为逍遥游。他视此为人生的充实,而且认为人类精神只通过思索就能获得这样的逍遥游。"①这样的解释令人迷醉,如今道友信所言,看似充满幻想的《逍遥游》,实则含有深刻的哲学内容,他所谓"光"的思维即是庄子对"绝对自由"的无限追求。

美妙的开篇告一段落,接着,庄子开始阐发议论。他写到蝉和鸠两只渺小虫鸟的讥诮、朝生暮死的菌草、上古长青的神树冥灵和大椿、高寿的彭祖等,言明"小知不及大知,小年不及大年"之理,并通过"汤之问棘"对鲲鹏之姿进行转述,言辞稍有变化,对鲲鹏的形象进行了补充说明,并以斥鴳无知无畏的讥笑之语对"小大之辨"进行了重申,没有论定之语,但生动呈现了"小知"者身居狭隘而不自知的心理。随后笔锋跳转,由物及人,从超凡之境回到现实,以"宋荣子"毁誉不惊、淡然处世,"列子"御风前行、飘然自得的人生境界为参照,阐明即便达到他们这样的境界,仍然是"犹有未树也",

---

① 今道友信著,蒋寅等译:《东方的美学》,三联书店1991年版,第123—127页。

"犹有所待者也"，都不算真正的逍遥游，"若夫乘天地之正，而御六气之辩，以游无穷者，彼且恶乎待哉？"因为在庄子看来，真正的自由是无所凭借的，具体表现为三个层次："至人无己，神人无功，圣人无名。"

《逍遥游》接下来的篇幅，对"无己、无功、无名"进行了详细阐述。"尧让天下于许由"和"肩吾问于连叔"两节，通过许由"予无所用天下为"、连叔解析"姑射之山"神人、宋人以己度人等例子，意在说明"无己、无功、无名"乃是超然于功名、忘却于物我，方能达到"逍遥"的境界。怎么才能做到？庄子和惠施关于"有用无用"的对话中给出了答案。惠施认为大瓠虽大，却没有实际用处，但在庄子看来，与其以浅薄之心忧虑"瓠落无所容"，"何不虑以为大樽，而浮于江湖"，还列举了"不龟手之药"在宋人手里无所大用，却在吴王大败越人中发挥作用，"能不龟手一也，或以封，或不免于洴澼絖，则所用之异也"。同一物，使用方法不同，用处也大不一样。惠施认为大树无用，因"其大本拥肿而不中绳墨，其小枝卷曲而不中规矩，立之涂，匠人不顾"。庄子却说："今子有大树，患其无用，何不树之于无何有之乡，广莫之野，彷徨乎无为其侧，逍遥乎寝卧其下。不夭斤斧，物无害者，无所可用，安所困苦哉！"何故担忧大树没有用处，把它种在"无何有之乡"，悠然躺在树下，何其逍遥，这样一来再没有什么东西会伤害它。它没有什么用处了，怎么还会有困苦？脱离了"有用"之境，才能摆脱苦厄，回归自然本性，这便是无用之用。物犹如此人亦然，真正的有用即无用，正所谓"无路可走，卒归于有路可走"①，不为现实之用所累，"独与天地精神往来，而不敖倪于万物，不谴是非，以与世俗处"②。"虚己以游世"，方得逍遥自在。

---

① 李天纲、张安庆编：《海上文学百家文库：刘熙载卷》，上海文艺出版社2010年版，第10页。

② 方勇译注：《庄子》，中华书局2010年版，第583页。

刘熙载在《艺概·文概》中说："庄子文看似胡说乱说，骨里却尽有分数。"《逍遥游》确如其所言，自"鲲鹏"虚言始，至"自由"真言终。他还说："庄子文法断续之妙，如《逍遥游》忽说鹏，忽说蜩与莺鸠、斥鹦，是为断，下乃接之曰'此小大之辨也'，则上文之断处皆续矣。而下文宋荣子、许由、接舆、惠子诸断处，亦无不续矣。"通读《逍遥游》全篇，可以发现，庄子对"自由"至真至纯的精神追求，不只在某一个片段里显现，而是倾注在全篇文章的思想、感情中。而看似散漫无边际的想象、对话和故事，正是庄子为人为文悠然自得的真实写照。所以说，"意出尘外，怪生笔端"，全因"彼其充实，不可以已"①。庄子向来就有这样的自信。

《逍遥游》只是庄子散文的冰山一角，但"逍遥"却能涵盖庄子散文的全部内容。

二、史传散文的一座高峰：司马迁《史记》

司马迁《史记》不仅是中国史书的典范文本，同时也是中国文学史上的一座高峰，代表了秦汉史传散文的新高度。鲁迅先生称《史记》"不失为史家之绝唱，无韵之《离骚》矣。惟不拘于史法，不囿于字句，发于情，肆于心而为文"②。《史记》如其所言，以史学和文学两种面貌切入了它所开启的时代。

谈及文化的起源，人们常常诉诸神话和巫术的力量，中西方皆是如此。根据德国哲学家卡西尔的看法，"在人类文化的所有现象中，神话和宗教最难相容于纯粹的逻辑分析"③。大概是因为神话和巫术（原始宗教）"一团混沌""莫名其妙""超自然超理性"的神秘特性，用来解释人类蒙昧初开之时的文化情境更为合宜，于是中西方文艺理论都有文学艺术起源于"巫术"的说法。西方文化从古典神话想象和巫术思想的时代过渡到宗教时代，中国文化则从"巫文化"时代

---

① 方勇译注：《庄子》，中华书局2010年版，第583页。
② 鲁迅：《汉文学史纲要》，北京联合出版公司2014年版，第44页。
③ 恩斯特·卡西尔著，甘阳译：《人论》，上海译文出版社2013年版，第121页。

直接进入"史文化"时代。关于中国巫史文化的分离和演变，鲁迅有一段十分形象精妙的论述：

> 原始社会里，大约先前只有巫，待到渐次进化，事情繁复了，有些事情，如祭祀，狩猎，战争……之类，渐有记住的必要，巫就只好在他那本职的"降神"之外，一面也想法子来记事，这就是"史"的开头。况且"升中于天"，他在本职上，也得将记载酋长和他的治下的大事的册子，烧给上帝看，因此一样的要做文章——虽然这大约是后起的事。再后来，职掌分得更清楚了，于是就有专门记事的史官。文字就是史官必要的工具，古人说："仓颉，黄帝史。"第一句未可信，但指出了史和文字的关系，却是很有意思的。①

在鲁迅先生的轻松漫谈中，"巫"向"史"的转变过程清晰可见，这一转变不仅展现了史官对文字记事的贡献，同时也昭示着"史"的发展对文学乃至文化的巨大影响。清人章学诚在《文史通义·内篇·易教上》指出："六经皆史也。古人不著书，古人未尝离事而言理，六经皆先王之政典也。"②言明包括"六经"在内的所有典籍和文字都是史料。刘师培作《古学出于史官论》和《补古学出于史官论》，对中国古代学术总汇之"史"进行了考察，他指出："是则史也者，掌一代之学也。""吾观古代之初，学术铨明，实史之绩。""故有周一代，凡一国之事迹，莫不详书，则置史官之效也。"③这些论述皆对"史官文化"在中国古代文化史上的地位给予了肯定。

从"巫"到"史"，在文化层面，指的是从"巫者之术"转变

---

①　鲁迅：《且介亭杂文》，万卷出版公司2014年版，第49页。

②　李敖主编：《史通·文史通义》，天津古籍出版社2016年版，第377页。

③　刘师培著，邬国义、吴修艺编校：《刘师培史学论著选集》，上海古籍出版社2006年版，第15页。

为"人本之史"，这是中国文化从蒙昧迈向理性的一大步。在文学层面，则体现为从"学术之文"到"文学之文"的转变。文学在这一过程中获得发展的机会，乘着"史学之光"，逐渐从文史哲不分家的混沌中分离出来，走向独立自觉之路，正如刘墨所言："'史'所具有的意义使中国文化发生了根本性的变化，同时也使中国文学发生了变化。也就是说，从具有神话色彩、神道色彩的'巫'文化中转出具有人文意义的文化，'史'起到了关键性的作用，以至于人们可以用'史官文化'来看待中国文化的特质。"[①]

散文作为文学的重要组成部分，也在"巫史分离"的过程中完成了从"文"到"人"的蜕变，具体而言，即是从诸子之文到史传之文的转变。这一过程中，史传散文的奠基文本便是《史记》。

关于《史记》的史学价值，朱希祖先生认为，春秋以来的中国史学从形式上大致可以分为六类："以时区别者，谓之时代史，吾国谓之编年史"；"以地区别者，谓之地方史，吾国谓之国别史"；"以人区别者，吾国谓之传记"；"以事区别者，大别之为政治史与文化史"；"混合各体者，吾国谓之正史"；"以事之本末区别者"。[②]《史记》属于"混合各体者"，他还根据编年史、国别史、传记、政治史与文化史、正史、纪事本末各类史学的出现时间和形式特点，对史学的发展规律进行了探索："六类之史，皆由简单而趋于复杂，又由混合而趋于分析。如先有《春秋》（以时代分）、《国语》（以地方分）、纪传（如《禹本纪》《伯夷叔齐传》，皆先《史记》。以人分）、书（如《洪范》《吕刑》，亦开《史记》八书之体。以事分），而后有《史记》《汉书》，此由简单而趋于复杂者也。先有《史记》《汉书》之书、志、汇传，而后有各种分析之政治史及文化史，此由混合而趋于分析者也。"[③]"此混合各体之史，实创于司

---

① 刘墨：《中国散文源流史》，辽宁教育出版社2006年版，第26页。

② 朱希祖：《中国史学通论》，上海古籍出版社2014年版，第22页。

③ 朱希祖：《中国史学通论》，上海古籍出版社2014年版，第23页。

马迁，以司马迁《史记》有本纪、表、书、世家、列传也。"①根据这些论述，我们可知，中国史学发展的规律是从单一走向综合，然后再从综合走向分析，这其中的分界点或者说里程碑便是《史记》："《史记》以前，史之各体，固已有之。司马迁特混合各体以为一书耳。此史学进步之征也"。②

《史记》的诞生是中国史学的一大进步，它被誉为"史家之绝唱"，源自司马迁"究天人之际，通古今之变，成一家之言"的创作理想，源自其"据实以录"的史学坚守、兼容并包的史学视野及贯通古今的学术体量，更源自其文学式的记述方式。正如清人章学诚所言："夫《骚》与《史》，千古之至文也。其文之所以至者，皆抗怀于三代之英，而经纬乎天人之际者也。"③

"人物传记"之美成就"无韵之离骚"。《史记》是秦汉史传散文的集大成者，它一方面承继先秦历史散文秉笔直书、微言大义之风，"自谓其书所以继《春秋》也"④；另一方面发扬了诸子散文博采众长、发愤著书的精神，成为后世古文学习模仿的典范。文学史家李长之有言："司马迁的散文，乃是纯正的散文，乃是唐宋以来所奉为模范的散文——也就是古文家所推为正统的散文。"⑤

《史记》全书共一百三十篇，五十二万余字，体例分为本纪、表、书、世家、列传五种。其中，本纪、列传为主体。列传专事人物传记，记述本纪、世家所记之外各类典型人物的生平事迹。本纪和世家两种体例都涉及"记人"，"本纪"记述帝王的言行事迹，"世家"记述王侯及其他重要历史人物的事迹。而《史记》最具文学性的篇章主要集中于人物传记中。

---

①　朱希祖：《中国史学通论》，上海古籍出版社2014年版，第41页。
②　朱希祖：《中国史学通论》，上海古籍出版社2014年版，第42页。
③　章学诚：《文史通义校注》卷三，中华书局1985年版，第222页。
④　鲁迅：《汉文学史纲要》，北京联合出版公司2014年版，第43页。
⑤　李长之：《司马迁之人格与风格》，天津人民出版社2007年版，第173页。

司马迁研究专家可永雪称《史记》是"中国写人文学之祖"[①]，他将《史记》人物传记的结构方式总结为"一套模式和十种样式"。一套模式指的是司马迁写人有一套成熟的体式，如所有人物传记的开头都用固定的语言模式对人物进行介绍。"在姓名、籍贯、官职等之后，接着便记述家世出身、生平经历、性行功业（包括思想、著述）等等，末了是交待这个人物的结局，有的还及于他的子孙后代。"[②]一般模式基础上生成的十种不同样式，分别为：串珠式、板块式、岗峦起伏式、双线复调式、一二人物贯穿式、纠结麻花式、两两对比式、并列分叙式、横截编组式、网络式。可永雪对这十种样式分别进行了举例和图式，用以形象地展示史记各类人物传记的基本结构。如此总结虽有刻板之嫌，但也有一定的道理，请看以下两文的开头：

> 李斯者，楚上蔡人也。年少时，为郡小吏，见吏舍厕中鼠食不洁，近人犬，数惊恐之。斯入仓，观仓中鼠，食积粟，居大庑之下，不见人犬之忧。于是李斯乃叹曰："人之贤不肖譬如鼠矣，在所自处耳！"
>
> ——《李斯列传》

> 淮阴侯韩信者，淮阴人也。始为布衣时，贫无行，不得推择为吏，又不能治生商贾，常从人寄食饮，人多厌之者。常数从其下乡南昌亭长寄食，数月，亭长妻患之，乃晨炊蓐食。食时信往，不为具食。信亦知其意，怒，竟绝去。
>
> ——《淮阴侯列传》

两段开头体式相类，用语可谓简省到极致，扼要介绍了人物的基

---

① 可永雪：《〈史记〉文学成就论说》，内蒙古教育出版社2001年版，第102页。

② 可永雪：《〈史记〉文学成就论说》，内蒙古教育出版社2001年版，第233页。

本信息及性格特征，并选取人物成名前的一件小事，从侧面表现人物的性格或暗示人物的命运，这些故事虽小但曲折动人，带有些许矛盾冲突的味道，能成功激起读者的"疑虑"。可永雪说："这样一套模式和体制，在《史记》之前先秦的著作里是没有的，连像样的雏形都难找到，经《史记》创造出来并定格之后，不止后世所有传记作品在体式上都遵仿这一模式，就是碑、状、传奇、小说写人，也多采用这种模式，若论它的影响，那实在是太广泛了。"①

　　相似的行文结构，显示了《史记》传记散文形式上的整饬之美。然而，"'无韵之《离骚》'，最根本的一个特点，就是指《史记》具有深厚的怨愤之情，具有浓郁的抒情性，司马迁笔端常带着感情"②。情感是文学之魂，抒情性正是《史记》超越其他历史叙事的独特之处，也是《史记》感染人心的关键所在。司马迁发怨愤为文辞，带着隐忍之愤，为情造文，写英雄末路、自刎乌江的项羽，其情慷慨悲壮，震撼人心；写功勋卓著却惨遭冤杀的韩信，其悲令人扼腕叹息；写屡建战功却引刀自刭而终的飞将军李广，其痛难言，不胜愤惋……正如明人茅坤所言："今仆不暇博喻，姑取司马子长之大者论之。今人读游侠传，即欲轻生；读屈原、贾谊传，即欲流涕；读庄周、鲁仲连传，即欲遗世；读李广传，即欲立斗；读石建传，即欲俯躬；读信陵、平原君传，即欲养士。若此者何哉？盖各得其物之情而肆于心故也，而固非区区句字之激射者。"③茅坤认为，《史记》的艺术感染力不在于"言美"，而在于"情至"，言辞充沛流畅固然更具可读性，但感情真挚淋漓才是引发心灵共鸣的关键。大概是源于一种悲剧命运的共通感，司马迁模状悲剧人物最是一往情深。与司马迁内心的

---

　　①　可永雪：《〈史记〉文学成就论说》，内蒙古教育出版社2001年版，第233页。

　　②　郭丹：《先秦两汉史传文学史论》，上海古籍出版社2014年版，第297页。

　　③　茅坤著，张大芝、张梦新点校：《茅坤集》，浙江古籍出版社1993年版，第196—197页。

"悲剧感"最为相似的当属"忧愁幽思而作《离骚》"的屈原，他在《屈原贾生列传》中这样写道：

> 屈平疾王听之不聪也，谗谄之蔽明也，邪曲之害公也，方正之不容也，故忧愁幽思而作《离骚》。离骚者，犹离忧也。夫天者，人之始也；父母者，人之本也。人穷则反本，故劳苦倦极，未尝不呼天也；疾痛惨怛，未尝不呼父母也。屈平正道直行，竭忠尽智以事其君，谗人间之，可谓穷矣。信而见疑，忠而被谤，能无怨乎？屈平之作《离骚》，盖自怨生也。《国风》好色而不淫，《小雅》怨诽而不乱。若《离骚》者，可谓兼之矣。上称帝喾，下道齐桓，中述汤武，以刺世事。明道德之广崇，治乱之条贯，靡不毕见。其文约，其辞微，其志洁，其行廉。其称文小而其指极大，举类迩而见义远。其志洁，故其称物芳。其行廉，故死而不容。自疏濯淖污泥之中，蝉蜕于浊秽，以浮游尘埃之外，不获世之滋垢，皭然泥而不滓者也。推此志也，虽与日月争光可也。

屈原因小人构陷，政治上失意，忧愁幽思而作《离骚》。"信而见疑，忠而被谤，能无怨乎？"此情此景与司马迁何其相似。司马迁因"李陵事件"惨遭大祸，喟然长叹："这是我的罪过啊！这是我的罪过啊！身体已残，没有用了！"屈原写《离骚》，大概是因为怨愤，司马迁写《史记》也是如此。司马迁称《离骚》从上古帝喾写到中古汤、武，用历史讽刺时政；文笔简约，言辞含蓄精微，心志高洁，行为廉正；言微意深，言近旨远；屈原崇高的志向，可与日月争辉。这与他自己写《史记》"述往事，思来者"的目的是一致的。《史记》"述陶唐以来，至于麟止，自黄帝始"，同样也是通过颂有德之君、咏历代圣贤、诉英雄之悲、斥暴政酷吏、讽现实之弊来表明自己的志向。司马迁称颂屈原之高洁与日月同辉，何尝不是对自己的认同。司马迁与屈原相似的悲剧人生，一样的浪漫深情，以至于李长之发出这样的感慨："齐人的倜傥风流，楚人的多情善感，都丛集于司马迁之身。周、鲁式的古典文化所追求于'乐而不淫，哀而不伤'者，到了司马迁手里，便都让他乐就乐、哀就哀了！所以我们在他的书里，可以听到人类心灵真正的呼声。以《诗经》为传统的'思无邪'的科条是不复存在了，这里乃是《楚辞》的宣言：'道思作颂，聊以自救兮！''发愤以抒情！'司马迁直然是第二个屈原！"①

确实如此，《史记》是"无韵之《离骚》"，司马迁更像是另一个屈原。

第二节　由论到品：六朝散文

六朝又称为"魏晋南北朝"或"魏晋六朝"，它是一个烽烟四起的黑暗时代，也是一个审美觉醒的文学时代。正如美学家宗白华所言："汉末魏晋六朝是中国政治上最混乱、社会上最苦痛的时代，然而却是精神史上极自由、极解放，最富于智慧、最浓于热情的一个时代。因此也就是最富有艺术精神的一个时代。"②

这样一个时代，可谓一半纷乱，一半灿烂。纷乱之中滋生了自由的精神和灿烂的文学，仿佛历史的长河到了六朝这里拐了个大弯，创造了一处奇观。当然，这奇观不是偶然一现，而是绵延长久，以至于化作"风骨"和"风度"渗入中华文化之魂，这大概就是六朝有别于前后时代的非凡意义之所在。

这一时期的散文创作也在精神解绑中迎来了它的"文学时代"，即散文由政教之"论"转向审美之"品"，走上了自由觉醒之路，也可以理解为鲁迅先生所言的"文学的自觉时代"或"为艺术而艺术的一派"③。这一转向具体表现为散文创作观念由"言志"转向"缘

---

① 李长之：《司马迁之人格与风格》，天津人民出版社2007年版，第14页。

② 宗白华：《美学散步》，上海人民出版社2005年版，第356页。

③ 冯友兰等著，骆玉明选编：《魏晋风度二十讲》，华夏出版社2009年版，第182页。

情"，从注重功利性、实用性转为崇尚文学性、审美性；散文文体从散体为主转向骈体盛行，从体物大赋转为抒情小赋；散文内容从政论、史论为主走向多元纷杂；散文风格从单一化趋向个性化。以曹氏父子为代表的建安散文清峻、通脱，以嵇康、阮籍、山涛为代表的正始散文骋辞、壮丽，以陆机、潘岳、左思为代表的太康散文绮靡、工巧；自成一家的陶渊明散文省静、隐秀，以谢灵运、鲍照、沈约为代表的南朝散文绮丽、清婉，以庾信、郦道元为代表的北朝散文质朴、刚健……这一时期形成了更迭不断的散文作家群，散文作品也达到了较高的艺术境界。

六朝散文审美之"品"转向的特殊意义，还体现在散文批评理论的初建。从曹丕《典论·论文》提出"诗赋欲丽"，到陆机《文赋》提出"诗缘情而绮靡"，再到挚虞《文章流别论》、李充《翰林论》、任昉《文章缘起》、刘勰《文心雕龙》、萧统《文选》等，从文学理论的高度探讨六朝散文尚情逐美的新变之风。

六朝散文摆脱儒家经学束缚走向独立自觉，这是"文"的自觉，更是"人"的自觉。六朝散文由"论"到"品"的转向，是文学形式的转向，更是审美意识的转向。正如管雄先生对六朝文学思想特色的总结："正面强调文学的独立价值，不作为实用的、而作为审美的价值，这是在魏晋之际。由人的自觉而引发出文的自觉。汉代的文学艺术以及汉人对文艺的认识，一以讽谏的实用性为指归，而魏晋玄学兴起以后，文艺则成为一种超实用的审美对象。超越的玄学思想落实到人生，便成为一种超越的生命情调，从而发散为一种超越的艺术性格。"①人的自觉具体指向魏晋文人服药、饮酒、清谈的存在风貌以及追求文辞华丽的才情气质，文的自觉则是这种魏晋风度在文章上发生的新变。从这个意义上来说，魏晋风度不只是一种人格精神，也表现为一种文学审美理想。六朝散文由"论"到"品"的转向便是这种审美理想在散文领域的延伸。

---

① 管雄：《魏晋南北朝文学史论》，南京大学出版社1998年版，第7页。

　　因而，本节拟从文论建构和人生实践的角度思考散文在魏晋六朝的发展变化。接下来以陆机的《文赋》作为"缘情"理论的代表，以陶渊明的散文作为"审美"人生的载体进行论述。

一、精致的"文论"散文：陆机《文赋》

　　陆机的《文赋》是一篇精致的骈赋体散文。文中抒写文学创作经验，观点精切肯綮，风骨格调高朗俊爽；品评前人文章之"妍蚩好恶"，所思皆是发乎内心，意境更是尽得其妙，常被看作是一篇文艺理论批评专论。然而，诚如张怀瑾先生所言："《文赋》毕竟不是一篇纯粹理论著作，而是一篇优秀的文学作品。"①《文赋》作为一篇优美的骈赋，声韵和谐、对偶精工、辞藻华美，带给人的阅读感受更多是文学的、美学的，而不只是理论的。

　　理论的精深往往容易掩盖文本艺术层面的魅力，陆机以"绮语"写就《文赋》显然不仅是为了成为文学批评理论的滥觞，也是为了平静地叙述自己写文章的体会，梳理为文过程中的苦乐甘甜。这从序文中可见出一二：

　　　　余每观才士之所作，窃有以得其用心。夫放言遣辞，良多变矣，妍蚩好恶，可得而言。每自属文，尤见其情。恒患意不称物，文不逮意。盖非知之难，能之难也。故作《文赋》，以述先士之盛藻，因论作文之利害所由，它日殆可谓曲尽其妙。至于操斧伐柯，虽取则不远，若夫随手之变，良难以辞逮。盖所能言者具于此云。

　　陆机通过自身的写作实践，体会到写作的苦乐，"每自属文，尤见其情。恒患意不称物，文不逮意"。认识物、意、文三者相合相融的重要性很容易，想要达到这种境界却很难。陆机作《文赋》的用意便是道明"能之难"，漫谈"作文之利害"，以期今后能"曲尽其

━━━━━━━━

　　① 陆机著，张怀瑾译注：《文赋译注》，北京出版社1984年版，第16页。

妙"。略略几语道出全文概貌后，接下来正文部分，陆机从创作源泉、创作过程、文章体式、文章功用等方面探索写作之奥妙。

"情"是贯穿《文赋》全篇的一条主脉。陆机从"缘情"出发，提出情志的养成，首先要"伫中区以玄览，颐情志于典坟"，于天地万物中仰观其象、深察其理，从三坟五典中汲取养分，培养高洁的品格和志向，达到"心懔懔以怀霜，志眇眇而临云"的境界，方能提升文学涵养和审美品位。"情"是连接"物"与"言"的关键因素，文学创作便是作者"缘情体物"的过程。文章是作者主观心灵自然流露，即"情志"的触发，作者将对物象的观察和感受转化为情感意象，然后用文学的、审美的语言将意象构造出来。"慨投篇而援笔"，外物激发了文思方能进入创作状态，天地万物不能直接显现为语言文字，必须通过"情志"转化。可以说从物到意，是人的本能，而由意到言或者文，是人将心中所感转为符号的能力。

陆机对十种文体风格特点的概括，涵盖了形式和内容两个层面，用语审慎精当，其中最为人称道的是将诗歌的文体特征总结为："诗缘情而绮靡"。"绮"状颜色，"靡"绘声音，"绮靡"即华丽之意，指涉的是诗文的言辞特点，而"缘情"指向的是文思之源。诗歌作为一种语言凝练、注重情致韵律的文学体式，应具备高度炼于辞、融于情的精准、妙赏之美。无辞何以赏？无情何以妙？"辞程才以效伎，意司契而为匠"，驾驭语言是一门技艺，传情达意恰到好处的文辞才称得上巧妙。"其会意也尚巧，其遣言也贵妍"，表达思想离不开艺术技巧，遣词造句需用优美的语言，足见"情"与"辞"之间的微妙关系。

文章形式过于华美常常会遭人诟病，有人认为《文赋》一味"主情"，注重"绮靡"，却"不知理义"，看似如此，实则不然。通读《文赋》全篇，可以发现，文中明确谈"理"的句子有很多，如"理扶质以立干，文垂条而结繁""要辞达而理举，故无取乎冗长""或辞害而理比，或言顺而意妨。离之则双美，合之则两伤""或文繁理富，而意不指适""或遗理以存异，徒寻虚以逐微，言寡情而鲜爱，辞浮漂而不归""伊兹文之为用，固众理之所因""涂无远而不弥，理无微而弗纶"等，这些观点都在阐释"辞"与"理"之间的辩证关系，"理"是一篇文章的主体，是讨论"情"与"辞"等问题的基础，辞能达意、辞达理举方为美，正如孟子所言"人情不远""以意逆志"，文辞为人所理解，需以人们普遍认同的"义理"为沟通纽带。陆机虽寄重"缘情""意巧""辞妍"，但"理"是他一直持守的中心思想。认识了这一点，我们才能进一步理解陆机这篇散文的形式之美。追求形式与讲求义理并不冲突，相反，形式感苍白的文章，内容涵义也会大大贬值。《文赋》全文缤纷绮丽，大到构建内容框架，小到字句推敲，无不流美溢彩，它所涵盖的创作原理、方法也十分饱满、切实。陆机以华美的辞藻装饰思想的深度，使得文辞与义理相互映照，达到了思想与艺术，形式与内容，"绮靡"与"情""理"的统一。

除了品评和总结前人的文章，陆机更多的是抒发自己"每自属文，尤见其情"的真实感受。"患挈瓶之屡空，病昌言之难属。故踸踔于短垣，放庸音以足曲。恒遗恨以终篇，岂怀盈而自足？"这说的便是因文思枯竭、佳句难得，平庸成文后的无限遗憾。对于这一点，大凡有过写作经验的人都有相思感触，所见所感有时只能心领神会，却很难用文字表达，常因才思愚钝遂以"庸音"充数，写完后掩卷而怅，不忍再读。当然也有文思泉涌的时候，陆机写道：

　　若夫应感之会，通塞之纪，来不可遏，去不可止，藏若景灭，行犹响起。方天机之骏利，夫何纷而不理？思风发于胸臆，言泉流于唇齿；纷葳蕤以馺遝，唯豪素之所拟；文徽徽以溢目，音泠泠而盈耳。及其六情底滞，志往神留，兀若枯木，豁若涸流；揽营魂以探赜，顿精爽而自求；理翳翳而愈伏，思轧轧其若抽。是以或竭情而多悔，或率意而寡尤。虽兹物之在我，非余力之所戮。故时抚空怀而自惋，吾未识夫开塞之所由。

这一段中，陆机将文思通塞的过程描绘得生动传神，仿佛是一时迸发的灵感来了，促使他调转笔锋，诉诸神思和灵感，将写文章之事视为一时"应感"或一种"天机"，"非余力之所戮"。文思敏捷时"来不可遏"，如疾风般从内心深处升腾而起，文辞便如清泉般涌出，华辞丽藻跃然纸上；文思阻塞时"六情底滞"，如枯木寂然不动，涸水漠然无声，挖空心思也难以下笔。文思来无音去无踪，不可言说，不可控制，因此有时精心构思反而更多遗憾，率性而为还能少些错失。文思通塞的产生难以摹状，于是陆机坦言"吾未识夫开塞之所由"，并为此感到惋惜。

"伊兹事之可乐，固圣贤之可钦"，写作是圣贤钦心的一大乐事，这件乐事之所以为人称道，在于它的功用与价值。《文赋》的落脚点即在文章的功用层面：

> 伊兹文之为用，固众理之所因。恢万里而无阂，通亿载而为津。俯殆则于来叶，仰观象乎古人。济文武于将坠，宣风声于不泯。涂无远而不弥，理无微而弗纶。配霑润于云雨，象变化乎鬼神。被金石而德广，流管弦而日新。

陆机认为，文章的功用在于它能言明万物之理，它能连缀古今、承前启后，它能救时匡弊、宣扬教化，它包孕之广、无远弗届，它见微知著、穷理致知，它如雨露般润泽人心、似鬼神般变化莫测，它可以刻在金石上传至久远，也可以谱以乐章晖光日新。陆机关于文章功用的这些描写，被后世评论家称为"深受儒学浸染"。针对这种论断，郭绍虞先生在《关于〈文赋〉的评价》中进行了详细的辨析和反驳："在当时的历史条件下……陆机尽管受诗经的影响，而就其总的倾向来讲，我们不能说陆机的'服膺儒术'，对他的创作实践和创作理论起过主导的作用。"[①]郭绍虞先生溯本穷源，将中国古典文

---

① 郭绍虞：《关于〈文赋〉的评价》，《文学评论》1963年第4期。

学"风"和"骚"两条不同风格的创作路径进行对比，指出"赋出于骚"，从《文赋》主张"缘情而绮靡"可以看出，陆机的创作实践和创作理论是一致的，"都是骚的路线"。探得《文赋》的本质后，郭绍虞先生进一步指出了《文赋》提出文学作品形象化问题的重要性，"《文赋》之所谓文，正是文学的'文'，而所讨论的正是文学方面的创作方法"。形象化是文学语言区别于一般语言的基本属性，与"正始名士"和"竹林名士"的论辩式散文相比，《文赋》的艺术特色显然是大于思辨色彩的，用郭绍虞先生的话来说："文学是用语言借形象来反映社会生活的。以前的儒家只理解到文学有反映社会生活的作用，只理解到文学是语言的艺术，但是忽略了语言通过形象来反映这一点……等到赋家继起，铺采摛文，更向前推进了一步，才使一般人逐渐注意到这问题。而陆机，可说是比较早的一个。"[①]

二、魏晋风度的另一种审美实践：陶渊明散文

彼时彼地，晚霞正好，山岚氤氲。庐山西麓柴桑县某个乡间小宅外，植有几株柳树，辟有一处菊圃。柳绿菊黄掩映在山水田园之中，是那般悠然美好。一位闲适的隐者，粗布短衣，醉倚柳下，抚弄一张无弦琴，以抒酒后之快意，是那般安然自得。

除了饮酒采菊，这位隐者还爱读书写文，他写起文章来任性放达，写的全是自然之语，冲淡之中透着空灵。他就是这样，从不把利害得失放在心上，好似世间一切都与他无关。他的一生都葆有这种"远离"的姿态，这篇《五柳先生传》便是他的真实写照。

先生不知何许人也，亦不详其姓字，宅边有五柳树，因以为号焉。闲静少言，不慕荣利。好读书，不求甚解；每有会意，便欣然忘食。性嗜酒，家贫不能常得。亲旧知其如此，或置酒而招之；造饮辄尽，期在必醉。既醉而退，曾不吝情去留。环堵萧然，不蔽风日；短褐穿结，箪瓢屡空，晏如也。常著文章自娱，

① 郭绍虞：《关于〈文赋〉的评价》，《文学评论》1963年第4期。

颇示己志。忘怀得失，以此自终。

赞曰：黔娄之妻有言："不戚戚于贫贱，不汲汲于富贵。"其言兹若人之俦乎？衔觞赋诗，以乐其志，无怀氏之民欤？葛天氏之民欤？[①]

这篇散文篇幅短小，结构整饬，语言平淡质朴，所记内容却十分丰富，且溢满了诗意。全文分为两部分，第一部分是传记的主体，第二部分是评价补充之语。第一部分开头一句完整介绍了"五柳先生"其人其名：这位先生没人知道他从何处来，也不知道他的名字，这般隐姓埋名权且就号"五柳先生"。接着分开陈述了五柳先生个性、读书、饮酒、居处、文章五方面的特点：一，恬然自安，言语很少。二，爱读书但不求甚解，每每有所感悟甚至忘了吃饭。三，爱喝酒，但家里穷，酒不常有。亲朋故知知道他这种境况，有酒时会请他去喝。他乘兴而去，尽兴而归，去留随意，十分率真。四，他的居所十分破落，空无所有，竟不能遮风挡雨，他穿的粗布短衣上满是补丁，甚至一小筐饭和一瓢水都没有，正可谓"人不堪其忧"，但他却不改其乐。五，常常写文章自得其乐，抒发情志。最后一句"忘怀得失，以此自终"乃是总结之语，写五柳先生心中通达，所以没有得失之心，一生过得安然自在。第二部分借一句赞语对五柳先生进行评价，黔娄妻子所说的"贫困无所惧，富贵何所求"，大概指的就是五柳先生这样的人，寄情于酒与诗，并乐在其中。这样的人大概远古时代才有吧，不知他是无怀氏时代的人，还是葛天氏时代的人？这一结尾与开篇"先生不知何许人也"相呼应，形成回环式的结构，一方面保证了传记结构的完整性，另一方面也拓展了叙述的空间，产生了含蓄深邃的意味。

读罢此文，不禁想象，陶渊明到底何许人也？答曰：清淡平和

① 陶潜著，龚斌校笺：《陶渊明集校笺》，上海古籍出版社2011年版，第444—445页。

之人。鲁迅先生在《魏晋风度及文章与药及酒之关系》中说："到东晋，风气变了。社会思想平静得多，各处都夹入了佛教的思想。再至晋末，乱也看惯了，篡也看惯了，文章便更和平。代表平和的文章的人有陶潜。"[1]而陶渊明最具"平和"气质的散文便是下面这篇《归去来兮辞·并序》，欧阳修曾说，晋无文章，只此一篇：

余家贫，耕植不足以自给。幼稚盈室，瓶无储粟，生生所资，未见其术。亲故多劝余为长吏，脱然有怀，求之靡途。会有四方之事，诸侯以惠爱为德，家叔以余贫苦，遂见用于小邑。于时风波未静，心惮远役，彭泽去家百里，公田之利，足以为酒。故便求之。及少日，眷然有归与之情。何则？质性自然，非矫厉所得。饥冻虽切，违己交病。尝从人事，皆口腹自役。于是怅然慷慨，深愧平生之志。犹望一稔，当敛裳宵逝。寻程氏妹丧于武昌，情在骏奔，自免去职。仲秋至冬，在官八十余日。因事顺心，命篇曰《归去来兮》。序乙巳岁十一月也。

归去来兮，田园将芜胡不归？既自以心为形役，奚惆怅而独悲？悟已往之不谏，知来者之可追。实迷途其未远，觉今是而昨非。舟遥遥以轻飏，风飘飘而吹衣。问征夫以前路，恨晨光之熹微。

乃瞻衡宇，载欣载奔。僮仆欢迎，稚子候门。三径就荒，松菊犹存。携幼入室，有酒盈樽。引壶觞以自酌，眄庭柯以怡颜。倚南窗以寄傲，审容膝之易安。园日涉以成趣，门虽设而常关。策扶老以流憩，时矫首而遐观。云无心以出岫，鸟倦飞而知还。景翳翳以将入，抚孤松而盘桓。

归去来兮，请息交以绝游。世与我而相违，复驾言兮焉求？悦亲戚之情话，乐琴书以消忧。农人告余以春及，将有事于西

---

① 冯友兰等著，骆玉明选编：《魏晋风度二十讲》，华夏出版社2009年版，第197页。

畴。或命巾车，或棹孤舟。既窈窕以寻壑，亦崎岖而经丘。木欣欣以向荣，泉涓涓而始流。善万物之得时，感吾生之行休。

已矣乎！寓形宇内复几时，曷不委心任去留？胡为乎遑遑欲何之？富贵非我愿，帝乡不可期。怀良辰以孤往，或植杖而耘耔。登东皋以舒啸，临清流而赋诗。聊乘化以归尽，乐夫天命复奚疑！①

这篇散文写于陶渊明辞去在任八十余天的彭泽令归隐田园之际，这也是他最后一次辞官，此后便是彻底的隐者了。陶渊明在序文中解释这次求官的缘由，乃是因为家贫，为了生计，迫于无奈去做官，到任不久便开始怀念曾经的山水田园。经此一朝，他终于明白，眷念世外、希求自由乃他本心，本心是无法强行改变的，哪怕养家糊口迫在眉睫，他也再无法违背自己本心去做官。在此之前十余年，他曾对官场抱有不切实际的幻想，也因胸中理想，做过好几任小官，却屡屡在出仕与隐退之间徘徊，也许真如朱熹所言，他的隐退是"带性负气"的，但这一次，他应该是真的释然了。他说："尝从人事，皆口腹自役。"过去为官皆是口腹役使，而非出于本心。想到这些，他惆怅万千，深为愧悔。他打算这一季公田收获后便离开。不久，因为妹妹去世，急于前往吊丧，他便辞了官。这一步，他总算跨过去了，从此遂了心愿，于是写了这篇《归去来兮辞》。

前面的序文自成一体，可以看作一篇独立的记叙小文，而正文则是一篇优美的辞赋体散文。这篇散文用语清新自然，抒情真挚恳切，写得顺畅至极，全然没有序文中的无奈之情，而是满怀着期待之情。这是陶渊明人生转折之处的自由宣言，两次"归去来兮"的吁请，是对灵魂的呼唤，是对"迷途未远"感到幸甚至哉，也是对"来者可追"展开美好的想象。他第一次如此轻松地远望自己简陋的生活，孩

———————————

① 陶潜著，龚斌校笺：《陶渊明集校笺》，上海古籍出版社2011年版，第413—414页。

童迎归、松菊仍在、远山悠然……如此平和美好的生活就在眼前，只叹人生如寄，不能像自然万物一般随春秋代序，生生不息。可以见出，陶渊明不是全然平和的，他也有矛盾的一面。他的矛盾不仅存在于隐逸和官场之间的纠结，还停留在有志不得、家贫无奈、生死难解等人生问题上。但正因如此，他的平和才是真实的、难得的。如鲁迅所言，这些"在证明着他并非整天整夜的飘飘然。这'猛志固常在'和'悠然见南山'的是一个人，倘有取舍，即非全人，再加抑扬，更离真实"①。"陶潜正因为并非'浑身是静穆，所以他伟大。'"②

　　面对人生之无奈、矛盾之现实，何以解忧？魏晋人的做法便是诉诸玄理，以老庄哲学为依托，消解烦闷苦厄。陶渊明也是如此，他是"把这样一种人生态度付诸实践，并且常常达到物我一体、与道冥一的人生境界"③的第一人。那么问题来了，他是如何将这种魏晋风度付诸实践的？《归去来兮辞》的末段给出了答案："已矣乎！""聊乘化以归尽，乐夫天命复奚疑！"解开困扰的方法不是对抗，而是变通和接受，这颇有儒家思想的意味，作为魏晋风度的实践者，陶渊明选择了和其他玄学名士不同的方式和角度，他的思想中既带有道家平静宁和的成分，也濡染了儒家安贫乐道之风。罗宗强在《陶渊明：玄学人生观的一个句号》一文中言："玄学思潮起来之后，从嵇康阮籍到西晋名士到东晋名士，他们都在寻找玄学人生观的种种实现方式，但是他们都失败了。他们失败的原因何在呢？最根本的一点，便是他们没有能找到化解世俗情结的力量。陶渊明找到了，他找来的是儒家的道德力量和佛家的般若空观。他之所以能做到这一点，可能有他个人的种种因素。但他至少已经证明，玄学人生观不具备实践性品格。

---

①　白冰编：《鲁迅小说杂文散文全集》下册，广西民族出版社1995年版，第1774页。

②　白冰编：《鲁迅小说杂文散文全集》下册，广西民族出版社1995年版，第1779页。

③　冯友兰等著，骆玉明选编：《魏晋风度二十讲》，华夏出版社2009年版，第84页。

从这个意义上说，他为玄学人生观画了一个句号。"①

陶渊明以他的方式为玄学人生观画上了句号，同时也为骈体散文画上了一个句号。他选择远离尘网、回归田园，开创了独一无二的、陶渊明式的隐逸风格，他将人生实践投射到散文创作中，产生了一种简约而不浅近、清淡而不失诗意、质朴却不失情韵的独特文风。这样一种隐逸追求和审美理想在《桃花源记》一文中体现得最为明显。

> 晋太元中，武陵人捕鱼为业。缘溪行，忘路之远近。忽逢桃花林，夹岸数百步，中无杂树，芳草鲜美，落英缤纷。渔人甚异之。复前行，欲穷其林。
>
> 林尽水源，便得一山。山有小口，仿佛若有光。便舍船从口入，初极狭，才通人。复行数十步，豁然开朗，土地平旷，屋舍俨然。有良田、美池、桑竹之属。阡陌交通，鸡犬相闻。其中往来种作，男女衣着，悉如外人。黄发垂髫，并怡然自乐。
>
> 见渔人乃大惊，问所从来，具答之。便要还家，为设酒杀鸡作食。村中闻有此人，咸来问讯。自云先世避秦时乱，率妻子邑人，来此绝境，不复出焉，遂与外人隔绝。问今是何世，乃不知有汉，无论魏晋。此人一一为具言所闻，皆叹惋。余人各复延至其家，皆出酒食。停数日，辞去。此中人语云："不足为外人道也。"
>
> 既出，得其船，便扶向路，处处志之。及郡下，诣太守说如此。太守即遣人随其往，寻向所志，遂迷不复得路。
>
> 南阳刘子骥，高尚士也，闻之，欣然规往。未果，寻病终，后遂无问津者。②

---

① 冯友兰等著，骆玉明选编：《魏晋风度二十讲》，华夏出版社2009年版，第97页。

② 陶潜著，龚斌校笺：《陶渊明集校笺》，上海古籍出版社2011年版，第425—426页。

这篇散文以散体写成，篇幅短小，语言简素，形式上与辞藻华丽的骈俪文形成了鲜明的对比，内容上以虚构的笔法记叙了一处世外仙境，与现实之乱世也形成了强烈的比照。文中通过渔人的视角展开了一段桃源奇遇记：渔人"忘路之远近"而"忽逢桃花林"，偶遇桃林美景令他陶醉且感到惊异，于是一直沿溪行舟至桃林尽头，水路的尽头乃是一山，"山有小口，仿佛若有光"，在这神秘之光指引下，渔人舍船上岸进入桃花源。渔人找到桃花源的过程写得引人入胜，但进入桃花源之后，渔人并未感到惊异，相反桃花源"见渔人，乃大惊，问所从来"。渔人的冷静泰然正好说明了这一处世外之境正是他理想中的山水田园，看到桃花源安宁平和的生活，他据实"具答之"，"一一为具言所闻"，此中人听后"皆叹惋"。陶渊明没有交代对话的具体内容，而是用简省的语言一笔带过，"问今是何世，乃不知有汉，无论魏晋"。仅此一言，便将桃花源中人与世隔绝、自在无忧的境况表现得淋漓尽致。渔人离开桃花源，此文便可告一段落，但作者追加了另外两种"结局"，分别写官方和隐士对桃花源进行寻访，从"不复得路"到"无问津者"，桃花源如梦一场，倏忽而来，缥缈而去，就这样淡出人们的视野。

"桃花源"本身是一场徒然的虚空，陶渊明化虚为实，拓展了散文的审美空间。至此，散文的艺术想象空间从囿于现实延伸至超然物外，而审美空间的延伸，归根结底，取决于人的精神境界。陶渊明将恬然自适的人生理想及豁达、宽和的气质投射到虚构的"桃花源"中，写就了一篇清淡通顺的美文，也成就了一个惹人遐思的乌托邦。

顺着陶渊明的目光看去，我们看到，古典散文打开了新的审美维度。然而，真正的审美生发于精神层面，不只停留在文辞表面。形式的兴衰演化往往只在一时，散文所体现的审美理想、独立人格、自由精神、优游境界却是稳定的、永恒的。陶渊明以朴素简约之文辞构筑美好真淳之意境，扭转了散文审美的风向标，创造了一种追求平淡自然的审美传统。这样一来，散文不是只有通往骈俪一条路可走，也能在返璞归真的途中形成另一种美的样态。

第三节　边缘至核心："文以载道"与文人精神

从"先秦文""秦汉文"到"六朝文",除去"秦世无文",一掠而过,散文的发展轨迹与朝代的变迁基本保持着对应和并行的关系。但到了"唐宋文"这一阶段,其间跨越了好几个朝代,这几个朝代在散文领域似乎少有建树者,或者说少有变化者,以至常被忽略和湮没。陈平原在《中国散文小说史》中对此作出了解释:"从公元581年隋文帝开国,到1368年明太祖朱元璋在应天府即皇帝位,又是一个八百年。以八百年的时间跨度来把握文学风尚与进程,无论如何是显得过分粗疏。……隋唐宋元之文章风格,几难依朝代而为断。其间隋代国祚短暂,传世之作不多,只能作为从六朝文向唐宋文的过渡来叙述;元文则远不及元曲灿烂,而且多道从伊、洛,文慕韩、欧,很难说有自己独特的个性。于是,讨论这八百年文章,最终只落实为'唐宋古文'。"[1]如其所言,面对纷繁复杂的历史,无论怎么总结,总会有疏漏,只能基于发展的主要趋势以观其貌。每一阶段的文学皆然,去掉散乱无序的枝节,才能看清更完整的主体。故称唐宋为"古文的时代",一般不会有异议。[2]

唐宋时期,无论是社会生活还是文化艺术都呈现出全盛之风貌。全盛时期的散文自然别有一番新的气象。散文在唐宋被称为"古文"。"古文"转化为古典散文的代名词,且成为后世追崇的典范,多半归因于唐宋散文家的提倡与实践。"古文"之"古"与"今"相对,唐宋"时文"指的便是"骈文"。由此可知,"古文"与"骈文"相对,具体所指乃是形式自由、风格质朴的秦汉之文,如诸子散文、史传文章等。"古文"之"文"的概念大抵是为了与"道"相呼应,因此,可以说,"古文除了有古代散文的含义外,还有'古代道统'(圣贤之道)的含义"[3]。

---

① 陈平原:《中国散文小说史》,上海人民出版社2014年版,第88页。

② 陈平原:《中国散文小说史》,上海人民出版社2014年版,第89页。

③ 钱冬父:《唐宋古文运动》,中华书局1962年版,第5页。

古文在唐宋的兴盛源于一场旷日经久的"古文运动"。"古文运动历来只指唐朝中叶韩愈、柳宗元活动的时期，这是一个非常重要的时期，可是还不能包括整个古文运动。在韩、柳之前，古文运动就已开始它的准备时期了；在他们之后，宋朝初期欧阳修等人领导的新古文运动，方才真正完成了古文运动对骈文末流斗争的历史使命。所以古文运动前后经历了约有四百多年的时间。"[1]这一运动的核心人物有韩愈、柳宗元、欧阳修、苏轼等为代表的古文八大家，更有李观、李翱、皇甫湜、刘禹锡、吕温、白居易、杜牧、李商隐、"苏门六学士"等为数甚众的参与者，他们坚持"文以明道"的创作观念，强调思想性与文学性并重，不遗余力地进行散文理论革新和创作实践。可以说，经过几代文人的理论探索和创作实践，古文终于超越骈文，占据了文坛的统治地位。

唐宋古文的新变打着"以复古为革新"的旗号，即以复兴儒道正宗为契机，旨在革新文章内容和体式。这一时期散文的革新具体表现为：以"文道合一"弥合六朝"文道分离"的状态；批判浮靡之"骈文"，倡导经世之"古文"；散文由文而质、由骈而散，渐渐从形式崇拜的迷梦中醒来，从边缘走向核心，就此踏上了"载道"之路。中国文学也在"诗以言志"之外，多了一个"文以载道"的传统。

"古文运动"之名当时不曾有，乃是后世对唐宋散文更始过程的指称。古文运动造就了"古文极盛之时代"[2]。有唐一代，散文文体革新的奠基者当属韩、柳；有宋一代，散文文体演变基本完成，骈、散趋于融合，散文创作讲求风神情韵，文人风采尽显，尤以欧、苏散文为甚。

一、以文卫道：韩、柳散文

韩愈是古文运动的先驱倡导者，他以《原道》《原性》《原毁》《原人》《原鬼》"五原"倡导儒学复兴，大力宣扬儒家仁义道德。

---

① 钱冬父：《唐宋古文运动》，中华书局1962年版，第6页。
② 陈柱：《中国散文史》，岳麓书社2011年版，第174页。

"博爱之谓仁，行而宜之之谓义，由是而之焉之谓道，足乎己而无待于外之谓德。"①韩愈所谓的"道"和"德"是抽象的概念，必须通过儒家的"仁"和"义"的具体路径进行转换和实现。那么，仁义观具体指涉哪些方面呢？韩愈认为，"其文：《诗》《书》《易》《春秋》；其法：礼、乐、刑、政；其民：士、农、工、贾；其位：君臣、父子、师友、宾主、昆弟、夫妇；其服：麻、丝；其居：宫、室；其食：粟米、果蔬、鱼肉"②。上述这些典籍、礼法、世俗、伦常、衣食等生活的方方面面都与仁义之道息息相关。仁义之道是修身之道、治家之道、治世之道、治国之道，"其为道易明，而其为教易行也。是故以之为己，则顺而祥；以之为人，则爱而公；以之为心，则和而平；以之为天下国家，无所处而不当"③。这个道是从历代君王和圣贤那里一代一代施行和传承下来的，现在也应该大力推行，"明先王之道以道之"。韩愈建立了明确的卫道思想并加以实践，他一边思考"文"与"道"的关系一边进行创作，在《答李翊书》《答李秀才书》《送陈秀才彤序》《答刘正夫书》《答尉迟生书》《送权秀才序》《送孟东野序》《送李愿归盘谷序》《师说》《进学解》等文章中阐发"文以载道""气盛言宜""陈言务去"等文学革新思想，其中不乏文质兼美的优秀散文作品，如这篇《送李愿归盘谷序》：

> 太行之阳有盘谷。盘谷之间，泉甘而土肥，草木丛茂，居民鲜少。或曰："谓其环两山之间，故曰'盘'。"或曰："是谷也，宅幽而势阻，隐者之所盘旋。"友人李愿居之。
>
> 愿之言曰："人之称大丈夫者，我知之矣：利泽施于人，名声昭于时，坐于庙朝，进退百官，而佐天子出令；其在外，则树旗旄，罗弓矢，武夫前呵，从者塞途，供给之人，各执其物，

---

① 韩愈著，刘振鹏主编：《韩愈文集·3》，辽海出版社2010年版，第1页。
② 韩愈著，刘振鹏主编：《韩愈文集·3》，辽海出版社2010年版，第6页。
③ 韩愈著，刘振鹏主编：《韩愈文集·3》，辽海出版社2010年版，第6页。

夹道而疾驰。喜有赏，怒有刑。才畯满前，道古今而誉盛德，入耳而不烦。曲眉丰颊，清声而便体，秀外而惠中，飘轻裾，翳长袖，粉白黛绿者，列屋而闲居，妒宠而负恃，争妍而取怜。大丈夫之遇知于天子、用力于当世者之所为也。吾非恶此而逃之，是有命焉，不可幸而致也。穷居而野处，升高而望远，坐茂树以终日，濯清泉以自洁。采于山，美可茹；钓于水，鲜可食。起居无时，惟适之安。与其有誉于前，孰若无毁于其后；与其有乐于身，孰若无忧于其心。车服不维，刀锯不加，理乱不知，黜陟不闻。大丈夫不遇于时者之所为也，我则行之。伺候于公卿之门，奔走于形势之途，足将进而趑趄，口将言而嗫嚅，处污秽而不羞，触刑辟而诛戮，侥幸于万一，老死而后止者，其于为人，贤不肖何如也？"

昌黎韩愈闻其言而壮之，与之酒而为之歌曰："盘之中，维子之宫；盘之土，维子之稼；盘之泉，可濯可沿；盘之阻，谁争子所？窈而深，廓其有容；缭而曲，如往而复。嗟盘之乐兮，乐且无央；虎豹远迹兮，蛟龙遁藏；鬼神守护兮，呵禁不祥。饮且食兮寿而康，无不足兮奚所望！膏吾车兮秣吾马，从子于盘兮，终吾生以徜徉！"[①]

细观这篇文章，可以发现，从段落到语句，皆是骈散相间、长短错落、放言笔端、气韵自成。首段用散句记叙了友人李愿居处"盘谷"的地理特色；第二段骈散交织对"达官贵人、隐逸之人、势利小人"三种人物进行了论述；末段以歌赋的形式进行抒情，表达了对盘谷闲逸生活的向往。苏轼在《跋退之〈送李愿序〉》一文中称赞此文："欧阳文忠公尝谓晋无文章，惟陶渊明《归去来》一篇而已。余亦以谓唐无文章，惟韩退之《送李愿归盘谷》一篇而已。平生愿效此

---

① 韩愈著，刘振鹏主编：《韩愈文集·3》，辽海出版社2010年版，第35—38页。

作一篇，每执笔辄罢，因自笑曰：‘不若且放’教退之独步。”①这篇文章独步当世的原因，除了文辞之雅洁，还在于思想之高妙。韩愈一生怀有忧世救世情怀，却才高见屈、屡遭贬谪，他借李愿之言抒发胸中苦闷，全篇虽是带着一份卫道的目的，但无一句直言苦闷，甚至满是婉转之言、赞美之语，可谓匠心别具，颇有反讽的意味在里面。韩愈称这种抒愤为“大凡物不得其平则鸣”②，彰显了古代文人不平则鸣的文化人格。

苏轼在《潮州韩文公庙碑》中盛赞韩愈：“文起八代之衰，饵道济天下之溺，忠犯人主之怒，而勇夺三军之帅。岂非参天地、关盛衰，浩然而独存者乎！”③观韩愈其人、其文、其情，我们看到了古代文人身上强烈的道德意识、忧患意识和文化意识。

相比于韩愈的散文“不平则鸣”的雄奇之美，同样秉持“文以载道”精神的柳宗元之散文呈现出一种淡远柔和之美。柳宗元在《报崔黯秀才论为文书》《答韦中立论师道书》《杨评事文集后序》《与友人论为文书》等议论说理散文中表达了“文以明道”“卓然自得”等思想主张：“始吾幼且少，为文章，以辞为工。及长，乃知文者以明道，是固不苟为炳炳烺烺，务采色、夸声音而以为能也。”④他还提出“文有二道”的见解，即一是发挥“褒贬”功能的“著述”之文，如《书》《易》《春秋》等历史散文；二是导扬“讽喻”作用的“比兴”之文，如《风》《雅》等抒情之文。⑤可见，柳宗元提倡文学“褒贬讽喻”功能的同时，十分注重散文的形象性、抒情性。这一主

---

① 苏轼著，顾之川校点：《苏轼文集》（下），岳麓书社2000年版，第797页。

② 韩愈著，刘振鹏主编：《韩愈文集·3》，辽海出版社2010年版，第31页。

③ 苏轼著，顾之川校点：《苏轼文集》（下），岳麓书社2000年版，第1273页。

④ 吴永喆、乔万民选注：《唐宋八大家·柳宗元》，天津古籍出版社2016年版，第267页。

⑤ 吴永喆、乔万民选注：《唐宋八大家·柳宗元》，天津古籍出版社2016年版，第146页。

张在他以《永州八记》为代表的山水游记散文中体现得最为明显。如这篇《小石潭记》：

> 从小丘西行百二十步，隔篁竹闻水声，如鸣珮环，心乐之。伐竹取道，下见小潭，水尤清冽。全石以为底，近岸卷石底以出，为坻，为屿，为嵁，为岩。青树翠蔓，蒙络摇缀，参差披拂。
>
> 潭中鱼可百许头，皆若空游无所依。日光下澈，影布石上，佁然不动；俶尔远逝，往来翕忽，似与游者相乐。
>
> 潭西南而望，斗折蛇行，明灭可见。其岸势犬牙差互，不可知其源。
>
> 坐潭上，四面竹树环合，寂寥无人，凄神寒骨，悄怆幽邃。以其境过清，不可久居，乃记之而去。
>
> 同游者：吴武陵，龚古，余弟宗玄。隶而从者，崔氏二小生：曰恕己，曰奉壹。[①]

柳宗元《永州八记》共有八篇写景小文，描摹了永州西山附近的八处奇景。据首篇《始得西山宴游记》中所记，柳宗元当时正谪居永州，欲以漫游疏解心中幽愤："自余为僇人，居是州，恒惴栗。其隙也，则施施而行，漫漫而游。"[②]他自认为遍游永州山水，所有的奇异之景都见过了，直到发现"西山之怪特"，西山浩渺旷远的景致使他心安神闲，在与自然万物的交流中获得了解脱，他这才意识到过去的漫游皆是徒然，真正的漫游自此而始，于是作文记录。

这篇《小石潭记》写的是西山附近一处小潭。首段简单简答几笔勾勒，一处雅致小潭跃然纸上：四周茂竹环绕，水声清脆，十分幽

---

① 吴永喆、乔万民选注：《唐宋八大家·柳宗元》，天津古籍出版社2016年版，第110页。

② 吴永喆、乔万民选注：《唐宋八大家·柳宗元》，天津古籍出版社2016年版，第104页。

静，"水尤清冽"，"全石以为底"，近岸处水浅石出，"为坻，为屿，为嵁，为岩"，地貌奇特；岸边草木繁盛、藤蔓妖娆，参差错落，随风轻摇。全篇皆是这种格调。第二段写潭中数尾游鱼，自在逍遥，阳光下鱼的影子映在潭底的石头上，有时候一动不动，有时候倏忽一下游向远处，像是在和游者嬉乐。潭底游鱼时而安闲貌、时而迅疾貌，如一幅动态的水墨画，游鱼自得其乐也映照出作者观鱼时的心境。第三段，作者的眼光从小石潭转向了别处，写一条曲折蜿蜒的溪流，明暗相间，不知其源头，作者以"斗折蛇行""犬牙差互"作比，隐隐然带着郁结在心的无奈之情。第四段更是透露出心中的幽愤，作者写自己坐在潭边，四周竹木环抱，寂静寥落，空无一人，顿生凄凉寒彻之感。尽管小石潭潭水空明清澈、游鱼妙趣悠然、景致古朴幽雅，但在作者眼里，这里美好宁静得近乎凄清，不可长久停留，记下景致就此离开，意在言外，点到为止。末段补叙同游之人，干脆利落的结尾，既是娴熟的散文技法，也为了一笔了结忧伤，体现了作者深沉内敛的个性特征。

韩愈称柳宗元："居闲，益自刻苦，务记览，为词章，泛滥停蓄，为深博无涯涘。而自肆于山水间。"[①]如其所言，正是寄情于山水之间的柳宗元以他的创作实践证明：散体和骈体一样，也可以达到形象生动、意韵丰富的效果。

二、文人精神的彰显：欧、苏散文

欧阳修、苏轼等人接过韩、柳复兴古文的旗帜，致力于革新宋文体式，引领宋代文坛继续捍卫儒学"道统"和古文"文统"，促成了宋代散文文体的新变。

欧阳修主张"文与道俱""道胜文至"，他在《答吴充秀才书》指出："夫学者未始不为道，而至者鲜焉。非道之于人远也，学者有所溺焉尔。盖文之为言，难工而可喜，易悦而自足。世之学者往往溺之，一有工焉，则曰：'吾学足矣！'甚者至弃百事不关于心，曰：

---

① 韩愈著，刘振鹏主编：《韩愈文集·3》，辽海出版社2010年版，第48页。

'吾文士也，职于文而已。'此其所以至之鲜也。"很多文人满足于文辞之工巧，而不关心现实世界，认为文人会作文即可，以至于真正达到"道"之境界的人鲜少。因此，先要悟"道"，才能"文"胜，"圣人之文虽不可及，然大抵道胜者文不难而自至也"。"后之惑者，徒见前世之文传，以为学者文而已，故愈力愈勤而愈不至。"不明白"道胜文至"这一道理的人，模仿前人的文章只关注文字表面，努力的方向错了，越是工于辞采，越是写不好文章。所以说，之所以"不能纵横高下皆如意"都是因为"道未足也"，"若道之充焉，虽行乎天地，入于渊泉，无不之也"。[①] 从这里可以看出，欧阳修所谓"道"，除了儒道的含义，还多了一层"人生境界"的意味。

在继承古文"古朴"传统上，欧阳修对其中的古奥成分加以扬弃，创造出简易晓畅的散文新风格。他在《尹师鲁墓志铭》中写道："师鲁为文章，简而有法。"[②] 又在《论尹师鲁墓志铭》中写道："俪偶之文，苟合于理，未必为非，故不是此而非彼也。""故师鲁之志，用意特深而语简；盖为师鲁文简而意深。"[③] 欧阳修推崇尹师鲁简洁而有章法的文章风格，他主张用语平易不是为了否定骈俪之语，乃是针对古文追求奇古艰涩之风而言，文章贵在意深言简，为了"平易自然"的表达需要，融骈入散未尝不可。

后世以"六一风神"评论欧阳修散文的美学风格，指涉的是欧文的情韵之美。情致源于明理悟道，韵致源于行文流畅。欧文中别具"风神"之美的名篇不胜枚举，如《苏氏文集序》《徂徕先生墓志铭》《琴说》《丰乐亭记》《岘山亭记》《醉翁亭记》等，下面且看这篇《秋声赋》：

---

① 欧阳修著，陈必祥编撰：《欧阳修散文选集》，上海古籍出版社、三联书店香港分店1997年版，第92—93页。

② 欧阳修著，陈必祥编撰：《欧阳修散文选集》，上海古籍出版社、三联书店香港分店1997年版，第221页。

③ 欧阳修著，陈必祥编撰：《欧阳修散文选集》，上海古籍出版社、三联书店香港分店1997年版，第231—232页。

欧阳子方夜读书，闻有声自西南来者，悚然而听之，曰：异哉！初淅沥以萧飒，忽奔腾而砰湃，如波涛夜惊，风雨骤至。其触于物也，鏦鏦铮铮，金铁皆鸣；又如赴敌之兵，衔枚疾走，不闻号令，但闻人马之行声。余谓童子："此何声也？汝出视之。"童子曰："星月皎洁，明河在天，四无人声，声在树间。"

余曰："噫嘻悲哉！此秋声也，胡为而来哉？盖夫秋之为状也：其色惨淡，烟霏云敛；其容清明，天高日晶；其气慄冽，砭人肌骨；其意萧条，山川寂寥。故其为声也，凄凄切切，呼号愤发。丰草绿缛而争茂，佳木葱茏而可悦；草拂之而色变，木遭之而叶脱；其所以摧败零落者，乃其一气之余烈。

"夫秋，刑官也，于时为阴，又兵象也，于行用金。是谓天地之义气，常以肃杀而为心。天之于物，春生秋实，故其在乐也，商声主西方之音，夷则为七月之律。商，伤也，物既老而悲伤；夷，戮也，物过盛而当杀。

"嗟乎！草木无情，有时飘零。人为动物，惟物之灵；百忧感其心，万事劳其形，有动于中，必摇其精。而况思其力之所不及，忧其智之所不能；宜其渥然丹者为槁木，黟然黑者为星星。奈何以非金石之质，欲与草木而争荣？念谁为之戕贼，亦何恨乎秋声！"

童子莫对，垂头而睡。但闻四壁虫声唧唧，如助予之叹息。[①]

此文以散体入赋，用语平易，记叙"欧阳子"夜闻秋声而不知，展开了对声音的无限想象，从潇潇雨声想到波涛涌起，再到风雨骤然，然后是金甲铁衣的声响……遐想不解，遣童子一探究竟，方知室外夜色宁静，声音自林间而来。他慨叹道："可悲啊！原来是秋声啊！"并由此铺开对秋之格调、秋之形貌、秋之气息、秋之意境的描述，并从自然轮转、四时月令、阴阳五行、五音七声等角度分析秋声

---

① 欧阳修著，陈必祥编撰：《欧阳修散文选集》，上海古籍出版社、三联书店香港分店1997年版，第273—274页。

如此凄切的原因。他由秋声引发对人生的喟叹：草木无情，适时凋零；人非草木，免不了劳形劳心。接着诘问自身：草木荣枯自有时，人生没有草木的"金石之质"，奈何自伤华发与衰老？遭遇烦扰当省悟自身，何以怨秋声。这也是文章的意旨所在。结尾处写无人应和自己的叹息，唯有虫声唧唧，似与我心同。

欧阳修对秋声的描摹，不是源于所见，而是源于真实的感受和玄妙的想象，比拟秋声之物，真切可感，不落俗套；对悲秋之感的分析富于理性色彩，回环往复的呼叹极尽抒情之能，显示出情理相生、情韵相融的美感。欧阳修的情感是外显的，这从他标志性的"悲哉""嗟乎"等叹词中很容易看出，但他的心性确是内敛型的，故而一篇《秋声赋》从秋声起笔，于内心深处落笔，强烈的情感波澜最终归于平静。《秋声赋》之所以格高意远，正是缘于淋漓情致与从容心境产生的美妙反差感，欧阳修的"风神"也尽显于此。

欧阳修开创了宋代散文文体的新格局，他的散文是后辈文人师法的典范，苏轼便是其中一位超越式的效仿者。

苏轼十分推崇欧阳修"道胜文至"的理论及平易自然的文风，并在此基础上提出自己的文学主张。一是讲究"辞达"，用语简易，达与事理。他在《与谢民师推官书》中写道："大略如行云流水，初无定质，但常行于所当行，常止于所不可不止；文理自然，姿态横生。孔子曰：'言之不文，行而不远。'又曰：'辞达而已矣。'夫言止于达意，即疑若不文，是大不然。求物之妙，如系风捕影，能使是物了然于心者，盖千万人而不一遇也。而况能使了然于口与手者乎？是之谓辞达。辞至于能达，则文不可胜用矣。"[①]一方面对自然流畅之文风表示肯定，另一方面对文贵"辞达"进行阐释和延伸。二是讲究平实，不为空言。他在《与黄鲁直》一文中写道："凡人文字，当务

---

① 苏轼著，顾之川校点：《苏轼文集》（上），岳麓书社2000年版，第656页。

使平和，至足之馀，溢为怪奇，盖出于不得已也。"①《与王庠》中说："儒者之病，多空文而少实用。"②三是随物赋形，自然为工。他在《文说》中提到自己作文的体会："吾文如万斛泉源，不择地皆可出。在平地，滔滔汩汩，虽一日千里无难。及其与山石曲折，随物赋形，而不可知也。"在《〈南行前集〉叙》中说："夫昔之为文者，非能为之为工，乃不能不为之为工也。"写文章不为刻意之工巧，自然而然达到工巧才是最高境界。

苏轼的散文风格多样，不同题材不同为文。他以如椽大笔写就了《留侯论》《贾谊论》《范增论》等议论文名篇，以传神之笔留下了《赤壁赋》《后赤壁赋》《喜雨亭记》《凌虚台记》《超然台记》《放鹤亭记》《石钟山记》《文与可画筼筜谷偃竹记》等记叙散文佳作，更以灵动活泼的笔致抒写了大量篇幅短小的书札、题跋、寓言、杂记、随笔等文学小品，如《与侄论文书》《书吴道子画后》《跋秦少游书》《书黄子思诗集后》《传神记》《日喻》《稼说》《记承天寺夜游》等，皆是洒脱个性及文人雅趣的自由漫笔，如这篇《书〈黄子思诗集〉后》：

予尝论书，以谓钟、王之迹，萧散简远，妙在笔画之外；至唐颜、柳，始集古今笔法而尽发之，极书之变，天下翕然以为宗师，而钟、王之法益微。

至于诗亦然。苏、李之天成，曹、刘之自得，陶、谢之超然，盖亦至矣。而李太白、杜子美以英玮绝世之姿，凌跨百代，古今诗人尽废。然魏、晋以来高风绝尘，亦少衰矣。李、杜之后，诗人继作，虽间有远韵，而才不逮意，独韦应物、柳宗元发纤秾于简古，寄至味于澹泊，非余子所及也。唐末司空图，崎岖

---

① 苏轼著，顾之川校点：《苏轼文集》（上），岳麓书社2000年版，第387页。

② 苏轼著，顾之川校点：《苏轼文集》（上），岳麓书社2000年版，第618页。

兵乱之间，而诗文高雅，犹有承平之遗风。其论诗曰："梅止于酸，盐止于咸。饮食不可无盐、梅，而其美常在咸、酸之外。"盖自列其诗之有得于文字之表者二十四韵，恨当时不识其妙，予三复其言而悲之。

　　闽人黄子思，庆历、皇祐间号能文者。予尝闻前辈诵其诗，每得佳句妙语，反复数四，乃识其所谓，信乎表圣之言，美在咸酸之外，可以一唱而三叹也。予既与其子几道、其孙师是游，得窥其家集，而子思笃行高志，为吏有异材，见于墓志详矣，予不复论，独评其诗如此。①

　　作为古文大家、学术宗师的苏轼，在书法、绘画及书画艺术品鉴方面也有很高的造诣。他的书法师法王羲之、颜真卿、柳公权等书法巨擘，博采众长，自成"苏体"，代表作有《黄州寒食诗帖》。他以"枯木竹石"入画，开创了"萧散平远、平淡天真"的文人画观，引领了北宋乃至后世画坛的走向，使得文人写意画一度成为画坛主流。他写下了大量品评诗文书画的文字，这篇《书〈黄子思诗集〉后》便是对诗坛前辈黄子思诗歌的评论。苏轼从论书法到论诗，列举历史上的书法名家及诗人的艺术特色，表达对"古简、澹泊、高雅、意境、韵味"等美学风格的推崇。他借用司空图"美常在咸、酸之外"的诗论观点评价黄子思的诗歌，"咸、酸之外"即味外之味，好的诗歌必须再三品味才能识得其味外之味。苏轼眼中好的诗歌乃是"发纤秾于古简，寄至味于澹泊"，越是平淡质朴的文字越是含蓄深刻，表面上看不出奇妙，待反复琢磨，才能觉出"一唱而三叹"之美。

　　苏轼看似在评他人之诗，实则是在发表自己的诗文观。本是评一人之诗却先评大家书法、述名家诗风、引前人诗论，直到最后才点明文意，这种自然率真之气是情与才凝结的产物。而这般"逸笔草草以

---

① 苏轼著，顾之川校点：《苏轼文集》（下），岳麓书社2000年版，第800页。

自娱"的写作风格所彰显的，正是淡而不俗的文人雅趣。

无疑，比之前辈古文家，苏轼是最具文人精神的一位。他的文人精神体现在孜孜崇"文"的审美追求中，体现在豪放洒脱但不乏平淡天真的文化心态中，体现在"天地之间，物各有主，苟非吾之所有，虽一毫而莫取"的人格心境中。他"为文学"之通脱，源于他"为人生"之练达，正如他在《与二郎侄》中说：

> 凡文字，少小时须令气象峥嵘，采色绚烂，渐老渐熟乃造平淡；其实不是平淡，绚烂之极也。①

正所谓，落尽繁华，复归平淡，当是绚烂之极。逝者如斯，而未尝往也。苏轼的"豪气"和"文气"叠在一起，构成了宋代文人独一无二的精神气质，且传之久远。

第四节 "式微"到"终极"：倡言复古与独抒性灵

冯天瑜先生主笔的《中华文化史》一书中分别以"沉暮品格"和"垂暮气象"形容明清两代的时代文化特征。书中说："假如说，先秦文化是中国文化的青春期，那么，这一时期的文化具有一种在大朴式的神秘气氛中憧憬图腾的特质；在意气风发的开拓中，先秦哲人创造了中国文化的'轴心时代'。假如说，汉唐文化是中国文化的成熟期，那么，这一时期的文化具有一种大开大合的气概，在多元文化的交流融合中，汉唐文化推出丰盈灿烂的'黄金时代'。成熟之极，衰势渐现，宋文化已具有一种'老僧'性格：澄怀味象，沉静而内向。而至有明一代，中国农业宗法社会文化则显现出典型的沉暮品格。所

---

① 苏轼著，顾之川校点：《苏轼文集》（上），岳麓书社2000年版，第710页。

谓沉暮品格是文化生命衰落期的一种征象。"①"清代的中国封建社会已步入苍老之境，旧的事物正在走向没落，其衰亡征象日益鲜明。新生的趋向近代的文化因子，渐益滋长，渐益广泛，并日益活跃地为自己的未来开拓道路。"②如其所言，历史走到了明清的时代，正是古典的尽头处，无论是"沉暮"还是"垂暮"，形容式微、衰败之象再恰当不过。

艺术作品是时代精神的反映，时代如此，散文气象也是如此。古典散文至唐宋达到顶峰，到了明清，仍坚守在"载道"的核心位置，但盛况不再，渐渐从"式微"走向"终极"。

明代散文承袭唐宋古文复古之风，先后出现明代"前后七子"两大文人集团的复古思潮及唐宋派的复古运动。此时的散文"复古"运动已然没有了唐宋时代的革新之志，纯粹为拟古，将古文奉为圭臬，企图在复古之路上寻找出路。

清代散文与明代一样，也以"倡言复古"为主要发展路径。清代文坛影响最大的散文流派是以戴名世、方苞、刘大櫆、姚鼐为代表的桐城古文派。桐城派是古典文坛规模最大、影响最广、绵延最久的散文流派，其在散文理论总结上更是达到了空前的高度。除却道统、文统的继承及散文理论建树方面的影响，桐城派散文最特殊的贡献在于，其在散文从古典向近代演进过程中起到了重要的过渡作用，尤以"中兴期"曾国藩的文论改造及末期严复、林纾的文风转变为甚。桐城派散文与近代散文之关系放在后面章节中进行详述，故本节略过不述。

明清散文最大的特点乃是复古，因此可以称为"散文复古时代"。"复古"是一种文化重演现象，既是对现实之风的反思和总结，也是对圣贤之学的崇拜和呼唤，"每一代作家，都是在与先贤的

---

① 冯天瑜、何晓明、周积明：《中华文化史》下册，上海人民出版社2005年版，第602页。

② 冯天瑜、何晓明、周积明：《中华文化史》下册，上海人民出版社2005年版，第713页。

对话中，体现其艺术理想；每一次文学运动，也都是在与往圣的对话中，体现其发展方向"①。然而，值得一提的是，"复古派"拉开了明清散文舞台的帷幕，僵化的复古之风曾使得舞台氛围一度跌入低谷；好在其间曾照进来一束"性灵派"之光，它的到来携着自由的生机，瞬时打乱了舞台枯株朽株的景象。这样一来，"复古派"与"性灵派"二者之间的角逐成为明清散文舞台上最特别的景致。

一、倡言复古："复古派"散文

明代"前七子"以李梦阳、何景明、康海为代表，"后七子"以李攀龙、王世贞、宗臣为代表。"前后七子"在散文创作上主张承袭秦汉古文之传统，主要效仿秦汉散文的高古、质朴、简实等风格，并在句法、结构、运思、体式等具体方法上师法秦汉散文，认为古法规则不可逾越，不必有所创新，只需忠实模仿即可。

"前后七子"尊"秦汉古文"，被称为"秦汉派"，与之对峙的还有另外一支复古派，他们反对"秦汉派"，主张散文创作应师法唐宋古文，被称为"唐宋派"，代表人物有王慎中、唐顺之、茅坤、归有光等。"唐宋派"在师古方面比"秦汉派"稍显开通，不唯模仿形式，还关注内容上的继承，学习唐宋散文大家的风神。然而，"唐宋派"与"秦汉派"虽然师法对象不同，但二者复古的方向实为一致，毕竟唐宋古文也是复兴秦汉之风。因此，二者同为"倒退式"复古派，并无本质之区别。但从散文创作实际上看，"唐宋派"散文在艺术成就上明显高于"秦汉派"。而"唐宋派"中散文成就最大、最具代表性的人物当属归有光。

归有光，字熙甫，又字开甫，号震川，因其先祖曾在苏州"项脊泾"居住，便自号"项脊生"，并将书房取名为"项脊轩"。归有光在《项思尧文集序》批评"秦汉派"的雕章琢句、模拟剽窃、盲目拟古之文风，言辞颇为激烈："盖今世之所谓文者难言矣。未始为古

---

① 陈平原：《现代中国的"魏晋风度"与"六朝散文"》，《中国文化》1997年第Z1期。

人之学，而苟得一二妄庸人为之巨子，争附和之以诋排前人。韩文公云：'李杜文章在，光焰万丈长。不知群儿愚，那用故谤伤！蚍蜉撼大树，可笑不自量！'文章至于宋、元诸名家，其力足以追数千载之上而与之颉颃；而世直以蚍蜉撼之，可悲也！无乃一二妄庸人为之巨子以倡道之欤？"其中提到的"妄庸巨子"直指当时的文坛权威、"后七子"之一的王世贞。大胆贬斥权威，归有光不愧为"明文第一人"，他以超然的文才、独特的文风证明，他确有这样的底气。归有光的散文继承了唐宋古文平淡自然的文风，他最好的文章是那些记录日常琐事、抒发真情实感的记叙散文，如《项脊轩志》《先妣事略》《寒花葬志》《思子亭记》《见树楼记》《女二二圹志》等。其中又以《项脊轩志》最为有名。

项脊轩，旧南阁子也。室仅方丈，可容一人居。百年老屋，尘泥渗漉，雨泽下注，每移案，顾视无可置者。又北向，不能得日，日过午已昏。余稍为修葺，使不上漏；前辟四窗，垣墙周庭，以当南日；日影反照，室始洞然。又杂植兰桂竹木于庭，旧时栏楯，亦遂增胜。借书满架，偃仰啸歌，冥然兀坐。万籁有声，而庭阶寂寂，小鸟时来啄食，人至不去。三五之夜，明月半墙，桂影斑驳。风移影动，珊珊可爱。然予居于此，多可喜，亦多可悲。

先是，庭中通南北为一。迨诸父异爨，内外多置小门墙，往往而是。东犬西吠，客逾庖而宴，鸡栖于厅。庭中始为篱，已为墙，凡再变矣。家有老妪，尝居于此。妪，先大母婢也。乳二世，先妣抚之甚厚。室西连于中闺，先妣尝一至，妪每谓予曰："某所，而母立于兹。"妪又曰："汝姊在吾怀，呱呱而泣。娘以指扣门扉曰：'儿寒乎？欲食乎？'吾从板外相为应答。"语未毕，余泣，妪亦泣。

余自束发读书轩中。一日，大母过余曰："吾儿，久不见若影，何竟日默默在此，大类女郎也？"比去，以手阖门，自语曰："吾家读书久不效，儿之成，则可待乎？"顷之，持一象笏至，曰："此吾祖太常公宣德间执此以朝；他日，汝当用之。"瞻顾遗迹，如在昨日。令人长号不自禁。

轩东故尝为厨。人往，从轩前过。余扃牖而居，久之能以足音辨人。轩凡四遭火，得不焚，殆有神护者。

项脊生曰：蜀清守丹穴，利甲天下。其后秦皇帝筑女怀清台。刘玄德与曹操争天下，诸葛孔明起陇中，方二人之昧昧于一隅也，世何足以知之？余区区处败屋中，方扬眉瞬目，谓有奇景。人知之者，其谓与坎井之蛙何异！"

余既为此志后五年，吾妻来归。时至轩中从余问古事，或凭几学书。吾妻归宁，述诸小妹语曰："闻姊家有阁子，且何谓阁子也？"其后六年，吾妻死，室坏不修。其后二年，余久卧病无聊，乃使人复葺南阁子。其制稍异于前，然自后余多在外，不常居。

庭有枇杷树，吾妻死之年所手植也。今已亭亭如盖矣。①

这篇散文以回忆的笔调，记录了书斋"项脊轩"的居住环境及家庭生活琐事。从书斋的格局和方位、破败修缮情况、庭中景致写到可悲可喜的往事，再到房舍的变化、人生的变故等，所记之物细致、平常，所记之事琐碎、平淡，所记之人情真、平凡，写得细致入微、言淡味浓，感人至深。近人林纾曾言："余尝谓古文中序事，惟序家常平淡之事为最难着笔。"②而这最难着笔的事，在归有光的笔下，是这般栩栩动人，有"小鸟时来啄食，人至不去"之安然，有"明月半墙，桂影斑驳，风移影动，珊珊可爱"之幽静，有"东犬西吠""鸡栖于厅"之沧桑，有"能以足音辨人"之温情，有念其妻手植"亭亭如盖"之无奈……往事历历，然室迩人远，怎不叫人动容，如其所

---

① 归有光：《震川先生集》（上），上海古籍出版社2007年版，第429—431页。

② 林纾著，许桂亭选注：《铁笔金针：林纾文选》，百花文艺出版社2002年版，第63页。

言，"瞻顾遗迹，如在昨日。令人长号不自禁"。

文论家周振甫说："这篇志的好处在抒情，不在结构。"①从形式结构上来说，这篇文章无意于考究章法，给人的感觉是不为记录，单纯只为回忆。归有光写书斋景物，睹物思情，中间横生一段议论："人知之者，其谓与坎井之蛙何异？"像是凭空而来的慨叹。慨叹之后，接着思人，末段借枇杷树诉衷情，以树之繁茂比人之孑然，不言之悲伤悄然而至。

唐宋古文讲究"道胜文至"，然"道始于情，情生于性"，悟道的文字自是不一般，而情之至者，更可自然流露为文，因此可以说"文以情至"。归有光的这篇文章用语平淡自然，叙事简简单单，这就是生活之本真、情感之真实，故而称得上是"至情之文"。

从"情性"的角度来说，归有光的散文似乎超出了"唐宋派"的复古圈，至少没有受到太多义理上的羁绊，他的文思中甚至显现出几许"性灵"之光。

二、独抒性灵："性灵派"散文

晚明时代的散文，于沉暮之气中，透着"性灵"之光。这很容易让人回想起六朝时的散文景况，不由思忖：为何每每沉暮颓废、朝代过渡之际，总有最为自由的思想及最具审美价值的作品显现？对此，周作人在为他的弟子沈启无编选的《近代散文抄》一书所撰写的序文中有精妙的论述："一到了颓废时代，皇帝祖师等等要人没有多大力量了，处士横议，百家争鸣，正统家大叹其人心不古，可是我们觉得有许多新思想好文章都在这个时代发生，这自然因为我们是诗言志派的。小品文则在个人的文学之尖端，是言志的散文，它集合叙事说理抒情的分子，都浸在自己的性情里，用了适宜的手法调理起来。"②晚明散文的状况与周作人所谓的"颓废时代"完全契合，既发生了李贽"童心说"这样的新思想，也出现了公安派、竟陵派"独抒性灵"

① 周振甫：《古代散文十五讲》，重庆大学出版社2010年版，第438页。

② 周作人：《序》，沈启无编选，黄开发校订《近代散文抄》，东方出版社2005年版，第7页。

的好文章，更有突破传统散文模式、将抒情言志发挥到极致的晚明小品文……这些新思想、好文章将散文从"载道"樊篱中解救出来，复归"言志"的自由个性之路，共同构成了晚明散文崇尚"性灵"的新风貌。

李贽"童心说"可以看作是"性灵派"散文的理论基础。《童心说》指出："夫童心者，真心也。若以童心为不可，是以真心为不可也。夫童心者，绝假纯真，最初一念之本心也。若失却童心，便失却真心；失却真心，便失却真人。人而非真，全不复有初矣。童子者，人之初也；童心者，心之初也。"①童心指的是绝假纯真之真心、毫无掩饰之本心、自然情性之诚心，是人之初才有的一种状态。可以说，儿童是人生的初始，儿童之心性便是心灵最初的模样。失去了童心，便失去了求真之心，同时也将丧失真实自我。李贽分析"童心丧失"的原因在于童心被"闻见道理"之心所遮蔽，所言只作"道"的传声筒，并不是本心的自然流露，故以假心说假话、办假事、写假文章。李贽所谓"闻见道理"直指孔孟之道、程朱理学等封建道德，"童心说"批判的便是"假道学"之流弊。接着，李贽将"童心说"转接到文论思想范畴，提出了"自然情形论"的创作主张。他说："天下之至文，未有不出于童心焉者也。苟童心常存，则道理不行，闻见不立，无时不文，无人不文，无一样创制体格文字而非文者。"②长期以来，复古之风盛行，文章在"载道"之路上走向极端，导致八股文章泛滥，李贽以"童心"之文对抗"载道"之文，提出天下最好的文章皆是源自"童心"，即作者自然情性的流露。时时葆有童心，真我就不会被"闻见道理"吞噬，无论身处何等境遇都能创作出至情至性的好文章来。文章应为表现真我，而不为道德教化，从这个意义上来说，"诗何必古选，文何必先秦，降而为六朝，

---

① 李贽著，张建业主编，刘幼生整理：《李贽文集》第1卷，社会科学文献出版社2000年版，第91页。

② 李贽著，张建业主编，刘幼生整理：《李贽文集》第1卷，社会科学文献出版社2000年版，第91页。

变而为近体，又变而为传奇，变而为院本，为杂剧、为《西厢曲》、为《水浒传》，为今之举子业，皆古今至文，不可得而时势先后论也"。李贽认为，古今文章的评判标准不应局限在时代和体裁等方面，而应基于艺术审美价值进行考量，对传奇、小说等通俗文学予以肯定，使得文学从"载道"中心转向世俗民间。

在李贽"童心说"影响下，公安派提出"性灵说"文论观，强调创作主体的真实情感与自由表达。公安派以袁宗道、袁宏道、袁中道"公安三袁"为代表，其中以袁宏道成就最大。公安派的"性灵说"主张"独抒性灵，不拘格套"，倡导好诗贵在"情真而与之"，如袁宏道在《叙小修诗》一文中评价其弟袁中道的诗歌："大都独抒性灵，不拘格套，非从自己胸臆流出，不肯下笔。有时情与境会，顷刻千言，如水东注，令人夺魄。其间有佳处，亦有疵处，佳处自不必言，即疵处亦多本色独造语。然予则极喜其疵处；而所谓佳者，尚不能不以粉饰蹈袭为恨，以为未能尽脱近代文人气习故也。"[1]这一评述指出，"性灵"在创作上表现为直抒胸臆，以平易流畅为佳，以"本色独语"为美，反对"粉饰蹈袭"、含蓄蕴藉之风。"独抒性灵，不拘格套"之语，于此成为公安派"性灵说"的宣言。在审美风格上，"性灵"之文尚"淡"，袁宏道在《叙呙氏家绳集》中说："苏子瞻酷嗜陶令诗，贵其淡而适也。凡物酿之得甘，炙之得苦，唯淡也不可造；不可造，是文之真性灵也。"[2]袁宏道"性灵说"也将矛头对准"古文正统"，他犀利地指出："盖诗文至近代而卑极矣，文则必欲准于秦、汉，诗则必欲准于盛唐，剿袭模拟，影响步趋，见人有一语不相肖者，则共指以为野狐外道。"而这"野狐禅"正是公安派所推崇的。"野狐禅"和正统何来优劣之分？"唯夫代有升降，而法不相沿，各极其变，各穷其趣，所以可贵，原不可以优劣

---

[1] 袁宏道著，钱伯城笺校：《袁宏道集笺校》上册，上海古籍出版社1981年版，第187—188页。

[2] 袁宏道著，钱伯城笺校：《袁宏道集笺校》下册，上海古籍出版社1981年版，第1103页。

论也。"①时代盛衰兴亡，文法不一定要沿袭，一代又一代之文学，各有各的审美旨趣，这样才显得可贵，这正是性灵派倡导的文体发展观。

公安派之后出现了以钟惺、谭元春为代表的竟陵派。在"性灵"主张上，竟陵派较之公安派显得更为圆融，一边继承"性灵"思想中的"心""情""灵"，一边结合复古派思想中的"古""理""厚"，对"性灵"进行补充。总的来说，竟陵派"既吸收了公安派的长处，又克服了公安派的弱点"②，是对公安派的延伸和扬弃。

"性灵"文学思想在散文创作实践上体现为晚明小品文蔚然成风，而小品散文的集大成者当属明清之交的文学家张岱。

张岱，字宗子，又字天孙、石公，号陶庵，晚号六休居士、蝶庵、古剑老人、渴旦庐等。他出身仕宦望族、文学世家，明亡前，他的前半生过着富贵悠游的生活，后半生遭遇国破家亡，隐居避乱、穷困潦倒。纵然一生曲折坎坷，但他不失乐观豁达之心，潜心著述，留下了《陶庵梦忆》《西湖梦寻》《夜航船》《琅嬛文集》《石匮书》《三不朽图赞》等脍炙人口的名著精品。他的小品散文精致飘逸，传神自然，如暮色盛开的花朵，给明清灰暗沉闷的天空带去一缕新的光彩。下面让我们以这篇《湖心亭看雪》为例，感受这位"绝世散文家"的风范。

崇祯五年十二月，余住西湖。大雪三日，湖中人鸟声俱绝。是日更定矣，余拏一小舟，拥毳衣炉火，独往湖心亭看雪。雾凇沉砀，天与云、与山、与水，上下一白。湖上影子，惟长堤一痕，湖心亭一点，与余舟一芥，舟中人两三粒而已。

---

① 袁宏道著，钱伯城笺校：《袁宏道集笺校》上册，上海古籍出版社1981年版，第188页。

② 张国光主编：《竟陵派与晚明文学革新思潮》，武汉大学出版社1987年版，第52页。

到亭上，有两人铺毡对坐，一童子烧酒，炉正沸。见余大惊喜，曰："湖中焉得更有此人！"拉余同饮。余强饮三大白而别。问其姓氏，是金陵人，客此。及下船，舟子喃喃曰："莫说相公痴，更有痴似相公者。"①

这篇小品记一次湖心亭赏雪的情景，就内容来说无甚特别。但湖心亭位于西湖，西湖对张岱来说，不只是一处旧游之地，而是半生的情结和记忆。他曾作《西湖梦寻》七十二则小文追忆明亡之前游览西湖的往事，"以北路、西路、南路、中路、外景五门，分记其胜。每景首为小序，而杂采古今诗文列于其下"②。他在文集的自序中说："余生不辰，阔别西湖二十八载，然西湖无日不入吾梦中，而梦中之西湖，实未尝一日别余也。"③梦中的西湖承载着张岱一生最为留恋的时光，他用"一梦"总结自己的一生："因想余生平，繁华靡丽，过眼皆空，五十年来，总成一梦。"④他要把这些旧梦寻回来，"留之后世，以作西湖之影"。这篇《湖心亭看雪》也是回忆所作，即《陶庵梦忆》中的"一梦"，同时也被收录在《西湖梦寻》里的《湖心亭》一则小序后的诗文中。言明这篇小文辑录何处并不是解读所需，但似乎也有关联，只有明白"西湖"和"梦"所代表的意义，才能更好地理解"湖心亭看雪"这一梦。正如李长祥在《西湖梦寻》序中所言："识得明季时未必有西湖，方可与寻西湖；识得明季时西湖中未必有陶庵，方可与读陶庵西湖之《梦寻》。"

小品前半部分以写景为主。张岱回忆道，那一年住在西湖边，

---

① 张岱著，栾保群点校：《陶庵梦忆　西湖梦寻：张岱著作集》，浙江古籍出版2012年版，第42页。

② 张岱著，栾保群点校：《陶庵梦忆　西湖梦寻：张岱著作集》，浙江古籍出版2012年版，第125页。

③ 张岱著，栾保群点校：《陶庵梦忆　西湖梦寻：张岱著作集》，浙江古籍出版2012年版，第131页。

④ 张岱著，栾保群点校：《陶庵梦忆　西湖梦寻：张岱著作集》，浙江古籍出版2012年版，第1页。

有一次大雪三日，西湖上鲜有人迹，他在夜里乘一叶小舟前往湖心亭看雪。冰冷的水气笼罩湖面，天、云、山、水，上上下下皆是白茫茫一片。湖面上依稀能看到唯有一条苏堤的长痕，一点亭影，一叶小船及船上人影两三粒。作者便是船中人影两三粒之一。天地间是"一白"，湖上影子有"一痕""一点""一芥""两三粒"，张岱用这些清晰的量词描写冰天雪地中一片模糊的景象，使得长堤、亭台、船、人等在视觉上或者说画面中充满了立体感、颗粒感、质感、触感。作者记忆中的西湖已然不再，这些宛如沧海一粟的事物也与远去的记忆构成了内在的对应。

小品后半部分以叙事为主。作者到达湖心亭，只见两人地铺毡毯对面而坐，一个童子在旁温酒，炉中酒正煮开。他们见到作者颇为惊喜，邀其同饮，作者狂饮三大杯后便辞别，辞别之际问他们的姓名，答说是南京人在此作客。下船时，船夫小声自语道："不要说相公痴狂，竟还有跟相公一样痴狂的。"作者亭中所见所闻似梦非梦，亭中客之雅兴与"湖中人鸟声俱绝"形成了鲜明的比照，对饮者"见余大惊喜"，颇有桃花源人见外人"乃大惊"之意味。作者未在亭中平眺雪景，而是应邀痛饮三杯便离开，颇有"乘兴而行，兴尽而返"的俊逸、超脱。末尾船夫喃喃之语，语中带着戏谑，一个"痴"字将"独往湖心亭看雪"的张岱描摹得淋漓尽致。"痴"从他人口中透出，也印证了张岱内心的孤寂与深沉。"更有痴似相公者"，留下无穷余味，让人忍不住回过头去寻找"痴者"的痕迹。

张岱对"痴"确实情有独钟，"痴"就是他的性灵。他在《陶庵梦忆》序文中讲过一个关于痴人的小故事："昔有西陵脚夫为人担酒，失足，破其瓮，念无所偿，痴坐仾想曰：'得是梦便好！'一寒士乡试中式，方赴鹿鸣宴，恍然犹意非真，自啮其臂曰：'莫是梦否？'一梦耳，惟恐其非梦，又惟恐其是梦，其为痴人则一也。"在他看来，痴人就是爱做梦之人，痴人从不掩饰自己，他们是如此单纯可爱。梦非真，但有时却比现实更加真实，因为梦是内心情感的真实映照。他将"痴"看作"情"与"真"的对等物，就像《祁止祥癖》

一文中所说的，"人无癖不可与交，以其无深情也；人无疵不可与交，以其无真气也"[1]。

　　一篇简单的小文，简约中透着清雅、空灵之气；一个半生寻梦之痴人，痴狂中透着孤独、悲凉之感。正是因为这种"无奈"，张岱的性灵书写才显得更加纯粹、真实。

---

　　[1]　张岱著，栾保群点校：《陶庵梦忆　西湖梦寻：张岱著作集》，浙江古籍出版2012年版，第57页。

第二章

散文的近代和文化的近代

19世纪中期到20世纪初期的中国，"旧者已破，新者未成"，晚清的沉沉暮气依然笼罩华夏大地，世纪之交的曙光依稀隐现，无论是器物、制度、文化、风尚，还是审美、创作，无不悬在前所未有的大变革之巅，古典文明正向着现代文明悄然行进。

近代中国的社会形态，诚如梁启超所言，"今日之中国，过渡时代之中国也"①。梁启超本人在《过渡时代论》一文中对过渡时代的中国进行了如下阐释：

> 中国自数千年来，常立于一定不易之域，寸地不进，跬步不移，未尝知过渡之为何状也。虽然，为五大洋惊涛骇浪之所冲激，为十九世纪狂飙飞沙之所驱突，于穹古以来，祖宗遗传、深顽厚锢之根据地，遂渐渐摧落失陷，而全国民族，亦遂不是不经营惨淡，跋涉苦辛，相率而就于过渡之道。故今日中国之现状，实如驾一扁舟，初离海岸线，而放于中流，即俗语所谓两头不到岸之时也。语其大者，则人民既愤独夫民贼愚民专制之政，而未能组织新政体以代之，是政治上之过渡时代也；士子既鄙考据词章庸恶陋劣之学，而未能开辟新学界以代之，是学问上之过渡时代也；社会既厌三纲压抑虚文缛节之俗，而未能研究新道德以代

---

① 梁启超著，书林主编：《梁启超文集》，线装书局2009年版，第74页。

之，是理想风俗上之过渡时代也。①

梁启超认为，中国几千年故步自封、因循守旧，从来不知道过渡、变通与进步，但在西方文明"惊涛骇浪"的冲击之下，在内部"狂飙飞沙"的颠覆下，不得不艰苦跋涉，逐步走上过渡之路，如一叶扁舟被抛入"两不到岸"的汪洋之中。他将过渡定义为"变革""进步"，认为"过渡者，改进之意义也"，指出中国之所以处于过渡时代，是由于在制度层面，旧体制已腐朽，新政体尚未建立；在文化层面，旧学界已衰微，新学界尚未开创；在伦理层面，旧道德已崩塌，新道德尚未诞生。梁启超认为未来中国只要怀着这种求新的渴望，便能从旧思想的樊篱中找到突围的方向。

近代中国文学的演进与近代中国历史现实、社会发展进程、文化思想变革密切相关。近代中国在大变革的过渡之路上，一面承受着百废待兴的窘境，一面面临着中西文化交汇的机遇。这一时期的文学也是如此。近代文学一方面保持着对传统文学断裂式的决然之姿，另一方面也脱不开延续和总结传统文化资源的宿命。恩格斯在《路德维希·费尔巴哈和德国古典哲学的终结》中指出："每一种新的进步都必然表现为对某一神圣事物的亵渎，表现为对陈旧的、日益衰亡的、但为习惯所崇奉的秩序的叛逆。"②一切"新"都生发于"旧"，并从"旧"中寻找存在的合理性，恩格斯的论述仿佛重现了过渡时代中国文学的现实境遇。过渡时代的社会巨变显然不是抱残守缺的古典文学程式所能承担的，中国古典文学作为几千年封建时代的记录者，在发挥它巨大的影响力之后，随着近代文化的纵深发展，已经走上末路。

近代文学在极力挣脱旧文学桎梏的过程中，不可避免地带有封建社会集体意识的印记，过渡与变革是近代文学遭遇社会大变革的必然

---

① 梁启超著，书林主编：《梁启超文集》，线装书局2009年版，第76页。
② 《马克思恩格斯选集》第4卷，人民出版社1995年版，第237页。

反映。然而，过渡并不是简单的文体形式、语言规范上的变革，而是深植于文学观念和思想文化层面的转换，这就意味着不仅要推翻旧的文学体制，还要在历史文化语境中获得普遍认同。如何在危机四伏的复杂境遇中寻找作别过去的力量，除了模仿西方文学模式，还应吸收传统文学养分，在多元文化交汇融合中寻找中国新文学的重建之路。

近代文化从封闭、单一化向开放、多元化转变，传统文化在危机中挣扎求变。散文作为中国文化的重要载体，其演进与文化的发展息息相关。在新旧交替的社会剧变中，皮之不存，毛将焉附。近代散文同样逃不开涅槃再生的命运，从此踏上曲折坎坷的现代化进程。近代散文经历了由复兴"经世之学"的龚魏之文、重振桐城古文的湘乡派，过渡到半文半白的新民体，再到美文博兴、白话散文盛行的多元蜕变，其间有大量优秀的散文文本传世，为探寻散文文化传承的轨迹提供了线索和佐证。本章选取近代部分具有代表性的散文作家及散文文本，将散文文本与作家个性特色、历史时代风貌结合起来，通过探究文本中所蕴含的文化内涵和美学意义，分析中国近代散文在传承历史文化、彰显民族精神等方面起到的作用。

第一节　新旧对抗：古典散文的挽歌

一、龚、魏新体散文：经世思想下的文化觉醒

鸦片战争之后，近代中国开始走上艰难的文化转型之路。这一过程极其复杂与漫长，表面上是外来文化刺激的结果，实则是传统文化内部的沉疴积弊所致。马克思将鸦片战争时期中国的社会状况称之为"奇异的悲歌"，他在《鸦片贸易史》一文中写道："一个人口几乎占人类三分之一的大帝国，不顾时势，安于现状，人为地隔绝于世并因此竭力以天朝尽善尽美的幻想自欺。这样一个帝国注定最后要在一场殊死的决斗中被打垮……"[1]悲歌当哭，无论历史的足音

---

[1]　《马克思恩格斯选集》第1卷，人民出版社1995年版，第716页。

多么沉重，当时的统治阶级和知识分子中的大多数人仍沉浸在"天朝尽善尽美"的幻想中，抗拒对传统文化的反思。但也有少数先觉者，如龚自珍、魏源等，他们听见了清朝大厦将倾的"悲歌"，觉察到盛衰交替的必然之势，尝试从传统文化中发掘适应时代需要的新思想、新观念，以"经世致用"为志，引导时代潮流，应对"数千年未有之变局"。

梁启超在《清代学术概论》中指出："今文学之健者，必推龚、魏。龚、魏之时，清政既渐陵夷衰微矣，举国方沈酣太平，而彼辈若不胜其忧危，恒相与指天画地，规天下大计。……后之治今文学者，喜以经术作政论，则龚、魏之遗风也。"[1]龚、魏二人踏着历史悲歌而来，走在时代前列，开拓近代文化的新路，用文章唱响了末世的挽歌。

（一）龚自珍

龚自珍堪为近代首开风气的思想家和文学家。他家学深厚，祖父、父亲皆为进士出身的官员，母亲博学多才，是清代文学大儒段玉裁之女。龚自珍自小就受到良好的学术熏陶，跟随祖父学习文字学，后结识今文经学家刘逢禄，转而研究经世之学，擅长诗词文章，一生著作等身。他为学的时代，正值社会危机加重、士林风气变化之际，汉学考据、宋学义理禁锢思想，于国运没有丝毫益处。他"引《公羊》义讥切时政，抵制专制"[2]，斥清朝为"万马齐喑"的"衰世"，在《乙丙之际箸议第九》中对"衰世"进行了深刻的论述：

> 吾闻深于《春秋》者，其论史也，曰：书契以降，世有三等。三等之世，皆观其才；才之差，治世为一等，乱世为一等，衰世别为一等。

---

① 梁启超著，朱维铮校注：《梁启超论清学史二种》，复旦大学出版社1985年版，第63页。

② 梁启超著，朱维铮校注：《梁启超论清学史二种》，复旦大学出版社1985年版，第63页。

衰世者，文类治世，名类治世，声音笑貌类治世。黑白杂而五色可废也，似治世之太素；宫羽淆而五声可铄也，似治世之希声；道路荒而畔岸隳也，似治世之荡荡便便；人心混混而无口过也，似治世之不议。左无才相，右无才史，阃无才将，庠序无才士，陇无才民，廛无才工，衢无才商，抑巷无才偷，市无才驵，薮泽无才盗，则非但鲜君子也，抑小人甚鲜。

当彼其世也，而才士与才民出。则百不才督之缚之，以至于戮。戮之非刀、非锯、非水火；文亦戮之，名亦戮之，声音笑貌亦戮之。戮之权，不告于君，不告于大夫，不宣于司市，君大夫亦不任受。其法亦不及要领，徒戮其心，戮其能忧心、能愤心、能思虑心、能作为心、能有廉耻心、能无渣滓心。又非一日而戮之，乃以渐，或三岁而戮之，十年而戮之，百年而戮之。才者自知度将见戮，则蚤夜号以求治，求治而不得，悖悍者则蚤夜号以求乱。夫悖且悍，且眄然睨然，以思世之一便已，才不可问矣，向之伦憝有辞矣。然而起视其世，乱亦竟不远矣。

是故智者受三千年史氏之书，则能以良史之忧忧天下，忧不才而庸，如其忧才而悖；忧不才而众怜，如其忧才而众畏。履霜之屦，寒于坚冰，未雨之鸟，戚于飘摇，痹瘵之疾，殆于疽痈。将萎之华，惨于槁木。三代神圣，不忍薄谪士勇夫，而厚豢驾赢，探世变也，圣之至也。①

他将《公羊传》"三世说"重新加以诠释，认为社会可以分为三等："治世""乱世""衰世"，并将"衰世"列为最黑暗、虚伪的一等。"衰世"表面上和"治世"相似，黑白不分以为是崇尚朴素，五音混杂以为是大音希声，制度荒废以为是政治清明，人心浑噩以为是一片祥和，看上去一切都像是"盛世"。然而人才被摧毁殆尽，人

---

① 康沛竹选注：《尊隐：龚自珍集》，辽宁人民出版社1994年版，第23—24页。

的廉耻心、上进心被束缚、剥夺，整个社会道德沦丧，世风日下，失去了生机和活力，天下大乱的日子不远了。他以"受三千年史氏之书"的智慧和敏感，揭露自己所处的时代是"衰世"，与治世完全相反，连用四个触目惊心的比喻："履霜之屦。寒于坚冰""未雨之鸟，戚于飘摇""痦痒之疾，殆于痈疽""将萎之华，惨于槁木"，描摹"衰世"的凄凉景象，这些都是封建社会行将解体的征兆。

龚自珍"衰世"论在他的其他文章中也有体现，如《明良论四》《古史钩沉论一》《京师乐籍说》《乙丙之际箸议第七》《尊隐》《病梅馆记》等。这些文章在内容上大胆抨击专制制度摧毁人才、扼杀生机、阻碍进步的衰朽之态，呼唤大变革，追求个性解放，发出了时代进步的声音；在体式上一改桐城古文固守"义法"的陈腐之风，主张摆脱程式束缚，直抒己见，突破一般政论散文的主题，将思辨与文学结合，开创了近代散文的新风。

他的《尊隐》一文堪为开近代散文新风的代表作。

> 将与汝枕高林，藉丰草，去沮洳，即莘确，第四时之荣木，瞩九州之神皋，而从我嬉其间，则可谓山中之傲民也已矣。仁心为干，古义为根，九流为华实，百氏为柂藩，枝叶昌洋，不可殚论，而从我嬉其间，则可谓山中之悴民也已矣。
>
> 闻之古史氏矣：君子所大者，生也；所大乎其生者，则时也。是故岁有三时：一曰发时，二曰怒时，三曰威时；日有三时：一曰蚤时，二曰午时，三曰昏时。
>
> 夫日胎于溟涬，浴于东海，徘徊于华林，轩辕于高阁，照曜人之新沐濯，沧沧凉凉，不炎其光，吸引清气，宜君宜王。丁此也以有国，而君子适生之，入境而问之。天下法宗礼，族归心，鬼归祀，大川归道；百宝万货，人功精英，不翼而飞，府于京师。山林冥冥，但有鄙夫、皂隶所家，虎豹食之，曾不足悲。
>
> 日之亭午，乃炎其光，五色文明，吸饮和气，宜君宜王。丁此也以有国，而君子适生之，入境而问之。天下法宗礼，族修

心，鬼修祀，大川修道；百宝万货，奔命喘塞，汗车牛如京师。山林冥冥，但有窒士，天命不犹，俱草木死。

日之将夕，悲风骤至，人思灯烛，惨惨目光，吸饮莫气，与梦为邻，未即于床。丁此也以有国，而君子适生之……

……

俄焉寂然，灯烛无光，不闻余言，但闻鼾声，夜之漫漫，鹖旦不鸣，则山中之民，有大音声起，天地为之钟鼓，神人为之波涛矣。

是故民之丑生，一纵一横。旦暮为纵，居处为横；百世为纵，一世为横；横收其实，纵收其名。之民也，壄者欤？邱者欤？垤者欤？避其实者欤？能大其生，以察三时，以宠灵史氏，将不谓之横天地之隐欤？闻之史氏矣，曰：百媢夫，不如一猖夫也；百傲民，不如一瘁民也；百瘁民，不如一之民也。则又问曰：之民也，有待者耶？无待者耶？应之曰：有待。孰待？待后史氏。孰为无待？应之曰：其声无声，其行无名，大忧无蹊辙，大患无畔涯，大傲若折，大瘁若息，居之无形，光景煜爚，捕之杳冥。后史氏欲求之，七反而无所睹也。悲夫悲夫！夫是以又谓之纵之隐。[①]

篇名《尊隐》之“隐”与“仕”相对，指不在朝廷的人，抑或是不被现实社会所容，故而远离“衰世”的人。文章开篇用诗意的笔触指出两类隐者：“山中之傲民”与“山中之悴民”，前者隐世独立，热爱自然，类似与陶渊明的田园隐逸情怀；后者研究学问，不问世事，颇有一代鸿儒“学隐”之意味。对这两种类型的“隐”，作者并没有表明态度，正如季镇淮先生在《近代散文的发展》中所述：“文章开头‘将与汝’一小段，描写‘山中之傲民’‘山中之悴民’两

① 康沛竹选注：《尊隐：龚自珍集》，辽宁人民出版社1994年版，第1—4页。

种不同的隐，是虚写作陪，不是作者所尊之隐。"①中篇笔锋一转重提公羊学派的"三世说"：初时、盛时、衰时，并对夕时即"衰世"进行了详尽的描摹。"日之将夕"的"京师"一片垂死之象，而"山中"则"有大音声起"，"天地为之钟鼓，神人为之波涛"，这便是"山中之民"取而代之的预兆。然而，作者也未明确对此"山中之民"的态度。直到文末，作者提出"横之隐"与"纵之隐"，"山中之民"才有了具体所指。"横之隐"指的是现实世界的创造者、实践者，是谓"横天地之隐"。作者赞扬其"百媚夫不如一猖夫，百傲民不如一瘁民，百瘁民不如一之民（即'山中之民'）"，可见，"山中之民"应指历史的创造者无疑。"纵之隐"指那些能够掌握历史发展规律、洞察人生大道的圣人，类似《乙丙之际箸议第九》中提到的"三代神圣"、"探世变"者、"圣之至"者，他们虽智慧超绝，能预测世事之变，终究只是"其声无声，其行无名"，在世间空惆怅。

纵观全文，作者所尊之隐乃"横之隐"与"纵之隐"，更是以"纵之隐"反观自身，发出"悲夫悲夫"之悲叹。金庆国在《试论龚自珍〈尊隐〉篇》中写道："龚自珍就是这样的'隐'（纵之隐），他'只开风气不为师'，就是如此。然而这样的人不能为社会所认识所理解，很孤独，不免有一种悲寂之感。龚氏在《纵难送曹生》中说：'夫横者孤矣，纵孤实难，纵者益孤。'正是这样的感慨。'纵之隐'与'横天地之隐'的区别，前者只能认识和批判现实，却无力改变现实，后者则能以改天换地。因而后者能为后史氏所见，前者却是后史氏所寻找不到的。"②

龚自珍在《乙丙之际箸议第六》有言，"一代之治，即一代之学也"。他的文学创作正是"一代之学"的显现。文学应关注社会现实，发挥"经世致用"的功能，因此一代应有一代的新文学。康有

---

① 中国社会科学院文学研究所编：《俞平伯先生从事文学活动六十五周年纪念文集》，巴蜀书社1992年版，第448页。

② 金庆国：《试论龚自珍〈尊隐〉篇》，《古籍研究》1998年第3期。

为赞誉龚自珍的散文"清朝第一"。梁启超评价道："晚清思想之解放，自珍却与有功焉。光绪间所谓新学家，大率人人皆经过崇拜龚氏之一时期。初读《定庵文集》，若受电然。"龚自珍的文章艺术表现上，想象丰富、不落俗套，开一代文学新风，在内容上体现了透视现实、超越时代的先锋性。

（二）魏源

魏源也是开启近代"经世之文"先风的思想家。他怀有经世之志，以天下为己任，是当时有名的"好时务者"。他倾其一生"倡经世以谋富强，讲掌故以明国是，崇今文以谈变法，究舆地以图边防，策海防以言战守"①，倡导经世致用，致力于改革实践，开晚清一代新风。

魏源在青年时期便举起"经世"之旗，协助贺长龄编辑的《皇朝经世文编》120卷，开启了近代经世思潮，成为后世经世致用思想的指导文献。该书分为学术、治体、吏政、户政、礼政、兵政、刑政、工政八类，选文内容皆以经世致用为逻辑起点，以实用价值为判断标准。魏源在《皇朝经世文编·五例》中指出了编辑的五项原则，即审取、广存、条理、编校、未刻，在《皇朝经世文编·叙》中提出了"事必本夫心""法必本夫人""今必本夫古""物必本夫我"的思想，这一思想成为晚清经世致用思想的航标。

为履行经世致用这一理想，魏源服膺今文经学。历史学家齐思和这样评价魏源："晚清学术界之风气，史学则重本朝掌故，地理则重边疆舆地，而经学则提倡今文，前二者皆自魏源倡之。今文之学虽非倡自魏氏，而魏氏亦一重要之倡导人物也。"②他与龚自珍一起拜刘逢禄为师，以三统说、三世说的公羊学为尊，主张以今文经学救治学术上的弊病，贬斥烦琐的汉宋之学，他在《两汉经师今古文家法考叙》写道：

①　王家俭：《魏源年谱》，台湾"中央研究院"近代史研究所1967年版，第177页。

②　杨慎之、黄丽镛编：《魏源思想研究》，湖南人民出版社1987年版，第33页。

今世言学，则必曰东汉之学胜西汉，东汉郑、许之学综六经，鸣呼！二君惟六书、三礼并视诸经为闳深，故多用今文家法。及郑氏旁释《易》《诗》《书》《春秋》，皆创异门户，左今右古。其后郑学大行，驳淫遂至《易》亡施、孟、梁丘，《书》亡夏侯、欧阳，《诗》亡齐、鲁、韩，《春秋》邹、夹、《公羊》、《谷梁》半亡半存，亦成绝学，纤纬盛，经术卑，儒用绌。晏、肃、预、谧、颐之徒，始得以清言名理并起持其后，东晋梅颐《伪古文书》遂乘机窜入，并马、郑亦归于沦佚。西京微言大义之学，坠于东京，东京典章制度之学，绝于隋、唐；两汉故训声音之学，熄于魏、晋；其道果孰隆替哉？且夫文质再世而必复，天道三微而成一著。今日复古之要，由诂训、声音以进于东京典章制度，此齐一变至鲁也；由典章、制度以进于西汉微言大义，贯经术、故事、文章于一，此鲁一变至道也。①

龚自珍借今文经学批判社会现实，有力地冲击了乾嘉汉学崇古拟古、不问现实的学风。魏源则将古今文经学融合，提出"以经术为治术"的思想，即从经术中寻求治国的方案。他在《默觚·学篇九》中写道：

以《周易》决疑，以《洪范》占变，以《春秋》断事，以《礼》《乐》服制兴教化，以《周官》致太平，以《禹贡》行河，以《三百五篇》当谏书，以出使专对，谓之以经术为治术。②

魏源一生著述广博，涵盖经、史、文、佛诸方面，涉及政、经、军、哲、史、地、文、教等领域，但他"志在经世，故不以文人自居，他说过'文章之士不可以治国家'，但与此同时，他对文章的作

① 《魏源集》上册，中华书局1976年版，第151—152页。
② 《魏源集》上册，中华书局1976年版，第24页。

用又备极推崇"①。魏源的散文多为纪实、论政之篇，绝无"哗世之文"，他在《默觚上·学篇二》中写道："经天纬地之文，由勤学好问之文而入，文之外无学，文之外无教也。执是以求今日售世哗世之文，文哉，文哉！诗曰：'巧言如簧，颜之厚矣！'"②足见其经世致用的为文之道。因而，他的散文虽不及龚自珍散文那样文采纵恣、想象奇诡，但也不乏感情淋漓、见解畅达、振聋发聩的政论佳作，如《默觚》上下篇、《筹河篇》等。在此以《筹河篇》（节选）为例，以观魏源散文的经世特色：

　　我生以来，河十数决。岂河难治？抑治河之拙？抑食河之餮？作筹河篇。

　　但言防河，不言治河，故河成今日之患；但筹河用，不筹国用，故财成今日之匮。以今日之财额，应今日之河患，虽管、桑不能为计；由今之河，无变今之道，虽神禹不能为功。故今日筹河，而但问决口塞不塞与塞口之开不开，此其人均不足与言治河者也。无论塞于南难保不溃于北，塞于下难保不溃于上，塞于今岁难保不溃于来岁；即使一塞之后，十岁、数十岁不溃决，而岁费五六百万，竭天下之财赋以事河，古今有此漏卮填壑之政乎？吾今将言改河，请先言今日病河病财之由，而后效其说。

　　人知国朝以来，无一岁不治河，抑知乾隆四十七年以后之河费，既数倍于国初；而嘉庆十一年之河费，又大倍于乾隆；至今日而底高淤厚，日险一日，其费又浮于嘉庆，远在宗禄、名粮、民欠之上。其事有由于上者，有由于下者。

　　……

　　此六利者，天造地设，自然之利，非非常之事也，亦不必需非常之人也。但须廷议决计于上，数晓事吏承宣于下，晓谕河

---

① 郭预衡：《中国散文史》（下），上海古籍出版社2011年版，第548页。
② 《魏源集》上册，中华书局1976年版，第8页。

北州县，当水冲数十里内之民，以兰阳、武陟之已事，令其徙危就安，徙害就利，舍硗瘠，就膏腴，天下无不知利害之人，断无甘心危地以待论脊之事，岂非因势利导至易之策？然而事必不成者，何也？河员惧其裁缺裁费，必哗然阻；畏事规避之臣，俱以不效肩责，必持旧例，哗然阻。一人倡议，众人侧目，未兴天下之大利，而身先犯天下之大忌。盘庚迁殷，浮言聒聒，故塞泽洞之口易，塞道谋之口难。自非一旦河自北决于开封以上，国家无力以挽回淤高之故道，浮议亦无术以阻挠建瓴之新道，岂能因败为功，邀此不幸中之大幸哉！

吁！国家大利大害，当改者岂惟一河！当改而不改者，亦岂惟一河！

……

总之，仰食河工之人，惧河北徙，由地中行，则南河东河数十百冗员，数百万冗费，数百年巢窟，一朝扫荡，故篸鼓箕张，恐喝挟制，使人口訾而不敢议。昔汉武时，河决瓠子，东南注巨野，通于淮、泗。丞相田蚡奉邑食鄃，在河北岸，河决而南，则鄃无水菑，邑收多，蚡乃言于上曰："河决皆天意，未易以人力强塞。"故决久不塞。乌乎！利国家之公，则妨臣下之私，固古今通患哉！①

"筹河"即筹划如何治理黄河之意。魏源开章明义，说明作文缘由：针对黄河屡次决口而作。他在文中详细分析了黄河水患难以根治的原因在于"病河病财"，鉴古通今，痛陈了"食河之饕"者在治理河道上的贪腐、浪费的怪象，并提出改"防河"为"治河"的治理策略，主张通过"改复北行故道"解决黄河决口不断的弊病。这一策略源自他从今文经学研究中习得的"变易"思想，"五常不袭礼，三王不沿乐""天下无数百年不弊之法，无穷极不变之法，无不除弊而

---

① 《魏源集》上册，中华书局1976年版，第365—379页。

能兴利之法，无不易简而能变通之法"。他在今文经学的名义下，将"公羊学"引向现实政治，提出了自己的改革主张。历朝历代，有关"治黄方略"的文章不胜枚举，如司马迁《河渠书》、苏轼《禹之所以通水之法》等，多以防河为上策，魏源的"变今之道"的论断势必遭到非议："一人倡议，众人侧目，未兴天下之大利，而身先犯天下之大忌。"面对众人惊异的目光，他愤慨万分，痛言：估计只有真到了决口的那天，国家无计可施了，你们这些空口无凭的人便再也没有阻挠我改道之法的理由了，难道我要因为自己的论断终于得到了验证而领功吗？将这国之不幸当作我自己的大幸吗？没想到，他一语成谶，他高瞻远瞩的"改道"良策真在后世得到了印证，据《清史稿》记载："（魏源）尝谓河宜改复北行故道，至咸丰五年，铜瓦厢决口，河果北流。"[①]现在看来，着实令人叹息。当经世致用的"筹河之策"都只能止于纸上，不能付诸实践，魏源不禁大呼："吁！国家大利大害，当改者岂惟一河！当改而不改者，亦岂惟一河！"文章最后，魏源再次借古代史诗，论述"病河病财"乃黄河决久不塞之根本，并称之为古今通病。他的忧患之心和改革之法在那个浑浊的时代，只能止于纸上，而不能付诸实践。

魏源的政论散文引经据典、借古讽今、文笔犀利、寓意深刻，展现了其经世致用的改革思想、深远的历史眼光及卓绝的文学才能，为后世称赞："源兀傲有大略，熟于朝章国故。论古今成败利病，学术流别，驰骋往复，四座皆屈。"[②]除了政论散文，魏源的传记散文和山水小品文也具有浓厚的文学色彩。他的传记散文带有鲜明的时代印记，所褒所贬态度鲜明，如《太子太保两江总督陶文毅公神道碑铭》《归安姚先生传》《荆溪周君保绪传》等；他的山水小品文多为山水诗的序文，如《〈华山西谷〉诗序》《〈四明山中峡诗〉序》等，都是躬身实践后所作，正是他"一游胜读十年画，幽深无际谁能如"的

---

① 转引自魏源撰：《魏源全集》，岳麓书社2011年版，第343页。
② 转引自魏源撰：《魏源全集》，岳麓书社2011年版，第343页。

写照。然而，他最为后世称道的是"向西方学习"的主张：

> 何以异于昔人海图之书？曰：彼皆以中土人谭西洋，此则以西洋人谭西洋也。是书何以作？曰：为以夷攻夷而作，（为以夷款夷而作，）为师夷长技以制夷而作。

> 《易》曰："爱恶相攻而吉凶生，远近相取而悔吝生，情伪相感而利害生。"故同一御敌，而知其形与不知其形，利害相百焉；同一款敌，而知其情与不知其情，利害相百焉，古之驭外夷者，谀以敌形，形同几席；谀以敌情，情同寝馈。

> 然则，执此书即可驭外夷乎？曰：唯唯，否否！此兵机也，非兵本也；有形之兵也，非无形之兵也。明臣有言："欲平海上之倭患，先平人心之积患。"人心之积患如之何？非水，非火，非刃，非金，非沿海之奸民，非吸烟贩烟之莠民。故君子读《云汉》《车攻》，先于《常武》《江汉》，而知《二雅》诗人之所发愤；玩卦爻内外消息，而知大《易》作者之所忧患。愤与忧，天道所以倾否而之泰也，人心所以违寐而之觉也，人才所以革虚而之实也。①

上面他的《海国图志叙》一文语言简洁畅快，论证透彻，颇有先秦政论散文纵横驰骋之风。文中指出了编撰此书的目的是"以夷攻夷""以夷款夷"及"师夷长技以制夷"。"以夷制夷"的主张从此为后人熟知并效仿。虽然这一新主张并没有起到实际的效用，但它开启了向西方学习的新思路，对民族文化心理产生了深远的影响，诚如梁启超在《中国近三百年学术史》中所言："所谓'以夷攻夷''以夷款夷''师夷长技以制夷'之三大主义。由今观之，诚幼稚可笑，然其论实支配百年来之人心，直至今日犹未脱离净尽。"②面对新的

---

① 　《魏源集》上册，中华书局1976年版，第206—207页。
② 　梁启超：《中国近三百年学术史》，上海古籍出版社2014年版，第312页。

时代形势，魏源一方面站在面向世界的高处呼吁向西方学习，另一方面深入旧体制的深处指出"能否制夷，根本上仍在先平人心之积患"，主张以"拯救人心"为根本。诚然，魏源学习西方及改革内政的思想带有一定的历史局限性，但对近代中国文化发展产生了深远的影响。

龚自珍、魏源的新体散文托"经世致用"之古，树"改革求变"新论，为"万马齐喑"的近代中国带来了思想启蒙、文化觉醒的种子，撼动了封建守旧的文化根基。他们直面矛盾丛生、危机四伏的现实世界，悲歌慷慨，提出文随时变、自然为文、直抒胸臆的文学新观念，这股新的思想潮流由微而渐，在之后的改良主义运动时期的散文、资产阶级革命时期的散文中得以传承和发扬，最终汇成了声势浩大的洪流。

二、近代桐城派散文："中兴"之后走向终结

当龚、魏二人"因时而变"，开辟散文新体之风时，绵延文坛数百年的桐城古文仍保持着特有的生命力，在走向衰微之路上重振旗鼓，呈现"中兴"之态。这期间，力挽狂澜者便是湘乡人曾国藩，因此近代后期桐城派也被称为"湘乡派"。

作为封建政权及文化的捍卫者，曾国藩在历史上功勋显赫，而作为桐城古文的推崇者，他凭借自身的魄力和不凡的识见，集结了一批文人学士，振衰起弊，"一时为文者，几无不出曾氏之门"[①]，使衰微的桐城派得以再度复兴。诚然，桐城"中兴"有赖于曾国藩的政治地位和社会影响力，但主要还是源于他以古文为志的价值追求及其对桐城古文的"特殊感情"。他曾在日记中表达了自己以文为毕生之业的志向："余于古文一道，十分已得六七，而不能竭智毕力于此，匪特世务相扰，本有未闲，亦实志有未专也。此后精力虽衰，官事虽烦，仍当笃志斯文，以卒吾业。"[②]因着这一夙愿，他的青年时期和中晚年时期，一直未曾忘怀文学著述。他曾多次表达对桐城派

---

① 姜书阁：《桐城文派评述》，商务印书馆1933年版，第72页。

② 《曾国藩日记类钞》，安徽人民出版社2013年版，第174页。

大家方苞、姚鼐的推崇："其（指方苞）古文号为一代正宗，国藩少年好之。"①"姚先生持论闳通，国藩之粗解文字，由姚先生启之也。"②"桐城姚姬传郎中鼐所选《古文辞类纂》，嘉道以来，知言君子群相推服。谓学古文者，求诸是而足矣。国藩服膺有年……"③他还自诩为桐城派传人，更是以古文家的眼光挽救桐城派的衰微之象。他清醒地意识到，仅仅依靠政治地位进行匡扶维护显然是不够的，强行"卫道"掩盖不了桐城古文空疏、虚无的事实，还得从文章学的角度，对桐城古文艺术理论加以改造，才能真正扭转桐城古文之颓势。

曾国藩首先在思想内容上对桐城派加以改造，在桐城派三大核心观念"义理、辞章、考据"之外植入"经济"之论。他在《劝学篇示直隶士子》中说："为学之术有四：曰义理，曰考据，曰辞章，曰经济。……苟通义理之学，而经济该乎其中矣。……然后求先儒所谓考据者，使吾之所见，证诸古制而不谬；然后求所谓辞章者，使吾之所获，达诸笔札而不差……二途皆可入圣人之道。其文经史百家，其业学问思辨，其事始于修身，终于济世，百川异派何必同哉？"④他强调"经济"，不是为了将文学作为政治的附庸，而是以"经济"充实文章内容，主张"文章与世变相应"，强调文学应发挥经世致用的功能，用于解决社会实际问题。他的"经济"之论，确实弥补了桐城派空谈义理的弊端。

在文章风格上，曾国藩继承姚鼐的"阳刚阴柔"论："吾尝取姚姬传先生之说，文章之道，分为阳刚之美，阴柔之美，大抵阳刚者，

① 唐浩明：《唐浩明评点曾国藩家书》下卷，广东人民出版社2016年版，第43页。

② 唐浩明：《唐浩明评点曾国藩诗文》，广东人民出版社2016年版，第151页。

③ 曾国藩著，陈书良校点：《曾国藩读书录》，上海古籍出版社2012年版，第265页。

④ 朱东安选注：《曾国藩文选》（注释本），百花文艺出版社2006年版，第302—304页。

气势浩瀚；阴柔者，韵味深美。浩瀚者，喷薄而出之；深美者，吞吐而出之。"①并在此基础上，提出了"八字之赞"古文风格论，即以"雄、直、怪、丽"四字释"阳刚之美"，以"茹、远、洁、适"四字释"阴柔之美"，并对每个字进行了具体的阐释：

> 雄：划然轩昂，尽弃故常；跌宕顿挫，扪之有芒。直：黄河千曲，其体仍直；山势如龙，转换无迹。怪：奇趣横生，人骇鬼眩；《易》《玄》《山经》，张韩互见。丽：青春大泽，万卉初葩；《诗》《骚》之韶，班扬之华。茹：众议辐辏，吞多吐少；幽独咀含，不求共晓。远：九天俯视，下界聚蚊；寐寤周孔，落落寡群。洁：冗意陈言，类字尽芟；慎尔褒贬，神人共监。适：心境两闲，无营无待；柳记欧跋，得大自在。②

对文章风格进行分类研究是古典文论的古老命题之一，刘勰的《文心雕龙·体性》将文章风格归纳为"典雅""远奥"等八种，曹丕的《典论·论文》、陆机的《文赋》也对文章的不同风格进行了阐释，此外还有唐代皎然的《诗式》、司空图的《诗品》，宋代严羽的《沧浪诗话》，乃至桐城派也对文章风格有所推崇。方苞力主文章需"雅洁"，要在"言有物"和"言有序"的基础上，达到"澄清无滓，澄清之极，自然而发精光"的艺术境界；刘大櫆在《论文偶记》主张"文贵奇、文贵简、文贵变"；姚鼐将文章风格分为阳刚、阴柔两大类，并在《复鲁絜非书》等文章中对两种风格文章的特点进行了精湛的论述。阳刚、阴柔兼美的风格论可谓姚鼐之首创，同时也是对中国古典文论"风格论"的传承和总结。曾国藩的"八字之赞"实为姚鼐"阳刚、阴柔"说的明细版，其对两种风格并无褒贬之论，但在

---

① 唐浩明：《唐浩明评点曾国藩语录》，广东人民出版社2016年版，第136页。

② 唐浩明：《唐浩明评点曾国藩语录》，广东人民出版社2016年版，第138页。

理论主张和文学创作中，则更崇尚"气象光明俊伟"的阳刚之美，他在《王守仁申明赏罚以厉人心疏》一文中说：

> 文章之道，以气象光明俊伟为最难而可贵。如久雨初晴，登高山而望旷野；如楼俯大江，独坐明窗净几之下，而可以远眺；如英雄侠士，裼裘而来，决无龌龊猥鄙之态。此三者皆光明俊伟之象，文中有此气象者，大抵得于天授，不尽关乎学术。自孟子、韩子而外，惟贾生及陆敬舆、苏子瞻得此气象最多。阳明之文亦有光明俊伟之象，虽辞旨不甚渊雅，而其轩爽洞达，如与晓事人语，表里粲然，中边俱彻，固自不可几及也。①

这段话中，曾国藩明确指出，具有阳刚之美的文章"最难而可贵"，并用三个比喻——"如久雨初晴""如楼俯大江""如英雄侠士"——诠释"气象光明俊伟"的阳刚之美，形象描绘了这类文章高远、刚劲、宏阔的声势、气象。他认为，文章能到达这种境界是"得于天授"，除了孟子、韩愈，仅有汉代的贾谊、唐代的陆贽、宋代的苏轼、明代的王阳明等人可达此境界。他的审美取向在这段话中表现得十分明确，而这段话的字里行间也充分展现了曾国藩为文的"阳刚之美"。倡导"阳刚之美"的文风为桐城古文注入了"峥嵘雄快"之气，扫除了桐城古文僵化、萎缩之风。

关于如何才能成就文章的"阳刚之美"，曾国藩认为，阳刚之美源自"气盛"。他在日记中写道："为文全在气盛，欲气盛全在段落清。"他所讲的"气"，是指人内在的精神气质、品性情思等，因"气"有刚有柔，故"为文"之气有阳刚之风，也有阴柔之风。他的"气盛"说是对中国古代文学理论"文气"说的传承和发展，《孟子》有"吾善养吾浩然之气"之说，曹丕在《典论·论文》中有"文以气为主"的论述，刘勰《文心雕龙》中《风骨》《养气》

---

① 《曾国藩全集·诗文》，岳麓书社1986年版，第554页。

《体性》等篇都探讨了"文气"在文章创作中的重要性。曾国藩的"气盛说"是对桐城派刘大櫆、姚鼐理论的变革和超越。刘大櫆"神气"论重在"神"，以"神"是主宰，"气"是"神"的外在形式，姚鼐将"神理"与"气味"并举，认为以"气"盛的文字多具阳刚之美，而以"味"见长的文章往往更近阴柔之美。曾国藩则将文气与时事世态联系在一起，他在《云槎山人诗序》中写道："盖声音之道，与政相通。国家鼎隆之日，太和充塞，庶物恬愉，故文人之气盈而声亦上腾。反是，则其气歉而声亦从而下杀。"他认为时势造文章，文章的气势、风格与政事间接相关，正是因为一定的时代精神影响了文人的情思，在时代昌明之气的托举下，文人"气盈"之声才能"上腾"，在这丰盈"文气"的催发下，文人才能创作出气势恢宏的文章。他借助"文气"，在时代与风格之间搭建了一座桥梁，为桐城古文找到了"赖之不坠"的救命稻草，即因时而发，抒胸中情怀，达雄奇之境。晚清学者王先谦在《〈续古文辞类纂〉序》评价道："道光末造，士多高语周秦汉魏，薄清淡简朴之文不足为。梅郎中、曾文正（国藩）出学大之论，相与修道立教，惜抱遗绪，赖以不坠。"

此外，在遣词造句上，曾国藩主张"古文之道与骈体相通"，他在《送周荇农南归序》一文中详细论述了古文与骈文互补而不相斥的道理：

> 天地之数以奇而生，以偶而成。一则生两，两则还归于一。一奇一偶，互为其用，是以无息焉。物无独，必有对，太极生两仪，倍之为四象，重之为八卦，此一生两之说也。两之所该，分而为三，淆而为万，万则几于息矣。物不可以终息，故还归于一。天地纲缊，万物化醇；男女构精，万物化生。此两而致于一之说也。一者阳之变，两者阴之化。故曰：一奇一偶者，天地之用也。
>
> 文字之道，何独不然？六籍尚已。自汉以来，为文者，莫

善于司马迁。迁之文，其积句也皆奇，而义必相辅，气不孤伸，彼有偶焉者存焉。其他善者，班固则毗于用偶，韩愈则毗于用奇。蔡邕、范蔚宗以下，如潘（岳）、陆（机）、沈（约）、任（防）等比者，皆师班氏者也。茅坤所称八家，皆师韩氏者也。传相祖述，源远而流益分，判然若白黑之不类。于是刺议互兴，尊丹者非素，而六朝隋唐以来骈偶之文，亦已久王而将厌。宋代诸子乃承其敝，而倡为韩氏之文。而苏轼遂称曰"文起八代之衰"。非直其才之足以相胜，物穷则变，理固然也。豪杰之士所见类不甚远。韩氏有言："孔子必用墨子，墨子必用孔子，不相用，不足为孔墨。"由是言之，彼其于班氏相师而不相非明矣。耳食者不察，遂附此而抹杀一切。又其言多根《六经》，颇为知道者所取，故古文之名独尊，而骈偶之文乃屏而不得与于其列。数百千年无敢易其说者，所从来远矣。[①]

文中阐述古文"以奇而生，以偶而成"，这是遵循自然规律的结果。天地万物正是因为奇、偶互用才得以生生不息，而文字之道更是如此。古典散文文体大致可分为两类：骈体和散体，骈文多用偶句，散文（古文）则与之相对，多用散句。曾国藩认为，天下之至文如司马迁的文章"其积句也皆奇，而义必相辅，气不孤伸，彼有偶焉者存焉"。而班固的"毗于用偶"之文与韩愈的"毗于用奇"之文，是"相师而不相非"，这是历代骈文和散文两种文体发展演变的规律，两种文体求同存异，互为关联，之所以殊途是阴阳、奇偶规律使然，不存"白黑不类、尊丹非素"的问题。他在《复许仙屏》一文中论述古文与骈文的相通之处："名号虽殊，而其积字而为句，积句而为段，积段而为篇，则天下之凡名为文者一也。"[②]他主张在创作上不

---

① 《曾国藩全集·诗文》，岳麓书社1986年版，第162—163页。
② 曾国藩著，李翰章编，李鸿章校刊：《曾国藩书信》，中国致公出版社2011年版，第164页。

用拘泥语言形式对文体加以限制，而应骈散融合。

　　在具体的字句和段落上，曾国藩认为，一篇好文章，除了讲究气盛，造句选字也很重要，"文章雄奇，以行气为上，造句次之，选字又次之。然未有字不雄奇，而句能雄奇，句不雄奇，而气能雄奇者，是文章之雄奇，其精处在行气，其粗处全在造句选字也。余好古人雄奇之文，以昌黎为第一，扬子云次之。二公之行气，本之天授。至于人事之精能，昌黎则造句工夫居多，子云则选字工夫居多"。他又说，要使文章有气势必须"偶句多，单句少，段落多，分股少，莫拘场屋之格式。短或三五百字，长或八九百字千余字，皆无不可"①，要将所思所想付诸文字，选词造句上应是骈散并用，不拘格式，千万不要受"场屋"（即八股文）格式的局限，不受束缚，长短皆可，任其自然。在段落划分上，他认为："为文全在气盛，欲气盛全在段落清。每段分束之际，似断非断，似咽非咽，似吞非吞，似吐非吐。古人无限妙境，难于领取。每段张起之际，似承非承，似提非提，似突非突，似纾非纾，古人无限妙用，亦难领取。"②所谓"段落清"即指文章段落之间应有一定的内在逻辑，既要做到适当分离、相互独立，又要做到衔接得当、一气呵成，达到"每段分束之际，似断非断""每段张起之际，似承非承"的效果，如何分段，如何过渡，乃是文章一大奥妙，想要做到很难。

　　"天下之文章，其在桐城乎。"在中国散文发展史上，桐城派曾辉煌一时，至"五四"时期才走向消亡。它的境遇与末代王朝的政治及文化命运息息相关。桐城派散文在走向衰微之际复而崛起，离不开曾国藩对桐城派思想内容、行文风格、骈散理论等文学观念的发展和创新。曾国藩组建"湘乡派"，集结了一些文人学士，他们先后相承，创造了桐城派古文的"中兴"之势；以通达开阔的散文观、力矫

---

　　①　唐浩明：《唐浩明评点曾国藩家书》下卷，广东人民出版社2016年版，第256页。

　　②　唐浩明：《唐浩明评点曾国藩语录》，广东人民出版社2016年版，第134页。

桐城弊端的气魄，"曲折以求合桐城之辙"，提出了更顺应时代要求的文艺主张。然而，桐城古文还是不可避免地失去了文坛中心的地位，最终走向衰亡。胡适把近代散文划分为两个阶段，第一阶段便是桐城派散文由"中兴"到衰微的"古文末运史"，他认为："'桐城—湘乡派'的中兴，也是暂时的，也不能持久的。曾国藩的魄力与经验确然可算是桐城派古文的中兴大将。但曾国藩一死之后，古文的运命又渐渐衰微下去了。曾派的文人郭嵩焘，薛福成，黎庶昌，俞樾，吴汝纶……都不能继续这个中兴事业。再下一代，更成了'强弩之末'了。这一度的古文中兴，只可算是病病将死的人的'回光返照'，仍旧救不了古文的衰亡。这一段古文末运史，是这五十年的一个很明显的趋势。"①

无论桐城派学人如何挣扎求变，也无法挽救末日之花的凋零。诚如曾国藩在《〈欧阳生文集〉序》所言："道之废兴，亦各有时，其命也欤哉！"一代之学的衰亡与兴盛，各有它的时代，也许这就是命运。桐城古文在中兴之后走向终结，与古文自身的运命不无关系。面对新文化、新文学的冲击，桐城古文陈旧的语言观念、文体模式无法跟上新社会的政治、经济步伐，最终走向消亡。

第二节　"文界革命"与新文体实践

一、梁启超"文界革命"

"过渡时代，必有革命。然革命者，当革其精神，非革其形式。"生于过渡时代，梁启超似乎天生带着启发民智、引领时代精神的使命。

1899年12月28日，梁启超被"欧西文思"唤醒，第一次提出了"文界革命"四字口号。

这一口号萌发于一次旅行。从日本赴夏威夷的途中，梁启超在船

---

① 《胡适文存》，华文出版社2013年版，第161页。

上阅读日本作者德富苏峰的著作，甚为感慨，在日记中写道：

> 余既戒为诗，乃日以读书消遣。读德富苏峰所著《将来之日本》及国民丛书数种。德富氏为日本三大新闻主笔之一，其文雄放隽快，善以欧西文思入日本文，实为文界别开一生面者。余甚爱之。中国若有文界革命，当亦不可不起点于是也。苏峰在日鼓吹平民主义甚有功，又不仅以文豪者。①

德富苏峰将欧美散文的思想和技法融入到日本散文的创作中，这一点为正在酝酿"文界革命"的梁启超带来无限启发，"每一场革命最初都是一个人心灵里的一种思想，一旦同一种思想在另一个人的心灵里出现，那对于这个时代就至关重要了。每一次改革原先只是一种个人的见解，一旦它又成为一种个人的见解，它就会解决那个时代的问题"②。"文界革命"便是这样一个可以解决时代问题的想法。

然而，这一想法绝非偶得，1897年，梁启超辞去《时务报》主笔赴湘担任时务学堂中文总教习时便已意识到"文学革命"的重要性，他在亲自拟订的《湖南时务学堂学约十章》第六条中讲道：

> 六日学文。《传》曰："言之无文，行而不远。"学者以觉天下为任，则文未能舍弃也。传世之文，或务渊懿古茂，或务沉博绝丽，或务瑰奇奥诡，无之不可；觉世之文，则辞达而已矣，当以条理细备，词笔锐达为上，不必求工也。温公曰："一自命为文人，无足观矣。"苟学无心得而欲以文传，亦足羞也。学文之功课，每月应课卷一次。

他将文章分为"传世"与"觉世"两类，认为传世之文注重文采

---

① 梁启超：《饮冰室合集》专集第22册，中华书局1989年版，第191页。
② 爱默生著，蒲隆译：《爱默生随笔》，上海译文出版社2010年版，第50页。

和形式，只是为了传之后世；而觉世之文应该平易畅达，传播新思想以唤醒民智。他认为"学者以觉天下为任"，而不应该成为只会创作传世之文的文人。尔后的1902年，他在《新民丛报》第一期上推荐严复的新译著作《原富》时，对其译文太过古奥进行了批判，再次宣扬"文界革命"的主张："吾辈所犹有憾者，其文章太务渊雅，刻意摹仿先秦文体，非多读古书之人，一翻殆难索解。夫文界宜革命久矣，欧美日本诸国文体之变化，常与其文明程度成正比例……况此等学理邃赜之书，非以流畅锐达之笔行之，安能使学童受其益乎？著译之业，将以播文明思想于国民也，非为藏山不朽之名誉也。文人结习，吾不能为贤者讳矣。"他认为，严复翻译的这些学理深邃的著作，如果不以"流畅锐达之笔行之"，"安能使学童受其益乎？"因此要进行文风创新，首先必须做到通俗易懂，以启蒙民众为目的。

为"开文章之新体，激民气之暗潮"，继《新民丛报》之后，梁启超创办《新小说》月刊，借小说之魔力"新国之民"。他在《新小说》附录《小说丛话》中提出文学革命的关键在于语言形式的变革，即变"古语之文"为"俗语之文"：

> 文学之进化有一大关键，即由古语之文学变为俗语之文学是也。各国文学史之开展，靡不循此轨道。中国先秦之文，殆皆用俗语，观《公羊传》《楚辞》《墨子》《庄子》，其间各国方言错出者不少，可为左证。故先秦文界之光明，数千年称最焉。寻常论者，多谓宋、元以降，为中国文学退化时代。余曰：不然。夫六朝之文，靡靡不足道矣。即如唐代韩、柳诸贤，自谓起八代之衰，要其文能在文学史上有价值者几何？昌黎谓非三代、两汉之书不敢观，余以为此即受病之源也。自宋以后，实为祖国文学之大进化。何以故？俗语文学大发达故。

"俗语"即指通俗话语、日常语言，也可以理解成白话、方言，为了证明俗语文学乃文学进化的方向，梁启超简单分析了历代散文语言的特点，认为先秦之文"数千年称最焉"，宋以后之所以"实为祖国文学之大进化"，皆因多用俗语的缘故，并对六朝之文、韩柳之文进行了贬斥。至此，"文界革命"有了更为明确的目标：创新文学语言，促进文学进化。

从以上的论述中可以看出，梁启超"文界革命"的理论主张主要有三方面：首先，为文宗旨方面，应以作觉世之文，传播新思想以启民智为目的；其次，思想内容层面，要以"欧西文思"入散文，坚持雄放隽永的风格；再次，文体形式方面，应以浅显的词句为主，摈弃古文深奥的表达方式。最终目标是建立新文学，传达新思想。与梁启超的诗歌革命和小说革命相比，"文界革命"没有完整的语言论述，仅存在于只言片语的感悟中，但它所产生的社会影响却是最惊人的，梁启超通过自己的"新文体"实践证明了"文界革命"意义。

二、"新民体"的文体实践

1902年2月8日，梁启超《新民丛报》创刊，创刊号里的《本报告白》称："本报取名《大学》'新民'之义，以为欲维新吾国，当先维新吾民。"梁启超开始以"中国之新民"的笔名在《新民丛报》上连载长篇政论散文《新民说》，大声疾呼"新民为今日中国急务"，用他的如椽之笔描绘"独立、自由、进步"的新图景，"新民体"因报刊而生，缘政论而兴。正如钱基博所言："此实文体之一大解放，学者竞喜效之，谓之'新民体'，以创自启超所为之《新民丛报》也。"①

"新民体"又称"新文体"或"报章体"，主要指梁启超在报刊上创立的一种以政论为主的新体散文。1920年，梁启超在《清代学术概论》中对自己首创的"新文体"作了如下概括和评价：

> 启超夙不喜桐城派古文，幼年为文，学晚汉魏晋，颇尚矜炼，至是（指办《新民丛报》时期）自解放，务为平易畅达，时

---

① 钱基博：《现代中国文学史》，上海古籍出版社2011年版，第282页。

杂以俚语韵语及外国语法，纵笔所至不检束，学者竞效之，号新文体。老辈则痛恨，诋为野狐。然其文条理明晰，笔锋常带情感，对于读者，别有一种魔力焉。

由此可见"新民体"作为一种新的散文范式，具有鲜明的时代特点：文体解放，冲破"桐城古文"义法的束缚，纵笔由心抒，不受拘束；语言通俗，形式新颖，运用俚语、韵语及"欧西文思"等表达方式；条理分明，感情充沛，富于感染力。这些特点在梁启超的新文体散文中可见一斑，如《呵旁观者文》开头：

> 天下最可厌可憎可鄙之人，莫过于旁观者。
>
> 旁观者，如立于东岸，观西岸之火灾，而望其红光以为乐。如立于此船，观彼船之沉溺，而睹其凫浴以为欢。若是者，谓之阴险也不可，谓之狠毒也不可。此种人无以名之，名之曰无血性。嗟乎，血性者，人类之所以生，世界之所以立也。无血性，则是无人类、无世界也。故旁观者，人类之蟊贼，世界之仇敌也。
>
> 人生于天地之间，各有责任。知责任者，大丈夫之始也。行责任者，大丈夫之终也。自放弃其责任，则是自放弃所以为人之责也。是故人也者，对于一家而有一家之责任，对于一国而有一国之责任，对于世界而有世界之责任。一家之人各各自放弃其责任，则家必落。一国之人各各自放弃其责任，则国必亡。全世界人人各各自放弃其责任，则世界必毁。旁观云者，放弃责任之谓也。
>
> 中国词章家有警语二句，曰："济人利物非吾事，自有周公孔圣人。"中国寻常人有熟语二句，曰："各人自扫门前雪，不管他人瓦上霜。"此数语者，实旁观派之经典也，口号也。而此种经典口号，深入于全国人之脑中，拂之不去，涤之不净。质而言之，即"旁观"二字，代表吾全国人之性质也。是即"无血性"三字，为吾全国人所专有物也。呜呼，吾为此惧！

"呵旁观者", "呵"指"大声责备"之意。作者开篇直陈对旁观者的憎恶之情，认为旁观者乃天下最让人厌恶，让人憎恨，让人鄙视的人。接着用生动的情境对旁观者的冷漠之态进行描摹，旁观者好比站在东岸，看西岸的火灾，看到火烧得旺盛而觉得有趣，又好比站在此船上看到另一个船沉没，看到别人落水而觉得好笑。面对这些麻木的人，作者深感无奈，难以克制愤怒之辞，他们不能说是阴险，也算不上狠毒，简直没有办法形容。只能说他们是没血性的人，是人类中的祸害，是世界的敌人。什么是有血性的人，作者接下来给出了具体所指，"血性"即为"责任感"，那些旁观者们，说的就是放弃责任的人。这些人骨子里将"济人利物非吾事，自有周公孔圣人""各人自扫门前雪，不管他人瓦上霜"奉为为人处世之典范，实在令人愤怒。"呜呼，吾为此惧！"忧患之情溢于笔端。

梁启超所谓"旁观者"就是鲁迅笔下麻木的看客，在民族存亡之际，他们以淋漓恣肆的笔锋揭露国民丑态，为唤醒民智摇旗呐喊。他们仿佛与生俱来带有洞彻世事的魔力，眼光犀利，直指社会和人性的阴暗面。他们笔端总是溢满了愤懑与哀叹，也常带着慷慨热忱的寄托与希望，如梁启超在《少年中国说》中对"少年中国"的深情呼唤：

日本人之称我中国也，一则曰老大帝国，再则曰老大帝国。是语也，盖袭译欧西人之言也。呜呼！我中国其果老大矣乎？梁启超曰：恶！是何言！是何言！吾心目中有一少年中国在！

欲言国之老少，请先言人之老少。老年人常思既往，少年人常思将来。惟思既往也，故生留恋心；惟思将来也，故生希望心。惟留恋也，故保守；惟希望也，故进取。惟保守也，故永旧；惟进取也，故日新。惟思既往也，事事皆其所已经者，故惟知照例；惟思将来也，事事皆其所未经者，故常敢破格。老年人常多忧虑，少年人常好行乐。惟多忧也，故灰心；惟行乐也，故盛气。惟灰心也，故怯懦；惟盛气也，故豪壮。惟怯懦也，故苟且；惟豪壮也，故冒险。惟苟且也，故能灭世界；惟冒险也，故能造世界。老年人常厌事，少年人常喜事。惟厌事也，故常觉一切事无可为者；惟好事也，故常觉一切事无不可为者。老年人如夕照，少年人如朝阳；老年人如瘠牛，少年人如乳虎。老年人如僧，少年人如侠。老年人如字典，少年人如戏文。老年人如鸦片烟，少年人如泼兰地酒。老年人如别行星之陨石，少年人如大洋海之珊瑚岛。老年人如埃及沙漠之金字塔，少年人如西比利亚之铁路；老年人如秋后之柳，少年人如春前之草。老年人如死海之潴为泽，少年人如长江之初发源。此老年与少年性格不同之大略也。任公曰：人固有之，国亦宜然。

……

任公曰：造成今日之老大中国者，则中国老朽之冤业也。制出将来之少年中国者，则中国少年之责任也。彼老朽者何足道，彼与此世界作别之日不远矣，而我少年乃新来而与世界为缘。如傈屋者然，彼明日将迁居他方，而我今日始入此室处。将迁居者，不爱护其窗棂，不洁治其庭庑，俗人恒情，亦何足怪！若我少年者，前程浩浩，后顾茫茫。中国而为牛为马为奴为隶，则烹脔鞭棰之惨酷，惟我少年当之。中国如称霸宇内，主盟地球，则指挥顾盼之尊荣，惟我少年享之。于彼气息奄奄与鬼为邻者何与焉？彼而漠然置之，犹可言也。我而漠然置之，不可言也。使举国之少年而果为少年也，则吾中国为未来之国，其进步未可量也。使举国之少年而亦为老大也，则吾中国为过去之国，其澌亡可翘足而待也。故今日之责任，不在他人，而全在我少年。少年智则国智，少年富则国富；少年强则国强，少年独立则国独立；少年自由则国自由；少年进步则国进步；少年胜于欧洲，则国胜于欧洲；少年雄于地球，则国雄于地球。红日初升，其道大光。河出伏流，一泻汪洋。潜龙腾渊，鳞爪飞扬。乳虎啸谷，百兽震惶。鹰隼试翼，风尘翕张。奇花初胎，矞矞皇皇。干将发硎，有作其芒。天戴其苍，地履其黄。纵有千古，横有八荒。前途似海，来日方长。美哉我少年中国，与天不老！壮哉我中国少年，与国无疆！

　　作者将少年与老年进行比照，将人之少衰与国之兴亡巧妙地勾连起来，连珠的比喻、排偶句随手拈来，简洁的语言、错落有致的句式、流畅的节奏感，营造出余音袅袅，不绝如缕的感染力，堪为新文体散文的典范之作。文中杂糅文言与俗语，并撷取了诸多外来语词，如"泼兰地酒""珊瑚岛""金字塔""西比利亚""死海"等，令人耳目一新，展现了新文体散文特有的开阔风貌。

　　此文最打动人之处在于情感的迸发，这一抒情达意的手法，用梁启超自己的话称为"奔进的表情法"，他曾说："向来写情感的，多半是以含蓄蕴藉为原则。像那弹琴的弦外之音，像吃橄榄的那点回甘味儿，是我们中国文学家所最乐道。但是有一类的情感，是要忽然奔进一泻无余的。我们可以给这类文学起一个名，叫做'奔进的表情法'。例如碰着意外的过度的刺激，大叫一声或大哭一场或大跳一阵，在这种时候，含蓄蕴藉是一点用不着。"[①]文末一发不可收拾的抒情之语便是这种"奔进的表情法"的典型范例：红日霞光、黄河浩荡、潜龙舞动、虎啸山谷、雄鹰振翅、奇花吐蕊……联排比喻如海潮般呼啸而来，奇诡的想象力，率真流露的诗笔，磅礴的气势，充分体现了梁启超独特的文思与才情。头顶苍天，脚踏大地，历史悠久，疆域辽阔，前途似海广，未来无限长。美啊，少年中国，与天地一样不会老！壮哉，中国少年，与国土一样无穷无尽！用语简素，毫无隐曲，更能诠释出最本真的情感。

　　情真意切，方能引发广泛共鸣。新民体散文的一大特色，便是"笔锋常带情感"，如梁启超所说："天下最神圣的莫过于情感。用理解来引导人，顶多能叫人知道那件事应该做，那件事怎样做法，却

---

　　① 梁启超著，汤志钧、汤仁泽编：《梁启超全集》第15集，中国人民大学出版社2018年版，第283页。

是被引导的人到底去做不去做，没有什么关系。有时所知的越发多，所做的倒越发少。用情感来激发人，好像磁力吸铁一般。有多大分量的磁，便引多大分量的铁，丝毫容不得躲闪。所以情感这样东西，可以说是一种催眠术，是人类一切动作的原动力。"[①]正所谓"十年饮冰，难凉热血"，满腔热血，难以浇灭，势必要将此真性情释放于笔墨之间。

综上，梁启超新民体以语言之新、情感之真在当时获得了广泛传播和认可。具体而言，在语言层面，挣脱"古文"束缚，多用俗语，力求通俗浅近，广纳外来词语及技法，拓展了散文语言表达的空间，但其所谓"俗语"实为"时语"，只是选择了部分社会流行语汇入文，并未转化为真正意义上的白话文写作。风格层面，追求说理透彻，抒情淋漓，行文毫无检束，不拘一格，尽情表达所思所感。作为中国散文由文言向白话、由古典向现代过渡阶段的文体形态，"新民体"发挥了它独特的作用，完成了时代赋予的使命。

第三节　随感录与美文：取法essay的两种途径

一、essay源流考

essay一词在法文中为essai，意为实验、检验、分析、尝试等，运用到文学体裁上，常被译为论文、随笔、小品文等。瑞士文艺批评家和理论家让·斯塔罗宾斯基从词源学入手，对essay一词进行了解释："un essai一词，十二世纪就出现在法文词汇中，来源于通俗拉丁语exagium，有平衡之义，它的动词形式（essayer）则来源于exagiare，义归称量、权衡等。与之相连的词有examen，指天平梁上的指针，还有检查、检验、核对等义。但是，examen还另有一义，即一群、一伙、一帮等，如一群鸟、一群蜜蜂。这些词有一个共同的词

[①]　梁启超著，汤志钧、汤仁泽编：《梁启超全集》第15集，中国人民大学出版社2018年版，第282页。

源，即动词exigo，它的意思是：推出、驱赶、排除、抛掷、屏弃、询问、强制、研究、权衡、要求，等等。斯塔罗宾斯基不由得发出这样的感慨：'如果今天词汇的核心意思应该出自它们在遥远的过去的含义，那该有多少诱惑啊！'总之，'l'essai至少是指苛刻的称量，细心的检验，又指冲天而起展翅飞翔的一长串语词。'"①如此丰富的词源含义，特别是它本身隐含着的，诸如"尝试""检验"等带有未知意味的义项，使得essay频繁出入文学、哲学等领域。无论是文学家蒙田和培根，还是哲学家卢卡奇、西美尔、阿多诺，都对essay青睐有加，无不将自己的文学作品或文学批评文章定义为essay。

追溯essay的历史，可以发现，早在古希腊古罗马时期，就已经出现类似的文学形式，如古希腊作家普鲁塔克的《道德论集》、古罗马作家西塞罗的《论至善和至恶》《论神性》《论演说家》等。此外，日本作家清少纳言和吉田兼好，他们的随笔集《枕草子》《徒然草》被称为"日本随笔文学双璧"，也具有essay文体的特点。essay正式作为文学体裁源于法国作家蒙田1580年出版的散文集*Essais*，他将自己的作品命名为essais，取"尝试"之义，用于论述自己的观点。其后1597年，英国作家培根也出版了题为*Essays*的作品集，开启了英国的essay写作。跟随他们的脚步，essay成为流行一时的文学类型，尤其在杂志期刊的发展，为essay写作建立了稳固的发表阵地，在此基础上诞生了一系列具有代表性的essay作家，如伍尔夫、奥威尔、怀特、桑塔格等。

美国文学理论家和批评家M. H. 艾布拉姆斯在《文学术语词典》这样释义essay："旨在探讨问题、阐述观点、劝说我们接受关于任一主题的一种观点，或只是怡情的任何散文文体短篇作品都属于杂文（论说文）。杂文有别于论著或学术论文，其论述说理不够系统完备，其对象只限于一般读者或非专业人士。因此，杂文的论述采取非

---

① 中国社会科学院外国文学研究所文艺理论室：《跨文化的文学理论研究》，百花文艺出版社2006年版，第273页。

技术性、灵活多样的方式，往往运用奇闻轶事，鲜明的例证，幽默风趣的说理等手段来加强其感染力。"①此段取自北京大学出版社2014年出版的《文学术语词典》第10版，书中将essay译为"杂文"，条目中还解释了essay的两种分类：

> 杂文又有正规和非正规之分，这一区别具有一定实用价值。相对而言，正规杂文或文章比较客观：作者以权威或至少是博学之士的身份书写，条理清楚。层层深入地阐述观点。这样的例子可见于各种学术期刊，以及面向富有思想性读者的杂志中严肃的时事评论文章中，如《哈珀斯》《评论》《美国科学论坛》等杂志。在非正规杂文（或称"通俗的"或"个人随笔"）中，笔者采用亲近于读者的口吻，内容常常涉及生活琐事而非公共事务或专业论题，行文活泼自如、观点直截了当，有时也饶有风趣。杂志《纽约人》中有许多这样现代的例子。

根据这一分类，essay大体有两种类型，一种是严肃的论说文，另一种是较为通俗的随笔。两者之间的区别主要在于主题选择、抒情方式及语言风格方面，非正式的随笔通常选择更贴近日常生活的话题，行文带有更多的个人情感色彩，用语也更加灵活、自由。诚如蒙田在文集扉页《致读者》中开篇明义："这是部坦白的书，读者。它开端便预告你，我在这里并没有拟定什么目的，除了为我的家人和我自己。……我要人们在这里看见我的平凡、纯朴和天然的生活，无拘束亦无造作：因为我所描画的就是我自己。我的弱点和本相，在公共礼法所容许的范围内，都在这里面尽情披露。假如我幸而生在那些据说还逍遥于自然原始律法的温甜自由里的国度，我担保必定毫不踌躇

---

① M. H. 艾布拉姆斯、杰弗里·高尔特·哈帕姆著，吴松江等编译：《文学术语词典》，北京大学出版社2014年版，第114页。

地把我整个赤裸裸地描画出来。"①这可以看作是蒙田的散文宣言，他的散文也成了"familiar essay"（非正规散文）的代表作。相对于更为严肃、正式的论说文章，作为随笔的essay更能迎合普通大众的审美取向，继而衍生出小品文、美文、杂文等新的散文样式。

二、随感录散文概览

当自由成为时代精神的主旋律，"随感录"散文应运而生，代替"新民体"这只野狐，踏着五四新文化运动的浪潮奔腾而来，成为五四新散文或称现代散文的初生之花。

1918年4月15日，陈独秀在《新青年》杂志上开辟《随感录》专栏，集结了大批新文化运动的创作者撰写随感录文章，如刘半农、钱玄同、周作人、鲁迅等，他们以富含理性思辨色彩的政论文，抨击封建文化，传播启蒙思想，形成了一种散文新文体——杂感散文。在《随感录》专栏的影响下，李大钊、陈独秀主持的《每周评论》，李辛白主持的《新生活》，瞿秋白、郑振铎主持的《新社会》，邵力子主持的《民国日报》副刊《觉悟》等报刊纷纷开辟类似的专栏，掀起了一股杂感创作热潮。

"随感录"散文以报刊专栏为生长园地，一方面带有报刊言论文章特有的时效性、新闻性，一方面也带有散文特有的抒情性、思想性，理性与感性，以文学的形式表达深刻的思想内容，契合了时代精神的需要，成为时代文学的标记。这些"随感录"文章通常篇幅短小、语言灵活、褒贬鲜明，大都选择关乎社会改造、思想解放等政治倾向鲜明的宏大主题，以配合五四文学革命及思想革命的需要。这就意味着，担负时代使命的随感录散文，接过了"新民体"充当宣传工具的未尽任务，势必在艺术性上有所缺失。以至于周作人在回忆自己的"随感录"散文时深感不足："检阅旧作，满口柴胡，殊少敦厚温和之气。"②他评价"随感录"风潮："民国六年以至八年文学革命

---

① 蒙田著，梁宗岱译：《蒙田试笔》，中央编译出版社2006年版。
② 周作人著文，钟叔河编订：《知堂序跋》，中国人民大学出版社2004年版。

的风潮勃兴，渐以奠定新文学的基础，白话被认为国语了，文学是应当'国语的'了，评论小说诗戏曲都发达起来了，这是很热闹的一个时代，但是白话文自身的生长却还很有限，而且也还没有独立的这种品类，虽然在《新青年》等杂志上所谓随感录的小文字已经很多。八年三月我在《每周评论》上登过一篇小文，题曰《祖先崇拜》……它只是顽强地主张自己的意见，至多能说得理圆，却没有什么余情……"①可见，侧重社会批判功能的随感录散文，文体上的变革意识还不明显，但它能作为五四新散文的开篇，并在一定时期成为散文的主体，自有其独特的价值和地位。

"随感录"作家中，以鲁迅和周作人的作品最为突出。

三、鲁迅随感录对essay的接受

1924年到1925年，鲁迅先后翻译了日本白话文作家厨川白村的两本论著——《苦闷的象征》和《出了象牙之塔》，为中国文学界带来了一缕"个性至上"的亮光。厨川白村在《出了象牙之塔》中有一篇介绍essay的文章：

"执笔则为文。"

先前还是大阪寻常中学校——那时，对于现在的府立第一中学校，是这样的称呼——的学生时代之际，在日本文法的举例上或者别的什么上见过的这毫不奇特的句子，也不明白为什么，到现在还剩在脑的角落上。因为正月的放假，有了一点闲暇了，想写些什么，便和原稿纸相对。一拿钢笔，该会写出什么来似的。当这样的时候，最好便是取essay的体裁。

和小说戏曲诗歌一起，也算是文艺作品之一体的这essay，并不是议论呀论说呀似的麻烦类的东西。况乎，倘以为就是从称为"参考书"的那些别人所作的东西里，随便借光，聚了起来的百

---

① 周作人：《导言》，周作人编选《中国新文学大系·散文一集》（影印本），上海文艺出版社2003年版。

家米似的论文之类，则这就大错而特错了。

有人译essay为"随笔"，但也不对。德川时代的随笔一流，大抵是博雅先生的札记，或者炫学家的研究断片那样的东西，不过现今的学徒所谓Arbeit之小者罢了。

如果是冬天，便坐在暖炉旁边的安乐椅子上，倘在夏天，则披浴衣，啜苦茗，随随便便，和好友任心闲话，将这些话照样地移在纸上的东西，就是essay。兴之所至，也说些以不至于头痛为度的道理罢。也有冷嘲，也有警句罢。既有humor（滑稽），也有Pathos（感愤）。所谈的题目，天下国家的大事不待言，还有市井的琐事，书籍的批评，相识者的消息，以及自己的过去的追怀，想到什么就纵谈什么，而托于即兴之笔者，是这一类的文章。

在essay，比什么都紧要的要件，就是作者将自己的个人底人格的色采，浓厚地表现出来。从那本质上说，是既非记述，也非说明，又不是议论，以报道为主眼的新闻记事，是应该非人格底（impersonal）地，力避记者这人的个人底主观底的调子（note）的，essay却正相反，乃是将作者的自我极端地扩大了夸张了而写出的东西，其兴味全在于人格底调子（personal note）。有一个学者，所以，评这文体，说，是将诗歌中的抒情诗，行以散文的东西。倘没有作者这人的神情浮动者，就无聊。作为自己告白的文学，用这体裁是最为便当的。既不像在戏曲和小说那样，要操心于结构和作中人物的性格描写之类，也无须像做诗歌似的，劳精敝神于艺术的技巧。为表现不伪不饰的真的自己计，选用了这一种既是费话也是闲话的essay体的小说家和诗人和批评家，历来就很多的原因即在此。西洋，尤其是英国，专门的essayist向来就很不少，而戈特斯密（O. Goldsmith）和斯提芬生（R. L. Stevenson）的，则有不亚于其诗和小说的杰作。即在近代，女诗人美纳尔（Alice Meynell）女士的essay集《生之色采》（*Color of life*）里所载的诸篇，几乎美到如散文诗，将诚然是女性的纤细和敏感，毫无遗憾地发挥出来的处所，也非常之好。我读女士的散文的essay，觉得比读那短歌（Sonnet）之类还有趣得多。

　　诗人，学者和创作家，所以染笔于essay者，岂不是因为也如上述的但丁作画，拉斐罗作诗一样，就在表现自己的隐藏着的半面的缘故么？岂不是因为要行爽利的直截简明的自己表现，则用这体裁最为顺手的缘故么？

　　就近世文学而论，说起essay的始祖来，即大家都知道，是十六世纪的法兰西的怀疑思想家蒙泰奴（M. E. de Montaigne）。引用古典之多，至于可厌这一节，姑且作为别论，而那不得要领的写法，则大约确乎做了后来的蔼玛生（R. W. Emerson）这些人们的范本。这蒙泰奴的essay就传到英国，则为哲人培根（F. Bacon）的那个。后来最富于此种文字的英吉利文学上，就以这培根为始祖。然而在欧罗巴的古代文学中，也不能说这essay竟没有。例如有名的《英雄传》（英译*Lives of Noble Greeks and Romans*）的作者布鲁泰珂斯（Ploutarkhos通作Plutarch）的《道德论》（*Moralia*）之类，从今日看来，就具有堂皇的essay的体裁的。

　　虽然笼统地说道essay，而既有培根似的，简洁直捷，可以称为汉文口调的艰难的东西，也有像兰勃（ch. Lamb）的《伊里亚杂笔》（*Essays of Elia*）两卷中所载的那样，很明细，多滑稽，而且情趣盎然的感想追怀的漫录。因时代，因人，各有不同的体裁的。在日本文学上，倘说清少纳言的《枕草纸》稍稍近之，则一到兼好法师的《徒然草》，就不妨说是俨然的essay了罢。又在德川时代的俳文中，Hototogis派的写生文中，这样的写法的东西也不少。[①]

这篇文章对essay进行了译介，其本身也不失为一篇文辞优美、格调闲适的essay。厨川白村说自己写这篇文章，没有什么别的原因，只

---

① 鲁迅：《鲁迅译文集》第3卷，人民文学出版社1958年版，第114—116页。

因正好"有了一点闲暇",有一点模棱两可的感触,加上一点闲适的心境,这个时候执笔为文,"最好便是取essay的体裁"。他形象地把创作essay的情境描述为:"如果是冬天,便坐在暖炉旁边的安乐椅子上,倘在夏天,则披浴衣,啜苦茗,随随便便,和好友任心闲话,将这些话照样地移在纸上的东西,就是essay。兴之所至,也说些以不至于头痛为度的道理罢。"将日常闲话移到纸上,全凭"兴之所至",说理则"以不至于头痛为度",这就是essay饶有意味的艺术风貌。essay在修辞用语、表情达意上也可以挥洒自如,可以抒发嘲讽、幽默、愤慨等,在题材的选择上更是无所拘泥,无论是天下大事,还是市井琐事,又或者读书感受、写给友人、追忆过往等,想到什么都可以无拘束地谈论。essay最大的一个特质便是要"将自己的个人底人格的色采,浓厚地表现出来",纯粹为表达自我,这是essay区别其他文体的关键点所在。作为"自己告白的文学",essay是"将作者的自我极端地扩大了夸张了而写出的东西",它的艺术意味、审美价值全在于此。在以舒卷自如的文字阐述essay的艺术特征之后,厨川白村还简单概述了essay文体的来由和发展。他介绍了essay体创自蒙田,而后传入英国为培根所发扬,并追本溯源,认为essay在古希腊古罗马时代便已有之,此外还介绍了日本本土文学中的essay作品。这一梳理很大程度上影响了后世对essay的定义。

　　鲁迅对厨川白村的译介打开了中国现代散文的局促而狭隘的视界,使得负荷沉重的散文界一时人声鼎沸,散文作家们从疲于政治杂论的呼啸之路上折返,回归散文本身,执笔为文,抒发自我。郁达夫曾言:"鲁迅先生所翻的厨川白村氏在《出了象牙之塔》里介绍英国essay的一段文章,更为弄弄文墨的人,大家所读过的妙文。"这一妙文分别在鲁迅、周作人、林语堂的吸收与转化中形成结构各异的晶体,鲁迅将其生发为"以笔为旗"的杂文力量,周作人将其归结为"冲淡闲适"的小品风致,林语堂则将其熔铸成"幽默"式的文化理想,这些延伸和探索促成了散文转而为艺术的新风尚。

四、周作人"美文"对essay的接受

作为随笔的essay以其特有的亲和力赢得了更多的认可，对它的译介和传播显然更为广泛。五四时期的白话散文对英法essay的借鉴便偏重于其抒情的、自由的一面。其中，周作人的"美文"对essay的接受最具代表性。

1921年，周作人在《晨报》上发表《美文》一文，率先提出，通过英国essay探索中国现代散文新路径。文中这样解释essay：

外国文学里有一种所谓论文，其中大约可以分作两类。一批评的，是学术性的。二记述的，是艺术性的，又称作美文，这里边又可以分出叙事与抒情，但也很多两者夹杂的。这种美文似乎在英语国民里最为发达，如中国所熟知的爱迭生，兰姆，欧文，霍桑诸人都做有很好的美文，近时高尔斯威西，吉欣，契斯透顿也是美文的好手。读好的论文，如读散文诗，因为他实在是诗与散文中间的桥。中国古文里的序，记与说等，也可以说是美文的一类。但在现代的国语文学里，还不曾见有这类文章，治新文学的人为什么不去试试呢？我以为文章的外形与内容，的确有点关系，有许多思想，既不能作为小说，又不适于做诗（此只就体裁上说，若论性质则美文也是小说，小说也就是诗，《新青年》上库普林作的《晚间的来客》，可为一例），便可以用论文式去表他。他的条件，同一切文学作品一样，只是真实简明便好。我们可以看了外国的模范做去，但是须用自己的文句与思想，不可去模仿他们。《晨报》上的浪漫谈，以前有几篇倒有点相近，但是后来（恕我直说）落了窠臼，用上多少自然现象的字面，衰弱的感伤的口气，不大有生命了。我希望大家卷土重来，给新文学开辟出一块新的土地来，岂不好么？[1]

---

[1]　周作人著，张菊香编：《周作人散文选集》，百花文艺出版社1987年版，第31—32页。

周作人所说的"美文"即指essay，他在文中对essay的概念、特点、风格进行了简述，向文界推介这一新文体，号召大家"用自己的文句与思想"进行"美文"创作，为中国现代散文"开辟出一块新的土地"。这篇五百字的小文看上去只是对西方essay的简单借鉴和传播，不能算作是一篇完整的理论文章，但在五四文学革命的时代洪流中，"美文"概念的提出无疑为散文卸下"革命"重担找到了出口。范培松将周作人的《美文》称为"对现代散文艺术定位的第一块基石"[①]。他说，《美文》"比较明确地把散文从文学上定位为'记述的，是艺术性的'，这是对散文的'体'的认识的一个重大突破……周作人悄悄地把散文放进了纯文字作品样式内，从而与非文学明确地划清了界限。同时周作人在美文中又从形式和内容上，为现代散文创作进行了一个初步的规范：'须用自己的问句与思想'。这一规范极其严肃而明确，也可以把它视作是现代散文的一条重要审美标准"[②]。

周作人在《中国新文学大系·散文一集》一书的导言中，对中国新文学的散文进行了系统考察，也对自己多年来的"美文"理论进行了梳理。他认为，现代散文借鉴西方essay只是形式上的，不是全盘吸收，"欧化是喜得有一种新空气，可以供我们享用，造成新的活力，并不是注射到血管里去就替代血液之用"。新散文与其说是革命的产物，不如说是继承传统上的创新，"这风致是属于中国文学的，是那样地旧而又这样地新"。他解释道：

> 现代的散文在新文学中受外国的影响最少，这与其说是文学革命的，还不如说是文艺复兴的产物，虽然在文学发达的程途上复兴与革命是同一样的进展。在理学与古文没有全盛的时候，抒情的散文也已得到相当的长发，不过在学士大夫眼中自然也不很

---

① 范培松：《中国散文批评史》，江苏教育出版社2000年版，第32页。
② 范培松：《中国散文批评史》，江苏教育出版社2000年版，第34页。

看得起。我们读明清有些名士派的文章，觉得与现代文的情趣几乎一致，思想上固然难免有若干距离，但如明人所表示的对于礼法的反动则又很有现代气息了。[①]

周作人认为，"中国新散文的源流我看是公安派与英国的小品文两者所合成"，他极力推崇中国传统散文中的"言志"说，主张散文必须"言志"，因此将晚明公安派"独抒性灵"的小品文作为"言志"说的典范，而西方essay的传入，为复兴"言志"派提供了有力的契机：

> 我相信新散文的发达成功有两重的因缘，一是外援，一是内应。外援即是西洋的科学哲学与文学上的新思想之影响，内应即是历史的言志派文艺运动之复兴。假如没有历史的基础，这成功不会这样容易，但假如没有外来思想的加入，即使成功了也没有新生命，不会站得住。

周作人中西有机融合"美文"概念，用他的话概括为："新散文里的基调虽然仍是儒道二家的，这却经过西洋现代思想的陶熔浸润，自有一种新的色味，与以前的显有不同，即使在文章的外观上有相似的地方"。无论是对晚明小品文"独抒性灵"的偏好，还是对西方现代essay中的"艺术性"的追随，都是周作人个人文艺观的显现，他的"美文"既是他对现代散文理论的探索与定位，也是他对自我精神的追寻与安置。

胡适认为周作人的"美文"是白话散文的成功范本："白话散文很进步了。长篇议论文的进步，那是显而易见的，可以不论。这几年来，散文方面最可注意的发展乃是周作人等提倡的小品散文。这一

---

① 周作人：《导言》，周作人编选《中国新文学大系·散文一集》（影印本），上海文艺出版社2003年版。

类的小品，用平淡的谈话，包藏着深刻的意味，有时很笨拙，其实却是滑稽。这一类作品的成功，就可彻底打破那美文不能用白话的迷信了。"无疑，"美文"在周作人的探索与实践中，渐渐成为现代散文的代名词之一，时至今日仍在散文创作领域保有旺盛的生命力。

第四节　"白话散文"的文化内涵

新文化运动以《新青年》为阵地，反对旧道德、提倡新道德，反对旧文学、提倡新文学，大力宣扬民主和科学，它是一场文化领域的狂飙突进式的变革，却以引进西方进步思潮、传播新文学为主体，充分显示了文学作为思想文化的载体的重要作用。这其中，新小说、新诗、新散文、现代戏剧纷纷穿上思想启蒙运动的外衣，站在历史的拐弯处，纵身一跃，实现了华丽的变身。这期间，文学社团、文学流派蓬勃发展，各种类型的文学运动、文学论争、文艺思潮此起彼伏。同时间，涌现了大批才华横溢的新文学作家及学者，如鲁迅、陈独秀、胡适、周作人、郭沫若、郁达夫、茅盾、沈从文等，他们是新文学的拓荒者，新文学在他们的创作实践中不断完善和发展。

文学是人学，新文学之"新"便在于"人的发现"，对"人的文学"的追寻在新散文即白话散文的价值观念中表现得尤为突出。白话散文以其摧枯拉朽之势，倡导个性解放，致力于语言形式的变革，改变了20世纪散文的基本风貌，开启了中国散文发展的新纪元，构筑了新的时代思想文化与审美意识形态。

一、语言层面：从工具革命到文化革命

依赖语言文字而存在的文学，如同承载思想文化的一叶小舟，遨游在历史的河道里，时而平稳，时而颠簸，它的演进轨迹可以说与文明的进程如出一辙。颠簸于五四个性解放思潮中的新文学，以语言为突破口，"用白话来作一切文学的工具"（胡适语），实现了从工具层面到文化层面的合理转化。

1917年，《新青年》上发表了两篇著名文章——胡适的《文学改

良刍议》和陈独秀的《文学革命论》。这两篇文章吹响了新文学与新文化运动的号角。胡适从文学进化论出发，倡导白话文学："今日之文言乃是一种半死的文字，今日之白话是一种活的语言。白话不但不鄙俗，而且甚优美适用。白话并非文言之退化，乃是文言之进化。白话可以产生第一流文学，已产生小说，戏剧，语录，诗词，此四者皆有史事可证。白话的文学为中国千年来仅有之文学；其非白话文学，皆不足与于第一流文学之列。所以我的总结论是：今日所需乃是一种可读，可听，可歌，可讲，可记的言语。"[①]这一论断点明了新文学语言革新的具体内容。循着语言变革的路径，他在《文学改良刍议》中将改良文学的药方进一步归纳为"八事"：

　　今之谈文学改良者众矣，记者末学不文，何足以言此？然年来颇于此事再四研思，辅以友朋辩论，其结果所得，颇不无讨论之价值。因综括所怀见解，列为八事，分别言之，以与当世之留意文学改良者一研究之。

　　吾以为今日而言文学改良，须从八事入手。八事者何？

　　一曰，须言之有物。

　　二曰，不摹仿古人。

　　三曰，须讲求文法。

　　四曰，不作无病之呻吟。

　　五曰，务去烂调套语。

　　六曰，不用典。

　　七曰，不讲对仗。

　　八曰，不避俗字俗语。[②]

---

　　① 蔡元培等著：《〈中国新文学大系〉导言集》，贵州教育出版社2014年版，第57页。

　　② 胡适著，季羡林主编：《胡适全集》第1卷，安徽教育出版社2003年版，第4页。

  这八条可以看作胡适文学改良思想的方法论，他从内容和形式两个层面提出了文学革新的具体方法。首先是内容层面，要言之有物，讲究文法，不模仿古人，不作无病之呻吟。他认为文字表达要有情感和思想，"情感者，文学之灵魂。文学而无情感，如人之魂，木偶而已，行尸走肉而已"。"思想之在文学，犹脑筋之在人身。人不能思想，则虽面目姣好，虽能笑啼感觉，亦何足取哉？"文学应注重写实精神，表达真实的情感，进行现实的思考，而不能无病呻吟，卖弄文辞，装腔作势。一时代有一时代之文学，文学要做到写实必须顺应历史和社会的发展，以反映时代状况为目的，而不能一味模仿古人。写文章要讲究文法，文法是文章内在的逻辑结构，不是形式上的格式工整、辞藻华丽，而是内容丰盈、合乎逻辑、饱含意蕴。其次，在形式层面，不用滥调套语，不用典故，不讲对仗，不避讳俗语俗话。文章用语应不断创新，不拘泥于用典、对仗等僵化程式，"文字最妙之意味，在用字简而含义多，此断非用典不为功"。应使用通俗易懂的白话表达情感和思想。

  为提倡白话文这种新的文学形式，胡适没有选择大肆宣扬，而是选择深入文学创作的内部，娓娓道来，提出对应的细则，并逐条进行阐述。这体现了深受西方进化论、实证主义等哲学思想熏陶的胡适冷静、理性的一面，正如他自己所言："我的文学革命论也只是进化论和实验主义的一种实际应用。"毕竟思想的解放不可能是一蹴而就的，必须在语言解放的基础上慢慢尝试着前行。他将再造中国文明作为新文化运动的目的，而再造文明的途径全靠研究一个个具体问题。他说："文明不是笼统造成的，是一点一滴的造成的。进化不是一晚上笼统进化的，是一点一滴的进化的。现今的人爱谈'解放'与'改造'，须知解放不是笼统解放，改造也不是笼统改造。解放是这个那个制度的解放，这种那种思想的解放，这个那个人的解放：都是一点一滴的解放。改造是这个那个制度的改造，这种那种思想的改造，这个那个人的改造：都是一点一滴的改造。再造文明的下手工夫是这个那个问题的研究。再造文明的进行是这个那个问题的解决。"①他的思想创见，以及对"白话文学之为中国文学之正宗，又为将来文学必用之利器"的清醒认识，绝大部分来自他的尝试精神与逻辑思维，他又说："凡是有价值的思想，都是从这个那个具体的问题下手的。先研究了问题的种种方面的种种事实，看看究竟病在何处，这是思想的第一步工夫。然后根据于一生的经验学问，提出种种解决的方法，提出种种医病的丹方，这是思想的第二步工夫。然后用一生的经验学问，加上想象的能力，推思每一种假定的解决法应该可以有什么样的效果，更推想这种效果是否真能解决眼前这个困难问题。推想的结果，拣定一种假定的'最满意的'解决，认为我的主张，这是思想的第三步工夫。凡是有价值的主张，都是先经过这三步工夫来的。"②他的文学改良观念，从预见"白话为利器"到方法论，再到尝试，正是按着这样的思想步骤推行的："我以为创造新文学的进行次序，约有三步：（一）工具，（二）方法，（三）创造。前两步是预备，第三步才是实行创造新文学。"③

胡适在《建设的文学革命论》中将最初提出的"八事"概括为十个字："国语的文学，文学的国语。"他说："我们所提的文学革命，只是要替中国创造一种国语的文学。有了国语的文学，方才可有文学的国语。有了文学的国语，我们的国语才可算得真正国语。国语没有文学，便没有生命便没有价值，便不能成立，便不能发达。"④他所言"国语"即指"白话"，他将白话作为创造新文学的唯一工具，"死文言决不能产出活文学"，以白话作文学，才是创作出属于这个时代的新文学。可见，在"八事"中，胡适认为最重要的

---

① 胡适著，胡明编选：《胡适选集》，天津人民出版社1991年版，第273页。
② 胡适著，胡明编选：《胡适选集》，天津人民出版社1991年版，第274页。
③ 胡适著，季羡林主编：《胡适全集》第1卷，安徽教育出版社2003年版，第60页。
④ 胡适著，季羡林主编：《胡适全集》第1卷，安徽教育出版社2003年版，第54页。

还是"白话"。他将自己对中国文学的贡献，概括为三点："我指出了'用白话作新文学'的一条路子"，"我供给了一种根据于历史事实的中国文学演变论，使人明了国语是古文的进化，使人明了白话文学在中国文学史上占什么地位"，"我发起了白话新诗的尝试"。①"白话"无疑是20世纪最厉害的发明，白话文学不仅仅是文学形式上的改变，更是思维方式、文化观念上的改造，白话文学在后来的传播与发展也不断证实了这一路径的合理性。

相较于胡适文学改良理论的"平和讨论"，陈独秀的《文学革命论》显得更为激烈、张扬：

今日庄严灿烂之欧洲，何自而来乎？曰，革命之赐也。欧语所谓革命者，为革故更新之义，与中土所谓朝代鼎革，绝不相类；故自文艺复兴以来，政治界有革命，宗教界亦有革命，伦理道德亦有革命，文学艺术亦莫不有革命，莫不因革命而新兴而进化。近代欧洲文明史，直可谓之革命史。故曰，今日庄严灿烂之欧洲，乃革命之赐也。

吾苟偷庸懦之国民，畏革命如蛇蝎，故政治界虽经三次革命，而黑暗未尝稍减。其原因之小部分，则为三次革命，皆虎头蛇尾，未能充分以鲜血洗净旧污；其大部分，则为盘踞吾人精神界根深底固之伦理、道德、文学、艺术诸端，莫不黑幕层张，垢污深积，并此虎头蛇尾之革命而未有焉。此单独政治革命所以于吾之社会，不生若何变化，不收若何效果也。推其总因，乃在吾人疾视革命，不知其为开发文明之利器故。

孔教问题，方喧哄于国中，此伦理道德革命之先声也。文学革命之气运，酝酿已非一日，其首举义旗之急先锋，则为吾友胡适。余甘冒全国学究之敌，高张"文学革命军"大旗，以为吾友

---

① 胡适著，胡明编选：《胡适选集》，天津人民出版社1991年版，第281—282页。

之声援。旗上大书特书吾革命军三大主义：曰，推倒雕琢的阿谀的贵族文学，建设平易的抒情的国民文学；曰，推倒陈腐的铺张的古典文学，建设新鲜的立诚的写实文学；曰，推倒迂晦的艰涩的山林文学，建设明了的通俗的社会文学。

……

际兹文学革新之时代，凡属贵族文学，古典文学，山林文学，均在排斥之列。以何理由而排斥此三种文学耶？曰，贵族文学，藻饰依他，失独立自尊之气象也；古典文学，铺张堆砌，失抒情写实之旨也；山林文学，深晦艰涩，自以为名山著述，于其群之大多数无所裨益也。其形体则陈陈相因，有肉无骨，有形无神，乃装饰品而非实用品；其内容则目光不越帝王权贵，神仙鬼怪，及其个人之穷通利达。所谓宇宙，所谓人生，所谓社会，举非其构思所及，此三种文学公同之缺点也。此种文学，盖与吾阿谀、夸张、虚伪、迂阔之国民性，互为因果。今欲革新政治，势不得不革新盘踞于运用此政治者精神界之文学。使吾人不张目以观世界社会文学之趋势，及时代之精神，日夜埋头故纸堆中，所目注心营者，不越帝王、权贵、鬼怪、神仙，与夫个人之穷通利达，以此而求革新文学，革新政治，是缚手足而敌孟贲也。

欧洲文化，受赐于政治科学者固多，受赐于文学者亦不少。予爱卢梭、巴士特之法兰西，予尤爱虞哥、左喇之法兰西；予爱康德、赫克尔之德意志，予尤爱桂特、郝卜特曼之德意志；予爱倍根、达尔文之英吉利，予尤爱狄铿士、王尔德之英吉利。吾国文学界豪杰之士，有自负为中国之虞哥、左喇、桂特、郝卜特曼、狄铿士、王尔德者乎？有不顾迂儒之毁誉，明目张胆以与十八妖魔宣战者乎？予愿拖四十二生的大炮，为之前驱！①

文章开篇便论及欧洲文明乃革命的产物，继而分析中国三次政治

---

① 陈独秀：《陈独秀文集》第1卷，人民出版社2013年版，第202—204页。

革命失败的主要原因"则为盘踞吾人精神界根深底固之伦理、道德、文学、艺术诸端"太过陈腐朽败，而归根结底在于国人畏惧革命，不知革命是"开发文明之利器"，于是他"甘冒全国学究之敌，高张'文学革命军'大旗"，"旗上大书特书吾革命军三大主义"。"三大主义"便是陈独秀文学革命论的核心思想：推倒雕琢的、阿谀的贵族文学，建设平易的、抒情的国民文学；推倒陈腐的、铺张的古典文学，建设新鲜的、立诚的写实文学；推倒迂晦的、艰涩的山林文学，建设明了的、通俗的社会文学。他认为旧文学与"阿谀、夸张、虚伪、迂阔之国民性"互为因果，因此要革新政治，首先必须推翻承载此政治思想的旧文学，先革新文学，才能完成政治、文化之革命。而文学革命还应具备"观世界社会文学之趋势及时代之精神"的开阔视野，在与封建旧文学决裂的同时，引进西方思想文化及文学观念。

陈独秀认为，欧洲文化的进程，不只在于民主和科学的进步，也有赖于文学的繁荣。他在文末列举了各国"文学界豪杰"，依此为参照，大声呼唤中国之雨果、左拉、歌德、赫卜特曼、狄更斯、王尔德……表示"愿拖四十二生的大炮，为之前驱"，充分体现了其果敢激进的革命精神。文学语言就是文化的产物，文学革命不单是工具层面的变革，更是思想解放、文化生成的必由之路。陈独秀将文化革命的重心放在文学革命上，力图借助语言工具达到改造思想的目的，正是源于他的这种"觉悟"。他认为较之文学上的觉悟和政治上的觉悟，伦理上的觉悟才是"最后的觉悟"："自西洋文明输入吾国，最初促吾人之觉悟者为学术，相形见绌，举国所知矣；其次为政治，年来政象所证明，已有不克守缺抱残之势。继今以往，国人所怀疑莫决者，当为伦理问题。此而不能觉悟，则前之所谓觉悟者，非彻底之觉悟，盖犹在倘恍迷离之境。吾敢断言曰：伦理的觉悟，为吾人最后觉悟之最后觉悟。"①此伦理觉悟即是思想上的觉醒，足见其文学革命的启蒙主义的倾向。

---

① 陈独秀：《陈独秀文集》第1卷，人民出版社2013年版，第175页。

　　无论是胡适的文学改良还是陈独秀的文学革命，都选择了文学作为通往现代的桥梁，并且都主张从语言层面进行改革，就此将"白话"推向了时代的风暴中。"白话文学是中国文学史上的'自然趋势'，这是历史的事实。同时我们也会特别指出：单靠'自然趋势'是不够打倒死文学的权威的，必须还有一种自觉的，有意的主张，方才能够做到文学革命的效果。欧洲近代国语文学的起来，都有这种自觉的主张，所以收效最快。中国有了一千多年的白话文学，只因为无人敢公然主张用白话文学来替代古文学，所以白话文学始终只是民间的'俗文学'，不登大雅之堂，不能取死文学而代之。我们再三指出这个文学史的自然趋势，是要利用这个自然趋势所产生的活文学来正式替代古文学的正统地位。简单说来，这是用谁都不能否认的历史事实来做文学革命的武器。"白话文学，尤其是白话散文便是在这种"自然趋势"和人为推动下，成为社会批判和改革的工具，而白话散文在为新文化运动推波助澜的过程中，也完成了自身由传统向现代的转型。茅盾在《新文学研究者的责任与努力》中指出："新文学运动也带着一个国语文学运动的性质；西洋各国国语成立的历史，都是靠着一二位大文学家的著作做了根基，然后慢慢地修补写正，成了一国的国语文字。中国的国语运动此时为发始试验的时候，实在极需要文学来帮忙；我相信新文学运动最终的目的虽不在此，却是最初的成功一定是文学的国语，这是可以断言的。"①茅盾所说的国语文学即是白话文学。白话散文在胡适、陈独秀等人的倡导和实践中，逐渐成为时代文学的主流，成为"文学的国语"，完成了白话文取代文言文的历史使命。从这个角度来看，白话散文称得上功绩卓著。

二、思想层面："人的文学"的标举

　　作为社会转型期的文学现象，白话散文的文学意义、文化内涵及审美价值均带有鲜明的时代印记。白话散文提倡"人的文学"，注重自我意识的彰显，这正是五四思想解放的体现。"人的文学"不仅开

---

　　①　茅盾：《茅盾全集18：中国文论一集》，黄山书社2014年版。

创了文学创作的新局面，同时作为一种彰显时代精神和价值理念的新思想，具有深远的文化意义。

胡适认为，"新文化运动是人的运动"。他在《中国新文学大系·建设理论集》导言中这样总结白话散文的创作宗旨：

> 简单说来，我们的中心理论只有两个：一个是我们要建立一种"活的文学"，一个是我们要建立一种"人的文学"。前一个理论是文字工具的革新，后一种是文学内容的革新。中国新文学运动的一切理论都可以包括在这两个中心思想的里面。①

"活的文学"由活的语言写成，"活的文学"的实践为"人的文学"的发生奠定了语言基础，而"人的文学"经由自我觉醒的淘洗，将进一步反哺"活的文学"，令其焕发新生，捕捉社会情思，传达人生旨趣，更好地展现新时代的精神风貌。新文化运动所倡导的民主思想、科学精神及个性解放都取自西方，在此基础上生成的白话散文自然将个体的"人"作为意义重构的标准。对"人"的肯定与张扬，意味着文学不受任何社会政治的干涉，摆脱一切功用主义的束缚，获得独立存在，这也是胡适所坚持的"只谈文化、不谈政治"的文艺尺度："我们这个文化运动既然被称为'文艺复兴运动'，它就应该撇开政治，有意识地为新中国打下一个非政治的文化基础。我们应致力于研究和解决我们所认为最基本的有关知识、文化和教育方面的问题。"②他不希望文学裹挟着政治迷乱的烟云，也不想让新文化、新文学运动徘徊在形式的空洞中自娱自乐，希望新文学能"养成人类的创造的思想力"，带着这样深沉的使命，新文学萌发出新的独特风致。

关于"人的文学"，周作人的阐述最为具体和完备。他在《人

---

① 胡适：《导言》，胡适编选《中国新文学大系·建设理论集》（影印本），上海文艺出版社2003年版。

② 胡适口述，唐德刚译：《胡适口述自传》，安徽教育出版社1999年版，第205页。

的文学》《平民文学》《新文学的要求》等多篇文章中论及"人的文学"主张。

《人的文学》提出，"我们现在应该提倡的新文学，简单的说一句，是'人的文学'。应该排斥的，便是反对的非人的文学"①。他将"人"与"非人"作为区分新旧文学的标志物，并进一步解释"人的文学"之"人"，不是天地万物间所谓"天地之性最贵"，或"圆颅方趾"的人，而是指"从动物进化的人类"。与其他动物只顾生存相比，人有一种"生活本能"，是"美的善的"，人拥有"改造生活的力量"，这种力量能使生活"达到高上和平的境地"，凡是违背人性美善，"阻碍人性向上的发展者"，都应该排除在"人的文学"之外。他引用18世纪英国诗人布莱克（Blake）在《天国与地狱的结婚》一篇中所说的："人并无与灵魂分离的身体。因这所谓身体者，原止是五官所能见的一部分的灵魂"，阐述人区别于动物的本质在于灵肉合一的观点，"我们所信的人类正当生活，便是这灵肉一致的生活。所谓从动物进化的人，也便是指这灵肉一致的人，无非用别一说法罢了"。他认为"人"的理想生活，首先应该改良人类的关系，在物质生活方面，各尽所能，各取所需，通过劳作创造生存条件；在道德生活层面，"以爱智信勇四事为基本道德"，革除一切不人道的礼法，每个人都能享受到充分的自由，获得真实的幸福生活。在此，他将"人的文学"归结为提出了"人道主义"的文学，并进一步阐释道：

> 我所说的人道主义，并非世间所谓"悲天悯人"或"博施济众"的慈善主义，乃是一种个人主义的人间本位主义。这理由是，第一，人在人类中，正如森林中的一株树木。森林盛了，各树也茂盛。但要森林盛，去仍非靠各树各自茂盛不可。第二，个人爱人类，就只为人类中有了我，与我相关的缘故。墨子说，

① 周作人著，鲍风、林青选编：《周作人作品精选》，长江文艺出版社2003年版，第1页。

"爱人不外己，己在所爱之中"，便是最透彻的话。上文所谓利己而又利他，利他即是利己，正是这个意思。所以我说的人道主义，是从个人做起。要讲人道，爱人类，便须先使自己有人的资格，占得人的位置。耶稣说："爱邻如己。"如不先知自爱，怎能"如己"的爱别人呢？至于无我的爱，纯粹的利他，我以为是不可能的。人为了所爱的人，或所信的主义，能够有献身的行为。若是割肉饲鹰，投身给饿虎吃，那是超人间的道德，不是人所能为的了。用这人道主义为本，对于人生诸问题，加以记录研究的文字，便谓之人的文学。①

周作人将人道主义阐发成"个人主义的人间本位主义"，指出"人的文学"就是以人道主义为本，对于人生诸问题加以研究记录的文学。他将"人的文学"分两类："（一）是正面的，写这理想生活，或人间上达的可能性；（二）是侧面的，写人的平常生活，或非人的生活，都很可以供研究之用。"写理想生活的，如法国莫泊桑小说《人生》，俄国库普林小说《坑》；写非人的生活的，如中国的《肉蒲团》《九尾龟》等。两种文学的区别就在于"著作的态度不同。一个严肃，一个游戏。一个希望人的生活，所以对于非人的生活，怀着悲哀或愤怒；一个安于非人的生活，所以对于非人的生活，感着满足，又多带些玩弄与挑拨的形迹。简明说一句，人的文学与非人的文学的区别，便在著作的态度，是以人的生活为是呢，非人的生活为是呢这一点上"。他列举了九类封建文章，认为这些文章"妨碍人性的生长，破坏人类的平和"，应该统统排斥在"人的文学"之外，并举例"两性之爱"和"亲子之爱"等"以人的道德为本"的文学才是人的文学，并强调文学应该是人类的、个人的，不是种族的、家族的、国家的。"因为人类的运命是同一的，所以我要顾虑我的运命，便同时须顾虑人类共同的运命。"主张不分国别，多译介外国著作，

---

① 周作人著，鲍风、林青选编：《周作人作品精选》，长江文艺出版社2003年版，第6页。

"扩大读者的精神，眼里看见了世界的人类，养成人的道德，实现人的生活"。

周作人在《平民文学》中进一步阐述自己的文学理想，提出"文艺当以平民的精神为基调，再加以贵族的洗礼，这才能够造成真正的人的文学"：

> 所以平民文学应该注重，与贵族文学相反的地方，是内容充实，就是普遍与真挚两件事。第一，平民文学应以普通的文体，写普遍的思想与事实。我们不必记英雄豪杰的事业，才子佳人的幸福，只应记载世间普通男女的悲欢成败。因为英雄豪杰才子佳人，是世上不常见的人；普通男女是大多数，我们也便是其中的一人，所以其事更为普遍，也更为切己。我们不必讲偏重一面的畸形道德，只应讲人间交互的实行道德。因为真的道德，一定普遍，决不偏枯。天下决无只有在甲应守，在乙不必守的奇怪道德。所以愚忠愚孝，自不消说，即使世间男人多所最喜说的殉节守贞，也不合理，不应提倡。世上既然只有一律平等的人类，自然也有一种一律平等的人的道德。第二，平民文学应以真挚的文字，记真挚的思想与事实。既不坐在上面，自命为才子佳人，又不立在下风，颂扬英雄豪杰，只自认是人类中的一个单体，混在人类中间，人类的事，便也是我的事。我们说及切己的事，那时心急口忙。只想表出我的真意实感，自然不暇顾及那些雕章琢句了。譬如对众表白意见，虽可略加努力，说得美妙动人，却总不至于诌成一支小曲，唱的十分好听，或编成一个笑话，说得哄堂大笑，把演说的本意没却了。但既是文学作品，自然应有艺术的美。只须以真为主，美即在其中，这便是人生的艺术派的主张，与以美为主的纯艺术派，所以有别。①

---

① 周作人著，鲍风、林青选编：《周作人作品精选》，长江文艺出版社2003年版，第12—13页。

　　周作人将"普遍"与"真挚"作为平民文学的艺术准则，指出"平民文学"的特点在于用普通的文体表达普通的思想与事实，用真挚的文体表达真挚的思想与事实。他提出"人生的艺术派的主张"，与"以美为主的纯艺术派"相区别，认为文学作品应具有"艺术的美"，应做到"以真为主"，真实地反映人性、写人的生活，做到了真，自然就达到了"美在其中"的境界。他补充说明两点：平民文学不单是通俗文学，而且是研究平民生活即"人的生活"的文学；平民文学不是慈善主义文学，而是"研究全体的人的生活，如何能够改进到正当的方向"，与施粥施棉衣所谓慈善的事无关。

　　无论是人道主义的文学，还是为人生的文学，都是周作人认为的"理想主义的文学"，这一理想始终是指向人生的、人类的，"名称尽有异同，实质终是一样，就是个人以人类之一的资格，用艺术的方法表现个人的感情，代表人类的意志，有影响于人间生活幸福的文学，所谓人类的意志这一句话，似乎稍涉理想；但我相信与近代科学的研究也没有什么冲突……这新时代的文学家，是'偶像破坏者'。但他还是他的新宗教——人道主义的理想是他的信仰，人类的意志便是他的神"。他试图建立一种人性的，充满人道主义的文学，以此对抗"文以载道"的旧文学。他希望从平民文学入手，弘扬个体精神，以文学的方式影响个人精神世界，最终形成一种理想的生活状态。"人"的加入，使得文学革命的意义从语言层面上升到思想文化层面，恰如止庵先生所言："周作人提倡'人的文学'，当然应该纳入'思想革命'。"①这一点也在周作人《思想革命》一文中得到了证实："文学革命上，文字改革是第一步，思想改革是第二步，却比第一步更为重要。"

---

　　① 止庵：《周作人传》，山东画报出版社2010年版，第74页。

第三章

散文的语言变异与文化叛逆

　　一种语言蕴含着一种文化的精神结构和思维模式，语言的变革无疑也加速了社会文化的变革。文言作为中国传统的书面语言，同时也是文人士大夫的贵族语言，是权力和社会阶层的象征，正如刘再复所言："思想统治是通过话语统治实现的，语言的背后是权力。"[①]晚清的白话报刊和五四时期的白话文运动，倡导"言文一致"，目的就是通智于民众，实现国民启蒙以救亡民族。1900年，陈荣衮在《知新报》发表《论报章宜改用浅说》中说："大抵今日变法，以开民智，为先，开民智，莫如改革文言。"[②]白话文运动证明了"引车卖浆者流"难登大雅之堂的"鄙俗"之语亦能创造出"美文"，成为普遍流行的"国语"。在此意义上，这一语言革命不仅改变了国人的思想观念，也改变了原有的社会关系，清政府的"天国"形象崩溃在即，封建贵族与平民百姓的森严阶级亦摇晃松动。其实在历史上，文言的形式也在文学领域发生着变化，王国维在《人间词话》中说道："四言有弊端而出现了楚辞，楚辞有弊端而出现五言，五言有弊端而出现了七言，古诗有弊端而有律诗。律诗有弊端而有词。盖文体通行既久，染指遂多，自成习套。豪杰之士，亦难于其中自出新意，故遁而作

---

① 刘再复：《共鉴"五四"》，福建教育出版社2010年版，第210页。
② 陈荣衮：《论报章宜改用浅说》，《知新报》，1900年1月1日。

他体，以自解脱。一切文体所以始盛终衰者，皆由于此。"①然而这种语言体系内部的体式形态变化并不是真正的语言革命，其语言背后的思想和思维模式仍然是陈旧的，真正的语言革命必然出现大量新词汇，出现新的句法形式和逻辑结构。新出现的语词把新的观念带入原有语系中，改变人们感受和认识事物的方式，进而改变人们观看着的"眼睛"和感受思考着的大脑神经回路，在心理结构内部建构着新生的内在创造力，文化观念亦随之而异。

中国散文的变革正是始于晚清时翻译文形态的语言渐变，经过报刊式新文体的进一步过渡，最终实现了散文的真正变革，即白话散文取代文言散文，成为新文学中一种独立的艺术形式。鲁迅曾评价说："到五四运动的时候，才又来了一个展开，散文小品的成功，几乎在小说戏曲和诗歌之上。这之中，自然含着挣扎和战斗，但因为常取法于英国的随笔（Essay），所以也带一点幽默和雍容；写法也有漂亮和缜密的，这是为了对于旧文学的示威，在表示旧文学之自以为特长者，白话文学也并非做不到。"②在五四散文的众多派别中，有震惊于中西差异，秉持启蒙与救亡使命而大声疾呼的愤激散文；有在前驱者的路途中漂泊挣扎的怒怨之音；也有在自己的园地里表现个人闲情逸趣的名士美文；亦有描写日常平淡生活的闲适散文；更有直白抒发自我情感的精致独语。这一时期风格多样、创作丰富的散文成就共同构成了五四散文的自由精神，颇具实用性的白话散文最终不负众望，成为解构和破坏封建文化观念的有力武器，广泛传播了人道主义、科学、民主、理性、自由、人权等现代思想观念。

---

① 王国维：《人间词话》，吉林文史出版社2016年版，第397页。

② 鲁迅：《小品文的危机》，《鲁迅全集》第4卷，人民文学出版社1981年版，第576页。

第一节　外来文化与散文创新：从语言渐变到语言革命

散文是中国"古已有之"的文体，体系完备，相对于小说、诗歌、戏剧，散文对中国文学传统有较多的保留借鉴和继承。在对中西文学概念进行参照对比时，西方小说以其格式的特别和表现的深切与中国传统小说大相径庭，可用novel或fiction指认；西方诗歌用着不受格律规则束缚的自由样式，可用poetry来解释；话剧被认为完全是舶来品，可用theatre理解；散文却很难用一个明确词汇来界定，郁达夫称"我们的散文，只能约略的说，是Prose的译名，和Essays有些相像，系除小说、戏剧之外的一种文体"①。散文因其与本土文学资源的密切关系，及自身概念的宽泛性在中西文学概念的对比中带来的困惑，使得西方文化对中国现代散文的影响这一研究远不及其他文学样式。然而，中国现代散文的发展与中国新文学的发展同步，在中国新旧社会变迁、西方思想文化大量涌入的社会背景下，文学的各种样式都不可避免地受到外来文化的影响和渗透，散文自然也不例外。对此，朱自清认为："现代散文所受的直接的影响，还是外国的影响。"②而周作人虽然把白话散文的风格源流追溯到明代小品文，但同时也强调了西方文化对新散文发展有不可或缺的影响。他认为新散文的发达成功有两重因缘，一是外援，一是内应。外援即是西洋的科学哲学与文学上的新思想之影响，内应即是历史的言志派文艺运动之复兴。

外来文化的输入促使中国向西方学习，进行民族的启蒙和救亡，散文文体的相对自由性使其天然地成为传播新思想、新文化的文学形式。晚清翻译文的新理念新名词，带来对旧文化的质疑和对新文明的渴望。相继出现的报刊文在"新民"的启蒙意识和"不避俚俗""文

---

① 郁达夫：《导言》，郁达夫编选《中国新文学大系·散文二集》，良友图书印刷公司1935年版。

② 朱自清：《〈背影〉序》，《朱自清全集》第1卷，江苏教育出版社出版1988年版，第31页。

白相间"的审美追求中突破了传统散文的主题、语言和文体，新民体的出现标志着散文语言开始向现代白话转向。随后，五四时期大批游学海外的学子自觉吸收西方文学资源，创造出在思想境界和审美形式上异于传统散文的白话散文，最终实现了中国散文的现代性变革。

一、严复、林纾：翻译文形态的语言渐变

现代文学是中西方文化碰撞发生的结果。中国传统文学的僵化和言文不一使传统文学失去生机与活力，成为士大夫阶层的小摆设。彼时，西方文化和文学的输入使其找到了改革的模板。胡适直言中国两千多年的文学是死文学，所以"不可不赶紧翻译西洋的文学名著，做我们的模范"①，而严复和林纾是晚清时期众多翻译家中影响最大的。严复以翻译西方哲学和社会科学经典名著为主，翻译作品从文化思想和文化观念上对后来的梁启超、章太炎、黄遵宪及五四一代青年产生了积极影响。林纾以翻译西方小说著称，促进了小说地位的提升，也为近现代作家的文学创作提供了模仿和借鉴的范本。他们二人的翻译作品在思想、观念和文学手法上，都对后世产生了积极影响。而当论及他们的翻译语言时，因其文言体式被认为对新文学的语言影响不大，所以学界一般以梁启超的新民体为新文化语言转变的开端。事实上文言翻译文在对接西方新思想新观念时出现了大量的新词，正是这些新词搅动了语言稳定的意义结构，为传统文言注入了新的生机，并渐渐解构中国人牢固的思维方式和语言习惯。

可以说严复和林纾的翻译是新文学语言渐变的开始，新词汇所携带的语言生机和"意义翻新"划开了古典文言严整系统的一道裂痕，为梁启超的新民体和新文化运动的白话文开启了探寻和前行之路。更重要的是，语言作为一种极其稳定的文化、思维结构和强大的精神力量，要让其变革实则是一件极困难的事情。所以白话文运动需要强大的理论和事实依据，我们看到周作人、胡适都把白话文的倡导追溯至古代，而梁启超的新民体亦是"文白夹杂"的过渡性变革。因此，尽

---

① 胡适：《建设的文学革命论》，《新青年》第4卷第4号，1918年。

管最初的文言翻译对中国语言新质改变相对较少，但我们亦不能忽视从语言的角度透视文言翻译文对中国新文学和中国新文化的积极影响。只因其是文言的句式和语法系统就避而不谈其对后世语言变革的作用，其实是忽略语言变革渐进性的历史进程。试想若以白话翻译，当时多读古书的文人士大夫会不会因对白话的偏见而弃之不顾，而彼时的民间大众又面临读不懂《天演论》的情况？如此便可能减弱新思想的传播效果。

严复和林纾的翻译文作为西学东渐的文学文化资源，不仅在精神价值方面，而且也在语言和文体变革方面对新文学和新文化产生了巨大影响。严复被梁启超称赞为"于中学西学皆为我国第一流人物"，其翻译文中的"民主""自由""国家""进化"的思想后来在梁启超的报刊文中以更为通俗的语言表述出来。如梁启超《变法通议·自序》中对"进化"思想的表述："上下千岁，无时不变，无事不变，公理有固然，非夫人之为也。"① 《论不变法之害》一文也蕴含着梁启超对"进化"思想的阐释。可以说严复通过翻译文输入的"自由、民主"观念成为后来梁启超的报章体（新民体）的主要思想，而翻译文中不断出现的音译、意译和新造词可称为整个语言变革的渐变开端。正如熊月之先生所言："语言的变化，连带着观念形态的变化、思维习惯的变化、文化环境的变化。汉语复音词的增多，表达方式的演进，白话文的兴起，无一不与日译新词的引进有着密切的关系。"② 对近代的翻译文学，郭沫若认为："翻译的文体对于一国国语或文学的铸造也决不是无足轻重的因素。让我们想到佛经的翻译对于隋唐以来的我们中国的语言文学上的影响吧，更让我们想到《新旧约全书》和近代西方文学作品的翻译对于现行中国的语言文学上的影响吧。"③

---

① 梁启超：《变法通议·自序》，《饮冰室合集·1》，中华书局1989年版，第1页。

② 熊月之：《西学东渐与晚清社会》，上海人民出版社1994年版，第678页。

③ 郭沫若：《沫若文集》第10卷，人民文学出版社1959年版，第56页。

严复为留美学者，亲身经历了从甲午战争到戊戌变法，再到辛亥革命和帝制复辟的社会变动。他的翻译目的是救亡，然而他亦是改良派，主张先由知识分子的开化再渐进至平民百姓。因此他选择以文言翻译的策略。但他在翻译中通过音译、意译、再创造的词汇让人不自觉思考其新义，这一过程就是语言新变与文化叛逆的互动。严复的翻译作品有1898年翻译英国赫胥黎的《天演论》，1902年翻译英国亚当·斯密的《原富》（即《国富论》），1903年翻译出版穆勒的《群己权界论》，1904年又翻译出版孟德斯鸠的《法意》（即《论法的精神》）和甄克思的《社会通诠》，1914年翻译卫西琴《中国教育议》等共11本译著，其中《天演论》的影响最大。尽管"以中国化的词语和逻辑来介绍西方的观念是严复话语体系的一大特色"①，但严复的新词也一时成为人们的口头禅，如《天演论》中的"天演""物竞""天择""适者生存"；《原富》按语中"律师为专业……有陪审听献之员"中的"律师"和"陪审"；另有"计学"（经济学）、"逻辑"、"亚洲"、"埃及"等词被沿用至今。严复用中国固有词素组合成新词，为旧字赋予了新的意义，如他将induction和deduction译为"内籀之术"和"外籀之术"，将republica译作"公治"，将curry powder译成"荣莉"（现译为"咖喱"），另外一些音译词如"额悉斯定斯"（existence）、"萨布斯坦思"（substance）、"优尼维实地"（university）、"斯古勒"（school）、"哥理支"（college）等。②大量新词汇为传统汉语体系注入了新的质地，在思想开化的同时也逐渐打破传统语言的超稳定结构。

林纾自己不会外文，需要别人口述再进行翻译，然而他的译文却比他的原著好看，颇受读者欢迎。他一生翻译小说170多种，涉及英国、法国、日本、希腊、瑞士等多个国家的作家，具体译作如《巴

① 解庆宾、吴爽：《西学中国化视野下的严复话语策略》，《保定学院学报》2017年第1期。

② 参见姚欣：《语言接触视角下严复译作中的外来词》，《商洛学院学报》2018年第1期。

黎茶花女遗事》（1899年）、《黑奴吁天录》（1901年）、《迦茵小传》（1905年）、《鲁滨孙漂流记》（1906年）、《摭掌录》（1907年）、《不如归》（1908年）等。在思想层面，郑振铎对林纾有如下评价："一是增加了中国人的知识，开阔了眼界，认识了西方的社会与我们的社会不十分歧异。知道了外国社会的内部情形，以及他们的国民性；二是使中国人明了西方不仅有强大的物质文明，打破了中国人自以为自己的精神文明尤其是文学的想法，而欧美亦有所谓文学；三是改变了中国人轻视小说的观念。自他之后中国才有了以小说家自命的人，自他以后才开始了翻译世界文学作品的风气。"[①]在语言方面，林纾的翻译语言有别于传统的僵化文言，而是有弹性的、流畅清新的文言，是别有创意的文言。对此，钱锺书在《林纾的翻译》一文中指出林译小说语言有不同于古文的新鲜感，并列举出大量新词汇：

> 林纾译书所用文体是他心目中认为较通俗、较随便、富于弹性的文言。它虽然保留若干"古文"成分，但比"古文"自由得多；在词汇和句法上，规矩不严密，收容量很宽大。因此，"古文"里绝不容许的文言"隽语""佻巧语"象"梁上君子""五朵云""土馒头""夜度娘"等形形色色地出现了。口语象"小宝贝""爸爸""天杀之伯林伯"等也经常掺进去了。流行的外来新名词——林纾自己所谓"一见之字里行间便觉不韵"的"东人新名词"——象"普通""程度""热度""幸福""社会""个人""团体""脑筋""脑球""脑气""反动之力""梦境甜蜜""活泼之精神"等应有尽有了。还沾染当时的译音习气，"马丹""密司脱""安琪儿""苦力""俱乐部"之类不用说，甚至毫不必要地来一个"列底（尊闺门之称也）"，或者"此所谓'德武忙'耳（犹华言为朋友尽力也）'"。意想不到的是，译文里包含很大的"欧化"成分。好

---

① 郑振铎：《林琴南先生》，《小说月报》第15卷第11号，1924年。

些字法、句法简直不象不懂外文的古文家的"笔达",却象懂外文而不甚通中文的人的硬译。那种生硬的——毋宁说死硬的——翻译是双重的"反逆",既损坏原作的表达效果,又违背了祖国的语文习惯。林纾笔下居然会有下面的例句!第一类象

　　"侍者叩扉曰:'先生密而华德至'"(《迦茵小传》5章)

　　把称词"密司脱"译意为"先生",而又死扣住原文的次序,位置在姓氏之前。[1]

林译小说虽为文言,却不缺乏新质。它对中国现代文学的影响虽是思想观念居多,语言的影响亦有潜移默化的不可忽视的贡献。

正是严复和林纾等众多翻译文的出现,新方法、新观念、新思维伴随着众多的新名词涌入中国语言和文化传统里,促成中国传统文学和文化的现代生成。

二、梁启超、章士钊:西学价值理念下的语言转向

梁启超,字卓如,一字任甫,号任公,别号沧江。他不仅是近代著名的政治家、启蒙思想家、学者和理论家,而且是一名开时代之新风的文学创作家。他提出的"诗界革命""文界革命"和"小说界革命"反映了文学现代性的特征。他的创作实践以新体散文影响最大,因其散文多发表在《新民丛报》《时务报》《清议报》等报刊上,所以这种散文也被称为报章体、新文体或新民体。1899年底,梁启超在去美国游历的途中提出了"文界革命"。他在《夏威夷游记》中提到日本新闻主笔德富苏峰的文章"善以欧西文思入日本文,实为文界别开一生面者。余甚爱之。中国若有文界革命,当亦不可不起点于是也。苏峰在日本鼓吹平民主义甚有功,又不仅以文豪者"[2]。梁启超的散文在这一理论指导下体现出的最大特色为"欧西文思"和"平民

---

① 钱锺书等:《林纾的翻译》,商务印书馆1981年版,第39—40页。

② 梁启超:《饮冰室合集》专集第22册,中华书局1989年版,第191页。

主义"。这也正是梁启超新体散文的"魔力"所在，其在散文中热情推介西方政治、历史、社会等新思想新事物，在语言上又"平易畅达，时杂以俚语韵语及外国语法，纵笔所至不检束"①。

梁启超的新体散文形式多样，有政论文、杂感时评、随笔札记、游记、传记等，其中以政论文、论文性杂文为主。本着"维新吾民"的宗旨，他的散文大量介绍日本和西欧的思想文化，如介绍西方政治学术和哲学思想的《亚里士多德之政治学说》《近世第一大哲康德之学说》《论希腊古代学术》《政治学大家伯伦知理之学说》《乐利主义泰斗边沁之学说》《进化论革命者颉德之学说》《天演学初祖达尔文之学说及其略传》等，宣扬西方自由精神的人物传记《匈加利爱国者噶苏士传》《意大利建国三杰传》《近世第一女杰罗兰夫人传》《新英国巨人克林威尔传》等，全面介绍美国城市文明和历史的游记散文《新大陆游记》。另有著名的时评杂论，如在《新民丛报》连载的长达10万余字的《新民说》，包括《论新民为今日中国第一急务》《论公德》《论进取冒险》《论自由》《论进步》《论尚武》等26篇；《饮冰室自由书》则受日本德富苏峰、中村正直、伊藤博文和西方思想家约翰·穆勒自由主义思想的影响，其中包括颇有影响力的《过渡时代论》《呵旁观者文》《少年中国说》《说希望》等文。梁启超的散文以排山倒海之势引入西方思想，无数青年人因此有了超越"四书五经"的世界观念。

"新民体"把散文由传统的"个人""历史""日常情感"的主题引向"国家""自由""进步"的现代"世界"主题，语言结构上打破了散文"义法"的束缚，"从拘束的文言文，解放为放纵的文言文"②。梁氏散文条理明晰，吸收了西方的文法篇章结构，如《呵旁观者文》《积弱之源于风俗者》《过渡时代论》中的"一

---

① 梁启超撰，朱维铮导读：《清代学术概论》，上海古籍出版社1998年版，第85—86页。

② 蒋伯潜、蒋祖怡：《骈文与散文》，世界书局1941年版，第119页。

曰……""二曰……""三曰……"成为梁启超常用的论理形式，以排比、推理演绎的方式呈现了宏大的气势。《新民说》中《就优胜劣败之理以证新民之结果而论及取法之所宜》这一标题的条件长句透露出明显的西式句法思维，不似传统散文句的短小精悍，句子之间的因果联系也清晰可见。另外，外来新词在梁启超散文中随处可见，除"柏拉图""康德""俾士麦""斯密亚丹""西班牙歌仑布士Colubus""日耳曼马丁路得Martin Luther"这样的人名地名外，诸如"阶级""自治""信仰""殖民地""权利""代表""意志""主权"之类的新意词也此起彼伏，不能不让当时的读者耳目一新。"新民体"中大量运用的排比、对仗、反问的方式孕育出汪洋恣肆的情感，初读起来让人激情澎湃，不自觉受其影响。如："少年智则国智，少年富则国富，少年强则国强，少年独立则国独立，少年自由则国自由，少年进步则国进步，少年胜于欧洲，则国胜于欧洲，少年雄于地球则国雄于地球。红日初升，其道大光；河出伏流，一泻汪洋；潜龙腾渊，鳞爪飞扬；乳虎啸谷，百兽震惶。鹰隼试翼，风尘吸张；奇花初胎，矞矞皇皇。干将发硎，有作其芒；天戴其苍，地履其黄；纵有千古，横有八荒；前途似海，来日方长。美哉我少年中国，与天不老！壮哉我中国少年，与国无疆！"[①]但梁氏散文的情感风格难免浮夸，"有浮躁，叫嚣，堆砌，缴绕，种种毛病"[②]。

章士钊，留学英国四年，学习法学、政治学和逻辑学，行文引用西方观点，讲求条理性，论据充足、层层推进，句法完整、逻辑缜密，被称为"逻辑文"，成为现代散文发展历程中出现的另一种政论性散文形式，对"新民体"酣畅自由的行文风格起到了矫正作用。章士钊创办的《甲寅》杂志效仿英国的《旁观者》，采用客观冷静的欧式逻辑风格，如其本人在创刊号发表的《政本》一文说："为政有

---

① 梁启超：《梁启超散文精品——自由心影录》，四川文艺出版社1998年版，第248—249页。

② 蒋伯潜、蒋祖怡：《骈文与散文》，世界书局1941年版，第119页。

本，本何在？曰在有容。何谓有容？曰不好同恶异。欲得是说，最宜将当今时局不安，人心惶惑之象，爬罗而剔抉之，如剥蕉然，剥至终层，将有见也。"①又如："科学之验，在夫发现真理之通象。政学之验，在夫改良政制之进程。故前者可以定当然于已然之中，后者甚且排已然而别创当然之例。"②这些句子的语法有明显欧化倾向。章氏文章逻辑力求准确，"凡字之未明其用者，勿厕于句。力戒模糊，鞭辟入里"，"然文中不著了之语，命意遣词，所定腕下必遵之律令，不轻滑过，卒尔而质，意在口不能言其故者甚罕"。③可见其文章中西学法律意识的语言渗透。然而其逻辑文的严密逻辑性不符合当时中国人的写作和阅读习惯，也不太容易理解。

另外，刘师培和章太炎是我国近代研究传统文化的大家，擅长文言写作，但也都尝试以白话作文、演讲，同样促进了散文语言的发展变革。刘师培依托《警钟日报》《中国白话报》《国粹民学》发表40余篇白话学术文；章太炎的文章以古奥难懂的文言著称，但发表在《教育今语杂志》上的白话散文就比较通俗，出现了大量如"历史""科学""习惯"等复音词。

"新民体"使散文自由，"逻辑文"给散文逻辑理性，内容意境、语言形式已然变化，但他们终究还是文言文，且精英式的政论批评方式不易被平民所接受。胡适说逻辑文"要看很明白也不容易"，"所以我们不能不提倡白话文学了"。④于是语言上更为清晰浅白的散文呼之欲出。

---

① 章士钊：《政本》，《章士钊全集》第3卷，文汇出版社2000年版，第1页。

② 章士钊：《学理之上联邦论》，《章士钊全集》第3卷，文汇出版社2000年版，第380页。

③ 章士钊：《文论》，《章士钊全集》第3卷，文汇出版社2000年版，第383页。

④ 真心：《关于新文学的两个问答》，《大公报》（长沙），1920年1月16日。

三、胡适、陈独秀：国民启蒙追求中的语言革命

从语言的角度看，白话散文的确立是中国现代散文形成的最终标志。"国语的文学，文学的国语"这一倡导颠覆了文言文的正统地位，村妪妇孺的语言被写进文学，文学的书面语写作视角里有了大众，成为真正让大众能读懂的语言。白话文区别于"新民体""逻辑文"，区别于章太炎的白话学术语言，不再是文言内部的语体变革。是作为传播新思想的技术性工具，它成为五四新文化运动倡导者主动追求和主张的语言。胡适指出"以白话文取代文言文"是一次文学观念上的大变革，在一系列的论战过程中，胡适总结了中西文学史上的文学革命，坚定地认为："中国若想有活文学，必须用白话，必须用国语，必须做国语的文学。"①陈独秀创办的《新青年》杂志是"反对文言，提倡白话"的理论和实践阵地，五四时期的主要作家如胡适、周作人、李大钊、钱玄同、刘半农、鲁迅都在《新青年》上发表文章。1918年4月，《新青年》自第4卷第4号起设立《随感录》栏目，专门刊发议论时政的杂感短论，这些文章统称为杂文，是现代散文里成就最大的一种文体。故以下笔者将介绍胡适和陈独秀以国民启蒙为宗旨提出的散文理念和进行的散文创作，以进一步察看散文语言变革的历史进程。

"语言是思想的直接现实"，从语言形式入手创造"平民的、明白晓畅的、诚挚的、写实的"的"人的文学"是胡适及五四先驱者为中国文学所选择的革命策略，他们实要通过新工具造新文学而造"新人"。胡适不仅是白话文运动的理论开拓者，而且以大胆尝试的勇气和冒险精神进行了一系列白话文创作。他写出了中国历史上第一部白话诗集《尝试集》，创作了中国第一个白话散文剧本《终身大事》，最先出版了第一部白话翻译小说《短篇小说》译本，最先提出用新式标点符号等。其白话散文创作虽说非上乘之作，但在输入散文学理、创作现代散文范式上作出了重要贡献。

---

① 胡适：《胡适说文学变迁》，上海古籍出版社1999年版，第47页。

　　胡适留美七年，在思想上深受赫胥黎进化论和杜威实证主义的影响，倡导"活的文学""真的文学""人的文学"，要求作通俗文学，使妇女儿童都有了解。他的散文明白晓畅、说理平实畅达、语言亲切自然。他写的《新生活》采用第二人称"你"的方式，像拉家常一样以生活最平常不过的醉酒、吵架的事为例，引出"有意思的生活"和"糊涂的生活"。整篇文章读来，几乎都是"前天你没有事做，闲的不耐烦了，你跑到街上一个小酒店里，打了四两白干，喝完了，又要四两，再添上四两"。"昨儿为什么要喝那么多酒呢？可不是糊涂吗？"[①]这类口语，句子简洁干净又亲和。由于受杜威实证主义影响，胡适的散文又讲求追根究底地考证，认为"一切主义，一切学理，都该研究，但是只可认作一些假设的见解，不可认作天经地义的信条"[②]。他散文里常体现出这一西方式怀疑主义的理性精神和行文逻辑。如在《新生活》里他说："生活的'为什么'，就是生活的意思。""一个人做的事应该件件事回得出一个'为什么'。"[③]在《贞操问题》里批判中国的贞操陋习，搬出贞操的《褒扬条例》和《施行细则》，耐心地逐条批驳其成立的理由。胡适在说理时善用各种典故材料，散文内容知识丰富，古今中外的各类掌故信手拈来，论据充足，可谓是西方研究的学理性方法。

　　胡适散文不仅在写法结构上借鉴西方研究的学理逻辑，内容上也自然引入西方的新思想新观念，如《易卜生主义》借对写实文学的提倡来批判家庭和社会势力，鼓励青年充分发展自己，把"自己这块材料铸造成器"。基于国民启蒙的诉求，胡适也热心创作传记散文，

---

　　① 胡适：《新生活》，易竹贤编《胡适散文选集》，百花文艺出版社2004年版，第84—85页。

　　② 胡适：《胡适全集》第1卷，安徽教育出版社2003年版，第353页。

　　③ 胡适：《新生活》，易竹贤编《胡适散文选集》，百花文艺出版社2004年版，第85—86页。

希冀给少年人"介绍一点做人的风范"①，如《中国第一伟人杨斯盛传》《孙行者与张君劢》《〈南通张季直先生传记〉序》《丁在君这个人》《高梦旦先生小传》等。在语言方面，胡适的散文多采用口语和俗语土语，如"米米小的问题""见了黑旋风不认得是李逵""不会写字怪笔秃"等，文章读来通俗明白，亲切自然，这也体现了胡适要把启蒙思想烛照到普通大众的文学宏愿。

陈独秀作为新文化运动的主力，在新文化运动前便从事报业，协助章士钊办《国民日日报》，批判国民劣根性。后又创办《安徽俗话报》，旨在"通达学问，明白事理"，因语言通俗而为大众所喜闻乐见。陈独秀的诗论、文论创作都富有革命情感，观点大胆鲜明、气势夺人，论述流畅易懂，取材广泛，显得才华横溢。继胡适《文学改良刍议》之后发表的《文学革命论》，旗帜鲜明，语言显然比胡适的改良论调更为激进，这一大胆果断的文风是陈独秀的一大特色。在《文学革命论》中他说："予爱卢梭、巴斯特之法兰西，予尤爱虞哥、左喇之法兰西；予爱康德、赫克尔之德意志，予尤爱桂特、郝卜特曼之德意志；予爱倍根、达尔文之英吉利，予尤爱狄铿士、王尔德之英吉利。吾国文学界豪杰之士，有自负为中国之虞哥、左喇、桂特、郝卜特曼、狄铿士、王尔德者乎？有不顾迂儒之毁誉，明目张胆以与十八妖魔宣战者乎？予愿拖四十二生的大炮，为之前驱！"②可见，五四一代人几乎都在西学思想中汲取了革命的营养，找到了文化叛逆的理论武器。在给胡适的信里他又写道："改良中国文学，以白话为文学正宗之说，其是非甚明，必不容反对者有讨论之余地，必以吾辈所主张者为绝对之是，而不容他人之匡正也。"③这不容讨论匡正的言论虽有些矫枉过正的执拗，但也正是革命时代战士精神的显现。

---

① 胡适：《领袖人才的来源》，《胡适论学近著》第1集，商务印书馆1937年版，第514页。

② 陈独秀：《文学革命论》，《新青年》第2卷第6号，1917年。

③ 陈独秀：《陈独秀著作选》第1卷，上海人民出版社1993年版，第302页。

陈独秀的文学革命与社会革命联系紧密。其文章不遗余力地抨击中国传统封建伦理，后期诗歌和文学创作越来越少，主要是揭露民生疾苦的评论杂文，将中西进行对比分析，文章中经常引用西方事例，夹杂英文、口语、成语、谚语，词锋锐利辛辣，颇具文采。陈独秀通日文、法文，略通英语、俄文，接受并颂扬西方的民主政治思想，尤其称赞法国文学和法国的公社精神。他撰写的《现代欧洲文艺史谭》等文热情介绍了欧洲文艺思想发展史及其高度成就;《新青年》中将自然的进化论比附为社会进化论，宣扬新青年在身体和心理上都要向西方学习；发表在《新青年》上的《本志罪案之答辩书》，更是对科学和民主表示了"断头流血，都不推辞"的坚决态度。《敬告青年》《今日之教育方针》《东西民族根本思想之差异》《一九一六年》等文也以民主、科学的西方理念和世界性眼光痛斥当时中国社会的黑暗和文化的腐朽，语言刚健有力，颇显革命气质。

胡适、陈独秀作为白话文运动的理论建构者和主要发起人，连同刘半农、李大钊、钱玄同及周氏兄弟等一批"先锋学者"发表了一系列杂文论证白话替代文言的必然趋势，语言革命与文化叛逆的风潮随之而来。自《随感录》专栏诞生以后，陆续又涌现出《语丝》《现代评论》《莽原》等散文阵地，在这些报刊上发表的一系列携带新思想的白话散文最终确立了自己的地位，完成了散文从文言向白话的革命性转变。

总的来说，中国白话散文的发达既有传统散文的影响，亦离不开西方现代文明的助力，更是"王纲解纽"时代追求自由、理性的精神需求。没有西方文化文学和思想资源的输入和传播，现代文学包括现代散文很难在中国建立。外来文化的输入开拓了中国散文的内容，散文格调从"小我"走向"大我"，从"文以载道"走向"独抒性灵"，散文形式也从拘谨拿调的八股文言走向灵活自由的通俗白话。作家们自觉起来的鲜活个性表现在字里行间，为中国散文吹奏出全新的乐章，这不得不说是中国散文的一次大解放和大革命。正如范培松所说："语言的蜕变虽则从本质上并不能使散文脱胎换骨，但却是散文脱胎换骨的一个必要条件。"①

第二节　"愤激散文"与"怒怨之音"：鲁迅与郁达夫

　　在"王纲解纽"的五四时期，一代觉醒的知识分子在中西文明的对比中，看到西方文明的先进和蓬勃发展的进取精神，回望自己的民族却还在封建纲领的束缚下萎靡不振、麻木愚昧，竟不知自己的民族正面临存亡危机，中国大地上弥漫着一种萧条腐朽的气味。他们痛苦、悲愤，决意要打破僵化、封闭的文化形态，摧毁压迫人性的封建教条，用西方的"民主""科学""自由""理性"启蒙国人，创造出中国的新文学来。所以这一代的知识分子在精神上是紧张、激烈的，他们要做的是反叛、是破坏，是揭露一切虚假的仁义道德，摧毁一切"瞒"和"骗"的艺术，对于惯常于"中庸、调和"之道的中国式思维，他们不得不愤怒和激进。鲁迅对此有深刻的认识，他说："譬如你说，这屋子太暗，须在这里开一个窗，大家一定不允许的。但如果你主张拆掉屋顶，他们变会来调和，愿意开窗了。没有更为激烈的主张，他们总连和平的改革也不肯行。"②所以鲁迅的文章总是尖锐、刻薄，甚而是偏激与倔强的。同时，知识分子在自己的生活中又看到太多无形或有形的黑暗、死亡与压迫，切身感受了沉重的侮辱、苦闷、孤寂与彷徨。他们不能不愤怒，不能不奋斗，哪怕只是绝望的抗争，也要发出心中的苦痛怨郁。郁达夫的个人式苦闷同时也是民族性怨愤，他说："那么，我就知道我的消沉，也是对国家，对社会的。现在世上的国家是什么？社会是什么？尤其是我们中国？"③鲁迅和郁达夫同样留学日本，切身体会过作为弱国子民所受的"待遇"，

---

　　①　范培松：《中国散文批评史》，江苏教育出版社2000年版，第10页。

　　②　鲁迅：《三闲集·无声的中国》，《鲁迅全集》第4卷，人民文学出版社1981年版，第13页。

　　③　郁达夫：《北国的微音》，《郁达夫散文选集》，百花文艺出版社2004年版，第175—176页。

从此便甘愿做了叫醒国人的民族战士，一位成了"能以寸铁杀人"的愤激批判者，一位在不断漂泊奔忙中体验着"零余者"的"凄苦孤独"，以个人心绪的坦诚暴露控诉社会的黑暗和压迫。

一、鲁迅："但他举起了投枪"——"不克厥敌，战则不止"

鲁迅是中国现代文学的开创者之一，他的作品对中国国民性洞察和刻画至今无人能及，他开创的文学风格体式不断被后世作家模仿、继承和发展。在鲁迅的全部创作中，散文占有重要地位，包括杂文（杂感）、小品散文和散文诗三大部分。鲁迅的杂文以"否定批判""犀利刻毒"闻名，在不断的批判和论战中，鲁迅留下了14本杂文集：《热风》《坟》《华盖集》《华盖集续编》《而已集》《二心集》《伪自由书》《准岁月谈》《且介亭杂文》《且介亭杂文二集》等。小品散文则开创了现代散文"闲话风"的文体。如散文集《朝花夕拾》中的"旧事重提"，鲁迅回忆自己的童年和求学生活、怀念家人朋友和师长，写出了阿长、藤野先生、范爱农、刘和珍、韦素园、刘半农等人的人格美和心灵美，显出杂文里难见的亲切温情。散文诗《野草》是鲁迅在战斗过程中的孤寂与彷徨之作，以梦幻的形式表达出鲁迅因现实的残酷和革命的失败而焦灼的情绪，这一"独语"体散文读来有些沉闷阴郁，却道出了鲁迅心中的激愤之情。鲁迅散文被称为"投枪"和"匕首"，战士的愤激之情激励着他自己不断战斗，也燃烧着读者和论敌，深刻的思想和沉郁悲愤的情感融汇成尖刻的笔力，力透纸背，发人深省。其文言辞激烈不留情面，时而破坏语法规则以适合自己激愤至极的心情，笔调讽刺幽默、辛辣猛烈，或一针见血揭开论敌假面，或简单几笔勾勒对方丑恶嘴脸，笔力简劲、直取要害，让人猝不及防、痛苦难言又无地可躲，读来让人惊醒、觉悟，如火山喷发般的热情带来一种勇猛无畏、不惧前行的战斗的美和力量的美。

（一）思想的深刻与情感的激愤

鲁迅眼光的独特与思想的深刻已为人所共识，他站在中西文化的交叉口上，用西方文化觉察中国民性。鲁迅对中国国民性的深刻洞见呈现出历史文化的深度和人性的深度，从表面的现象开掘至中国人隐藏颇深的心理结构。这些东西时常是连当事人自己都未曾察觉到，一经鲁迅的笔触，立刻显现出来，叫人难堪之余不免痛定反省。鲁迅思想的出发点是救国救民，于此他发现了国民性中几乎人人都有的性格缺陷，即集体道德下对生命的无知麻木，只求做稳奴隶的不思进取，放弃真相的普通做戏行为。在这让人惊惧的洞察背后是"冷冰冰的青脸"和"一腔沸血"，愤激之情无以言表，于是他选择"举起投枪"，虽然茫茫然看不到对手和胜利，可还是绝望地反抗着，并且把希望寄托于后来的青年、将来的儿童。所以我们看到鲁迅文章中涉及对儿童、青年和教育的问题时，总会极大地触及鲁迅的神经，《狂人日记》中有"救救孩子"的呼喊，《二十四孝图》有对此类儿童读物猛烈抨击，甚至提出"只要对于白话来加以谋害者，都应该灭亡"。

鲁迅思维的深刻性与他反叛传统的战士精神相联系。鲁迅早期接受《天演论》的影响，留学日本之后，进一步学习西方文化开阔眼界，目睹中国人做"示众的材料和看客"的情景后，觉悟到中国的强大必须从精神上着手，建立新的国民精神必须从破坏封建宗法制度和等级道德开始，于是弃医从文。在《文化偏至论》中，他主张"掊物质而张灵明，任个人而排众数"；在《狂人日记》中，他发出了"从来如此，便对么？"的质问。鲁迅在当时提出个人自由用意便在反抗儒家仁义道德对个体生命的束缚。极端群体主义的严重性不止于对国民思想行为和创造力的束缚，更在于这被束缚的大众竟对此毫无知觉，把这无血性的呆滞相和压迫扭曲的生活状态视为正常的日子混过着，于是鲁迅提出了有"个人自大的国民"是多福气多幸运的民族，呼唤中国"抗天拒俗"的"摩罗诗人"。对孝文化的道德捆绑，鲁迅在《二十四孝图》中发出这样愤激的语言："我总要上下四方寻求，得到一种最黑，最黑，最黑的咒文，先来诅咒一切反对白话，妨害白话者。即使人死了真有灵魂，因这最恶的心，应该堕入地狱，也将决不改悔，总要先来诅咒一切反对白话，妨害白话者。"在《论睁了眼看》中，鲁迅一一列举封建礼教中的瞒和骗，指出"中国人的不敢正视各方面，用瞒和骗，造出奇妙的逃跑来，而自以为正路。在这路上，就证明着国民性的怯弱，懒惰，而又巧滑。一天一天的满足着，即一天一天的堕落着，但却又觉得日见其光荣"。中国传统里另一个根深蒂固的观念就是对女人的奴役态度，鲁迅则尖刻地指出其虚伪丑恶："私有制度的社会，本来把女人也当做私产，当做商品。一切国家，一切宗教都有许多稀奇古怪的规条，把女人看做一种不吉利的动物，威吓她，使她奴隶般的服从；同时又要她做高等阶级的玩具。正像现在的正人君子，他们骂女人奢侈，板起面孔维持风化，而同时正在偷偷地欣赏着肉感的大腿文化。"鲁迅的控诉和揭露，从来都毫无顾忌、无所畏惧，所用字句直打痛处，无一字不简劲，如《新药》《二丑艺术》《论"他妈的"》等对中国文化陋习批判的深刻性也都显现出战斗的勇猛激烈。然而鲁迅的深刻性并不是用尖刻的语言叫骂，看见《文学月报》上有辱骂论敌的文字，他马上写出《辱骂和恐吓决不是战斗》，阐述"战斗的作者应该重于'论争'"，可以愤怒笑骂，但"必须止于嘲笑，止于热骂，而且要'喜笑怒骂，皆成文章'，使敌人因此受伤或致死，而自己并无卑劣的行为，观者也不以为污秽，这才是战斗的作者的本领"。鲁迅不止一处说到其战斗的方式，虽是激愤、尖刻、勇猛无惧，却也光明磊落，正义真挚，这也是鲁迅文字的美学意识，更是文人战士举起投枪的行动动机——照亮黑暗、消灭愚昧的深沉凝重之爱——"创作总根于爱"。

　　鲁迅思想的深刻性根源于其独特的思维方式，他看问题之所以看得"仔细""清楚"和"深刻"，与其思想的开放性、独创性、批判性和发散性密切相关。鲁迅强调个性化独创思维，主张个人不被庸众淹没，启发人们从"古训""家训"和"格言"的束缚中解脱出来以求新生，提倡"个人的自大"，呼吁精神界战士，"故今之所贵所望，在有不和众嚣，独具我见之士，洞瞩幽隐，评骘文明，弗与妄惑者同其是非，惟向所信是诣，举世誉之而不加劝，举世毁之而不沮"①。因此，鲁迅常常有异于常人的观察角度。如在《推背图》里以"此地无银三百两""隔壁阿二勿曾偷"的荒唐故事教人"正面文章反面看"，别具一格中令人看到真相的惊惧。"自称盗贼的无须防，得其反倒是好人；自称正人君子的必须防，得其反则是盗贼"此句一出，不知多少读者要身体震撼了。鲁迅坚持开放性的实用思维，只要有用于中国人思维解放的，都可以"拿来"，认为在中国这个"本不是发生新主义的地方"，要"别求新生于异邦"，"一面尽量的输入，一面尽量的消化，吸收，可用的传下去了，渣滓就听他剩落在过去里"②。鲁迅的思维敏捷，发散性强，常常由眼前的事物就联想到过去或未来，将线性的时间在一个画面里重叠，构成了奇幻的时间和空间感，造成了一种音乐的韵律感和电影的蒙太奇的画面感，让读者不由得陷入沉思与反省之中。例如："穷人的孩子蓬头垢面的在街上转，阔人的孩子妖形妖势娇声娇气的在家里转。转得大了，都昏天黑地的在社会上转，同他们的父亲一样，或者还不如。所以看十来岁的孩子，便可以逆料二十年后中国的情形；看二十多岁的青年——他们大抵有了孩子，尊为爹爹了——便可以推测他儿子孙子，晓得五十年后七十年后中国的情形。"③这一段叙述通过一个"转"字，运用蒙太奇手法把几十年的光影浓缩在几句话里，把中国人的生命轮回全部抛至眼前，由不得你不接受。

鲁迅思维独特性的另一个方面就是钱理群先生所说的"个"与"类"。鲁迅总能从现实生活中具体的人、事出发，不单针对具体的个人和事件进行批判而且把批判的视角深入到事件的本质，扩大至社会的普遍现象，从而显示出其思想的深刻性。如针对林语堂、周作人提倡的"费厄泼赖"精神，鲁迅概括出了"叭儿狗"的类型形象，生

---

① 鲁迅：《集外集拾遗补编·破恶声论》，《鲁迅全集》第8卷，人民文学出版社1981年版，第25页。

② 鲁迅：《二心集·关于翻译的通信》，《鲁迅全集》第4卷，人民文学出版社1991年版，第65页。

③ 鲁迅：《随感录（二十五）》，《新青年》第5卷第3号，1918年。

动勾勒出中国人屈从调和、两可中庸的精神气质。这"叭儿狗"的形象又出现在其他不同的文章里成为"狗相"的合成部分，构成中国式"走狗"的类型性格。这种明澈的洞察和刻画是颇有刺穿人心之力。

无人质疑鲁迅文章的战斗精神，而鲁迅之所以要采取战斗的姿态，以笔为枪，也是源于对国家人民的爱之深切。他说："我自己也知道，在中国，我的笔要算较为尖刻的，说话有时也不留情面。但我又知道人们怎样地用了公理正义的美名，正人君子的徽号，温良敦厚的假脸，流言公论的武器，吞吐曲折的文字，行私利己，使无刀无笔的弱者不得喘息。倘使我没有这笔，也就是被欺侮到赴诉无门的一个；我觉悟了，所以要常用。"正是这觉悟，让鲁迅用自己的笔为中国的弱势平民，尤其是儿童和女人说话，也正是这觉悟使得鲁迅常常要费力孤绝地掘进国人的灵魂深处，挖出蛀虫，直面数不尽的黑暗。他看到"中国人向来就没争到过'人'的价格，至多不过是奴隶"，"假使真有谁能够替他们决定，定下什么奴隶规则来，自然就'皇恩浩荡'了"。他看到中国历来的文学经典不过是"帮闲文学"，两千年的中国文明近似"人肉的筵宴"，他看到黑暗政府杀害青年学生……一个尚有热血又急于疗救的人是无法置身事事外，无法不激愤的。他激愤到无言，但又觉得要说些什么，如此种种，读者读了也难免胸中难平，仰天长叹吧？

（二）形式的自由与战斗的美学

鲁迅是现代文学的文体家，他的小说因"格式的特别"和"表现的深切"让人眼前一亮，他的散文亦开创了"闲话体""独语体"和评论时事的杂文三种散文形式。"闲话体"以《朝花夕拾》为代表，写人记事，抒情议论，笔调平实自然，用词素朴简洁，多用口语，整体风格自然亲切，放弃了传统文章的"启蒙"视角，与读者如朋友般自在闲谈。鲁迅以现代的眼光回望过去，"从纷扰中寻一点闲静来"。

《野草》是鲁迅"独语体"的代表，最初名为"自言自语"，收录了1924—1926年两年间所作的23篇散文诗，以象征主义手法表现了鲁迅在白色恐怖下的绝望又反抗绝望，内心焦灼不定的情绪，曲折幽深的意象下渗透深邃的哲理。《野草》虽然难懂，情感上又偏向晦暗，但文字写得极美，介于散文与诗之间，被评论界认为是鲁迅创作中最美的一部作品，也开创了中国现代散文中的"散文诗"这一新文体。看《秋夜》的开头："在我的后园，可以看见墙外的两株树，一株是枣树，还有一株也是枣树。"这一句以玩笑似的语气写出的重复句，让读者深感有趣的同时又觉出几分严肃，于张力之中又有诗的韵律之美。《死火》中："这是高大的冰山，上接冰天，天上冻云弥漫，片片如鱼鳞模样；山麓有冰树林，枝叶都如松杉。一切冰冷，一切青白。"这就像一幅层次分明有色彩感的油画。《颓败线的颤动》是散文的小说化，《过客》安排了三个角色和场景，以对话的形式展开，是散文的戏剧化。

杂文这一散文形式是鲁迅为现代散文送的另一份礼物，中外文学的文学概念里从来没有"杂文"这一概念，杂文（杂感）是鲁迅"以为非这样写不可，就这样写"的无体之文。鲁迅通过这种文体迅速地对社会生活的方方面面进行反应和批判，这一文体也最适合鲁迅与社会习俗作战，它发声快，传播快，紧跟社会热点，容易被人阅读，又不受题材文体限制，便于鲁迅自由发挥，最适宜鲁迅精神的战斗性。正如瞿秋白在《〈鲁迅杂感选集〉序言》中所评价的："鲁迅的杂感其实是一种'社会论文'——战斗的'阜利通'（feuilleton）。谁要是想一想这将近二十年的情形，他就可以懂得这种文体发生的原因。急遽的剧烈的社会斗争，使作家不能够从容地把他的思想和情感熔铸到创作里去，表现在具体的形象和典型里；同时，残酷的强暴的压力，又不容许作家的言论采取通常的形式。作家的幽默才能，就帮助他用艺术的形式来表现他的政治立场，他的深刻的对于社会的观察，他的热烈的对于民众斗争的同情。不但这样，这里反映着'五四'以来中国的思想斗争的历史。杂感这种文体，将要因为鲁迅而变成文艺性的论文（阜利通——feuilleton）的代名词。自然，这不能够代替创作，然而它的特点是更直接的更迅速的反应社会上的日常事变。"显然，杂文在当时算不上正宗的文学，但却是参与文学论战，发出启蒙之声的最佳战斗文体。另外，鲁迅的《小杂感》通篇都是格言警句，是鲁迅散文中少有的另一种文体。

鲁迅翻译厨川白村《出了象牙之塔》，讲求散文要表现自己真实的情感，认为"为什么不能再随便些，没有做作地说话的呢……而再淳朴些，再天真些，率直些，而且就照本来面目地说了话，也未必便跌了价罢"。鲁迅冲破传统散文语言的束缚，追求语言的大自由和大解放。与鲁迅的战士文风相适应的是鲁迅杂文语言的"辛辣""简劲"，这独特的语言风格，区别于闲适、亲切，区别于林语堂式的幽默，亦区别于郁达夫式的消沉郁闷，自成一种战士的力量美学——酣畅利落，直接冲撞、辛辣有力。老舍曾评价说："据我看，鲁迅先生的最大的成就便是小品文。我敢说，他的学问限制不了后起者的更进一步，他的小说也拦不住后起者的猛进直前。小品文，在五十年内恐怕没有第二把手，来与他争光。他会怒，越怒，文字越好。……他会把最简单的言语（中国话）调动得（极难调动）迭宕多姿，永远新鲜，永远清晰，永远软中透硬，永远厉害而不粗鄙。他以最大的力量，把感情、思想、文字，容纳在一两千字里，象块玲珑的瘦石，而有手榴弹的作用。"[①]"迭宕多姿"是鲁迅语言的多样性，"手榴弹的作用"正是鲁迅杂文的语言威力。社会批判者非有"诛心之论"和极富战斗力的文字而不能有大效益。《记念刘和珍君》中"四十多个青年的血，洋溢在我的周围，使我艰于呼吸视听，那里还能有什么言语？""始终微笑的和蔼的刘和珍君确是死掉了，这是真的，有她自己的尸骸为证；沉勇而友爱的杨德群君也死掉了，有她自己的尸骸为证；只有一样沉勇而友爱的张静淑君还在医院里呻吟。""惨象，已使我目不忍视了；流言，尤使我耳不忍闻。我还有什么话可说呢？我懂得衰亡民族之所以默无声息的缘由了。沉默呵，沉默呵！不在沉默

---

① 老舍：《鲁迅先生逝世二周年纪念》，《1913年—1983年鲁迅研究学术论著资料汇编》，中国文联出版社1986年版，第1002页。

中爆发，就在沉默中灭亡。"这一段话里鲁迅由着自己悲痛的愤怒信笔直抒，"或口语与文言句式交杂；或排比、重复句式的交叉运用；或长句与短句、陈述句与反问句的相互交错，混合着散文的朴实与骈文的华美与气势"①。鲁迅也常常造出一些颇富战斗力的新词来，如批判奥国人华宁该尔把女人分作"母妇"和"娼妇"，他指出"照这分法，男人便也可以分作'父男'和'嫖男'两类了"②，借此讽刺中国缺少"人"之父。《琐记》中，"前四五年，竟在教育部的破脚躺椅上，发见了这姿势，然而这位老爷却并非雷电学堂出身的，可见螃蟹态度，在中国也颇普遍"。鲁迅这里自创"螃蟹态度"，中国官僚的蛮横傲慢跃然纸上。我们常说自信的力量而有"自信力"之说，鲁迅偏造出"自欺力"一词，中国人自欺竟是发展着的一种力量了！另外还有"文格""苦趣"等词，无一不显出鲁迅语言的原创力和战斗力。语法上，鲁迅也常常违反常规，创造出"荒诞、奇峻"的美学效果，如"'有理的压迫''豪语的折扣''跪着的造反''在嫩苗上驰骋'等等"。③鲁迅的隐喻手法常常把不相干的事物组合在一起，显出批判的力道："群众——尤其是中国的——永远是戏剧的看客。牺牲上场，如果显得慷慨，他们就看了悲壮剧；如果显得觳觫，他们就看了滑稽剧。北京的羊肉铺前常有几个人张着嘴看剥羊，仿佛颇愉快，人的牺牲能给与他们的益处，也不过如此。"④在《文学与出汗》中，鲁迅以"出汗"喻"永久不变的人性"，以"香汗"和"臭汗"的区别来讽刺人性之"永久不变"，也颇为新鲜。

　　鲁迅有着深厚的古典文学基础，其学识自然有得益于传统文学之

---

　　① 钱理群、温儒敏、吴福辉：《中国现代文学三十年》，北京大学出版社1998年版，第297页。

　　② 鲁迅：《随感录（二十五）》，《新青年》第5卷第3号，1918年。

　　③ 钱理群、温儒敏、吴福辉：《中国现代文学三十年》，北京大学出版社1998年版，第297页。

　　④ 鲁迅：《娜拉走后怎样》，《中国杂文百部·现代部分·第7卷：鲁迅集》，吉林出版集团股份有限公司2016年版，第19页。

处，如文字的简洁、华美，叙事记人的"史传笔法"等，而且鲁迅也
继承了传统士大夫"忧国忧民"的家国情怀，但鲁迅整个现代文学的
观念和创作实绩基本是在外国文学的滋养下实现。如其所言，《狂人
日记》"大约所仰仗的全是先前看过的百来篇外国作品"，他的《文
化偏至论》《摩罗诗力说》中提到尼采、叔本华、拜伦、易卜生、波
德莱尔、苏格拉底等作家，同时他也翻译了大量国外译作。西方的
"个人自由""民主""理性""科学"等思想是鲁迅用来批判传统
陋习的思想武器，《野草》中大量梦境的出现显然也受到了波德莱尔
象征主义的影响，在个体的自由奋斗中我们也看见了尼采的"超人"
哲学，在"绝望的反抗"哲学里我们看到了匈牙利诗人裴多菲的影
响……鲁迅开放的思维和视域使其博采众长，这无疑增加了其视角的
多元性和深刻性，提升了其散文的战斗强度。缘于对中国黑暗现实的
愤怒、对国民麻木无知的失望和愤慨、对改造国民性抱以"我以我血
荐轩辕"的坚定意志，鲁迅找到了最适宜的文体形式和文学语言，其
散文所构成的艺术世界和战斗美学直至今天仍然值得我们研读省思。

　　二、郁达夫：零余人的赤诚心境——负伤灵魂的呼喊

　　郁达夫在《写完了〈莺萝集〉的最后》一篇中写道："我若要辞
绝虚伪的罪恶，我只好赤裸裸地把我的心境写出来。"他坚信"文学
作品都是作家的自叙传"，认为这样一种自叙传的色彩"就是文学里
所最可贵的个性的表现"。"个性"在郁达夫小说、散文、诗词和文
论中占了很重的分量，"个性的发现"也是五四散文对中国文学的重
大贡献之一，郁达夫"大胆暴露、热情坦荡、凄苦忧郁"的文学个性
使他成了中国文学史上独特的存在。郭沫若在《论郁达夫》中写道：
"他那大胆的自我暴露，对于深藏在千年万年的背甲里面的士大夫的
虚伪，完全是一种暴风雨式的闪击，把一些假道学、假才子们震惊得
至于狂怒了。为什么？就因为有这样露骨的真率，使他们感受着作假
的困难。"郁达夫一生几乎都是在漂泊奔忙中度过，1913年至1922留
学日本，1921年发表处女作《沉沦》，1922年毕业回国正式开始了文
学生涯，1923年至1933年先后在北京大学、武昌师范大学、广州中山

大学、上海法科大学、上海中国公学、安徽大学任教，其间，陆续出版《达夫全集》七卷、《日记九中》（1927年）、中篇小说《迷羊》（1928年）和《她是一个弱女子》（1932年）。1933年，郁达夫由上海移居杭州，在浙江等地浏览，出版游记散文《屐痕处处》《达夫游记》，并于1936年出版《达夫散文集》。1936年以后先后至福建、武汉、徐州、新加坡，一边参加抗日救亡运动，一边从事文学创作，1941年新加坡失守，郁达夫逃亡至苏门答腊，1945年遇害。从1938年开始，郁达夫在新加坡《星洲日报》前后三年时间发表了400多篇抗日政论，后由台湾学者秦贤次整理为《郁达夫南洋随笔》《郁达夫抗战访谈录》两本书出版。

在"完不了的漂泊"生涯里，郁达夫一直背负着日本留学期间"弱国子民"备受欺侮的伤痕记忆来从事文学创作，因时局和情绪变化，作品风格呈现出他从一般文人、名士到抗日战士的角色变化，但总体仍是一贯的"自然畅达而热情坦荡"[①]。郁达夫在动乱压迫的社会里追求自然自我的生命表达、追求独立自由的人格主体，他的苦闷和追求不是"私有"，却是当时进步青年的普遍苦闷。其内容中虽似有不健康因素，但他笔下的散文"扩大了心理和道德描写的范围"，达到了"人性、社会性和大自然"的自然调和。其对个体自由的坚持追寻既是散文之"心"，亦是散文之"体"。如果说鲁迅对自由独立意识的追求在特殊年代里化作"匕首"和"投枪"式的愤激文字，那么郁达夫对个人自由的孤绝追求则化作"零余者"的"悲怀伤感"，以真实坦荡、以满腔愤恨之情抵御黑暗现实和传统禁忌，以经世才情倾吐出一个时代的苦闷，传达对自由人性的不懈追求。

（一）精神主题："人性、社会性和大自然的调和"

周作人说："我想古今文艺的变迁曾有两个大时期，一是集团的，一是个人的。"郁达夫也说："五四运动的最大的成功，第一要

---

① 张梦阳：《序言》，张梦阳编《郁达夫散文选集》，百花文艺出版社2004年版，第5页。

算'个人'的发见。从前的人，是为君而存在，为道而存在，为父母而存在的，现在的人才晓得为自我而存在了。"他们二人都提到的"个人"也在他们各自的散文里体现出来，周作人"舒徐自在，信笔所至"，隐士风范是他的个性，"人性""大自然"也是他时时闲谈的，而相对于郁达夫"人性、社会性和大自然的调和"，周作人缺少的是社会性。郁达夫散文中的人性表现在对个人阴影面的坦诚暴露，消极委顿、饮酒狎妓、自卑自傲、意志脆弱、情绪不定、感情用事是他散文里常见的自叙状态。如《还乡后记》中他非像传统那样衣锦还乡，却是"空拳只手"回家，他坦诚道："缓步当车，说起来倒是好听，但是在二十世纪的堕落的文明里沉浸过的我，既贫贱而又多骄，最喜欢张张虚势，更何况平时是以享乐为主义的我，又哪里能够好好的安贫守分，和乡下人一样的蹀躞泥中呢！"[1]快到家门口时，又不敢回家见家人，"我却走向和回家的路径方向相反的一个冷街上的土地庙去坐了二点多钟。等太阳下山，大家都在吃晚饭的时候，我方才乘了夜阴，走上我们家里的后门边去。……乘后门边没有一个人在，我就放大了胆，轻轻推开了门，不声不响的摸上楼上我的女人的房里去睡了"[2]。他明明钱财不够要节省回家的旅费，却要"自暴自弃"，在火车上大吃大喝，之后又忧郁地想到回家的轮船票来。他更不掩饰自己对年轻女性的热恋和渴望，他嫉妒而又同情那拉着女学生的车夫们："你们这些可怜的走兽，可怜你们平时也和我一样，不能和那些年轻的女性接触。这也难怪你们的，难怪你们这样的乱冲，这样的兴高采烈的。这几个女性的身体岂不是载在你们的车上的么？她们的白嫩的肉体岂不是有一种电气传到你们的身上来的么？"[3]他的

①　郁达夫：《还乡后记》，《郁达夫文集》第3卷，花城出版社、三联书店香港分店1982年版，第50页。

②　郁达夫：《还乡后记》，《郁达夫文集》第3卷，花城出版社、三联书店香港分店1982年版，第59页。

③　郁达夫：《还乡记》，《郁达夫文集》第3卷，花城出版社、三联书店香港分店1982年版，第43页。

作品中多次袒露自己对女性的幻想，表达性的苦闷。他亦坦承自己的不良嗜好："而我的嗜好日深，每月光是烟酒的账，也要开销二十多块。我曾经立过几次对天的深誓，想把这一笔糜费戒省下来，但愈是没有钱的时候，愈想喝酒吸烟。"①他也不过滤自己日常生活中的愤恨，因上海检查和盘查的事情，他恨得"硬是想拿一把快刀，杀死几个人，才肯甘休"②。维特根斯坦曾说："没有什么比不欺骗自己更难做到。"郁达夫真算是一个对自己无比真实的人，他批判在中国传统文学中"从没有看见过一篇活生生地能把人的弱点短处都刻画出来的传神文字"③。郁达夫确是一个时代的叛逆者，他无视传统道德，大胆暴露自己人性的黑暗面向，是对传统道德的大胆冲击，震撼着人们重新审视道德和人性。

郁达夫对人性的坦诚自叙总是与大自然相连，他对大自然素有天性的热爱和天赋的感受力，具有诗人的敏感浪漫气质。郁达夫出生在浙江富阳，富春江的秀丽风光令他着迷，孤独忧郁的性情在大自然里得以抚慰，仿佛只有安静美丽的自然风光才能让他保持自己的浪漫和真实，倾听他的忧郁苦闷。所以郁达夫不仅写下了大量游记散文，在日记、书信、小品文、传记这类的散文中也经常出现大段的自然风景描写，其风景描写常常与情绪相融合，"使读书几乎不能辨出这美丽的大自然是不是多情善感的主人公的一部分来"（《小说论》）。张梦阳评介郁达夫的风景描写时说，郁达夫的风景描写"不仅与现实中的自然风景形似酷肖，给人以逼真的实感，而且勾画出自然风景内含的风神和韵致，表现了不同山水的不同个性，于别人不察觉中发现

① 郁达夫：《给一位文学青年的公开状》，《郁达夫文集》第3卷，花城出版社、三联书店香港分店1982年版，第117页。

② 郁达夫：《海上通信》，张梦阳编《郁达夫散文选集》，百花文艺出版社2004年版，第156页。

③ 吴秀明主编：《郁达夫全集·文论》（下），浙江大学出版社2007年版，第112页。

出自然景物的独特美感，使人如见活物"①。这一评价准确地概括了
郁达夫风景描写的特征，情感的自然渗入，个性的自然融合，使其景
是人，人亦为景，景物的变化迁动着人的情绪变化，人的情绪变化自
然而然影响了景物的神韵相貌。《我的梦，我的青春！》是郁达夫的
自传体散文，五六岁的郁达夫第一次随阿千到山上，"麦已经长得有
好几尺高了，麦田里的桑树，也都发出了绒样的叶芽。晴天里舒叔叔
的一声飞鸣过去的，是老鹰在觅食；树枝头吱吱喳喳，似在打架又象
是在谈天的，大半是麻雀之类；远处的竹林丛里，既有抑扬，又带余
韵，在那里歌唱的，才是深山的画眉"②。小小的郁达夫第一次看见
自然的美妙让他孤独的小小灵魂感受到了自然的奇妙，也奠定了他向
自然寻求力量与安慰的心理基调。《海上通信》是写给郭沫若、成仿
吾的书信，算作书信散文，一开篇不是朋友之间的问好之类，而是两
段景物的描写：

　　　　晚秋的太阳，只留下一道金光，浮映在烟雾空濛的西方海
　　角。本来是黄色的海面被这夕照一烘，更加红艳得可怜了。从船
　　尾望去，远远只见一排陆地的平岸，参差隐约的在那里对我点
　　头。这一条陆地岸线之上，排列着许多一二寸长的桅樯细影，绝
　　似画中的远草，依依有惜别的余情。

　　　　海上起了微波，一层一层的细浪，受了残阳的返照，一时光
　　辉起来，飒飒的凉意，逼入人的心脾。清淡的天空，好象是离人的
　　泪眼，周围边上，只带着一道红圈。是薄寒浅冷的时候，是泣别伤
　　离的日暮。扬子江头，数声风笛，我又上了天涯漂泊的轮船。③

---

①　张梦阳：《序言》，张梦阳编《郁达夫散文选集》，百花文艺出版社
2004年版，第17—18页。

②　郁达夫：《我的梦，我的青春！（自传之二）》，《郁达夫文集》第3
卷，花城出版社、三联书店香港分店1982年版，第364—365页。

③　郁达夫：《海上通信》，《郁达夫文集》第3卷，花城出版社、三联书
店香港分店1982年版，第71页。

这两段描写中，海面"红艳得可怜"，平岸"对我点头"，远草"有惜别余情"，天空清淡得"像离人的眼泪"，日暮"是泣别伤离的"，远景近景凡眼中所见皆成郁达夫式的忧郁苦情。《故都的秋》中"北国的秋，却特别地来得清，来得静，来得悲凉"，又清又静的北国之秋景中隐藏着作者心底的一丝落寞悲凉。再读一段《小春天气》的景物描写：

> 陶然亭的听差的来摇我醒来的时候，西窗上已经射满了红色的残阳。我洗了手脸，喝了二碗清茶，从东面的台阶上下来，看见陶然亭的黑影，已经越过了东边的道路，遮满了一大块道路东面的芦花水地。往北走去，只见前后左右，尽是茫茫一片的白色芦花。西北抱冰堂一角，扩张着阴影，而侧面的高处，满挂了夕阳最后的余光，在那里催促农民的息作。穿过了香冢鹦鹉冢的土堆的东面，在一条浅水和墓地的中间，我远远认出了G君的侧面朝着斜阳的影子。从芦花铺满的野路上走去，将走近G君背后的时候，我忽而气也吐不出来，向西的瞪目呆住了。这样伟大的，这样迷人的落日的远景，我却从来还没有看见过。太阳离山，大约不过盈尺的光景，点点的遥山，淡得比春初的嫩草，还要虚无缥缈。监狱里的一架高亭，突出在许多有谐调的树林的枝干高头。芦根的浅水，满浮着芦花的绒穗，也不象积绒，也不象银河。芦萍开处，忽映出一道细狭而金赤的阳光，高冲牛斗。同是在这反光里飞堕的几簇芦绒，半边是红，半边是白。我向西呆看了几分钟，又回头向东北三面环眺了几分钟，忽而把什么都忘掉了，连我自家的身体也忘掉了。①

作者投入到大自然迷人的神韵之中，西落残阳映照着大地，陶

---

① 郁达夫：《小春天气》，《郁达夫文集》第3卷，花城出版社、三联书店香港分店1982年版，第113页。

然亭的黑影、白的芦花、遥山上淡青的嫩草、半红半白的芦绒，色彩和谐如画，景致极有韵律感地缓缓铺展开来，"连自家的身体也忘掉了"。作者随时都能和景物交流，随时能交换彼此的情意，也唯有以自己独特的个性来观察感受自然，才能有独特的风景画描写。

郁达夫认为孤独感"是艺术的酵素，或者竟可以说是艺术本身"①。所以他几乎是偏爱着甚至于守护着自身的孤独，而这份难排遣的孤独感可以在自然中得到安慰，找到安宁快乐的同时亦保存抑或加强了这份象征艺术的孤独感。所以郁达夫对大自然是本能偏爱的，他的游记散文自然赋予景物丰富生动的人格化情态。《郁达夫游记》中收录的《钓台的春昼》《西溪的晴雨》等篇目因对景致的敏感把握、对山水神韵的高超描写而被人喜爱。郁达夫在《山水及自然景物的欣赏》中说过："自然的变化，实在是多而奇，没有准备的欣赏者，对于他的美点也许会捉摸不十分完全的。"可见，郁达夫对自然景物有着独特的感受力。他把自己的个性、自己完整而敞开的人性自然而然地投入其中，创造了郁达夫式情绪化、诗人化的。富有韵律感的自然风景画。

郁达夫反逆传统的"温柔敦厚"，以自然自由的真实个性和人性入世入文，然而他又不是远离社会的文人儒士。虽然他对社会的观察和反省不及鲁迅深刻，文笔不及鲁迅犀利尖刻，却以人道主义描述了自己眼中所见的贫穷黑暗，表达了自己对当下中国社会的愤懑与期待。郁达夫在小说《沉沦》中喊出了："祖国呀祖国！我的死是你害我的！你快富起来！强起来罢！你还有许多儿女在那里受苦呢！"②这一句怨恨、愤怒的呼喊里岂不有对祖国富强的期盼和渴望吗？以"儿女"自称正是对祖国的满腔挚爱，哪怕她正贫困受侮。1923年的《还乡记》里列车北站附近的贫民窟景象让作者愤慨不已，自然的美

---

①　郁达夫：《北国的微音》，《郁达夫文集》第3卷，花城出版社、三联书店香港分店1982年版，第95页。

②　郁达夫：《沉沦》，《短篇小说选》第1册，上海教育出版社1979年版，第554页。

景与"秽浊的人间"差距甚大，夜间闲步时看到街上"灰色空气"里的人和物，又深感自己作为知识分子的落魄处境。他在文中写下了中国衰败和死灭的都市场景。1924年郁达夫去看了当时刚刚流落北京的文学青年沈从文，写下了《给一位文学青年的公开状》，控诉一个勤勤恳恳的大学毕业生无法过上有饭吃的生活的惨状："大学毕业生坐汽车，吸大烟，一攫千金的人原是有的。然而他们都是为新上台的大老经手减价卖职的人，都是有大刀枪杆在后面援助的人，都是有几个什么长在他们父兄身上的人，再粗一点说，他们至少也真是爬乌龟钻狗洞的人，你要有他们那么的后援，或他们那么的乌龟本领，狗本领，那么你就是大学不毕业，何尝不可以吃饭？"①1935年自传体散文《大风圈外》中讲述自己不满教会学校的压迫，怀着不平和怨愤，打算回家自修，但仍不忘关注社会："外界社会的声气，不可不通，我所以想去定一份上海发行的日报。"②文章的结尾作者表示自己确有"去冲锋陷阵，参加战斗，为众舍身，为国效力"，做一个革命志士的愿望，虽然最后只是"滴了几滴悲壮的旁观者的热泪"。《说木铎少年》《暴力与倾向》则以犀利的笔触直接批判当下中国的"走狗文人"和暴力压迫。

20世纪30年代的郁达夫移居杭州后以游历为主，读线装书，作古诗词，似有古代名士风范，其游记散文也多在这个时期所作。在《钓台的春昼》中郁达夫讲："而中央党帝，似乎又想玩一个秦始皇所玩过的把戏了，我接到了警告，就仓皇离去了寓居。"这顺势一笔似乎已显出"隐居"的难言之隐，说明他在社会的发声已经为政府不满。1938年郁达夫抵达新加坡，终以曾向往的革命战士身份投身海外抗日活动，以笔代枪，写下的400余篇战斗檄文，热情赞颂爱国军民，表达了抗战必胜的信念，为抗战注入了极大的精神力量。

---

① 郁达夫：《给一位文学青年的公开状》，《郁达夫文集》第3卷，花城出版社、三联书店香港分店1982年版，第118页。

② 郁达夫：《大风圈外（自传之七）》，《郁达夫文集》第3卷，花城出版社、三联书店香港分店1982年版，第435页。

"人性、自然性和社会性"在郁达夫的作品里是统一整合的。受"自由""平等"思想的影响，郁达夫勇敢地挑战传统的道德伦理，真实地表达自己的人性个性，这难得的真实和勇敢必然是孤独的，加之幼年时期的贫苦孤寂，留学时期的民族屈辱，成年时期的漂泊不定，更加重了他的苦闷。这"杜甫式的苦闷"促使他关注社会现实寻求强国之道，而对孤寂苦闷的"偏爱"或欲求"解脱"的矛盾心理，又让他寻得了大自然的美善。虽说郁达夫在不同的阶段对人性、自然性和社会性的侧重不同，但他的文章确以"人性"或"个性"为基点凭着博古通今的知识、浪漫热情而清俊流畅的文笔贯通起来，融合成中国文学史上一位少有的才子型作家。

（二）文体语言：现代视角与古典诗情的融合

文学史上像郁达夫这样偏爱直抒情绪的不少，如郭沫若。性情忧郁、热衷于大胆暴露、的作家虽然少但也是有的，可为何独有郁达夫成为以"忧郁""坦诚热情""不讳隐私"为同时代人所喜爱、为后人所铭记？沈从文说，郁达夫的名字，"成为一切年青人最熟习的名字了。人人皆觉得郁达夫是个可怜的人，是个朋友，因为人人皆可从他作品中，发现自己的模样"。这一评价说明当时郁达夫的苦闷为当时的时代苦闷，郁达夫在作品中有悖于传统的性苦闷、人性的缺点也同样困扰着当时的青年们，而这时代的苦闷确为何独有郁达夫能抒写？独有郁达夫的抒写能打动了当时的青年读者？这一方面与当时"反叛传统""解放人性"的时代精神相关，与中国文学史上缺少这样直白表露自身缺点的作品相关，但更多的应该是郁达夫博览群书，尤其是多读外文书而得来的西方现代视野，如此才有了"自由""人性"等反传统的理念支撑；深厚的古典文学素养又让他的语言显得清丽流美，加上自由随意的欧化语言，语言风格又随不同时期的情绪变化和个人成长而有不同格调，真实而俊美的文笔应性而生，韵律自然，诗意款款。"体"随"心"变使得散文文体变化多样，不拘一格，"自由"与"个性"的西方精神结合中国古典诗词素养，郁达夫在这中间找到了适合自己性情的文学表现方式。

郁达夫的文学创作同样受到西方文学的滋养，卢梭在《忏悔录》中毫无避讳地表露自己私密的真实内心，屠格涅夫笔下的"零余者"形象，日本私小说作家佐藤春夫和葛西善藏对知识分子私生活和心理情绪的剖析，陀思妥耶夫斯基对变态心理的刻画，英国诗人华兹华斯的浪漫主义诗意情怀等，是郁达夫所偏爱的文学笔调。郁达夫在《忏余独白》说："写《沉沦》的时候，在感情上是一点也没有勉强的影子映着的，我只觉得不得不写，又觉得只能照那么地写……正如人感到了痛苦的时候，不得不叫一声一样，又哪能顾得这叫出来的一声，是低音还是高音？或者和那些在旁吹打着的乐器之音和洽不和洽呢？"郁达夫从处女作《沉沦》开始的自由写作方式也一直贯彻在他的散文写作里，20世纪20年代的郁达夫正值苦闷的青春岁月，语言多抒情、咏叹的无节制情绪表达，不免重复、粗糙。1933年移居杭州后生活上相对稳定些，杭州的秀美风光也排遣了情绪上的部分苦痛，下笔有所节制，语言简劲，讲究字句，富有清新疏朗的诗意。在海外投身抗战时期的作品更不似从前的燃烧的热情，但总体来说，郁达夫散文、小说都显示出自由而热情的基本特质。

西方的自由思想表现为郁达夫对散文文体的超越，郁达夫在为《中国新文学大系·散文二集》写导言时说："正因为说到文章，就指散文，所以中国向来没有'散文'这一个名字。若我的臆断不错的话，则我们现在所用的'散文'两字，还是西方文化东渐后的产品，或者简直是翻译也说不定。"散文概念不确定自然导同散文文体的不确定性和多样性。在谈到散文的内容时，他又说："我以为一篇散文的最重要的内容，第一要寻这'散文的心'；照中国旧式的说法，就是一篇的作意，在外国修辞学里，或称作主题（Subject）或叫它要旨（Theme）的，大约就是这'散文的心'了。有了这'散文的心'后，然后方能求散文的体，就是如何能把这心尽情地表现出来的最适当的排列与方法。"散文的文体由散文的"心"来决定，那么什么是"散文的心"呢？郁达夫是这样解释的：

这一层硬壳上的三大厚柱，叫作尊君，卫道，与孝亲；经书所教的是如此，社会所重的亦如此，我们不说话不行事则已，若欲说话行事，就不能离反这三种教条，做文章的时候，自然更加要严守着这些古圣昔贤的明训了；这些就是从秦汉以来的中国散文的内容，就是我所说的从前的"散文的心"。当然这中间也有异端者，也有叛逆儿，但是他们的言行思想，因为要遗毒社会，危害君国之故，不是全遭杀戮，就是一笔抹杀（禁灭），终不能为当时所推重，或后世所接受的。

从前的散文的心是如此，从前的散文的体也是一样。行文必崇尚古雅，模范须取诸六经；不是前人用过的字，用过的句，绝对不能任意造作，甚至于之乎也者等一个虚字，也要用得确有出典，呜呼嗟夫等一声浩叹，也须古人叹过才能启口。此外的起承转合，伏句提句结句等种种法规，更加可以不必说了，一行违反，就不成文；你想，在这两重桎梏之下，我们还写得出好的散文来么？

从这段话中我们理解了"散文的心"不是传统文学集体式的"尊君，卫道，与孝亲"，而是个人的个性。在接下来的论述中郁达夫提出了"个人的发现"。"作者的个性当然要渗入到作品里去的。佐拉有佐拉的作风，弗老贝尔有弗老贝尔的写法，在尤重个性的散文里，所写的文字更是与作者的个人经验不能离开了。"所以郁达夫写的散文打破各种古法义理，只为自己的真实个性寻找最好的文体风格。如此，郁达夫散文表现出多样化的形式，如以记事抒情为主的小品散文《寂寞的春朝》《春愁》等，叙写旅途中见闻与感思的散文《还乡记》《还乡后记》《一个人在途上》等，偏记叙议论的散文《欧洲人的生命力》《日本的文化生活》等，写人记事的怀人散文《怀鲁迅》《志摩在回忆里》《记耀春之殇》《雕刻家刘开渠》；类似小说的充满象征意味的散文《青烟》，有飞燕传书的书简散文如《一封信》《北国的微音》《给一位文学青年的公开状》等。此外，郁达夫认为日记是散文最恰当的形式，在《日记文学》中说："散文作品里头，最便当的一种体裁，是日记体，其次是书简体。"他的日记体散文有《日记九种》《沧州日记》《水明楼日记》，这些日记写于不同时期，后期《沧州日记》《水明楼日记》文字较为老练，每篇日记清楚记录日期、天气状况、当天事件及感想，有时也有大段的景物描写。郁达夫也有抨击时事的议论性杂文，如《说木铎少年》《杂谈七月》《暴力与倾向》《杭州的八月》等，另外郁达夫先后在《人世间》和《宇宙风》发表的九篇自传如《悲剧的出生（自传之一）》《我的梦，我的青春！（自传之二）》等，成了自传体散文。郁达夫散文中最有艺术魅力的，要属他的游记体散文，这些散文如写于杭州的《达夫游记》，写于南洋的《马六甲游记》发挥了郁达夫的古典文学素养，又是写他自己喜欢的自然风光，自然是得心应手。奇山异水在郁达夫的笔下注入了沉郁的情感韵律，以诗化清丽的语言营造出一种逼真且有神韵的自然之景。

如果说文体多样是郁达夫西方式自由个性的一种呈现，那么他驾驭语言的能力则是中国古典诗词素养与西方文学的共同滋养，而且古典文学对郁达夫的语言影响要在西方文学之上。我们常会认为郁达夫的散文有感情，文字美妙，有余情有韵味，这是因为在其散文中常常有诗文结合的现象，在选择词语时自然准确又富有诗情，描绘景物逼真而有神采，而且常常又因情感的变化而自然变化了句式，更显得错落有致，富有诗歌的韵律。郁达夫在杭州府的中学堂读书时便用了假名发表诗词，在日本读书时亦作旧体诗词来排遣异国孤独感，在后来的散文里也常常会在情绪激动时自然就念出了古诗，或随意就作了一首诗来，"诗文结合"增加了语言的雅趣，情感表达也更富诗意。如《移家琐记》中，由于电灯要捐税而只能用"灰暗不明"的电灯时，他写道："'烽火满天殍满地，儒生何处可逃秦？'这是几年前做过的叠秦韵的两句山歌，我听了这些话后，嘴上虽则不念出来，但心里却也私私地转想了好几次。腹诽若要加刑，则我这一篇琐记，又是自己招认的供状了，罪过罪过。"①这里顺便讽刺了时局的黑暗；又如《西溪的晴雨》中嵌入"期我乎桑中，要我乎上宫，送我乎淇之上矣"，"春梦有时来枕畔，夕阳依旧上帘钩"，"其声呜呜然，如怨如慕，如泣如诉，余音袅袅，不绝如缕"；又如《记耀春之殇》中六首古体诗的附文；还有《还乡后记》《钓台的春昼》等文章里诗文的引用。可以说诗词是郁达夫写作中必不可少的一个元素，也是他表达自己情绪时所偏爱的一种文体。这种古典诗文不仅在其散文中单独引用，也常常被化用，所以他散文的字句也总是诗意盎然，富于情感的变化。试读"非关病酒，不是悲秋""浅水平桥，垂杨古树""扬子江头，数声风笛""薄寒浅冷"等这种诗样的短句，古典诗词的清雅荡然其间，岂不是韵味无穷？此外，郁达夫散文的句式富于变化，随意读一句《浙东景物记略·仙霞记险》中"五步一转弯，三步一上岭，一面是流泉涡漩的深坑万丈，一面又是鸟飞不到的绝壁千寻。转一个弯，变一番景色，上一条岭，辟一个天地，上上下下，去去回回，我们在仙霞山中，龙溪岸上，自北去南，因为要绕过仙霞关去，汽车足足走了有一个多钟头的山路"。山路的变化，路途前行中的小小冒险的喜悦与惊奇在这长长短短、错落有致的句式里自然流溢。这字句简省、富于变化和诗意的表达也得益于其古典文学素养。古典文学的深厚根基又遇上西方"个性解放"的自由精神，郁达夫的散文以古典优雅的语言传达出了西方的现代性视角。另外，郁达夫散文中的景物描写也时常与外国的风景加以对比，从这里也可以读出郁达夫的西方视角与中国景物审美的融合。

最后需要指出，郁达夫作为一个孤独感很强的人，何以避免走向病态的偏执与扭曲，反而很好地整合中西文学资源，为自己的个性找到了最适合的艺术出品呢？在这里我们看到了他对自我，对人性灵魂的深度挖掘。他对自己的孤独并不似一味沉溺其中，而是具有

---

① 郁达夫：《移家琐记》，《郁达夫文集》第3卷，花城出版社、三联书店香港分店1982年版，第211页。

相当的超越性的理解。我们读《海上通信》："以我的性情而论。在这样的时候，正好陶醉在惜别的悲哀里，满满的享受一场Sentimental sweetness。否则也应该自家制造一种可怜的情调，使我自家感到自家的风尘仆仆，一事无成。若上举两事都办不到的时候，至少也应该看看海上的落日，享受享受那伟大的自然的烟景。"①可知郁达夫对自己的性情及这种性情在各种环境里的惯常性反应是非常清醒的。

第三节　"自己的园地"与"西风美语"：周作人和林语堂

郁达夫说："中国现代散文的成绩，以鲁迅周作人两人的为最丰富最伟大的。"鲁迅说："周作人的散文为中国第一。"周作人自己说："我的散文并不怎么了不起，但我的用意总是不错的，我想把中国的散文走上两条路，一条是匕首似的杂文（我自己却不会做），又一条是英法两国似的随笔，性质较为多样……"周作人如愿开拓了一条与鲁迅不同的文学道路，在世人皆偏爱匕首文学的时代由"浮躁凌厉"转而偏爱"平和冲淡"，住"十字街头的塔"中，耕作"自己的园地"，极冷静地执笔闲写，安定余裕又内敛克制，用词中夹杂的欧语、古文、白话和方言平增了阅读的生涩之感。若不是有些定力和积淀的读者很难喜欢周作人的"简单味"和"涩味"。然而他又为何被众多大家推崇？除了思想上秉持的对真实个性的和自由的追求，更妙的应是董桥先生称为"静静涩涩"的艺术韵味。

林语堂与周作人同属"言志派"，是性灵、闲适的文学一派。两人都博学多才，亦多以细碎琐事入文，独抒性灵，追求自我情趣。比起周作人的淡漠克制、"静静涩涩"，不动声色又出诸反语的苦寂，林语堂则用调皮幽默、雍容柔和的语言介绍西方文化，同时引中国文化入西，以西方视角观照中国文化，常在社会陋习间予以最为柔和的

---

① 郁达夫：《北国的微音》，《郁达夫文集》第3卷，花城出版社、三联书店香港分店1982年版，第71页。

讽刺，遂成幽默之美语。"文化桥梁"的定位与其幽默性灵是理解林氏"西风美语"的关键。

一、周作人：十字街头的塔中人——悲观乐生与"静静涩涩"

散文《十字街头的塔》的开篇，周作人说厨川白村的两本论文集——《出了象牙之塔》和《走向十字街头》——表明了作者是"要离了纯粹的艺术而去管社会事情的态度"。他则修改厨川白村的说法，说自己是"在十字街头的塔里"。大多评论都说周作人不管社会之事只在自己的园地里种菜吃茶、观竹读书，周作人确是在自己的园地里不太去做时政之论，可他"住十字街头"便是仍在关注社会，只不是冲了向前去，却是在"塔里"寻闹市中一点安闲来。他又说："老实说，这塔与街本来并非不相干的东西，不问世事而缩入塔里原即是对于街头的反动，出在街头说道工作的人也仍有他们的塔，因为他们自有其与大众乖戾的理想。"这塔既是作者得以安全的庇护之所，又是要守卫的独特个性，须知这塔并非是别人建好自己去住的，而是自己去建造的。作者为何选择在街头建塔而不在后院或寺庙？他说："我对于两者都有点舍不得，我爱绅士的态度与流氓的精神。"他在《闭户读书论》又说："除非你是在做官，你对于现时的中国一定会有好些不满或是不平。这些不满和不平积在你心里，正如噎隔患者肚里的'痞块'一样，你如没有法子把他除掉，总有一天会断送你的性命。那么，有什么法子可以除掉这个痞块呢？"周作自称像自己这样的"寒士"唯有"闭户读书"可行，可见其虽是经营自己的园地，但退入自己的"塔里"原是对现实的无奈反抗。风沙扑面的社会哪里去寻有意思的"无用游戏与享乐"呢？许是受了日本文化的影响，周作人在平淡琐细的小事中找到了秩序的精致美，并努力克制着内心的愤懑，以安定余裕的心态读书写文，博识重知，趣养静气，营造了"静静涩涩"的文气韵调，在细碎小物件的静观之中排遣着自家的忧苦。

（一）个性与趣味：局促岁月里的安定余裕

闲情雅致的日常琐细是周作人书写的对象，也是他体现个性趣味的生活方式。周作人偏离大众的视角，于乱世中关心饮食点心、吃茶煮药、草木虫鱼是需要勇气和定力的。这种文学选择既合乎周作人的美学观和人生观，又能让读者和自己一样从紧张的社会环境中暂时抽身，在安定冲淡的文调韵律中找到一点安定的秩序感，不失为一种新的美学发现。周作人散文多取材于日常琐事和所读书籍，前期散文中亦有抨击时政"浮躁凌厉"的文章，如《碰伤》《偶然》《祖先崇拜》等文，然真正表现其个性的仍是后期"平淡冲和"之文。周作人在《北京的茶食》中写道："我们于日常必需的东西以外，必须还有一点无用的游戏与享乐，生活才觉得有意思。我们看夕阳，看秋河，看花，听雨，闻香，喝不求解渴的酒，吃不求饱的点心，都是生活上必要的——虽然是无用的装点，而且是愈精炼愈好。"①在《喝茶》中说："喝茶当于瓦屋纸窗下，清泉绿茶，用素雅的陶瓷茶具，同二三人共饮，得半日之闲，可抵十年的尘梦。"《苦雨》中对很多人不耐烦的蛤蟆声，他说："我觉得大可以不必如此，随便听听都是很有趣味的，不但是这些久成诗料的东西，一切鸣声其实都可以听。虾蟆在水田里群叫，深夜静听，往往变成一种金属音，很是特别，又有时仿佛是狗叫。"《知堂文集》中有《秋风》《故乡的野菜》《北京的茶食》《吃茶》《鸟声》《谈酒》《吃菜》《苍蝇》《虱子》《两株树》等描写细物之文，散文集的名称如《自己的园地》《瓜豆集》《看云集》《雨天的书》都表明周作人的趣味是在日常容易被人忽略的精微生活之处，对生活的凝神细观又是周作人的个性所在，一句"不如去耕种自己的园地"，实际是对现世的悲哀失望之后的退让。

在文学道路的选择上，周作人一直坚持个性自由。五四时期的散文也正因为作家们发现了"个性"而繁茂纷呈。鲁迅是明知奋斗徒然但仍去战斗；林语堂也知胜利无望却颇为精明的以幽默应对，决不肯板了脸来毁人生的乐趣；周作人则是心态悲凉，刻意避了社会以求清静，但终究没有完全放了世用之心，看了乱世颜，胸中似有

---

① 周作人：《北京的茶食》，《周作人散文钞》，开明出版社1994年版，第15页。

小火需要克制。"可怜现在的中国生活，却是极端地干燥粗鄙，别的不说，我在北京彷徨了十年，终未曾吃到好点心"①一句中就有对离乱之世的怒气。周作人早在1922年发表《自己的园地》时就说，即使自己耕种的不是可食的果蔬药材，但所种的花"未尝不美，未尝于人无益"②，这里他道出了自己个性文章的世用之心，至于世人知或不知，他是不管的。但周作人决不会为了实用经济牺牲自己的个性气质，坚守个性才是他文章的灵气所在。在《地方与文艺》中他指出："我们所希望的，便是摆脱了一切的束缚，任情地歌唱，无论人家文章怎样的庄严，思想怎样的乐观，怎样的讲爱国报恩，但是我要做风流轻妙，或讽刺谴责的文字，也是我的自由，而且无论说的是隐逸或是反抗，只要是遗传环境所融合而成的我的真的心搏，只要不是成见的执着主张派别等意见而有意造成的，也便都有发表的权利与价值。这样的作品，自然的具有他应具的特性，便是国民性，地方性与个性，也即是他的生命。"③真实而自然的个性才是作品和人的生命力所在，这自然而迥异的天性就是国民性、地方性与个性。所以周作人反对文艺形式的模仿，只可以受影响。他说："我们欢迎欧化是喜得一种新空气，可以供我们的享用，造成新的活力，并不是注射到血管里去，就替代血液之用。"④在《美文》中又说："我们可以看了外国的模范做去，但是须用自己的文句与思想，不可去模仿他们。"⑤

周作人看重个性趣味，其散文的个性总的来说有明人公安派、

---

① 周作人：《北京的茶食》，《周作人散文钞》，开明出版社1994年版，第15页。

② 周作人：《自己的园地》，《周作人散文钞》，开明出版社1994年版，第8页。

③ 周作人：《地方与文艺》，《周作人散文钞》，开明出版社1994年版，第11页。

④ 周作人：《国粹与欧化》，《周作人散文选集》，百花文艺出版社2004年版，第59页。

⑤ 周作人：《美文》，《周作人散文选集》，百花文艺出版社2004年版，第13页。

竟陵派"遗世独立"的风范，在乱世之中营造出一种安定余裕之感，定力十足又清明爽和，看似"冷血"却也难得。然而这安定余裕的风韵仅以取材的简单琐细是不能充分表现的，独特的美学立场和特别的文字形式是其美韵所在。具体表现为行文随意的闲谈态度、浓厚的知性趣味、冷静淡漠的叙述语调和自觉探索的文体意识，因此文章才有"冲淡气""简单味"和"涩味"。

（二）静静涩涩：素淡的美学追求与自觉的文体探索

"平淡冲和""简单味"和"涩味""静静涩涩"已成为周作人散文特色的不刊之论，这艺术情韵从何而来？一是作者的美学立场，一是遣词造句的语言文体功夫。美学立场跟思想的幽深相关，唯有心灵智慧丰厚才能安定自处；语言功夫跟学识才情相关，渊雅博识才能下笔不凡，而有自觉的文体意识才会有所创制。周作人精通日语、古希腊语和英语，多有译作出版，同时周作人又欣赏古代文人的清雅简练，然而影响周作人至深的应该是日本文化中的"物哀"之美、无常之叹、自然素简之雅以及对细微之物的深切体察。正是这种美学意识加上风沙扑面的社会环境让周作人以世事无常之心安于苦涩之境，珍惜细微之物理人情，又常对一切人事怀有悲悯之心。所以我们看不到过于激动的周作人，他冷静而淡漠，他知道即使是说了也未能有实际效用；他只是随意谈谈，不作修饰，讲求的是"本色"和"简单"；他谈些草木虫鱼，苍蝇虱子也并不露好恶之情。以这样的美学意识下笔自然是"舒徐自在"，用字素淡毫无作态，在叙述语调上亦是平淡冷静、内敛节制，既然不抒情绪，文章多介绍客观知识，引用博杂，知性趣味中显理性安定，也弥补了中国传统散文重抒情而少知性逻辑的缺陷。

周作人安定冷静和简单素雅的散文格调首先是其个人美学趣味的表现。周作人说："写文章没有别的诀窍，只有一字曰简单。"[①]在《药堂杂文·序》中讲："其实我的文章写法并没有变，其方法

---

① 周作人：《本色》，《周作人散文全集》，广西师范大学出版社2009年版，第882页。

是，意思怎么样写得好就怎么写。"在《知堂文集》的《沉默》一文中讲沉默的几多好处，他认为要说服或有所辩解都是没什么影响的，表达自己的真实情感也是不易的，人与人之间通过对话或文字相互了解也是很难的，这样不如及早沉默，至少不会增添误会。他说："其实我们这样说话作文无非只是想这样做，想这样聊以自娱，如其觉得没有什么可娱，那么尽可简单地停止。"1945年在《谈文章》中他又说："做文章最容易犯的毛病其一便是作态，犯时文章就坏了。"这些陈述中我们看到作者作文的自在自然态度，故能不辩解不作态，而文字虽素淡至极却能读出一股冷冷清清的哀伤苦涩。作者自嚼其苦，细细品味，故常有别人没有的苦涩之趣来。如读《金鱼》："我想水里游泳着的鱼应当是暗黑色的才好，身体又不可太大，人家从水上看下去，窥探好久，才看见隐隐的一条在那里，有时或者简直就在你的鼻子前面，等一忽儿却又不见了，这比一件红冬冬的东西渐渐地近摆来，好像望那西湖里的广告船（据说是点着红灯笼，打着鼓），随后又渐渐的远开去，更为有趣得多。"一般人都写金鱼之趣，周作人淡淡写出它的"无趣"，客观中隐隐透露出一种看鱼的"无趣之涩"。

此外，周作人的散文之所以总是冷静客观也与其克制内敛的性情气质相关。周作人冷静到近乎淡漠的情感表达方式着实让人吃惊，而细读之下才发现平淡素白的字句下隐藏着浓厚的情感和悲悯。《初恋》里他对自己的初恋并没有特别激动的情感表达，"自己的情绪大约只是淡淡的一种恋慕"。听说初恋因患霍乱死了，他"觉得不快，想象她的悲惨的死相，但同时却又似乎很是安静，仿佛心里有一块大石头已经放下了"[①]。直读到最后一句方知淡淡幽远的文字原是有"大石头"在的呀！又读《祖母的一生》，作者对祖母、祖父、姨太太的是是非非都以悲悯之心加以关照，"至今想起来，还很替祖母和母亲感觉冤苦，但是对于那姨太太我也颇有同情。她也岂不是同样的

---

① 周作人：《初恋》，《周作人散文选集》，百花文艺出版社2004年版，第70页。

不幸么"。对祖父亦无苛责，只说："回忆过去，目的只是希望将来，但愿中国婚姻法发表以后，一切都变好了，前人做了牺牲也就算了。"①所有过去的人事都已被原谅，然而这一句"算了"到底已经吞下了多少情感思量怕只有当事人知道，他是不会表现于外的。

在散文文体方面，周作人是一个文体创造者。他在不同时期提出"美文""随笔""小品文"的概念并进行创作实践，皆有恬然闲适的韵味；同时又写杂文，议论敦厚；还创造出摘录读书笔记的"笔记体散文"，被钱玄同戏称为"文抄公体"。"文抄公体"引起很大争议，此类文章几乎引用他人之文，少见个人性情意见，其实周作人是借他人酒杯，浇自己之块垒，引用摘录都经过精心选择，无不隐现着作者性情。对此，他说："不问古今中外，我只喜欢兼具健全的物理与深厚的人情之思想，混和散文的朴实与骈文的华美之章。"《苍蝇》这样一个小题目，他引用了九个相关的趣味故事；《上下身》中开篇引英国儿歌；《萨满教的礼教思想》中大段引用茀来则博士（J. G. Frazer）所著的《普须该的工作》（*Psyche's Task*）；《教训之无用》开篇引用蔼理斯的《道德之艺术》和斯宾塞的信；《摆伦句》《体罚》《死之默想》《伟大的捕风》《俺的春天》等文章都有很多引用。另外，博识的周作人自然受多种语言的影响，其散文中外文、方言、白话、古文夹杂，又常穿插生僻的引文，读起来难免有"间离"穿越之感，这也是导致其散文有"涩味"的另一个原因。随便举一例，《吃茶》中有"满汉饽饽""阿阿兜"等方言口语；又有一句"学生们的习惯，平常'干丝'既出，大抵不即食，等到麻油再加，开水重换之后，始行举箸，最有合式。因为一到即罄，次碗继至，不遑应酬，否则麻油三浇，旋即撤去，怒形于色，未免使客人不欢而散，茶意都消了"②，此句多文言句式；又有"因为……否则……"

---

① 周作人：《祖母的一生》，《知堂集外文〈亦报〉随笔》，岳麓书社1988年版，第292页。

② 周作人：《知堂文集》，北京十月文艺出版社2011年版，第113页。

式的欧化句法；"茶意都消了"又是平常白话。此类变换多样的语言用法数不胜数，真真是结合了古今中外语言的新国语。总之，在文体方面，周作人似有意识地去尝试、创造，在《〈郑子瑜选集〉序》中，他说："我写文章，向来以不切题为宗旨，至于手法则是运用古今有名的赋得方法，找到一个着手点来敷陈开去，此乃是我的作文金针。""敷陈开去"自然会"自由散漫"，文体溢出常规限制也是自然。

读周作人的散文，会得一种怡神的安定之感，通透明彻，烦恼可稍缓和，细读之下，又会在平淡、克制和隐匿的格调里发现"叛徒"与"隐士"的矛盾和张力来，这便是又静又涩的美了。他自己也说过："有人好意地说我的文章写得平淡，我听了很觉得喜欢但也很惶恐。平淡，这是我所最缺少的，虽然也原是我的理想，而事实上绝没有能够做到一分毫，盖凡是理想本来即其所最缺少而不能做到者也。现在写文章自然不能再讲什么义法格调，思想实在是很重要的，思想要充实已难。要表现得好更大难了，我所有的只有焦躁，这说得好听一点是积极，但其不能写成好文章来反正总是一样。"[1]这句话虽是谦逊之语，亦足见其心底的"焦躁积极"与行为言语之"平淡消极"之不相调和的苦涩与孤寂。

二、林语堂："两脚踏中西文化"——幽默与性灵

林语堂出身于牧师家庭，极早接触西方文化，1919—1923年辗转留学美国、法国、德国的欧美大学，获哈佛大学文学硕士、莱比锡大学语言学博士，学贯中西，是一位极为难得的双语作家。林语堂一生致力于中西文化的交流融通，自谓"两脚踏中西文化，一心评宇宙文章"，出版散文集《剪拂集》《大荒集》《我的话》《生活的艺术》《吾国与吾民》《孔子的智慧》《人生的盛宴》《无所不谈》等，小说《京华烟云》《红牡丹》《赖伯英》等，评论集《新的文评》《论东西文化与心理建设》《论东西文化的幽默》等，传记《苏东坡传》

---

① 周作人：《瓜豆集》，河北教育出版社2002年版，第171—172页。

《武则天传》，中译英作品《浮生六记》《东坡诗文选》《板桥家书》等，英译中作品有萧伯纳的《茶花女》（戏剧）、勃兰兑斯的《易卜生评传及其情书》等。20世纪30年代起，林语堂办《论语》《人间世》《宇宙风》等刊物，标榜"以自我为中心，以闲适为笔调"，这种远离政治的文学态度被左翼作家攻击，但林语堂仍然坚持自由主义的性灵文学，创造出大量"闲适""幽默"笔调的"性灵"散文。林语堂的散文在主题、语言、和文体方面如何表现性灵与幽默？林语堂式的幽默美语又有何独特之处？

（一）从思想性情到文学格调：幽默与闲适的性灵文学

1932年林语堂创办《论语》，1934年创办《人间世》，1935年创办《宇宙风》，皆提倡幽默闲适的性灵文学。只有"语丝"时期发表的《翦拂集》多"浮躁凌厉"，后期散文又多闲适性灵之笔。郁达夫在《中国新文学大系·散文二集》的导言中说："林语堂生性憨直，浑朴天真……《翦拂集》时代的真诚勇猛，的是书生本色，至于近来的耽溺风雅，提倡性灵，亦是时势使然，或可视为消极的反抗，有意的孤行。周作人常喜引外国人所说的隐士和叛逆者混处在一道的话，来作解嘲；这话在周作人身上原用得着，在林语堂身上，尤其是用得着。"当时抗战文学为文艺界主流，林语堂却"有意孤行"，又因受西欧自由主义影响，尤其是克罗齐表现主义的影响，提倡自我表现的文学观，认为"文章者，个人性灵之表现"，"得之则生，不得则死"。再者林语堂生性达观幽默，以快乐为人生目的，早在1924年4月28日《申报·自由谈》发表《方巾气研究》时，他就指出："幽默是西方文化之一部，西洋现代散文之技巧，亦系西方文学之一部。文学之外，尚有哲学、经济、社会，我没有办法，你们去提倡吧。现代文化生活是极丰富的。倘使我提倡幽默提倡小品，而竟出意外，提倡有效，又竟出意外，在中国哼哼唧唧及杭唷杭唷派之文学外，又加一幽默派，小品派，而间接增加中国文学内容体裁或格调上之丰富，甚至增加中国人心灵生活上之丰富，使接近西方文化……"显然，林语堂早期即希冀以西方的幽默文学来改造旧中国文化，同时也希望

"幽默"文学的提倡能使新文学不囿于左翼政治文学，走向多样化的道路。

幽默、性灵、闲适是林语堂散文的美学基础。"性灵"是关键，"幽默"和"闲适"是林氏性灵的自然流露。林语堂在《以艺术为游戏和个性》中说："我们所定的资格是：一切艺术必须有它的个性，而所谓的个性，无非就是作品中所显露的作者的性灵，中国人称之为心胸。一件作品如若缺少这个个性，便成了死的东西。这个缺点是不论怎样高明的技巧都不能弥补的。如若缺乏个性，美丽的本身也将成为平凡无奇的了。""一切的艺术都是相同的，以性灵的流露这一原则为根据。"这显然是五四众多的"个性"发现之一种，而林氏的幽默"个性"自然地也表现在其文章之中，如《中国有臭虫吗？》，一位中国女主人在家里举行著名中外人士集会，一只臭虫突然出现在洁白沙发套上，林语堂借此讽刺了中国学者的八种态度，最后的第九种道出了自己"小评论家"的态度："看啊，这里有一个大臭虫！多大，多美，又多肥，它在这时机跑了出来，在我们乏味的谈话中供给一些谈论的题材，它是多么巧妙又多么聪明啊！我亲爱的美丽的女主人啊！这是不是你昨晚被它吸去的血吗？捉住它吧。捉住了臭虫把它捏死该是多么有趣的事啊！"文章虽有"做作"的成分，但这种夸张里也显出作者看穿而不"直"戳的"顽皮"和"率真"，表现出作者有意以"幽默"应对生活的态度。

林语堂的散文同样以"闲适"著称。在《生活的艺术》中，林语堂指出"应付此生"最好的办法就是"把生活加以调整，在生活中获得最大的快乐"。这种调整除了物质环境上的调整，更重要还是性灵上的调整，所以作者往往能在万事万物中发现其"有趣"的一面，故而也能有"闲适"的情调了。林氏散文取材广泛，"宇宙之大，苍蝇之微，皆可取材"，如《茶与交友》《酒令》《论花与树》《记纽约钓鱼》《论解嘲》《谈睡觉的艺术》《我的戒烟》《谈中西文化》《坐在椅中》等皆以日常小事表现出闲适文风。林语堂散文也因此被人讥为"只见苍蝇，不见宇宙"，实际上林语堂写的都是实实在在的，有"土地性"的日常现实，而且能以中西对比的文化视野来观察、思考和体悟，在小题目、小事物中引入文化哲学，帮助中国人在中外文化的对比参照中重新审视自身，其双语写作也让西方人更好地认识中国文化，起到了文化桥梁的作用。

在散文结构方面，林语堂同样也是强调性灵而不太注重技巧。他认为"写作不过是发挥一己的性情，或表演一己的心灵"，所以人"凡是期望成为作家的初学者，都应该叫他们先把写作的技巧完全撇开，暂时不必顾及这些小节，专在心灵上用功夫，发展出一种真实的文学个性，去做他的写作基础"。所以他的散文结构"散漫"，却反而创造出一种"娓娓道来"的"娓语体"，节奏缓慢，语调亲和，以第一人称或第二人称的方式间接或直接地闲谈起来，散文题目多以"谈""说""论""答""记""闲话"词命名，文章中多出现"你（们）""我（们）""我（们）觉得""我认为""读者""以我个人的意思""如果你一定说""大家都知道"等等词汇，表现出作者和蔼商量、亲切对谈的温和闲适。如《悠闲的重要》中，"如果你在都市街上散步，你可以在大街上看见美容院、鲜花店和运输公司"。类似这样与虚拟读者的交流是林氏散文的一大特色。另外如《谈劳伦斯》《谈中西文化》《谈螺丝钉》《再谈螺丝钉》等篇则是直接以对话形式结构全篇。林语堂以对话式平等的姿态来写文章，"我认为"的句式也体现了作者对世事的宽和态度，对读者的尊重和关怀，构成了"对话体"散文。

林语堂以"率直""天真"的性灵为基点，创作了"幽默""闲适""自由"为格调的散文，在取材、题目、语言、文体各方面都表现出智慧理性、温厚宽容、闲适达观的文人性情。从更深层次来讲，林氏"天真"的性灵中包含着爱的"坚韧"哲学，对宇宙人情物理的真诚之爱渗透在明晰而智慧的幽默里。正如《猴子的故事》中所言："这只猴子——就是我们的小影——尽管其自大和恶作剧，终究还是一只极其可爱的动物。所以人类尽管有许多弱点，尽管有许多缺点，我们仍必须爱人类。"这种爱的表达方式与鲁迅的愤激战斗迥然相异，这与林氏的基督教家庭和父亲的乐观幽默性情有很大的关系。

（二）"牛油气"幽默：林氏散文幽默的多元性

"幽默"是林语堂大力提倡的文学的文学格调。林语堂的幽默是多元的：是人生态度——放达、游戏、悲悯；是美学追求——闲适、自然、性灵；亦是政治环境下的写作策略——理智、刻意、智慧。不像鲁迅是辛辣有力的讽刺，也不像周作人是冷眼旁观的逃避主义，林语堂的"幽默"散文更像是选择游戏面对乱世的混沌主义。这种混沌主义一方面是乐观幽默性情的自然流露，另一方面也是在白色恐怖时期生存和写作的实用工具。郁达夫评价其幽默有"牛油气"，正是从生存对策和写作策略这个意义上来说的。这种"牛油气"幽默近似于传统社会里明哲保身的生存智慧，他不太理会社会，这样便不招致灾祸；他以诗意游戏的态度面对人生和社会处境，便不觉忧虑烦闷。但他不是绝对的"明哲保身"，他也在观察也在批评，只是不露批判的脸。在林语堂看来，幽默是智慧的同义词，幽默的使用不仅展现了个人智慧，而且可以避免情绪的烦忧，平衡内部世界和外部的各类冲突，落得个游戏享乐、闲适自在。林语堂认为："最上乘的幽默，自然是表示'心灵的光辉与智慧的丰富。'"①在《论幽默感》中，他说："我很怀疑世人是否曾体验过幽默的重要性，或幽默对于改变我们整个文化生活的可能性——幽默在政治上，在学术上，在生活上的地位。它的机能与其说是物质上的，还不如说是化学上的。它改变了我们的思想和经验的根本组织。"在《论幽默》中，他又说："幽默本是人生之一部分，所以一国的文化到了相当程度，必有幽默的文学出现。人之智慧已启，对付各种问题之外，倘有余力，从容出之，遂有幽默——或者一旦聪明起来，对人之智慧本身发生疑惑，处处发现人类的愚笨、矛盾、偏执、自大，幽默也就跟着出现。"由此可见，林氏幽默更多的是发现人生智慧的真相后，求取个人快乐的应对方

---

① 林语堂：《行素集》，《林语堂名著全集》第14卷，东北师范大学出版社1994年版，第13页。

式，鲁迅是"真的勇士敢于面对惨淡的人生"，林语堂是"真的智者快乐面对任何人生"。这也是他推崇庄子、苏东坡、陶渊明的原因，他认为道家的文学是超脱的，幽默的，"中国若没有道家文学，中国若果真只有不幽默的儒家道统，中国诗文不知要枯燥到如何，中国人之心灵，不知要苦闷到如何"①。总的来说，林语堂的幽默最终指向闲适享乐而不乏真诚仁爱的人生态度，在美学趣味上表现为对个人生活琐事闲适、自然、乐观放达的哲学性表达，其中的"牛油气"是"可爱的牛油气"，是现实主义的、智慧的"牛油气"。

　　林语堂散文的幽默特色在语言方面，表现为推理明晰的理性逻辑和词语的情境错置。理性逻辑把日常小事作为科学研究对象慎重地进行论证推演，让读者自然看见其荒谬可笑；而词语情境的错位让读者于寻常事物的比照中看到被"雪藏的连结"，幽默有趣，或暗含讽刺与哲理。林氏散文虽然一再强调私见，多主观，但在行文中则是条理清晰的理性思维。如《冬至之晨杀人记》讲述拒绝不相识之人奉托的经过，文中颇具理性分析色彩地把会客的经过划分四段："（一）谈寒暄评气候；（二）叙往事，追旧谊；（三）谈时事发感慨；（四）为要奉托之'小事'。"作者对每一个场景中的对话都甚为熟悉，整个会客过程就如同复制套路的演戏一般。又如《春日游杭记》中写道："茶房对他特别恭顺。十时零六分，忽然来一杯烧酒，似乎是五茄皮。说也奇怪，十时十一分，杂碎的大菜吃完，接着是白菜烧牛肉其牛肉至十二片之多。我益发莫明其妙了。十时二十六分，又来土司六片，奶油一碟。于是我断定，此人五十岁时必死于肝癌。"精确的时间、准确的肉片、土司数量，以科学严谨的方法来衡量一个普通人的一餐饭，并作出"断定"式结论，谐趣自见。《裁缝的道德》中，林语堂以写博士论文的科学方法，为道德创造理性公式："以a代表这袖口及腕之距离，以公分计算，b代表下裾及踝之距离，也以

---

　　① 林语堂：《行素集》，《林语堂名著全集》第14卷，东北师范大学出版社1994年版，第6页。

公分计算，又以x代表袖口及肘之距离，y代表下裾及膝之距离，又以m代表女人之年龄，n代表她的高度，那么……"煞有其事地做了"贞""淫"的两个数学公式。又有《黏指民族》以科学物理知识为"十元过手，必泥一元"作"辩护"。此类表达处处显得公正科学、严谨认真，而分析对象又常常"庸常无聊"，这其中的张力使批判意味具有了轻松娱乐性却不失洞察。

另外，词语的情境错置也是林氏散文的表达方式之一种。如《冬至之晨杀人记》中，以"杀人"一词喻拒绝人的尴尬，而且作者认为自己拒绝人的罪过"真不在魏延踢倒七星灯之下"，小题大做的情境错置自有趣味。《论强壮的肌肉》中作者在主持正义的会议上听到"正义"一词，却出现了本不该有的"寒噤"反应，这背后的讽喻读者自明。《发现自己：庄子》中"哲学家差不多是世界上最受人尊崇，同时也最不受人注意的家伙"，"哲学家"的严肃高贵与"家伙"的随意普遍并置。《有不为》里"我始终不做官，穿了洋装去呈献土产，我也从未坐了新式汽车到运动会中提倡体育"，其中"做官"的尊贵与"呈献土产"的阿谀，"坐汽车"与"提倡体育"都是相反的情境并置于同一行为之中，颇具幽默讽刺意味。又如《女人》一篇中说"'感觉'是女人的最高法院"等。本质上说来这种词语的情境错置，是作者把反常的或不相干的事情联系在一起，这种联系中自然会有幽默讽刺或有趣省思的味道。

也许确如人所说，林语堂的幽默是有意为之的为幽默而幽默，但不能因此否认了其幽默的文学特色。于轻松游戏中暗含嘲讽，不见怒容又不失讥评，林语堂的幽默是一种怀着悲悯情怀的智性表达，是存于世又不屈世的生命态度。它不像《笑林广记》那样以夸张或漫画的方式表达不合情理的人事，而是极富洞察性和深刻性，理智地揭露生活中文化习俗的可笑之处，让人看见习惯中看不见的悲哀，但又不至于陷入悲哀里去。正如林语堂所言："其实幽默与讽刺极近，却不定以讽刺为目的。讽刺每趋于酸腐，去其酸辣，而达到冲淡心境，便成幽默。欲求幽默，必先有深远之心境，而带一点我佛慈悲之念头，然后文章火气不太盛，读者得淡然之味。幽默只是一位冷静超远的旁观者，常于笑中带泪，泪中带笑。"①另外，随便读几篇林氏散文，都可以看到其思想中渗透的中西比较文化视野。难得的是他的"平衡"之道，对中国文化的缺陷他并不"护短"，面对当时流行的西方热他并不"崇洋"，这种尽量"公正"的文化比较态度在当时是少有的。

第四节　"闲适散文"与"精致的独语"：废名与何其芳

汪曾祺在《当代散文大系总序》中说："鲁迅、周作人实是'五四'以后散文的两大支派。鲁迅悲愤，周作人简淡。后来作者大都是沿着这样两条路走下来的，江河不择细流，侧叶旁枝，各呈异彩。然其主脉，不离鲁迅、周作人。"②中国现当代散文确实沿着鲁迅开创的"抗争"和周作人开创的"闲适"这两条路来发展的。鲁迅式抗争散文多取材当下的社会、政治，冷峻、流愤，现实性强。周作人式闲适散文多远离政治社会，取材琐碎日常，冲淡平和、舒缓闲适，重个人意趣，有名士书斋气。闲适散文的创作以周作人为中心，聚集了林语堂、梁实秋、俞平伯、废名、沈启无、江绍原等文人圈，这一批闲适文人以《骆驼草》《文艺茶话》《宇宙风》《人间世》等刊物为依托，创造了大批冲淡平和的闲适散文。20世纪二三十年代"闲适散文"达到第一次高潮；从抗战爆发到中华人民共和国成立这一时期，散文的社会现实性加强，报告文学成为主流文体；中华人民共和国成立以后的"十七年"文学因个人主体意识的遗失，散发着自由之光的散文几近空白；20世纪80年代末闲适散文开始回归；到90年代形成了"闲适散文热"。与"闲适"的对谈疏朗语境相对照的是面向自我的封闭式对话，"独语"散文的作家"径直逼视自己灵魂的最

---

① 林语堂：《论幽默》，《林语堂名著全集》第14卷，东北师范大学出版社1994年版，第12页。

② 汪曾祺：《当代散文大系总序》，《当代作家评论》1993年第1期。

深处，捕捉自我微妙的难以言传的感觉（包括直觉）、情绪、心理、意识（包括潜意识），进行更高、更深层次的哲理思考"①。鲁迅的《野草》开创了这一散文创作倾向，何其芳于1936年出版的散文集《画梦录》几乎都是作者自己寂寞而孤独的独语，语言精致感伤而诗意，可谓是"精致的独语"，史铁生的散文也多有对命运和人生的独语式哲思。

"闲适"和"独语"都表现出作家个性的觉醒，"闲适"是独立于社会主流视角，以真诚的自我视角来体验和观察世界，这与"闲适"作家们学贯中西的学者气质和相对较高的生活水平相关。相比之下，"独语"散文是作家对自我灵魂的深度挖掘，面对的是连自己也不甚确定的自我意识，其必然是孤独而痛苦的，言说的目的不是向人说明或表现什么，或许只是为了看清自己的孤独和痛苦，并以这种自我对话的写作方式来治愈无法向外人言说的孤独苦寂。下面将以"闲适"散文中最为独特的作家废名为代表，取雕琢唯美的何其芳为精致"独语"散文的代表作家进行探讨，以窥这两派散文中最个性的存在。

一、废名：平淡闲适中的超脱意趣与天真禅性

中国现代散文史上被称为"闲适"散文家的有很多，如幽默的林语堂、典雅的梁实秋、偏爱乡土人情的沈从文、苦闷暴露的郁达夫、自然家常的汪曾祺、"诗画相通"的丰子恺以及后来的张爱玲、钱锺书等人，最为人称道的"闲适散文"当属其文体开创者周作人及其苦雨斋聚集的文人弟子们，在周作人的四大弟子中又以俞平伯和废名最为出色。俞平伯性情近明朝名士，文章在闲适之余多古典趣味，散文内容多是写景抒情或写景以怀人，文笔细腻，回环婉曲，语言文白夹杂，有时全篇直用文言，表现出独特的古典名士情怀。周作人、废名、俞平伯三人的散文有"涩"味，周作人主要是心绪和语言

---

① 钱理群、温儒敏、吴福辉：《中国现代文学三十年》，北京大学出版社1998年版，第52页。

的"涩",废名的"涩"主要是意思与表达的"涩",而俞平伯的"涩"主要是哲理玄思的涩。废名和俞平伯行文随意自我,常常离题插入其他的事情然后再转回主题,废名用"话又说回来,我的这一段话的意思是想说……""我提起这章书的本意……""总之"等反复阐明和总结自己的意思,而俞平伯常用"闲言少表""言归正传"回到主题。俞平伯感受细腻,常常沉浸在一个场景徘徊体验,语言繁缛,多用排比和分号,用字精美,淡泊朴素的哲理思考中见出华美古雅的个人意趣。

相比俞平伯,废名更有才情,也更明朗自信。废名,湖北黄梅县人,家近五祖寺,自小受佛教影响,文章多有禅境。废名以诗化小说闻名,出版有短篇小说集《竹林的故事》《枣》《桃园》,长篇小说《桥》等,其散文创作虽自成一格,却未能成集。周作人在1935年编选的散文集中,选了长篇小说《桥》中的六则;2004年由冯健男主编的《废名散文选集》也收录了《桥》等小说集中共九篇文章。废名的跨文体写作基于美的追求,语言简练,意境清新,重个人独特体验的诗性表达,平衡于西方逻辑结构与古典语言表达的二元矛盾之中,晦涩自然是难免的,难得的是废名孩子样的可爱真诚不经意间流露,文字质朴而美。废名的散文主要是20世纪30年代发表在《骆驼草》《人间世》和《明珠》上的文章。1949年以后,废名主要从事学术和佛学研究,鲜见小说、散文作品。

(一)西式逻辑遇见中式"闲话":涩味中尽是真切

一般提起废名,总不过晦涩与美,主要是指他小说画面的跳跃性与文字的诗意美。同一作家的文学风格总是相近的,废名的散文也有涩味,也讲究用字的自然美。然而,其实废名的用意在简洁明白,晦涩总不是他的追求,相反他的文章有鲜明的逻辑结构。他说:"有许多人说我的文章obscure,看不出我的意思。但我自己是怎样的用心,要把我的心幕逐渐展出来!我甚至于疑心太clear得利害。这样的窘况，好像有许多诗人都说过。"[1]废名行文有六朝遗风，但作为五四时期的知识分子，也多读西方文学，博识西方科学逻辑，在行文结构上往往有较强的结构意识，喜用总分总的结构模式，且多用"总之"等提示语来总结自己的观点，只是在论述观点的过程中常常似乎要偏离主题，闲话一番，每每这时又很有"自知之明"地要说一说自己提此"闲话"的缘由，然后才又总结主题。其实废名真是用心良苦，意欲表达清楚，但是他的论述与结论之间的逻辑并非线性，所以理解起来要费力一些，但观点总有重复讲所以也不难明白。试看《关于派别》：

> 林语堂先生在《人间世》二十二期《小品文之遗绪》一文里说知堂先生是今日之公安，私见窃不能与林先生同。据我想，知堂先生恐不是辞章一派，还当于别处去求之。因此我想到陶渊明。[2]

大量笔墨讲完了陶渊明之后，说：

> 话又说回来，我草这篇文章的本意，是因为我觉得知堂先生的文章同公安诸人不是一个笔调。知堂先生没有那些文采，兴酣笔落的情形我想是没有的，而此却是公安及其他古今才士的特色。在这一点我觉得知堂先生恰好与陶渊明可以相提并论，故不觉遂把一向我读了陶诗所感触者写出一些，而将要说到知堂先生这方面来，话一开头即有告收束之势，未知已足以见我之意乎？我这篇小文的范围，只著重在文章的派别这一个意思，因此把我以为应该算是孤立的两个人连在一起，实在这两个古今人并不因

---

① 废名：《说梦》（节选），北京鲁迅博物馆编《苦雨斋文丛：废名卷》，辽宁人民出版社2009年版，第3页。

② 废名：《关于派别》，北京鲁迅博物馆编《苦雨斋文丛：废名卷》，辽宁人民出版社2009年版，第10页。

此是一派，此事今日真未能详言也。①

第二天继续写此文时插入了与妻子的对话，算是交代写作时的心情，再后讲知堂文章时又论述了《论语》相关内容，最后一段又作总结：

至此我的意思大约已经都说了，只是题目扯得太大，我总怕我有妄语。现在又回转头来，原来我写这篇文章的意思只是想说明文章笔调之不同……②

他的意思是说清楚了，只是他的逻辑线中插入了"旁逸"的"闲话"罢了。再看《罗袜生尘》的开头和结尾：

自来写美人诗句，无论写神女写凡女，恐无过"凌波微步，罗袜生尘"两句之佳，这两句大约亦最晦涩，古今懂得这两句话的人据我所知大约有两个人。

故我说懂得凌波微步罗袜生尘这两句话至少有两个人，福庆居士我当面听了他的讲，李商隐我们看见他这个袜也。

再有《谈用典故》开头一大段写批评中国的文章"有典故没文章"，而第二段则转意抛出论点："我今天的本意是作典故赞的，开头却说了上面一段话，无非是表示我很公平，我说话向来没有偏见。那么我来赞典故乃是典故真可赞了。"文章到最后一段不忘总结这篇短文只是典故之长的"缩小之论"。

① 废名：《关于派别》，北京鲁迅博物馆编《苦雨斋文丛：废名卷》，辽宁人民出版社2009年版，第11—12页。
② 废名：《关于派别》，北京鲁迅博物馆编《苦雨斋文丛：废名卷》，辽宁人民出版社2009年版，第19页。

另外，废名文章的西式逻辑可从文章经常出现的"总之"一词见出，更为重要的一点是废名在写出自己的观点时总不忘或许有些"不当"的地方，而后马上又出来一句来进一步加以明辨，这样的句式不仅是废名闲适散文的"对话"意识，更是作者严谨逻辑思维的一个体现。试看这样的几个文章开篇：

> 中国文章里简直没有厌世派的文章，这是很可惜的事。我这话虽然说得有点儿游戏，却也是认真的话。
>
> ——《中国文章》

> 我故意取一个字做题目，让大家以为我是讨厌苍蝇。我的意思不是那样，我是想谈周美成的一首词，看他拿蝇子来比女子，而且把这个蝇子写得多么有个性，写得很美好。
>
> ——《蝇》

> 自来写美人诗句，无论写神女写凡女，恐无过"凌波微步，罗袜生尘"两句之佳，这两句大约亦最晦涩，古今懂得这两句话的人据我所知大约有两个人。我的话很有点近乎咄咄逼人，想一句话压倒主张诗要明白的批评家似的，其实不然，我是衷心的喜爱这两句文章，而文章又实在是写得晦涩罢了。
>
> ——《罗袜生尘》

以上"我这话虽说得有点儿游戏""我的意思不是那样""我的话很有点近乎咄咄逼人"前承自己的观点，后针对虚拟的反驳加以说明，可见废名是真心想要说得清楚明白些，并要力避误解的。到此，废名思维结构的逻辑性特征或可窥视。但真正造成其文章晦涩正是逻辑要求的理性克制与六朝文的简洁随性之间的矛盾。从总体结构上看，废名是逻辑严谨的，但是具体论述上却是真诚自由，重视自己独特见解和体验，想到哪儿就写到哪儿。所以我们常常会以为作者偏了题，读着读着作者又向我们吐露其写这一段的缘由并再次进入主题。这种闲话的风格与西式逻辑相遇时，一般没有耐心的读者自然会觉得文章晦涩，意思难懂，其实意思好懂，只是要理解作者的思维过程需要费力。

废名的小说以童趣诗化著称，其散文也不经意间流露出童趣的质朴天真。如：

> 真的，真的六朝文是乱写的，所谓生香真色人难学也。
>
> ——《三竿两竿》

> 我首诗我真是喜欢。
>
> ——《陶渊明爱树》

> 真的，我以一个大人来游五祖寺，大约有三次，每回在我一步登高之际，不觉而回首望远，总很有一个骄傲，仿佛是自主做事的快乐，小孩子所欣美不来的了。
>
> ——《五祖寺》

> 最高兴我的文章的是我自己。最不高兴我的文章的是我自己。
>
> ——《说梦》

以上句中的"真的""真""最高兴""最不高兴"都流露出作者写作时的真切、热诚，同时能读出作者的质朴可爱与一颗的简单童心。

（二）书斋意趣与禅道证悟：独见中的喜悦体验

废名散文有回忆童年的，如《父亲做小孩子的时候》的系列文章，更多的仍是书斋的读书所见或回忆友人，如《说梦》写评论别人和自己的文章，说自己的文学见解，又如《关于派别》《三竿两竿》

《罗袜生尘》《中国文章》《谈用典故》《再谈用典故》等都是读书的独特体悟。可见，废名在散文取材时有意超脱现世生活，然而终未完全离世。他讲求书斋与生活的互证，留意在生活中体验书斋所得，这一点似乎也与佛的证悟相关。也可能正因为如此，废名才如此重视和珍视并且忠于自己的生命体验，因此读书时总有独特的见解，也常常细致到对字和词的解析，而每有所获都是"甚是喜悦""很是喜悦""真是喜悦"。废名很喜欢"喜悦"这个词，在文章中多次出现。

废名追求独特个性，散文中常常强调见解的独特性。《说梦》中读到陶渊明的一首诗，问朋友："你读了陶渊明这个'惧'字作如何感呢？我真是一则以喜，一则以惧！"并说："然而解诗者之所云，了不是那么一回事。难怪他们解不得。"①《陶渊明爱树》中又有"世人皆曰陶渊明爱菊，我今来说陶渊明爱树"②。《随笔》中又有"我的意思同一般人说的名句不一样，名句不一定表现着作者，只是这个句子写得太好罢了……我所最喜爱的一句两句诗，诗是真写得好，诗又表现着作诗之人，作者自己大约又并不怎么有意的写得的"③。可见作者迥异于常人的特别之见。废名推崇庾信，说庾信《谢明皇帝丝布等启》篇末的"物受其生，于天不谢"是"中国文章里绝无而仅有的句子，如此应酬文章写得如此美丽，如此见性情"④。废名推崇的是文字自然见性情，又写得美丽，而且要是独一无二，废名也一直在写着这样的文字，他的诗化小说也都是这样独特而且美丽的句子。

---

① 废名：《说梦》（节选），北京鲁迅博物馆编《苦雨斋文丛：废名卷》，辽宁人民出版社2009年版，第3页。

② 废名：《陶渊明爱树》，北京鲁迅博物馆编《苦雨斋文丛：废名卷》，辽宁人民出版社2009年版，第23页。

③ 废名：《随笔》，北京鲁迅博物馆编《苦雨斋文丛：废名卷》，辽宁人民出版社2009年版，第28页。

④ 废名：《中国文章》，北京鲁迅博物馆编《苦雨斋文丛：废名卷》，辽宁人民出版社2009年版，第26页。

　　大约觉得六朝文字的简洁性情是美丽的，废名的文字也是不肯费言，而且喜欢用古文句式，多为短句且简洁清新。他的性情和表达方式是超脱的，感悟见解是独特的，然而他也是在实践中证实和体验着自己对书斋文字的理解。书斋见解是对自己写作的指导，是审美意趣的表达；反过来，如其在生活中遇见了书斋见解的生活之用，体验到"证悟"之感，便"甚是喜悦""欢喜赞叹"了。看下面的两则阐述：

　　　　我今天提起这件事，是与我读《论语》有关系。有一天我正在山上走路时，心里很有一种寂寞，同时又仿佛中国书上有一句话正是表现我这时的感情，油然记起孔子的"鸟兽不可与同群"的语句，于是我真是喜悦，只这一句话我感得孔子的伟大，同时我觉得中国没有第二个人能了解孔子这话的意义。[①]
　　　　……
　　　　连忙我想起《论语》一章书："子曰：有教无类。"我欢喜赞叹，我知道圣人之所以为圣人了。这章书给了我很大的安慰。我们不从生活是不能懂得圣人了。朱子对于这章书的了解是万不能及我了，因为他没有这个经验。[②]

　　"我们不从生活是不能懂得圣人了"，这类体验式理解像极了禅佛的证悟说，但问题是作者是证悟了，而读者或许不大容易切身感受其"喜悦"。上文的"有教无类"对一般人而言终是烂熟的词语，难能体验作者"突如其来"的安慰和喜悦。这不得不归功于作者对禅佛之道的参悟及感受力的纤细敏感，生活中处处在意，处处省觉，真真是把书读进了生活中来。

　　---

　　①　废名：《我怎样读〈论语〉》，北京鲁迅博物馆编《苦雨斋文丛：废名卷》，辽宁人民出版社2009年版，第40页。
　　②　废名：《我怎样读〈论语〉》，北京鲁迅博物馆编《苦雨斋文丛：废名卷》，辽宁人民出版社2009年版，第44页。

二、何其芳："为抒情的散文找出一个新方向"

1919年鲁迅创作了一组散文《自言自语》，其中一些篇目是《野草》的雏形，《野草》（1924年9月到1926年4月）是艺术上更臻成熟的《自言自语》的延续。《野草》时期的鲁迅是正经历一生中相当痛苦的阶段，五四落潮、兄弟失和、身体病痛、女师大事件、被教育部解聘等事件都让他身心疲惫，失望抑郁，"就在这最虚无的时刻，他决定依靠着从身内看向身外，依靠着确定自己和他人的关系，而走出这绝境"[①]。可见，鲁迅开创的"独语体"散文，是内心无法言说的绝望、虚无与孤独的情绪混合体，丰富的隐喻和意境，大量的梦境和幻觉，是神秘的，难以接近的，是来自于作者潜意识层面的自我对话。

何其芳的《画梦录》亦是在孤独迷茫的情境下催生出的文艺之花。如果说鲁迅的孤独对民族和个人的双重绝望与抑郁，何其芳的孤独则是年轻人在人格建构过程中无以名状的，混含着个性、生理和心理的孤独。《画梦录》是作者为排解孤独而雕画出的"梦"之感觉世界。作家沉迷于潜意识所构造出的感觉意象中，以审美的姿态把握孤独的意味，也为读者营造了一种超脱现实的梦幻世界，发现了日常生活看不见的"美"。受西方现代诗派和中国屈骚汉赋、晚唐诗歌的影响，何其芳的独语散文的意象既有现代派的奇特幻想，又有古典诗赋的优雅精致，以诗美谱写出散文的浓郁诗情。虽然何其芳一再表示厌弃自己的精致，可《画梦录》讲究冥思炼句，造境唯美，精致已然。钱理群评价说："何其芳努力使散文成为精致的艺术品，力矫散漫浅露的流弊，但有时雕琢过分，文弱自怜，感伤煽情，也有伤自然。"[②]

（一）"画梦"：锁闭于循环时间中的爱情与孤独

何其芳的写作道路是由诗歌开始的。1931年秋天，19岁的何其芳创作了唯美主义诗歌《预言》（后收录1936年出版的《汉园集》），

---

① 温儒敏：《〈中国现代文学三十年〉学习指导》，北京大学出版社2001年版，第37页。

② 钱理群、温儒敏、吴福辉：《中国现代文学三十年》，北京大学出版社1998年版，第346页。

其"对于语言的选择与锤炼达到了前所未有的境界"①。然而从1933年创作《画梦录》（初版于1936年，收录1933年到1935年间的17篇散文）起，何其芳开始真正自觉投入散文的创作。何其芳转向散文写作是自己的心境所致，这心境的转变缘于对现实悲苦生活有了更深刻的体验和认识，《梦中的道路》中他回顾说，"当我从一次出游回到这北方大城，天空在我眼里变了颜色，它再不能引起我想象一些辽远的温柔的东西。我垂下了翅膀"。"在这阴暗的一年里我另外雕琢出一些短短的散文，我觉得那种不分行的抒写更适宜于表达我的郁结与颓丧。"②实际上，何其芳发表的第一篇作品是投给《新月》杂志的名为《摸秋》③的散文，似乎已经预示着其散文才华。《画梦录》于1937年获得天津大公报的文艺奖，此后的散文集有《刻意集》《还乡杂记》《星火集》《星火集续编》，以及一些散篇。但《画梦录》之后的散文一改纤细、雕琢的风格而走向叙事散文的道路，现实生活的残酷让作者"再也不忧郁地偏起颈子望着天空或者墙壁做梦"，彼时的他"最关心的是人间的事情"。④

何其芳一开始进入散文创作，就有着自觉的文体追求。在《我与散文》中，他宣布了自己独立的散文创作意识，"觉得在中国新文学的部门中，散文的生长不能说很荒芜，很孱弱，但除去那些说理的，讽刺的，或者说偏重智慧的之外，抒情的多半流入身边杂事的叙述和感伤的个人遭遇的告白。我愿意以微薄的努力来证明每篇散文应该是一种独立的创作，不是一段未完篇的小说，也不是一首短诗的放

---

① 孙玉石：《我思想，故我是蝴蝶……》，《中国新诗总系（1927—1937）》，人民文学出版社2010年版，第26页。

② 何其芳：《梦中道路》，《一个平常的故事：何其芳散文》，浙江文艺出版社2016年版，第272—273页。

③ 《摸秋》发表于1930年10月《新月》月刊第3卷第1期，讲述的是家乡"摸秋"的习俗。

④ 何其芳：《我和散文》，《一个平常的故事：何其芳散文》，浙江文艺出版社2016年版，第266页。

大"①。因此，他给自己散文的定位是："为抒情的散文发现一个新的园地。我企图以很少的文字制造出一种情调：有时叙述着一个可以引起许多想象的小故事，有时是一阵伴着沉思的情感的波动。"他追求着写诗时"纯粹的柔和，纯粹的美丽"②。

何其芳是如何为抒情散文找一个新的方向的呢？因为孤独，他宿命般地遇见了"独语"，又因为迷醉于晚唐"精致的冶艳的诗词"和"几位班纳斯派以后的法兰西诗人的篇什"③，同时受到徐志摩、闻一多等新月派格律诗美的影响，何其芳融合古今中外的艺术方式，创作出绚丽朦胧，想象奇特的灵性天地。《画梦录》之所以打动人心就在于它超越了日常的逻辑，将深藏于作者心底的潜意识以唯美的意象表达出来，抑郁孤独却有梦一般的愉悦，二者之间的张力更辐射出《画梦录》的梦之唯美。因而，《画梦录》的卓越在于他以"精致"纠正了"小品文"的随意，他以"独语"取消了外在逻辑的规约，让读者看到了由感觉和心灵状态编织出的绮丽之梦，它超脱了日常的残酷，营造出了一个柔和、温暖和美丽的世界。

何其芳雕琢的具体梦境是什么？这个年轻人遗弃了人群，反自怜地认为是人群遗弃了他，这样他便可以不受打扰地做些唯美寂寞的梦。这些梦被描画在圆窗上、团扇上，然而连圆窗和团扇也是幻想中的缥缈之物。所以何其芳的梦境是空中楼阁，无中生有，起于"纤弱的情感、思想和感觉"④。他画的梦其实是被封锁于循环时间中的忧伤爱情、黯淡命运和无法言说的孤独，这些感觉通过神秘的意象、绚丽的想象描画，营造出氤氲魔幻的氛围。

---

① 何其芳：《我和散文》，《一个平常的故事：何其芳散文》，浙江文艺出版社2016年版，第261页。

② 何其芳：《我和散文》，《一个平常的故事：何其芳散文》，浙江文艺出版社2016年版，第264页。

③ 何其芳：《梦中道路》，《一个平常的故事：何其芳散文》，浙江文艺出版社2016年版，第272页。

④ 何其芳：《我和散文》，《一个平常的故事：何其芳散文》，浙江文艺出版社2016年版，第264页。

　　《画梦录》中的爱情故事延续了晚唐诗歌的哀伤甜美：《墓》是阴阳两隔的爱情故事，十六岁的美丽女孩子，在"寂寞的快乐里长大"，到死都没能等来她期待的爱情，回乡的少年见了女孩的墓碑，于是在梦幻的世界里他们相恋了，尽管是虚幻之爱，但少年"做梦似的眼睛却发出异样的光，幸福的光，满足的光，如从Paradise发出的"①。《秋海棠》是一个"寂寞的思妇凭倚在阶前的石栏杆畔"的姿态，《哀歌》《楼》亦是对爱情、婚姻及女子命运的哀思。梦境中没有超脱自己命运的人物，《货郎》《魔术草》《弦》《伐木》都讲述时间循环里人物封闭锁闭的命运轮回。梦里更多是无尽的孤独：《黄昏》中的青年不知所求的忧郁茫然；《静静的日午》中柏老太太的"独语"和等待；《雨前》中作者带着浓郁的乡愁，期待着"树叶上的雨声"，然而"然而雨还是没有来"。②《画梦录》一篇中的三个人也同样孤寂：丁令威化为仙鹤探望故乡，却遭驱赶；淳于芬陶醉于"南柯一梦"，在一棵槐树下找到了"梦中乘车进去的路"，却被人认为是"被狐狸或者木妖所蛊惑"③；白莲教某神奇的探险魔法亦只有他一人能去经历，连他诚恳的门人竟也不能遵行嘱咐。因此，作者只能选择独语，"黑色的门紧闭着：一个永远期待的灵魂列在门内，一个永远找寻的灵魂死在门外。每一个灵魂是一个世界，没有窗户"。为着自我的慰藉，为着孤独也是美丽的，这些孤独的梦总画得精致绚丽奇幻，末了还加一句："可爱的灵魂都是倔强的独语者。"④

　　值得一提的是，何其芳梦境中对人世命运的哀伤与悲观建立在封闭的循环时间观上，似乎人们总在原地打转，解脱的出口唯有画在

---

　　① 何其芳：《墓》，《一个平常的故事：何其芳散文》，浙江文艺出版社2016年版，第12页。

　　② 何其芳：《雨前》，《一个平常的故事：何其芳散文》，浙江文艺出版社2016年版，第17—18页。

　　③ 何其芳：《画梦录》，《一个平常的故事：何其芳散文》，浙江文艺出版社2016年版，第39—40页。

　　④ 何其芳：《独语》，《一个平常的故事：何其芳散文》，浙江文艺出版社2016年版，第22页。

梦里。如《哀歌》里旧式女子的命运只有死了或嫁了，又或是《楼》中嫁不掉的衰颓寂寞女，叛逆的都市少女虽是勇敢的却终是不幸的；《货郎》里林小货不停挑担行走，却不知走向哪里停在哪里；《弦》里的算命人及"童时的公主"亦重复着各自的命运；《伐木》里的伐木青年们和"他们的祖先都是一生足迹不出百里"；《静静的日午》里不停讲同样的话、同一个故事的柏老太；《秋海棠》里思妇的姿态似乎从李商隐的时代一直重复到现在；《黄昏》和《独语》中的伤感和孤独似乎也是从古代就遗留下来的，而且今后也要流传下去似的。所有这些意象和故事都被封闭在同一个轨道上无法走向其他的命运，"死者的魂灵回到他熟悉的屋子里，朋友们在聚餐，嬉笑，都说着'明天明天'，无人记起'昨天'"[1]，过去被遗忘，明天或许都是昨天的重演。《哀歌》里作者离家五年发现一切都没有变化，不禁十分迷惑："是闯入了时间的'过去'，还是那里的一切存在于时间之外。"[2]

（二）"独语"：传统意象和诗性想象的神秘召唤

钱理群等人的《中国现代文学三十年》评价鲁迅的《野草》时指出："独语，是以艺术的精心创造为其存在前提的，它要求彻底摆脱传统的写实的摹写，最大限度地发挥创造者的艺术想象力，借助于联想、象征、变形……以及神话、传说、传统意象……创造出一个全新的艺术世界。"[3]这句话也可用来描述何其芳的《画梦录》。《画梦录》从一个感觉出发来营造氛围，在词语的选用上也多得古典诗歌真传，力求字少意丰，更增加了的朦胧氤氲之美，突出其奇幻浪漫色彩，虽然有时显得晦涩。何其芳直言道："我想我大概并不是一个强于思索和反抗的人，总是由于重复又重复的经历，感受，我才得到一

---

① 何其芳：《独语》，《一个平常的故事：何其芳散文》，浙江文艺出版社2016年版，第22页。

② 何其芳：《哀歌》，《一个平常的故事：何其芳散文》，浙江文艺出版社2016年版，第46页。

③ 钱理群、温儒敏、吴福辉：《中国现代文学三十年》，北京大学出版社1998年版，第53页。

个思想。"①下面这段独白详细解释了何其芳的"画梦"之道：

> 我从童时翻读着那小楼上的木箱里的书籍以来便坠入了文字魔障。我喜欢那种锤炼，那种色彩的配合，那种镜花水月。我喜欢读一些唐人的绝句。那譬如一微笑，一挥手，纵然表达着意思但我欣赏的却是姿态。
>
> 我自己的写作也带有这种倾向。我不是从一个概念的闪动去寻找它的形体，浮现在我的心灵里的原来就是一些颜色，一些图案。
>
> 用我们的口语去表现那些颜色，那些图案，真费了我不少苦涩的推敲。我从陈旧的诗文里选择着一些可以重新燃烧的字。使用着一些可以引起新的联想的典故。②

何其芳的语言是从感官到感官，"微笑""挥手"的"姿态"，"一些颜色，一些图案"是情感和图像的浮现，而后是推敲"诗文"里的字，找"一些可以引起新的联想的典故"，诗的语言思维和语言运用方式直接跳脱日常现实，从虚幻到虚幻，从感官心灵到"新的联想"。因此，何其芳的散文有着浓郁而晦涩的诗意。说到晦涩，他说："我们难于索解的原因不在作品而在我们自己不能追踪作者的想象。有些作者常常省略去那些从意象到意象之间的链锁，有如他越过了河流并不指点给我们一座桥，假若我们没有心灵的翅膀，便无从追踪。"③因此，要走入《画梦录》的奇幻世界，需要以感官走进意境，并在语词的错位或跳跃式的连接中找到情感或画面的统合。

---

① 何其芳：《一个平常的故事》，《一个平常的故事：何其芳散文》，浙江文艺出版社2016年版，第308页。

② 何其芳：《梦中道路》，《一个平常的故事：何其芳散文》，浙江文艺出版社2016年版，第273页。

③ 何其芳：《梦中道路》，《一个平常的故事：何其芳散文》，浙江文艺出版社2016年版，第274页。

相比西方的现代派，何其芳更倾向于中国古典诗词中绮丽、哀伤的意象，喜欢中国传统中极富情感韵味的神话传说和奇谈异闻。《画梦录》中扇子、窗子、飞鸟、思妇、少女、栏杆、楼阁、倒影、黄昏等意象都是古典诗词里常见的意象。何其芳的一首诗《回答》中写道："我们现在的歌声却多么微茫！哪里有古代传说中那样的歌者——唱完以后，她的歌声的余音，还在梁间缭绕，三日不绝？"其中也表明了其创作的古典倾向。化用晚唐词的意象是何其芳"画梦"的一个重要手法，例如《秋海棠》《黄昏》《哀歌》《扇上的烟云》《梦后》这些题目本身就有浓郁的古典韵味。"寂寞的思妇任倚在阶前的石栏杆畔"让人想起温庭筠的"梳洗罢，独倚望江"。《扇上的烟云》中"在一个圆窗上，每当清晨良夜，我常打那下面经过，虽然没有窥见人影，却听过白色的花一样的叹息从那里边飘坠下来"，这句也是化用温庭筠《更漏子》的"兰露重，柳风斜，满庭堆落花。虚阁上，倚阑望，还似去年惆怅"。《哀歌》中"又看见了纤长的，指甲上染着凤仙花的红汁的手指，在暮色中，缓缓地关了窗门。或是低头坐在小凳上，迎着窗间的光线在刺绣，一个枕套，一幅门帘……"，实则是元稹行宫中"寥落古行宫，宫花寂寞红"的化用。《扇上的烟云》开头四行诗本身就是古典意象中"少女、妆台、镜子、宫扇、倒影、剩粉残泪、烟云"等的叠加。《丁令威》取材于《搜神后记》，《淳于梦》取材于唐传奇《南柯太守传》，《白莲教某》则取自《聊斋志异》。

何其芳运用奇幻的想象力将古典诗词中的感觉意象加以糅合重构，得到了富有韵味的新意象新形式。《画梦录》中，作者感觉敏锐，用字精练，富有情感，激活了文字的想象空间，为读者打开了一个新的感官世界。试读《独语》中的两段：

> 我曾经走进一个古代的建筑物，画檐巨柱都争着向我有所诉说，低小的石栏也发出声息，像一些坚忍的深思的手指在上面呻咏，而我自己倒成一个化石了。

……

　　天色像一张阴晦的脸压在窗前，发出令人窒息的呼吸。……我记起了它是我用自己的手描画成的一个昆虫的影子，当它迟徐地爬到我窗纸上，发出孤独的银样的鸣声，在一个过逝的有阳光的秋天里。①

　　这两段中的古代建筑物、天色、影子，原本都是无声之物，而作者却于无声中听见各种独语，并且他也发现"人在孤寂时常发出奇异的语言，或是动作。动作也是语言的一种"②。倾听是安静、美丽和神秘的，作者所描绘的"独语"世界仿佛打开了另一个维度的听觉。作者还善于创造新的独特意象，如《伐木》中写道："雾在树林间游行着。乳白的、蠕动的，雾是庞大的神物，是神物的嘘气，替满谷拉起幔子，又游行着，沿着巉岩向上升。"③《墓》中又有："她用手紧握着每一个新鲜的早晨，而又放开手叹一口气让每一个黄昏过去。"④不必多举，作者这些绮丽的想象无不是对20世纪30年代流行的抒情、说理、叙事散文的拓展，具有想象力的文学重启了人们的感官能力，找到了通往被日常现实所遮蔽的神秘世界的一条路径，试图召唤出人本身的神秘性。从这个角度上来说，《画梦录》在散文史上确实为抒情的散文找到了一个新的方向。

---

　　① 何其芳：《独语》，《一个平常的故事：何其芳散文》，浙江文艺出版社2016年版，第22—23页。

　　② 何其芳：《独语》，《一个平常的故事：何其芳散文》，浙江文艺出版社2016年版，第21页。

　　③ 何其芳：《伐木》，《一个平常的故事：何其芳散文》，浙江文艺出版社2016年版，第35页。

　　④ 何其芳：《墓》，《一个平常的故事：何其芳散文》，浙江文艺出版社2016年版，第9页。

第四章

散文的参与和新文化的构建

重估一切价值的20世纪，一切被摧毁又被试图重新建构，人类的思想、精神、文化、审美价值随之发生了巨大变化，新哲学、新思想、新艺术、新文学应运而生。五四新文学重新发现了"人"，新文学作家们在新的文化秩序中看到了希望，开始建立新的观看世界的方式，走向释放个性、追寻自身价值的新征程。

时代文化对"自由精神"及"个性风格"的标举为散文的发展开辟了全新的审美空间，王尧在总结20世纪中国散文的文化精神中写道："20世纪是中国文化意义危机与价值重建的时期，对于五四以后的中国散文来说，这是一个非同寻常的历史时空。"[①]在这非同寻常的历史时空中，鲁迅"以笔为旗"，探寻内心世界的出路；钱锺书执着于"否定精神"，自守学者的智慧与学养；林语堂秉持"幽默意识"，探微生活的艺术、人生的哲学；王鼎钧抒发"旷野悲歌"，激起乡愁的心灵漩涡；韩少功沉潜"哲思深考"，重振现代人文精神；贾平凹感应"理念寄托"，描摹商州文化景观；刘亮程释放"乡土情怀"，谱写古朴空灵的田园牧歌；李存葆引领"历史长思"，挖掘民族历史文化遗产……风格多样的散文样态，打开了现代散文文化精神的多元局面。

---

① 王尧：《乡关何处：20世纪中国散文的文化精神》，东方出版社1996年版，第1页。

第一节 从"以笔为旗"到"否定精神"：鲁迅与钱锺书

一、"以笔为旗"的鲁迅散文：以《野草》《朝花夕拾》为例

鲁迅将自己的散文称为"夜记"，在静谧的、黑暗的夜里写作，更像是一个纯粹的自由者。他在《怎么写——夜记之一》一文中探讨散文写作：

> 可谈的问题自然多得很，自宇宙以至社会国家，高超的还有文明，文艺。古来许多人谈过了，将来要谈的人也将无穷无尽。但我都不会谈。记得像是去年躲在厦门岛上的时候，因为太讨人厌了，终于得到"敬鬼神而远之"式的待遇，被供在图书馆楼上的一间屋子里。白天还有馆员，钉书匠，阅书的学生，夜九时后，一切星散，一所很大的洋楼里，除我以外，没有别人。我沉静下去了。寂静浓到如酒，令人微醺。望后窗外骨立的乱山中许多白点，是丛冢。一粒深黄色火，是南普陀寺的琉璃灯。前面则海天微茫，黑絮一般的夜色简直似乎要扑到心坎里。我靠了石栏远眺，听得自己的心音，四远还仿佛有无量悲哀，苦恼，零落，死灭，都杂入这寂静中，使它变成药酒，加色，加味，加香。这时，我曾经想要写，但是不能写，无从写。这也就是我所谓"当我沉默着的时候，我觉得充实，我将开口，同时感到空虚。"

寂静的夜令他回归"自己的心音"，独自思量"写什么是一个问题，怎么写又是一个问题"。他对自己按部就班的杂感写作似乎有一些不满："有时有一点杂感，子细一看，觉得没有什么大意思，不要去填黑了那么洁白的纸张，便废然而止了。"因为自己的心里"是如此地荒芜，浅陋，空虚"，所以才没有可写的。也许是因为看多了现实的"血"和"泪"，让他觉得"写什么都没有多大意义"，倒不如想想"怎么写"，才能突破现实的困境，将那"悲哀、苦恼、零落、破灭"统统变成疗伤的药石。

他继续拷问自己的心灵：

> 莫非这就是一点"世界苦恼"么？我有时想。然而大约又不是的，这不过是淡淡的哀愁，中间还带些愉快。我想接近它，但我愈想，它却愈渺茫了，几乎就要发见仅只我独自倚着石栏，此外一无所有。必须待到我忘了努力，才又感到淡淡的哀愁。

这含混的、笼统的"哀愁"无疑是作者内心矛盾与困惑的诗化写照。为了消解这虚空的哀愁，他将目光转向"蚊子叮"和"吃柚子"两件日常琐事上来：

> 那结果却大抵不很高明。腿上钢针似的一刺，我便不假思索地用手掌向痛处直拍下去，同时只知道蚊子在咬我。什么哀愁，什么夜色，都飞到九霄云外去了，连靠过的石栏也不再放在心里。而且这还是现在的话，那时呢，回想起来，是连不将石栏放在心里的事也没有想到的，仍是不假思索地走进房里去，坐在一把唯一的半躺椅——躺不直的藤椅子——上，抚摩着蚊喙的伤，直到它由痛转痒，渐渐肿成一个小疙瘩。我也就从抚摩转成搔，掐，直到它由痒转痛，比较地能够打熬。
>
> 此后的结果就更不高明了，往往是坐在电灯下吃柚子。

这两件"不高明"的俗事与之前"夜间的诗意独白"相比，风格悬殊，对照鲜明，颇有些自嘲的意味。"蚊子"打破了弥漫着"淡淡哀愁"的美梦，将他从沉醉的寂静中拉回现实。"虽然不过是蚊子的一叮，总是本身上的事来得切实。"在"令人幻灭的夜色"和"体验痛痒的真实"之间，他显然选择了后者，"倘非写不可，我想，也只能写一些这类小事情，而还万不能写得正如那一天所身受的显明深切"。接着他写道：

　　尼采爱看血写的书。但我想，血写的文章，怕未必有罢。文章总是墨写的，血写的倒不过是血迹。它比文章自然更惊心动魄，更直截分明，然而容易变色，容易消磨。这一点，就要任凭文学逞能，恰如家中的白骨，往古来今，总要以它的永久来傲视少女颊上的轻红似的。

　　能不写自然更快活，倘非写不可，我想，就是随便写写罢，横竖也只能如此。这些都应该和时光一同消逝，假使会比血迹永远鲜活，也只足证明文人是侥幸者，是乖角儿。但真的血写的书，当然不在此例。

　　尼采所谓血写的书，自然不是指用血迹写就的书，他在《查拉图斯特拉如是说》中说："一切写作之物，我只喜爱作者用自己的心血写成的。用你的心血写作罢：你将知道心血便是精神。"鲁迅何以不知尼采的真正意思，他不过惯用这种由表及里的迂回方式，来引出最终的想法："但真的血写的书，当然不在此例。"他总是把深刻的情感掩藏在看似爽利的戏谑笔墨中，一如他的讥笑都是含着泪的，他想要探索的写作方式，不过"就是随便写写吧"。因此关于"写什么"，"倒也不成什么问题了"。

　　对于"怎样写"的问题，鲁迅直言自己一向未曾想到，"初知道世界上有着这么一个问题"，是从一本《这样做》的期刊上获知的。期刊上有一篇郁达夫谈文学的文章《日记文学》，令他备受启发：

　　作者的意思，大略是说凡文学家的作品，多少总带点自叙传的色彩的，若以第三人称来写出，则时常有误成第一人称的地方。而且叙述这第三人称的主人公的心理状态过于详细时，读者会疑心这别人的心思，作者何以会晓得得这样精细？于是那一种幻灭之感，就使文学的真实性消失了。所以散文作品中最便当的体裁，是日记体，其次是书简体。

鲁迅认为，日记体散文虽然是最容易体现文学真实性的文体，但并不能就此证明文章的真实性来源于体裁的真实。他指出了上述观点的第一个纰漏之处在于"读者的粗心"，进一步论述了文学是否真实"与用第三人称时或误用第一人称"没有关系，更与体裁无关。"倘有读者只执滞于体裁，只求没有破绽，那就以看新闻记事为宜，对于文艺，活该幻灭。"从读者角度来说，带着这样的审美目的阅读的人，读出来虚假"不足惜"，因为这并不能说明文章就是虚假的，"正如查不出大观园的遗迹，而不满于《红楼梦》者相同"，这样的读者本身就是不合格的。从作者角度来说，单纯依靠表达视角或体裁，想要达到"真实"效果的，"如此牺牲了抒写的自由，即使极小部分，也无异于削足适履的"。而"第二种缺陷"，则古已有之：

> 纪晓岚攻击蒲留仙的《聊斋志异》，就在这一点。两人密语，决不肯泄，又不为第三人所闻，作者何从知之？所以他的《阅微草堂笔记》，竭力只写事状，而避去心思和密语。但有时又落了自设的陷阱，于是只得以《春秋左氏传》的"浑良夫梦中之噪"来解嘲。他的支绌的原因，是在要使读者信一切所写为事实，靠事实来取得真实性，所以一与事实相左，那真实性也随即灭亡。如果他先意识到这一切是创作，即是他个人的造作，便自然没有一切挂碍了。

将"事实"与"真实"混为一谈，无疑是大多数写作者的狭隘之见，鲁迅称之为"以假为真"："一般的幻灭的悲哀，我以为不在假，而在以假为真。"他列举了"看戏法"的事例，明明知道戏法是假的，但仍沉浸其中，这便是戏法的真实。他又对现实中一些"以假为真"作品进行了批判：

> 我宁看《红楼梦》，却不愿看新出的《林黛玉日记》，它一页能够使我不舒服小半天。……幻灭之来，多不在假中见真，

而在真中见假。日记体，书简体，写起来也许便当得多罢，但也极容易起幻灭之感；而一起则大抵很厉害，因为它起先模样装得真。

相对于假中见真，真中见假更让人感到虚假，于是那些装模作样称为日记体、书简体的书，是最不值得提倡的。在鲁迅看来，散文"求真"的审美意图，贵在情感的真实，而非关形式或者事实，因此作出了这样的结论：

> 散文的体裁，其实是大可以随便的，有破绽也不妨。做作的写信和日记，恐怕也还不免有破绽，而一有破绽，便破灭到不可收拾了。与其防破绽，不如忘破绽。

他认为，散文要做到真实，"大可以随便"，随性而为，方能保证自我感情的真实流露。"与其防破绽，不如忘破绽。"处处设防，装模作样，反而会落得破绽一出，满盘皆输的下场。

自古以来，"真"都被视为散文创作的生命。时至今日，散文的真实性也是散文作者和理论家批评研究的重要命题。一般认为散文的真实性包含信息真实和真情实感两方面，一些固守"散文必须描写真人真事"信条的人，认为散文中不允许有虚构的成分，大大限制了散文创新发展的空间。鲁迅的这一论断，主张以情感的真实为上乘，为散文插上了自由的翅膀，解决了散文真实性的历史遗留问题。"大可以随便""忘破绽"的境界，也成了无数散文家求索的目标。

（一）《野草》

1927年4月26日，白云楼，深夜，应该也是一个"空虚中的暗夜"①，鲁迅将自己三年来孤独写就的23篇"野草"散文旧稿整理结集，并为之"题辞"：

---

① 刘湛秋主编：《逃离与回归》，长江文艺出版社2000年版，第14页。

当我沉默着的时候，我觉得充实；我将开口，同时感到空虚。

过去的生命已经死亡。我对于这死亡有大欢喜，因为我借此知道它曾经存活。死亡的生命已经朽腐。我对于这朽腐有大欢喜，因为我借此知道它还非空虚。

生命的泥委弃在地面上，不生乔木，只生野草，这是我的罪过。

野草，根本不深，花叶不美，然而吸取露，吸取水，吸取陈死人的血和肉，各各夺取它的生存。当生存时，还是将遭践踏，将遭删刈，直至于死亡而朽腐。

但我坦然，欣然。我将大笑，我将歌唱。

我自爱我的野草，但我憎恶这以野草作装饰的地面。

地火在地下运行，奔突；熔岩一旦喷出，将烧尽一切野草，以及乔木，于是并且无可朽腐。

但我坦然，欣然。我将大笑，我将歌唱。

天地有如此静穆，我不能大笑而且歌唱。天地即不如此静穆，我或者也将不能。我以这一丛野草，在明与暗，生与死，过去与未来之际，献于友与仇，人与兽，爱者与不爱者之前作证。

为我自己，为友与仇，人与兽，爱者与不爱者，我希望这野草的死亡与朽腐，火速到来。要不然，我先就未曾生存，这实在比死亡与朽腐更其不幸。

去罢，野草，连着我的题辞！

"野草"并不是灵感迸发想出来的书名，"鲁迅在写作第一篇《秋夜》时，就已先有了'野草'的题目"①。"草"的意象，自古以来多为诗人青睐，无论是生命力的象征，还是离愁杂感的写照，都

---

① 符杰祥：《〈野草〉命名来源与"根本"问题》，《文艺争鸣》2018年第5期。

是"草"的意蕴的体现。"野草"涵泳深刻的精神要义和自带幽微意蕴的意象似乎是鲁迅的独创。在鲁迅的人生哲学里，随处可见离奇的对抗："当我沉默着的时候，我觉得充实；我将开口，同时感到空虚""绝望之为虚妄，正与希望相同""于浩歌狂热之中寒，于天上看见深渊，于一切眼中看见无所有，于无所希望中得救"。对峙和矛盾内化一股无形的力量，让他"解剖别人"，也"无情面地解剖自己"。这篇充满张力的题辞便是心灵对抗现实的产物。

《野草》诸篇风格多样、内涵多变，无论是在文体形式上，还是审美意蕴上，都充满了实验的味道。

在散文文体探索中，鲁迅将诗歌的抒情、韵律等典型要素融入散文创作之中，写出了具有浓郁诗化色彩的诗化散文，如《影的告别》《求乞者》《我的失恋》《墓碣文》《淡淡的血痕中》等篇。

> 我不过一个影，要别你而沉没在黑暗里了。然而黑暗又会吞并我，然而光明又会使我消失。
>
> ——《影的告别》

> 我将用无所为和沉默求乞……
> 我至少将得到虚无。
> 微风起来，四面都是灰土。另外有几个人各自走路。
> 灰土，灰土……
> ……
> 灰土……
>
> ——《求乞者》

> 我的所爱在山腰；
> 想去寻她山太高，
> 低头无法泪沾袍。
> 爱人赠我百蝶巾；

回她什么：猫头鹰。

从此翻脸不理我，

不知何故兮使我心惊。

——《我的失恋》

……于浩歌狂热之际中寒；于天上看见深渊。于一切眼中看见无所有；于无所希望中得救。……

——《墓碣文》

他借用小说的表现手法，创作了"小说体散文"《风筝》《好的故事》《颓败线的颤动》等篇。

我在蒙胧中，看见一个好的故事。

这故事很美丽，幽雅，有趣。许多美的人和美的事，错综起来像一天云锦，而且万颗奔星似的飞动着，同时又展开去，以至于无穷。

我仿佛记得曾坐小船经过山阴道，两岸边的乌桕，新禾，野花，鸡，狗，丛树和枯树，茅屋，塔，伽蓝，农夫和村妇，村女，晒着的衣裳，和尚，蓑笠，天，云，竹……都倒影在澄碧的小河中，随着每一打桨，各各夹带了闪烁的日光，并水里的萍藻游鱼，一同荡漾。诸影诸物，无不解散，而且摇动，扩大，互相融和；刚一融和，却又退缩，复近于原形。边缘都参差如夏云头，镶着日光，发出水银色焰。凡是我所经过的河，都是如此。

——《好的故事》

他沿用戏剧文学的体式，创作了一系列戏剧体散文。《过客》《死火》《狗的驳诘》《聪明人和傻子和奴才》等篇中充分运用了戏剧中的"对话性"艺术手法。

时：

　　或一日的黄昏。

地：

　　或一处。

人：

　　老翁——约七十岁，白须发，黑长袍。

　　女孩——约十岁，紫发，乌眼珠，白地黑方格长衫。

　　过客——约三四十岁，状态困顿倔强，眼光阴沉，黑须，乱发，黑色短衣裤皆破碎，赤足著破鞋，胁下挂一个口袋，支着等身的竹杖。

　　东，是几株杂树和瓦砾；西，是荒凉破败的丛葬；其间有一条似路非路的痕迹。一间小土屋向这痕迹开着一扇门；门侧有一段枯树根。

　　（女孩正要将坐在树根上的老翁搀起。）

　　翁——孩子。喂，孩子！怎么不动了呢？

　　孩——（向东望着，）有谁走来了，看一看罢。

　　翁——不用看他。扶我进去罢。太阳要下去了。

　　孩——我，——看一看。

　　翁——唉，你这孩子！天天看见天，看见土，看见风，还不够好看么？什么也不比这些好看。你偏是要看谁。太阳下去时候出现的东西，不会给你什么好处的。……还是进去罢。

——《过客》

　　在审美意蕴的开创中，鲁迅将"心目中的离奇"投射于散文创作中，他多次提到"黑暗"与"虚无"，如《影的告别》中"只有我被黑暗沉没，那世界全属于我自己"，《希望》中"倘使我还得偷生在不明不暗的这'虚妄'中，我就还要寻找那逝去的悲凉飘渺的青春，但不妨在我的身外"。对他而言，"黑暗"与"虚无"是比任何苦痛更可怕的东西，他穿越内心的幽暗之境，探寻摆脱彷徨的出口，时常在梦里演绎如何获救和重生。于是，他在《死火》《狗的驳诘》《失掉的好地狱》《墓碣文》《颓败线的颤动》《立论》《死后》等多篇中构筑了各种离奇的"梦境"："我梦见自己在冰山间奔驰。""我梦见自己在隘巷中行走，衣履破碎，像乞食者。""我梦见自己躺在床上，在荒寒的野外，地狱的旁边。""我梦见自己正和墓碣对立，读着上面的刻辞。""我梦见自己在做梦。自身不知所在，眼前却有一间在深夜中紧闭的小屋的内部，但也看见屋上瓦松的茂密的森林。""我梦见自己正在小学校的讲堂上预备作文，向老师请教立论的方法。""我梦见自己死在道路上。"

梦境是现实的指涉，对鲁迅来说，梦境是思考"虚无"与"黑暗"的绝佳空间，他在梦里隐匿、逃遁、燃烧、大笑、歌唱，从虚无、彷徨、伤感走向创造、希望、重生，"以这一丛野草，在明与暗，生与死，过去与未来之际，献于友与仇，人与兽，爱者与不爱者之前作证"。正如汪卫东所言："《野草》，与其说是一个写作的文本，不如说是鲁迅生命追问的一个过程，是穿越致命绝望的一次生命行动，它伴随着思想、心理、情感和人格惊心动魄的挣扎和转换的过程。……作为一次穿越绝望的生命行动，《野草》并非一般意义上的单篇合集，而是一个整体，《野草》中，存在一个自成系统的精神世界和艺术世界。"[①]

（二）《朝花夕拾》

整理完发表在《语丝》上的《野草》文稿，鲁迅便开始着手整理发表在《莽原》上的一些有关"旧事重提"的回忆散文，结集成《朝花夕拾》一书。他在该书的"小引"部分写道：

> 我常想在纷扰中寻出一点闲静来，然而委实不容易。目前是这么离奇，心里是这么芜杂。一个人做到只剩了回忆的时候，

[①] 汪卫东：《"诗心"、客观性与整体性》，《文艺争鸣》2018年第5期。

生涯大概总要算是无聊了罢，但有时竟会连回忆也没有。中国的做文章有轨范，世事也仍然是螺旋。前几天我离开中山大学的时候，便想起四个月以前的离开厦门大学；听到飞机在头上鸣叫，竟记得了一年前在北京城上日日旋绕的飞机。我那时还做了一篇短文，叫做《一觉》。现在是，连这"一觉"也没有了。

广州的天气热得真早，夕阳从西窗射入，逼得人只能勉强穿一件单衣。书桌上的一盆"水横枝"，是我先前没有见过的：就是一段树，只要浸在水中，枝叶便青葱得可爱。看看绿叶，编编旧稿，总算也在做一点事。做着这等事，真是虽生之日，犹死之年，很可以驱除炎热的。

前天，已将《野草》编定了；这回便轮到陆续载在《莽原》上的《旧事重提》，我还替他改了一个名称：《朝花夕拾》。带露折花，色香自然要好得多，但是我不能够。便是现在心目中的离奇和芜杂，我也还不能使他即刻幻化，转成离奇和芜杂的文章。或者，他日仰看流云时，会在我的眼前一闪烁罢。

我有一时，曾经屡次忆起儿时在故乡所吃的蔬果：菱角、罗汉豆、茭白、香瓜。凡这些，都是极其鲜美可口的；都曾是使我思乡的蛊惑。后来，我在久别之后尝到了，也不过如此；惟独在记忆上，还有旧来的意味存留。他们也许要哄骗我一生，使我时时反顾。

这十篇就是从记忆中抄出来的，与实际容或有些不同，然而我现在只记得是这样。文体大概很杂乱，因为是或作或辍，经了九个月之多。环境也不一：前两篇写于北京寓所的东壁下；中三篇是流离中所作，地方是医院和木匠房；后五篇却在厦门大学的图书馆的楼上，已经是被学者们挤出集团之后了。

如鲁迅所言，这本散文集里的文章都是"从记忆中抄出来的"，是在"纷扰"中的"一点闲静"之时，由"心目中的离奇和芜杂"转化而来的，美其名曰"朝花夕拾"，相较于旧事重提，多了一层怀念的诗意与迫切的情绪。除了"带露折花",回忆年少琐事,鲁迅在行文中难掩批判的锋芒,时而发出"世事也仍然是螺旋"的审视之言:

> 我是常不免于弄弄笔墨的,写了下来,印了出去,对于有些人似乎总是搔着痒处的时候少,碰着痛处的时候多。万一不谨,甚而至于得罪了名人或名教授,或者更甚而至于得罪了"负有指导青年责任的前辈"之流。可就危险已极。
>
> ——《狗·猫·鼠》

> 想到生的乐趣,生固然可以留恋;但想到生的苦趣,无常也不一定是恶客。无论贵贱,无论贫富,其时都是"一双空手见阎王",有冤的得伸,有罪的就得罚。
>
> ——《无常》

鲁迅在《朝花夕拾》中讲述童年的乐园与私塾的谐趣故事,回忆长妈妈、祖母、父亲、藤野先生、范爱农等人带给"我"的影响,描摹"五猖会"、迎神赛会的"无常"等世俗情态,其间纵然有美好的回味,也透露出对传统教育、孝道、文化的深刻批判,对"生的苦趣"国民生存状况的悲愤之情。而这些正是鲁迅开篇提到的值得"反顾"的东西,"惟独在记忆上,还有旧来的意味留存。他们也许要哄骗我一生,使我时时反顾"。可以说,鲁迅在《朝花夕拾》中所表露的复杂情感,既是在寻找心灵慰藉,也是在追求理性批判精神。在最深的情感中表达最淋漓的批判,即所谓"绝望之为虚妄,正与希望相同",从矛盾与冲突中汲取反抗的力量,这也是鲁迅散文一贯独特的表现形式与审美风格。

二、钱锺书散文中的"否定精神"

钱锺书是一位"博采中外、熔铸古今"的学者型作家,他的散文旁征博引、意味深刻,充满思辨色彩;同时幽默俏皮,常用反讽、含混等技巧,演绎矛盾和悖论,充满否定精神。他的散文集《写在人生边上》序文中写道：

> 人生据说是一部大书。
>
> 假使人生真是这样，那么，我们一大半作者只能算是书评家，具有书评家的本领，无须看得几页书，议论早已发了一大堆，书评一篇写完缴卷。
>
> 但是，世界上还有一种人。他们觉得看书的目的，并不是为了写批评或介绍。他们有一种业余消遣者的随便和从容，他们不慌不忙地浏览。每到有什么意见，他们随手在书边的空白上注几个字，写一个问号或感叹号，像中国旧书上的眉批，外国书里的Marginalia。这种零星随感并非他们对于整部书的结论。因为是随时批识，先后也许彼此矛盾，说话过火。他们也懒得去理会，反正是消遣，不像书评家负有指导读者、教训作者的重大使命。谁有能力和耐心做那些事呢？
>
> 假使人生是一部大书，那末，下面的几篇散文只能算是写在人生边上的。这本书真大！一时不易看完，就是写过的边上也还留下好多空白。

只是一篇简单的序文，钱先生也不忘发挥机智的反讽，一边面不改色地讥讽那些仅有一知半解，便能发一堆议论，自以为是"指导读者、教训作者"的书评家，一边用戏谑的笔调叙说另一种以消遣为目的的读书者，以俏皮的口吻讽刺那些好发议论的书评家："谁有能力和耐心做那些事呢？"他没有直接表明自己的好恶，而是将此二者置于毫无防备的读者面前，让他们去分辨和判断，面对人生这部大书，究竟是做一个一般的专业书评家好，还是做一个特别的业余读者好。最后，他亮出自己的看法，人生这本书太大，一时间读不完，他只能从人生边上，慢慢体悟。他将辩证和理性思维化作漫不经心的趣语，制造些许矛盾，引发读者的权衡与思考，令"深者得其深，浅者得其浅"。柯灵评价他的这部作品"篇幅不多，而方寸之间别有一天，言

人所未言，见人所未见"。并说，"钱氏的两大精神支柱是渊博和
睿智，二者互相渗透，互为羽翼，浑然一体，如影随形"①。确如其
言，这本"言人所未言，见人所未见"的散文集如"一棵人生道旁历
尽春秋、枝繁叶茂的智慧树"，着实令人叹为观止。这在首篇《魔鬼
夜访钱锺书先生》中便可见一斑：

> "论理你跟我该彼此早认识了，"他说，拣了最近火盆的凳
> 子坐下，"我就是魔鬼；你曾经受我的引诱和试探。"
> "不过，你是个实心眼儿的好人！"他说时泛出同情的微
> 笑，"你不会认识我，虽然你上过我的当。你受我引诱时，你只
> 知道我是可爱的女人，可亲信的朋友，甚至是可追求的理想，你
> 没有看出是我。只有拒绝我引诱的人，像耶稣基督，才知道我
> 是谁。今天呢，我们也算有缘。有人家做斋事，打醮祭鬼，请我
> 去坐首席，应酬了半个晚上，多喝了几杯酒，醉眼迷离，想回到
> 我的黑暗的寓处，不料错走进了你的屋子。内地的电灯实在太糟
> 了！你房里竟黑洞洞跟敝处地狱一样！不过还比我那儿冷；我
> 那儿一天到晚生着硫磺火，你这里当然做不到——听说炭价又
> 涨了。"
> 这时候，我惊奇已定，觉得要尽点主人的义务，便对来客
> 说："承你老人家半夜暗临，蓬荜生黑，十分荣幸！只恨独身作
> 客，没有预备欢迎，抱歉得很！老人家觉得冷么？失陪一会，让
> 我去叫醒佣人来沏壶茶，添些炭。"
> ……………
> "是啊，"他呵呵地笑了："他在《魔女记》（ *Les Diaboliques* ）
> 第五篇里确也曾提起我的火烧不暖的屁股。你看，人怕出名啊！
> 出了名后，你就无秘密可言。甚么私事都给访事们去传说，通讯
> 员等去发表。这么一来，把你的自传或忏悔录里的资料硬夺去

---

① 远帆主编：《柯灵散文》，内蒙古人民出版社2004年版，第252页。

了。将来我若作自述，非另外捏造点新奇事实不可。"

"这不是和自传的意义违反了么？"我问。

他又笑了："不料你的见识竟平庸到可以做社论。现在是新传记文学的时代。为别人做传记也是自我表现的一种；不妨加入自己的主见，借别人为题目来发挥自己。反过来说，作自传的人往往并无自己可传，就逞心如意地描摹出自己老婆、儿子都认不得的形象，或者东拉西扯地记载交游，传述别人的轶事。所以，你若要知道一个人的自己，你得看他为别人做的传。自传就是别传。"

……

他半带怜悯地回答："怪不得旁人说你跳不出你的阶级意识，难道我就不配看书？我虽属于地狱，在社会的最下层，而从小就有向上的志趣。对于书本，也曾用过工夫，尤其是流行的杂志小册子之类。因此歌德称赞我有进步的精神，能随着报纸上所谓'时代的巨轮'一同滚向前去。因为你是个欢喜看文学书的人，所以我对你谈话时就讲点文学名著，显得我也有同好，也是内行。反过来说，假使你是个反对看书的多产作家，我当然要改变谈风，对你说我也觉得书是不必看的，只除了你自己做的书——并且，看你的书还嫌人生太短，哪有工夫看甚么典籍？我会对科学家谈发明，对历史家谈考古，对政治家谈国际情势，展览会上讲艺术赏鉴，酒席上讲烹调。不但这样，有时我偏要对科学家讲政治，对考古家论文艺，因为反正他们不懂甚么，乐得让他们拾点牙慧；对牛弹的琴根本就不用挑选甚么好曲子！烹调呢，我往往在茶会上讨论；亦许女主人听我讲得有味，过几天约我吃她自己做的菜，也未可知。这样混了几万年，在人间世也稍微有点名气。但丁赞我善于思辨，歌德说我见多识广。你若到了我的地位，又该骄傲了！我却不然，愈变愈谦逊，时常自谦说：'我不过是个地下鬼！'就是你们自谦为'乡下人'的意思，我还恐怕空口说话不足以表示我的谦卑的精神，我把我的身体来作为象征。财主有布袋似的大肚子，表示囊中充实；思想家垂头弯背，形状像标点里的问号，表示对一切发生疑问；所以——"……

　　我忍不住发问说："也有瞻仰过你风采的人说，你老人家头角峥嵘，有点像……"

　　他不等我讲完就回答说："是的，有时我也现牛相。这当然还是一种象征。牛惯做牺牲，可以显示'我不入地狱，谁入地狱'的精神；并且，世人好吹牛，而牛决不能自己吹自己，至少生理构造不允许它那样做，所以我的牛形正是谦逊的表现。我不比你们文人学者会假客气。有种人神气活现，你对他恭维，他不推却地接受，好像你还他的债，他只恨你没有附缴利钱。另外一种假作谦虚，人家赞美，他满口说惭愧不敢当，好像上司纳贿，嫌数量太少，原璧退还，好等下属加倍再送。不管债主也好，上司也好，他们终相信世界上还有值得称赞的好人，至少就是他们自己。我的谦虚总是顶彻底的，我觉得自己就无可骄傲，无可赞美，何况其他的人！我一向只遭人咒骂，所以全没有这种虚荣心。不过，我虽非作者，却引起了好多作品。在这一点上，我颇像——"他说时，毫不难为情，真亏他！只有火盆里通红的炭在他的脸上弄着光彩，"我颇像一个美丽的女人，自己并不写作，而能引起好多失恋的诗人的灵感，使他们从破裂的心里——不是？从破裂的嗓子里发出歌咏。像拜伦、雪莱等写诗就受到我的启示。又如现在报章杂志上常常鬼话连篇，这也是受我的感化。"

　　我说："我正在奇怪，你老人家怎会有工夫。全世界的报纸都在讲战争。在这个时候，你老人家该忙着屠杀和侵略，施展你的破坏艺术，怎会忙里偷闲来找我谈天。"

　　他说："你颇有逐客之意，是不是？我是该去了，我忘了夜是你们人间世休息的时间。我们今天谈得很畅，我还要跟你解释几句，你说我参与战争，那真是冤枉。……一向人类灵魂有好坏之分。好的归上帝收存，坏的由我买卖。到了十九世纪中叶，忽然来了个大变动，除了极少数外，人类几乎全无灵魂。有点灵魂的又都是好人，该归上帝掌管。譬如战士们是有灵魂的，但是他们的灵魂，直接升入天堂，全没有我的份。……近代当然也有坏人，但是他们坏得没有性灵，没有人格，不动声色像无机体，富有效率像机械。就是诗人之类，也很使我失望；他们常说表现灵魂，把灵魂全部表现完了，更不留一点儿给我。你说我忙，你怎知道我闲得发慌，我也是近代物质和机械文明的牺牲品，一个失业者，而且我的家庭负担很重，有七百万子孙待我养活。当然应酬还是有的，像我这样有声望的人，不会没有应酬，今天就是吃了饭来。在这个年头儿，不愁没有人请你吃饭，只是人不让你用本事来换饭吃。这是一种苦闷。"

他不说了。他的凄凉布满了空气，减退了火盆的温暖。我正想关于我自己的灵魂有所询问，他忽然站起来，说不再坐了，祝我晚安，还说也许有机会再相见。我开门相送。无边际的夜色在静等着他。他走出了门，消溶而吞并在夜色之中，仿佛一滴雨归于大海。

这篇文章最独特之处在于通篇采用佯谬、反讽的艺术手法。作者设置了魔鬼深夜造访的情境，通过魔鬼之口极尽讽刺之能，先是讽刺长发平庸之见的社论，接着否定当下的自传之风将自传做成了别传，并在只言片语间对阶级意识、时髦话语、侈张为幻的混世名人、假谦虚真清高的人、灵魂失重的人类等进行了嘲讽。佯谬和反讽是最能体现戏剧性的话语模式，所以人们常会有这样的审美体验：笑着哭最痛。没有灵魂的魔鬼讽刺人类没有灵魂，隐喻了价值沦陷时代的荒诞之象：文风不正、世风扭曲、黑白颠倒、人性泯灭……魔鬼醉里含笑的自得之语恰如其分地诠释了文化倒退的时代，灵魂被抽空，只剩下欲望和名利，到处都是没有性灵，没有人格的文化幽灵，而魔鬼正是这文化幽灵的最佳代言人。佯谬和反讽的修辞学效果在于，作者使用反讽比使用平铺直叙的语言更加有效率，反讽的句式简短便可以传递很大的信息量，比如用"善于思辨"表达"逻辑混乱"。反讽比起正常的表达方式更加亲切深沉，使得作者与读者的交流更加真实，比如借助魔鬼坦言自己的交际技巧："对科学家讲政治，对考古家论文艺，因为反正他们不懂甚么，乐得让他们拾点牙慧；对牛弹的琴根本就不用挑选甚么好曲子！"这种自欺欺人的口吻，比起直接陈述"那些假装有文化的丑陋伎俩"带来的真实感更加强烈。

钱锺书的文化批判和否定精神是建立在文化关怀之上的，他以魔鬼的名义多次提到歌德、但丁、拜伦、雪莱等文学家及其相关作品，对充斥文化圈的乱象进行批判，揭示时代症候的同时，怀揣着对人类命运的深切关怀。正如柯灵所说，"锺书创作的基调是讽刺。社会、人生、心理、道德的病态，都逃不出他敏锐的观察力。他那枝魔杖般的笔，又犀利，又机智，又俏皮，汩汩地流泻出无穷无尽的笑料和幽默，皮里阳秋，包藏着可悲可恨可鄙的内核，冷中有热，热中有冷，喜剧性和悲剧性难分难解，嬉笑怒骂，'道是无情却有情'"。

第二节　从"幽默意识"到"旷野悲歌"：林语堂与王鼎钧

一、"幽默意识"：林语堂的人生哲学

"人生是永远充满幽默的。"林语堂的文化思想和散文创作中随处可见"幽默"的人生哲学。

林语堂在《论幽默》一文中论及幽默之于文化、生活、文学、思想的重要意义，开篇引用乔治·麦烈蒂斯论述"喜剧精神"的言论："我想一国文化的极好的衡量，是看他喜剧及俳调之发达，而真正的喜剧的标准，是看他能否引起含蓄思想的笑。"[①]麦烈蒂斯（又译为"梅瑞狄斯"）是英国维多利亚时期著名的诗人、小说家，他以"喜剧精神"建构自己的创作理念，为英国文学由传统向现代转型提供了新借

---

① 　林语堂：《林语堂随笔精选》，长江文艺出版社2016年版，第59页。

鉴。他的喜剧观念集中凝结在《喜剧的观念及喜剧精神的效用》一文中。他在论述开始，提出了一个非常幽默的关于"喜剧感性"的小测验：

> 你的喜剧感性究竟有多大，可以这样测量一下：当你爱的那些人显得可笑时，你能觉察到，然而你的爱并不因此就减少些；尤其是当你看出自己在所爱者的眼中显得有点可笑时，你能根据他们对你的印象加以改正。①

麦烈蒂斯的"小测验"旨在形象地解释自己的喜剧观念，他认为"喜剧的精灵是感性的"，喜剧是一种可以感知的、并能引发人的理性行为的思想，与诙谐、讽刺、揶揄等观念不同，不是为了刺痛人们的感受，也不是为了安慰人们的感受，而是一种冷静的、含蓄的情感的显现。"喜剧的笑是不带个人意气的，而是极端有礼貌，几乎是一种微笑；往往止于一种微笑。它是通过心灵而笑的，因为心灵在指挥它；我们称之为心灵的诙谐。"②喜剧的笑不以任何语言或者动作为标志，而是一种心灵或者说理性层面的反应，这种笑"非常纯粹"，就像照出心灵的阳光，"表现出精神的深邃而不是声音的洪亮"，它是一种"悠闲自在的观察"，一种"慈祥而严厉的神情"，可以称之为"喜剧的精灵"③。在麦烈蒂斯看来，喜剧是文化精神的直观反映，是衡量一国文化好坏的真正标准。

"幽默"为英文humour的音译，是林语堂的独创。humour来源于拉丁文umor，本意为体液。古希腊"医学之父"希波克拉底提出了著名的humorism，即体液学说，认为人体有四种重要的humor（体液）：sanguis（血液）、phlegm（黏液）、chole或yellow bile（胆

---

① 伍蠡甫等编：《西方文论选》（下），上海译文出版社1988年版，第73—74页。

② 伍蠡甫等编：《西方文论选》（下），上海译文出版社1988年版，第76页。

③ 伍蠡甫等编：《西方文论选》（下），上海译文出版社1988年版，第77—78页。

汁或称黄胆汁）、melanchole或black bile（黑胆汁或称忧郁液），
每种体液所占比例的不同，因此每个人性格气质也不一样。"血液
比例大为多血质（sanguine），性格乐观自信；黏度过多为黏液质
（phlegmatic），反应迟钝、不易动情；胆汁（即黄胆汁）过多为胆
汁质（choleric），性情暴躁、动辄发怒；忧郁液（即黑胆汁）比例过
高为忧郁质（melancholic），性格阴郁多愁。"至此，humor一词用
于表现精神与性格，衍生出"脾性、气质"之意。体液学说将生物学
概念与精神分析相结合，拓展了文学艺术的遐想空间，对欧洲文化影
响甚广。如英格兰文艺复兴时期的剧作家本·琼森根据体液学说创作
了两部喜剧——《人人高兴》（*Every Man in His Humor*）和《人人扫
兴》（*Every Man out of His Humor*），塑造了几种不同性格的人物。经
过文学艺术的渲染， humour作为"情绪""心情""脾气"的义项
获得了更多的认可，并逐渐拓展为"搞笑""诙谐"等义。

　　humour的中译文有多个版本，如翻译家李青崖将其译为"语
妙"、修辞学家陈望道将其译为"油滑"，语言学家唐栩侯将其译作
"谐穆"。这些版本都不及林语堂音译的"幽默"深入人心。林语堂
认为没有现成的中文词语可以取代humour，唯有音译更为妥当，他曾
在《答青崖论"幽默"译名》一文中写道：

　　　　青崖吾兄：
　　　　得札论以"语妙"二字作为Humour之第二华译，语出天
　　然，音韵亦相近，诚有可取……弟意"语妙"含有口辩随机应对
　　之义，近于英文之所谓Wit。……"幽默"二字本是纯粹译音，
　　所取于其义者，因幽默含有假痴假呆之意，作语隐谑，令人静中
　　寻味。……此为牵强说法，若论其详，Humour本不可译，唯有
　　译音办法。华语中言滑稽辞字曰滑稽突梯，曰诙谐，曰嘲，曰
　　谑，曰谑浪，曰嘲弄，曰风，曰讽，曰诮，曰讥，曰奚落，曰调
　　侃，曰取笑，曰开玩笑，曰戏言，曰孟浪，曰荒唐，曰挖苦，曰
　　揶揄，曰俏皮，曰恶作谑，曰旁敲侧击等。然皆或指尖刻，或流

　　于放诞，未能表现宽宏恬静的"幽默"意义……

　　林语堂取"幽默"二字翻译humour，意味雅正，意境深远，这一方法得以沿用至今，除了字面上的"宽宏恬静"，更得益于林语堂对"幽默愈幽愈默而愈妙"内涵的延伸。

　　他在《论幽默》中对自己的"幽默文化"进行了如下阐述：

　　　　幽默本是人生之一部分，所以一国的文化，到了相当程度，必有幽默的文学出现。人之智慧已启，对付各种问题之外，尚有余力，从容出之，遂有幽默——或者一旦聪明起来，对人之智慧本身发生疑惑，处处发见人类的愚笨、矛盾、偏执、自大，幽默也就跟着出现。如波斯之天文学家诗人荷麦卡奄姆，便是这一类的。《三百篇》中唐风之无名作者，在他或她感觉人生之空泛而唱"子有车马，弗驰弗驱，宛其死矣，他人是愉"之时，也已露出幽默的态度了。因为幽默只是一种从容不迫达观态度，郑风"子不我思，岂无他人"的女子，也含有幽默的意味。到第一等头脑如庄生出现，遂有纵横议论捭阖人世之幽默思想及幽默文章，所以庄生可称为中国之幽默始祖。太史公称庄生滑稽，便是此意，或索性追源于老子，也无不可。战国之纵横家如鬼谷子、淳于髡之流，也具有滑稽雄辩之才。这时中国之文化及精神生活，确乎是精力饱满，放出异彩，九流百家，相继而起，如满庭春色，奇花异卉，各不相模，而能自出奇态以争妍。人之智慧在这种自由空气之中，各抒性灵，发扬光大。人之思想也各走各的路，格物穷理各逞其奇，奇则变，变则通。故毫无酸腐气象。在这种空气之中，自然有谨愿与超脱二派，杀身成仁，临危不惧，如墨翟之徒；或是儒冠儒服，一味做官，如孔丘之徒；这是谨愿派。拔一毛以救天下而不为，如杨朱之徒；或是敝屣仁义，绝圣弃智，看穿一切如老庄之徒，这是超脱派。有了超脱派，幽默自然出现了。超脱派的言论是放肆的，笔锋是犀利的，文章是远大渊放不顾细谨的。孜孜为利及孜孜为义的人，在超脱派看来，只觉得好笑而已。儒家斤斤拘执棺椁之厚薄尺寸，守丧之期限年月，当不起庄生的一声狂笑，于是儒与道在中国思想史上成了两大势力，代表道学派与幽默派。后来因为儒家有"尊王"之说，为帝王所利用，或者儒者与君王互相利用，压迫思想，而造成一统局面，天下腐儒遂出。然而幽默到底是一种人生观，一种对人生的批评，不能因君王道统之压迫，遂归消灭。而且道家思想之泉源浩大，老庄文章气魄，足使其效力历世不能磨灭，所以中古以后的思想，表面上似是独尊儒家道统，实际上是儒道分治的。中国人得势时都信儒教，不遇时都信道教，各自优游林下，寄托山水，怡养性情去了。中国文学，除了御用的廊庙文学，都是得力于幽默派的道家思想。廊庙文学，都是假文学，就是经世之学，狭义言之也算不得文学。所以真有性灵的文学，入人最深之吟咏诗文，都是归返自然，属于幽默派、超脱派、道家派的。中国若没有道家文学，中国若果真只有不幽默的儒家道统，中国诗文不知要枯燥到如何，中国人之心灵，不知要苦闷到如何。①

"幽默"之于林语堂，是理想人生的一部分，是一种从容不迫的达观态度，是一种人生观，它的属性是智慧的、超脱的、温厚的、冲淡的、同情的、轻快的、自然的，是自由的精神文化空气滋养的产物。"幽默"在文学上表现为"性灵文学"，道家派的老庄文章是其代表。"老子庄生，固然超脱，若庄生观鱼之乐，蝴蝶之梦，说剑之喻，蛙鳖之语，也就够幽默了。"幽默派文学崇尚"性灵"，即发挥自我，不受拘束，无论是庄生"愤怒的狂笑"，还是陶潜"温和的微笑"，只要是独抒性灵的，都可以归为"幽默"一脉。在幽默派的各种气质中，林语堂更加推崇闲适、冲淡的风格，他指出，中国文化中之所以未成"幽默"之风气，"不过中国人未明幽默之义，认为幽默必是

---

① 林语堂：《林语堂随笔精选》，长江文艺出版社2016年版，第59—60页。

讽刺，故特标明闲适的幽默，以示其范围而已"。中国文化少幽默敦厚的自然主义，而多愤世嫉俗的厌世主义，究其根源，乃是"因为正统文学不容幽默，所以中国人对于幽默之本质及其作用没有了解"。

林语堂直言："关于幽默之解释，有哲学家亚里斯多得、柏拉图、康德、哈勃斯（Hobbes）、伯格森、弗劳特诸人之分析。伯格森所论，不得要领，弗劳特太专门。我所最喜爱的，还是英小说家麦烈蒂斯在剧论中的一篇讨论。"由此可见，林语堂意在笔先，有心与梅瑞狄斯的"喜剧精神"相契，借麦烈蒂斯的"喜剧精神"发扬自己的"幽默"理论。林语堂将麦烈蒂斯的"The comic spirit"译为"俳调之神"，"俳调"有"戏谑调笑"之意，对于西方的喜剧精神，林氏的翻译又有些冷静、旁观的幽默意味。他说麦烈蒂斯"描写俳调之神一段，极难翻译，兹勉强粗略译出如下"：

假使你相信文化是基于明理，你就在静观人类之时，窥见在上有一种种灵，耿耿的鉴察一切……他有圣贤的头额，嘴唇从容不紧不松的半开着，两个唇边，藏着林神的谐谑。那像弓形的称心享乐的微笑，在古时是林神响亮的狂笑，扑地叫眉毛倒竖起来。那个笑声会再来的，但是这回已属于莞尔微笑一类的，是和缓恰当的，所表示的是心灵的光辉与智慧的丰富，而不是胡卢笑闹。常时的态度，是一种闲逸的观察，好像饱观一场，等着择肥而噬，而心里却不着急。人类之将来，不是他所注意的；他所注意是人类目前之老实与形样之整齐。无论何时人类失了体态，夸张，矫揉，自大，放诞，虚伪，炫饰，纤弱过甚；无论何时他看见人类懵懂自欺，淫侈奢欲，崇拜偶像，作出荒谬事情，眼光如豆的经营，如痴如狂的计较；无论何时人类言行不符，或倨傲不逊，屈人扬己，或执迷不悟，强词夺理，或夜郎自大惺惺作态，无论是个人或是团体；这在上之神就出温柔的谑意，斜觑他们，跟着是一阵如明珠落玉盘的笑声。这就是俳调之神（The comic spirit）。

"俳调之神"的表现形态是一串温柔和缓的笑声，林氏谓之"出于心灵的妙悟"；它通过"一种闲适的观察"得来的，因为冷静旁观的姿态往往看得更加清楚，所以幽默与讪笑、嘲谑、谩骂不同，幽默"对自身有反省的能力"；幽默的审美特质是"深远超脱"，所以"不会怒，只会笑"；幽默是"基于明理"，"基于道理之参透"，表现为一种智者的审视。经过一番字斟句酌的界说，林语堂将麦烈蒂斯的"俳调之神"界定为"同情共感"——"能见到这俳调之神，使人有同情共感之乐"。幽默的目的不是谩骂和讽刺，而是有同情之心和共感之人。"同情"意味着怀有悲悯之心，不谩骂讽刺，不伤气力，不急于打倒对方；"共感"即自会得到"世上明理的人"之理解，他们"总会站在你的一面"。

针对中国文化中将"幽默"与"俏皮讽刺"相类的情况，林语堂给出了解决这一"误会"的办法："讽刺每趋于酸腐，去其酸辣而达到冲淡心境，便成幽默。"幽默不以讽刺为目的，去掉讽刺之"刺"，保持超脱冲淡的心绪，幽默便产生了。而幽默之文的特质主要表现为以下两点：

其一，幽默之文源于悠远心境、慈悲心态。"欲求幽默，必先有深远之心境，而带一点我佛慈悲之念头，然后文章火气不太盛，读者得淡然之味。""幽默只是一位冷静超远的旁观者，常于笑中带泪，泪中带笑。"

其二，幽默之文格调清淡自然、不事雕琢。"幽默的文章在婉约豪放之间得其自然，不加矫饰"，语出自然，表达客观，风格冲淡，笔调轻快，于幽微之间令人心灵启悟、豁然开朗。世事洞明，直抒心中喜悦，"无所挂碍，不作烂调，不忸怩作道学丑态，不求士大夫之喜誉，不博庸人之欢心，自然幽默"。

林语堂之"幽默"虽取自西方的喜剧精神，但只取其一，取舍分明。他有意将幽默与西方的喜剧相区别，指出西方的幽默有广义与狭义之分，广义上"常包括一切使人发笑的文字，连鄙俗的笑话在内"。狭义上，"幽默是与郁剔、讥讽、揶揄区别的"。林语堂所推崇和欣赏的乃是其中最为自由和超脱的部分，他认为"最上乘的幽默，自然是表示'心灵的光辉与智慧的丰富'，如麦烈蒂斯所说，是属于'会心的微笑'一类的。各种风调之中，幽默最富于情感，但是幽默与其他风调同使人一笑，这笑的性质及幽默之技术是值得讨论的"。

幽默的技术在林语堂的改进下，变得更加理想化，作为一种"生活的艺术"，成为了"人生的一部分"。他从中国传统文化中寻找"幽默"的基因，认为"中国有一种轻逸的，一种近乎愉快的哲学，他们的哲学气质，可以在他们那种智慧而快乐的生活哲学里找到最好的论据"，并给出了产生幽默生活哲学的中国人的理智构造："伟大的现实主义，不充分的理想主义，很多的幽默感，以及对人生和自然的高度诗意感觉性。"他发明了众多的公式，用于研究人生：

第一，运用数学公式。将幽默与现实、理想等勾连起来，借此描绘"人类进步和历史变迁"的轨迹：

> "现实"减"梦想"等于"禽兽"
> "现实"加"梦想"等于"心痛"（普通叫做"理想主义"）
> "现实"加"幽默"等于"现实主义"（普通叫做"保守主义"）
> "梦想"减"幽默"等于"热狂"
> "梦想"加"幽默"等于"幻想"
> "现实"加"梦想"加"幽默"等于"智慧"
> "智慧或最高型的思想，它的形成就是在现实的支持下，用适当的幽默感把我们的梦想或理想主义调和配合起来。"

第二，模仿化学公式。以"现"字代表"现实感"（或现实主义），"梦"字代表"梦想"（或理想主义），"幽"字代表"幽默感"，"敏"字代表"敏感性"；"四"代表"最高"，"三"代表

"高"，"二"代表"中"，"一"代表"低"，分析民族性：

现三　梦二　幽二　敏一　等于英国人
现二　梦三　幽三　敏三　等于法国人
现三　梦三　幽二　敏二　等于美国人
现三　梦四　幽一　敏二　等于德国人
现二　梦四　幽一　敏一　等于俄国人
现二　梦三　幽一　敏一　等于日本人
现四　梦一　幽三　敏三　等于中国人

第三，用化学公式分析著名作家和诗人：

莎士比亚——现四　梦四　幽三　敏四
德国诗人海涅（Heine）——现三　梦三　幽四　敏三
英国诗人雪莱（Shelley）——现一　梦四　幽一　敏四
美国诗人爱伦·坡（Poe）——现三　梦四　幽一　敏四
李白——现一　梦三　幽二　敏四
杜甫——现三　梦三　幽二　敏四
苏东坡——现三　梦二　幽四　敏三

从这些有趣的公式，可以看出，林语堂的"幽默"并不是一种乌托邦式的理想，而是充满了科学和理性的色彩。他在热切拥抱西方文化的同时，始终以中国文化的视角观察和分析人生哲学，认为中国最高级的、最真实的"人生观和事物观"是一种"闲适哲学"，"是在异于现今时代里的闲适生活中所产生"，这一哲学只在"中国诗人和学者们的人生观"里显现。林语堂所指的这些人应该是诸如老庄、陶潜、公安竟陵派文人一般主张"幽默"和"性灵"的人，"这种人生观是经过他们的常识和他们的诗意情绪而估定的"。除了诗人和学者，中国的哲学家也是幽默超脱派的代表，他们是"用爱和讥评心理来观察人生的人"，是在"清醒时的生活中也含着梦意的人"，他们再看透了周遭现实之后，仍会笑着走完人生应走之路，"他并没有虚幻的憧憬，所以无所谓醒悟；他从来没有怀着过度的奢望，所以无所谓失望。他的精神就是如此得了解放"。在"观测了中国的文学和哲学之后"，林语堂对中国文化理想进行了界说："中国文化的最高理想人物，是一个对人生有一种建于明慧悟性上的达观者。这种达观产生宽宏的怀抱，能使人带着温和的讥评心理度过一生，丢开功名利禄，乐天知命地过生活。这种达观也产生了自由意识，放荡不羁的爱好，傲骨和漠然的态度。一个人有了这种自由的意识及淡漠的态度，才能深切热烈地享受快乐的人生。"这样一种达观者的人生态度和处世哲学，正是林语堂将"幽默"和"性灵"作用于现实人生的写照。为了进一步阐明自己心目中最理想的中国文化和哲学，林语堂发挥"幽默"的天赋，创造了上文提到的各种公式，将"中国人和西洋人"进行比照，继而归纳出中国哲学的特征："第一，一种以艺术眼光对人生的天赋才能；第二，一种于哲理上有意识地回到简单；第三，一种合理近情的生活理想。"他认为，这一哲学滋养出的最为理想的人是一个"放浪者"，"我相信人类是世上最伟大的放浪者"。放浪者的境遇充满了悲剧色彩，而他们的个性却是自由的、抗争的、乐观的，他们的存在天生带有一种典型的戏剧化效果，这种特质正是力主"幽默"、追求自我的林语堂所敬佩的，他说："在这个民主主义和个人自由受着威胁的今日，也许只有放浪者和放浪的精神会解放我们，使我们不至于都变成有纪律的、服从的、受统驭的、一式一样的大队中的一个标明号数的兵士，因而无声无息地湮没。放浪者将成为独裁制度的最后的最厉害的敌人。他将成为人类尊严和个人自由的卫士，也将是最后一个被征服者。现代一切文化都靠他去维持。"

20世纪30年代，中国社会民族矛盾、国内阶级矛盾骤然加剧，可谓风云激荡的时代。面对民族危机和苦难现实，革命者奔走呼号，知识分子亦然。阿英在《林语堂小品序》中写道："在一个社会的变革期内，由于黑暗的现实的压迫，文学家大概是有三条路可走。一种是'打硬仗主义'，对着黑暗的现实迎头痛击，不把任何危险放在心头。在新文学运动中，鲁迅可算是这一派的代表。……二种是'逃避主义'，这一班作家因为对现实的失望，感觉着事无可为，事不可说，倒不如'沉默'起来，'闭户读书'，即使肚里也有愤慨。这一派可以'草木虫鱼'时代的周作人作为代表。……第三种，就是'幽默主义'了。这些作家，打硬仗既没有这样的勇敢，实行逃避又心所不甘，讽刺未免露骨，说无意思的笑话会感到无聊，其结果，就走向了'幽默'一途。"①然而，这几种不同的文化选择，源于不同的文化理想，它们不是对立关系，也没有高下之分，只是几种不同的精神出路。鲁迅"以笔为旗"大声呐喊，林语堂以"幽默意识"冷静旁观，虽然路径不同，但他们的源于同一种价值取向：对个体自由和精神独立的无上追求，这是20世纪特殊历史文化环境中衍生的中国文学的总体诉求，同时也是20世纪中国散文的美学特征。

面对现世的沉重与悲怆，林语堂偏居一隅，信守幽默的人生哲学，带上幽默的面具直面严峻的现实，寻找人生的意义。喻大翔在《学者散文的现代理性精神》一文中说道："生存于文化的患难之世，林语堂自走上散文创作之路时起，就一直关怀着中国文化的现实命运。"②为了对抗严酷、单调、苦闷的生存状况，林语堂将西方幽默理论本土化，从传统文化中寻求理论支撑，他说，"我以为这个世界太严肃了，因为太严肃，所以必须有一种智慧和欢乐的哲学为调剂。如果世间有东西可以用尼采所谓愉快哲学（Gay Science）这个名称的话，那么中国人生活艺术的哲学确实可以称为名副其实了"。"只有有快乐的哲学，才有真正深湛的哲学。"他认为这种快乐的哲学才是中国文化的源头和根本：

---

① 阿英编校：《无花的蔷薇——现代十六家小品》，河北人民出版社1991版，第351页。

② 喻大翔：《学者散文的现代理性精神》，《社会科学辑刊》2001年第5期。

我也许可以把这种哲学称为中国民族的哲学，而不把它叫作任何一个派别的哲学。这个哲学比孔子和老子的更伟大，因为它是超越这两个哲学家以及他们的哲学的；它由这些思想的泉源里吸收资料，把它们融洽调和成一个整体；它从他们智慧的抽象轮廓中造出一种实际的生活艺术，使普通一般人都可看得见，触得到，并且能够了解。拿全部的中国文学和哲学观察过后，我深深地觉得那种对人生能够尽量地享受和聪慧的醒悟哲学，便是他们的共同福音和教训——就是中国民族思想上最恒久的，最具特性的，最永存的叠句唱词。

二、"旷野悲歌"：王鼎钧的怀旧人生路

如果说林语堂是一生沉潜于生活艺术的"幽默大师"，那王鼎钧可称之为漫步人生之路的"怀旧大师"。

王鼎钧生于1925年，他的家乡是山东兰陵，一座历史悠久、饱经战争沧桑的小城。他也和这座小城一样，一生坎坷曲折，1942年离乡，弃学从军，1949年随军辗转到台湾，1978年移居美国。从离开家乡那一刻起，王鼎钧便踏上了仿佛冥冥中注定的漂泊之路，曾言："我本是性格内向的孩子，生在安土重迁的乡镇，做梦也没想到有一天远渡重洋。时势造英雄，时势也造流民，既然为时势所迫，身不由己，路旁任何一棵树，容我在枝叶底下站立片刻，我都感激。凡是住过的地方，都是生生世世的缘分。"[①]也许是近乡情怯，他再也没有回过家乡，对他而言，"每个地方都是异乡"，他就像一颗随风飘散的种子，飘到哪里就在哪里落地生根。然而，不管在哪里落地生根，王鼎钧都割舍不了那份"原乡"情怀，他说："一个50岁才移民出国的中国人，像我，没有'失根'的问题。在中国文化里活到五十岁，他已是一颗'球根'，带根走天涯，种下去，有自备的养分，可以

---

① 颜亮：《王鼎钧：我不是写自己，是反映一代众生的存在》，《南方都市报》，2013年2月3日。

向下扎根，向上开花。"①他将浓郁的乡愁诉诸笔端，称大陆为"回不去的故乡"，称台湾为"失去的乐园"，半个世纪以来始终笔耕不辍，出版了无数带有中华传统文化精神底色的散文著作，如《人生三书》（《开放的人生》《人生试金石》《我们现代人》）、《人生观察》、《长短调》、《世事与棋》、《情人眼》、《碎琉璃》、《文学种子》、《左心房漩涡》、《山里山外》及回忆录四部曲（《昨天的云》《怒目少年》《关山夺路》《文学江湖》）等。他的散文审美意蕴丰厚，在坚守传统的同时呈现丰饶多元之姿，追求超凡诗意的同时透露着世俗的情意，开创一代散文创作典范。

没有异乡人的失落与悲戚，只有远离故土的超脱与理性，王鼎钧早已把故乡永远地刻在了心里，无所谓失去，无所谓归来。因此，他的乡愁书写或是婉转悠扬的怀旧之歌，或是感时忧世的说理之作，全然带着本土文化的气息，保持着"离散"写作的疏离之感。"离散批评（diaspora criticism）是20世纪90年代在经济全球化背景下发展起来的一种研究离散族裔群体的社会、经济和文化现象的理论，主要研究人类历史上较大范围的迁徙移居现象以及由此而产生的离散族裔与当地居民在社会、经济和文化交流中的适应、冲突和融合等问题。"②离散（diaspora）一词源于希腊语diasperien，dia是"分散"之意，sperien是"撒种"之意。离散批评理论运用到文学领域形成了将研究海外华文文学的独特景观——对"离散文学"跨文化语境的观照。"离散"意味着"对'文化中国'的亲近，对'现实中国'的疏离"③，王鼎钧的散文写作可以看作离散文学的样态之一，他对"文化中国"或者说"文化乡愁"的想象与坚守，尤其体现在他的怀旧书写中。作于20世纪70年代末的散文集《碎琉璃》，可以说是王鼎钧乡

---

① 颜亮：《王鼎钧：我不是写自己，是反映一代众生的存在》，《南方都市报》，2013年2月3日。

② 徐颖果编：《离散族裔文学批评读本：理论研究与文本分析》，南开大学出版社2012年版，第1页。

③ 丁帆主编：《中国新文学史》上册，高等教育出版社2013年版，第420页。

愁美学的典范之作。王鼎钧在《碎琉璃》的序文《当时，我是这样想的》中写道：

> 琉璃是佛教神话里的一种宝石，它当然是不碎的。
>
> 人不可能拥有真正的琉璃，于是设法用矿石烧制，于是有晶莹辉煌的琉璃瓦。
>
> 琉璃瓦离"琉璃"很远，"琉璃灯"离琉璃更远，装在琉璃灯上的罩子原是几片有色玻璃。
>
> 至于"琉璃河"，日夜流去的都是寻常淡水，那就离"琉璃"更远了。
>
> 生活，我本来以为是琉璃，其实是琉璃瓦。
>
> 生活，我本来以为是琉璃瓦，其实是玻璃。
>
> 生活，我本来以为是玻璃，其实是一河闪烁的波光。
>
> 生活，我终于发觉它是琉璃，是碎了的琉璃。①

人到了异乡，总会无由生出一种自怜的情绪。"碎琉璃"的意象折射出一个顾影自怜的王鼎钧，他从五彩斑斓的怀旧梦幻中走出来，带着些许美丽的哀愁与感伤，这份怀旧的情绪是那么浓烈，却又十分节制。蔡文甫曾在台湾九歌出版社初版的《碎琉璃》原序中评论道："《碎琉璃》书名的涵义，作者在本书第四篇《一方阳光》里有间接的解说，它代表一个美丽的业已破碎了的世界。作者从那个世界脱出，失去一切，无可追寻，而今那一切成为一个文学家创作的泉源。……《碎琉璃》最大的特点是以怀旧的口吻，敲时代的钟鼓，每篇文章具有双重的甚至多重的效果。他把'个人'放在'时代'观点下使其小中见大，更把'往日'投入现代感中浸润，使其'旧命维新'。这些散文既然脱出了身边琐事的窠臼，遂显得风神出类，涵盖范围和共鸣基础也随之扩大，不仅是一人一家的得失，

---

① 王鼎钧：《碎琉璃》，三联书店2013年版，第1页。

更关乎一路一代的悲欢。我相信在鼎钧兄已有的创作里面,《碎琉璃》是真正的文学作品;他如果有志于名山事业,《碎琉璃》是能够传下去的一本。"

诚然,怀旧是这本散文集的主题。许多怀乡题材的散文,抒情的对象都是假想的故乡,作家们浓墨渲染早已不是真实的故乡,而是心中的故乡,准确地说,故乡成了一个使他们想象的地方。若将故乡这个布景瞬间抽离,那些染上形而上色彩的阳光、天空、粮食等只不过是附着高深意旨的俗世的虚拟物象,这些真理、爱情、梦想等精神境界里的俗世感受被徒然拼装在乡村蓝色天空下的麦浪里,赋予了这种诉求更多的灵性与陌生感。读罢那些混杂在泥气息、土滋味里的精到文字,给习惯了世俗浑浊空气的我们,瞬间的宁静与清新。为什么会出现这种倾向?有人会问,散文的写实性真的消弭在这个情感泛滥时代的暮色里了吗?这里我想借用美学范畴里的"怀旧"的审美品质来析解其中深义。

人类在审美心理上,通过对审美对象有距离的观察,产生审美创造,而怀旧这种品质时空上的绝对距离,加之纯粹精神性的情感投射,正好酿成了这种美产生的空气。在怀旧的氛围里,怀旧的客体成了审美对象,情感本身与孕育和构成情感的内容在这种氛围里发酵、得到宣泄,胸中情绪骤然舒展开来,于是美在集体经验里获得共鸣的升力,一种比真实感更能震撼人心的美的感情得到人们的普遍认可与称许。而对于"故乡"这个天生具备历史纵深感与情感亲和力的审美对象,离乡的人现在正远离精神家园受到另一种文化形式的熏染,或者说自身的精神国度随着成长慢慢开掘,那个可以称作文化的品质便主宰上风,影响一个人对各种对象物的观照角度和结论方式。于是当他们回望旧时的故乡,不可能再站到纯粹事实性回忆的立场上,而是在想象中对时空进行了重新占有,通常会僭越简单回忆的维度,上升到创造和建构的境界。这样,他们即在一种静观而又参与的状态中,开启想象与虚构的艺术动车,连缀过去,乡村的形式景观附丽于这梦想的诗学,被彻底地重塑了。故乡在这怀旧的审美之旅中仅仅成为情感的中介，隐含的记忆中那点稻香权充了文化诗学的清新剂。可以说，当下，任何冠以怀乡题材的散文，都是这种怀旧品质审美塑造的产物，因为真正的故乡文化毕竟是远去了，我们的传统已经更新换代了，那种切近自然的审美风尚都被日常的审美情绪淹没了，何况今天的主流价值导向早已习惯于将传统当作落后的标志，热衷于"顺应经济文明"，就是接受传统也忘不了将其美化提纯，似乎这样，我们的传统就光鲜了，足以荣登历史的宝殿，昭示灿烂辉煌了……话又说回来，纯粹的乡间叙事对精神断层、传统断裂的现代人，恐怕也是消化不良的，故一种现象存在的方式总是受制于它被接受的方式的，这种怀乡文学的审美格调也是不置可否的。

"怀旧"实为追寻艺术化的往昔意象，回忆中的事物总是优美的，怀旧似乎带着美化一切的魔力，成为文学家们孜孜以求的独特感受。"怀旧"一直都归藏于审美体验的范畴里，被称作想象的文化记忆，成为人们精神诉求的理想基地。时间赋予事物陌生感，旧事物带给我们审美的心理距离，朱光潜解释审美距离为"营造在审美中所必需的实现观赏主体的'我'由实用的'我'向观照的'我'的转变的距离……我与物的关系由实用的变成观赏的，剔除实用、营造、功利的羁绊"。于是游子们深深感怀"家在离开家后才存在"，离开家后，家不再是依傍的港湾，而成了别处一道令人惦念的风景，乡愁遂成了文人墨客永恒的美谈。正是"故乡"具有"不在场"所营造的时空上、心理上的距离的超脱、空灵、无限延伸的美感，我们才能捕捉到美的生活方式，包括心灵栖居带给我们的一种诗意化的审美体验，可以说"生活在别处"形成了最具包容性的情境，促成了想象的滋长与自由发挥。诗人写道"在远离诗坛的地方，寻找诗"，足见"远离"的魅力与漂浮其上的诗意。此外，怀旧中的事物是真实的，但同时也是不存在的，人不能两次踏进同一条河流，往昔不可追，但人对过去事件的感受却是可以再现的，通过怀旧创造出新的意象，这样审美方式消解了横亘于现实与虚无之间那层久开不散的雾幔，带给人崭新的审美体验。

文学是人学，是人生的课题，是一个人的生命形态、精神向度和审美之思的反映。王鼎钧《碎琉璃》中的怀旧散文便是他自己的精神自传。他说，如果把"自传"一词的意义向远处延伸，一切作品都是作家的自传，"作品的题材来自作者的生活体验，作品的主旨来自作者的思想观念，作品的风格来自作者的气质修养"。他用"异乡的眼"审视"故乡的心"①，他的自传里呈现的那些经过情感和灵魂淘洗过的往事，是一颗颗碎了的琉璃，是"一个生命的横切面，百万灵魂的取样"，且看这篇《瞳孔里的古城》：

　　我并没有失去我的故乡。当年离家时，我把那块根生土长的地方藏在瞳孔里，走到天涯，带到天涯。只要一寸土，只要找到一寸干净土，我就可以把故乡摆在上面，仔细看，看每一道折皱每一个孔窍，看上面的锈痕和光泽。

　　故乡是一座小城，建筑在一片平原沃野间隆起的高地上。我看见水面露出的龟背，会想起它；我看见博物馆里陈列在天鹅绒上的皇冠，会想起它，想起那样宽厚、那样方整的城墙。祖先们从地上掘起黄土，用心堆砌，他们一定用了建筑河堤的方法。城墙比河堤更高，把八百户人家严密的裹藏在里面；从外面看，看不见一角楼垛，看不见一根树梢，只看见一个长方形的盒子，在阳光下金色灿烂。牛车用镶铁的轮子压出笔直的辙痕，由城门延伸，延伸到远方。后面的车厢从前面留下的辙痕上辗过，一辆又一辆，愈压愈重，辙痕愈明亮，经过千锤百炼，闪着钢铁般的冷光。雨后在水银灯下泛光的铁轨，常使我联想到那景象。

　　对这个矩形的图案，我是多么熟悉啊！春天，学校办理远足，从一片翻滚的麦浪上看它的南面，把它想象成一艘巨舰。夏天，从外婆家回家，绕过一座屏风似的小山看它的东面，它像一

---

① 楼肇明：《谈王鼎钧的散文》，《王鼎钧散文》，浙江文艺出版社1994年版。

座世外桃源。秋天，我到西村去借书，穿过萧萧的桃林、柳林，回头看它，像读一首诗。冬天，雪满城头，城内各处炊烟袅袅，这古老的城镇，多么像一个在废墟中刚刚苏醒的灵魂。

这就是我的故乡。

王鼎钧用眼睛作镜头，听从心灵的导演，拍出了一部名为"瞳孔里的故乡"的精彩影像。瞳孔里的故乡由若干蒙太奇镜头组成，从"水面露出的龟背"切换到沃野高地隆起的远景，从博物馆天鹅绒上的皇冠切换到城墙和河堤的近景，从牛车压出笔直辙痕的特写切换到记忆延伸的远方，从闪着钢铁般冷光车辙里复又切换回水银灯下泛光的铁轨。待蒙太奇告一段落，随着镜头慢慢拉近，这神秘的"矩形图案"越来越清晰，盒子里藏着的，是故乡四季的模样：春天从翻滚的麦浪望去，好似一艘巨舰；夏天绕过小山独眺，犹见一座世外桃源；秋天林间回望，像读一首萧瑟的诗；冬天雪里炊烟，宛如废墟中苏醒的灵魂……这些镜头和场景在作者的巧妙编排下，组合成一个合乎逻辑、韵律和谐、诗意饱满的艺术整体。

意象堆叠是王鼎钧散文的艺术特色之一，他说"狭义的文学还有一个更狭小的核心，那就是表达心思意念要出之以'意象'，文学作家所写的乃是意象。……作家必须能产生意象并写出意象"。大量的意象铺陈，丰厚的自由联想使得王鼎钧笔下的故乡笼罩着一层魔幻现实主义的色彩。他跟随自我意识的流动，轻触回忆的琴弦，倒置时空，展开瞳孔里的记忆，"水面上的龟背""天鹅绒上的皇冠""泛着金光的盒子""明亮清冷的车辙""麦浪上的巨舰""山那边的世外桃源""秋林萧索的诗歌""冰雪废墟里苏醒的灵魂"，这些朦胧奇异的意象将回忆里的幻象与现实中的故乡糅合在一起，如同梦境一般，幽深遥远，别有一番神秘的况味。

王鼎钧将乡愁看作是一个复杂而美丽的结，这个结时时缠绕着他的灵魂，令他深情回望，纵有千般苦涩，但他仍爱的深沉。他在《山里山外》一文中写道："祖国大地……连牛蹄坑印里的积水都美丽，地上飘过的一片云影都是永恒。"他对苦难往事的描摹，没有过多的修辞，没有愤激的呐喊，没有额外的煽情，却在轻拢慢捻间触及人的灵魂。他顺从自己的本心，用真诚书写真实："写作是把心思意念转化成物质媒介，这个露出外面的物质必须对藏在里面的心灵非常忠实。如果修饰能增加忠实，修饰是必要的，如果修饰能招致虚伪，修饰就是多余的。过分修饰，无论用文言或白话写作都足以伤害作品。而白话文学更不容矫揉造作、雕琢堆砌，那不仅伤害作品，也伤害了语言。"①他总是稀释苦涩的味道，将美好的一面呈现给读者，他说："痛苦产生幻灭、怨恨、咒诅，我不想传播这些东西。生活经验需要转化，需要升华，需要把愁容变成油画，把呻吟变成音乐。"②"读者不能只听见喊叫，他要听见唱歌。读者不能只看见血泪，他要看血泪化成的明珠。"③"作家是一种什么样的人？别人亏待他，迫害他，他却生出美，生出价值，生出人类文化的产业来。"④他的回忆散文里常见的便是这样一种"以歌写痛"的力量，如《一方阳光》：

　　四合房是一种闭锁式的建筑，四面房屋围成天井，房屋的门窗都朝着天井。从外面看，这样的家宅是关防严密的碉堡，厚墙高檐密不通风，挡住了寒冷和偷盗，不过，住在里面的人也因此牺牲了新鲜空气和充足的阳光。

　　我是在"碉堡"里出生的。依照当时的风气，那座碉堡用青砖砌成，黑瓦盖顶，灰色方砖铺地，墙壁、窗棂、桌椅、门板、花瓶、书本，没有一点儿鲜艳的颜色。即使天气晴朗，室内的角落里也黯淡阴沉，带着严肃，以致自古以来不断有人相信祖先的灵魂住在那一角阴影里。婴儿大都在靠近阴影的地方呱呱坠地，

①　王鼎钧：《文学种子》，三联书店2014年版，第9—10页。
②　董业明等：《鲁南作家论》，中国海洋大学出版社2004年版，第367页。
③　王鼎钧：《关山夺路》，三联书店2013年版，第272页。
④　王鼎钧：《文学种子》，三联书店2014年版，第139页。

进一步证明了婴儿跟他的祖先确有密切难分的关系。

室外，天井，确乎是一口"井"。夏夜纳凉，躺在天井里看天，四面高耸的屋脊围着一方星空，正是"坐井"的滋味。冬天，院子里总有一半积雪迟迟难以融化，总有一排屋檐挂着冰柱，总要动用人工把檐溜敲断，把残雪运走。而院子里总有地方结了冰，害得爱玩好动的孩子们四脚朝天。

北面的一栋房屋，是四合房的主房。主房的门窗朝着南方，有机会承受比较多的阳光。中午的阳光像装在簸箕里，越过南房，倾泻下来，泼在主房的墙上。开在这面墙上的窗子，早用一层棉纸、一层九九消寒图糊得严丝合缝，阳光只能从房门伸进来，照门框的形状，在方砖上画出一片长方形。这是一片光明温暖的租界，是每一个家庭的胜地。

现在，将来，我永远能够清清楚楚看见，那一方阳光铺在我家门口，像一块发亮的地毯。然后，我看见一只用麦秆编成、四周裹着棉布的坐墩，摆在阳光里。然后，一双谨慎而矜持的小脚，走进阳光，停在墩旁，脚边同时出现了她的针线筐。一只生着褐色虎纹的狸猫，咪呜一声，跳上她的膝盖，然后，一个男孩蹲在膝前，用心翻弄针线筐里面的东西，玩弄古铜顶针和粉红色的剪纸。那就是我，和我的母亲。

如果当年有人问母亲：你最喜欢什么？她的答覆，八成是喜欢冬季晴天这门内一方阳光。她坐在里面做针线，由她的猫和她的儿子陪着。我清楚记得一股暖流缓缓充进我的棉衣，棉絮膨胀起来，轻软无比。我清楚记得毛孔张开，承受热絮的轻烫，无须再为了抵抗寒冷而收缩戒备，一切烦恼似乎一扫而空。血液把这种快乐传遍内脏，最后在脸颊上留下心满意足的红润。我还能清清楚楚听见那只猫的鼾声，它躺在母亲怀里，或者伏在我的脚面上，虔诚的念诵由西天带来的神秘经文。

在那一方阳光里，我的工作是持一本《三国演义》，或《精忠说岳》，念给母亲听。如果我念了别字，她会纠正，如果出现生字——母亲说，一个生字是一只拦路虎，她会停下针线，帮我把老虎打死。渐渐地，我发现，母亲的兴趣并不在乎重温那些早已熟知的故事情节，而是使我多陪伴她。每逢故事告一段落，我替母亲把绣线穿进若有若无的针孔，让她的眼睛休息一下。有时候，大概是暖流作怪，母亲嚷着"我的头皮好痒！"我就攀着她的肩膀，向她的发根里找虱子，找白头发。

四合房相对闭锁的结构使得阳光变得异常珍贵，作者在这样的环境中出生、成长，对那一方阳光自然格外眷念。那一方阳光是连接现实与回忆的通道，是消融苦涩与温情的方糖，是探求诗意与情致的源头。"现在，将来，我永远能够清清楚楚看见，那一方阳光铺在我家门口，像一块发亮的地毯"，母亲侧身坐在那一方阳光里，爱的光辉镌刻在记忆里。"在那一方阳光里，母亲是侧坐的，她为了让一半阳光给我，才把自己的半个身子放在阴影里。……母亲一旦坐定，就再也不肯移动。很显然，她希望在那令人留恋的几尺干净土里，她的孩子，她的猫，都不要分离，任发酵的阳光，酿造浓厚的情感。她享受那情感，甚于需要阳光，即使是严冬难得的煦阳。"作者对那一方阳光的描摹，细腻简素却深情隽永，读者隔着文字都能清楚地感受到它的质感和温度。

根据廖玉蕙的《到纽约，走访捕蝶人——散文家王鼎钧先生访问记》所载，王鼎钧称自己本来的抱负是写小说，为了写好小说才练习散文，在写作方向上"多年举棋不定，最后弃子投降"，"志在散文"，常常将诗、小说、戏剧渗入到散文写作中。《一方阳光》中，王鼎钧正是以魔幻现实主义小说的写法，将苦难深重的历史记忆与爱意深沉的情感记忆熔铸为一个整体，于巧妙的过渡之处吐露哀婉的情怀。他描写战火打破了"一方阳光"里的温情："卢沟桥的炮声使我们眩晕了一阵子。这年冬天，大家心情兴奋，比往年好说好动，母亲的世界也测到一些震波。"小说笔法增添了散文的波澜，含蓄而形象的表达比之直白淋漓的宣泄更有力量，充分展现了作者的智慧魅力。

巧妙的转折之后，"一方阳光"从此消失在黑暗的现实中：

> 母亲在那一方阳光里，说过许多梦、许多故事。
>
> 那年冬天，我们最后拥有那片阳光。
>
> 她讲了一个梦，对我而言，那是她最后的梦。
>
> 母亲说，她在梦中抱着我，站在一片昏天黑地里，不能行动，因为她的双足埋在几寸厚的碎琉璃碴儿里面，无法举步。四野空空旷旷，一望无边都是碎琉璃，好像一个琉璃做成的世界完全毁坏了，堆在那里，闪着磷一般的火焰。碎片最薄最锋利的地方有一层青光，纯钢打造的刀尖才有那种锋芒，对不设防的人，发生无情的威吓。而母亲是赤足的，几十把玻璃刀插在脚边。
>
> 我躺在母亲怀里，睡得很熟，完全不知道母亲的难题。母亲独立苍茫，汗流满面，觉得我的身体愈来愈重，不知道自己能支持多久。母亲想，万一她累昏了，孩子掉下去，怎么得了？想到这里，她又发觉我根本光着身体，没有穿一寸布。她的心立即先被琉璃碎片刺穿了。某种疼痛由小腿向上蔓延，直到两肩、两臂。她咬牙支撑，对上帝祷告。
>
> 就在完全绝望的时候，母亲身旁突然出现一小块明亮干净的土地，像一方阳光这么大，平平坦坦，正好可以安置一个婴儿。谢天谢地，母亲用尽最后的力气，把我轻轻放下。我依然睡得很熟。谁知道我着地以后，地面忽然倾斜，我安身的地方是一个斜坡，像是又陡又长的滑梯，长得可怕，没有尽头。我快速的滑下去，比飞还快，转眼间变成一个小黑点。
>
> 在难以测度的危急中，母亲大叫，醒来之后，略觉安慰的倒不是我好好的睡在房子里，而是事后记起我在滑行中突然长大，还遥遥向她挥手。
>
> 母亲知道她的儿子绝不能和她永远一同围在一个小方框里，儿子是要长大的，长大了的儿子会失散无踪的。
>
> 时代像筛子，筛得每一个人流离失所，筛得少数人出类

拔萃。

　　于是，她有了混合着骄傲的哀愁。

　　她放下针线，把我搂在怀里问：

　　"如果你长大了，如果你到很远的地方去，不能回家，你会不会想念我？"

　　当时，我惟一的远行经验是到外婆家。外婆家很好玩，每一次都在父母逼迫下勉强离开。我没有思念过母亲，不能回答这样的问题。同时，母亲梦中滑行的景象引人入胜，我立即想到滑冰，急于换一双鞋去找那个冰封了的池塘。

　　跃跃欲试的儿子，正设法挣脱伤感留恋的母亲。

　　母亲放开手凝视我：

　　"只要你争气，成器，即使在外面忘了我，我也不怪你。"

　　作者描摹母亲的梦境，引出"碎琉璃"的意象，"四野空空旷旷，一望无边都是碎琉璃，好像一个琉璃做成的世界完全毁坏了，堆在那里，闪着磷一般的火焰"。琉璃碎在母亲的梦里，也碎在了作者的记忆里。母亲的梦是现实生活的指涉，"卢沟桥的炮声"终究震散了母子之间的联系；"碎琉璃"则是分离和破碎的象征，儿子的成长成了母亲"骄傲的哀愁"。然现实凄厉，逝者如斯，无奈的母亲不得不放手，她在惊悚的梦里看着儿子远去，又在现实中亲自送儿子离家，她深沉而理智的爱不需要太多的笔墨，只一句简单的话便足以："只要你争气，成器，即使在外面忘了我，我也不怪你。"他写自己对母爱那"一方阳光"的深情眷念，却在显露主观感情上不着一墨，而是以细腻的描写、诗意的语言、别致的意象、巧妙的象征等艺术手法，将平和的、浓郁的母爱一点一点延伸。他的情感始终是温和的、含蓄的。他看似轻逸的笔调下掩藏着的，是一曲乡愁的悲歌。正如他在《碎琉璃》新版后记中写道："阳光大地，万古千秋，琉璃未碎……自然之美，人性之真，供后来者取之不尽。但是，我希望，永远不要再产生打砸抢杀的'革命群众'，也永远不再产生像我这样少小离家，老大难归的浪子！"

悲歌可当诉，远望不可归。王鼎钧在《脚印》一文中写道："乡愁是美学，不是经济学。思乡不需要奖赏，也用不着和别人竞赛。我的乡愁是浪漫而略近颓废的，带着像感冒一样的温柔。"乡愁散文是他的标志性文本，是他获得自由与文化归属感的"琉璃"瑰宝。他直言自己曾经将写作当成职业，"职业，就是给你钱，要你做你不想做的事情"，后在45岁之后争取自主，获得写作上的自由。他说："什么样的人喜欢写散文。爱好自由，内向、长于内省。""作家，你只要给他一丁点儿自由就行。"而《碎琉璃》正是这样一种自由之作，正如他自己所言："《碎琉璃》近似'独坐幽梦里，弹琴复长啸'。"①幽居山林，闲情偶忆，这是王鼎钧的写作理想，也是他所追求的"乡愁美学"和文化理想，他的怀旧乡愁书写正是这一理想的深情再现。

第三节　从"哲思深考"到"理念寄托"：韩少功与贾平凹

一、韩少功散文中的"哲思深考"

中国散文自五四"人的文学"觉醒始，形成了以"崇尚个性、弘扬自我"主题、以新的审美规范为创作方法的现代散文新风貌，走上真正意义上的现代化新征程。然而，散文的现代之路并不平坦。从尴尬、艰难的处境中突围，人文精神的重振，审美意识的复苏，成为20世纪后期散文面临的困境和使命。范培松指出："从70年代末开始，散文理论已开始逐步摆脱政治化散文批评的束缚，走上了多元蜕变的道路。"②散文创作也是如此，"80年代，是一个文化反思和探询十分密集的时代。这个时代的文化反思，给文学带来了深远的审美

---

①　董业明等：《鲁南作家论》，中国海洋大学出版社2004年版，第368—369页。

②　范培松：《中国散文批评史》，江苏教育出版社2000年版，第409页。

影响"①。散文在80年代"文化反思与寻根"的热潮中走向多元蜕变之路，"以阿城、李杭育、郑万隆等人为代表，开启了当代文学史上的文学寻根之旅，这是一条复归文学本位的旅程。文学'寻根'，作为'文革'后较为成功的文学自我救赎行动，深刻影响了80年代以后的文学发展。他们的探索与尝试，使当代文学的视野重新包容了传统文化、地域风情与市井传奇"②。韩少功也是一位如此忠实的"寻根者"，他是一个习惯思考和创新的人，他的散文和小说一样，常以深刻的思想探索和独特的形式创造为人所称道。

韩少功散文关注人文精神，字里行间透露着理性的光辉。他对文化的反思，开拓了散文的审美空间。他对语言的创新，为散文文本多元化提供了可资借鉴的范本。他在《文学的"根"》一文中阐释了文学"寻根"的意义，从探寻"楚文化"的踪迹入手，提出文学需要寻根的观点。

文学有"根"，文学之"根"应深植于民族文化传统的土壤里，根不深，则叶难茂。故湖南作家有一个如何"寻根"的问题。

这里还可说一南一北两个例子。

南是广东。有些人常说香港是"文化沙漠"，其实香港也有文化，只是文化多体现为蓬勃兴旺的经济，堂皇的宾馆，舒适的游乐场，雄伟的商贸大厦，但较难看到传统文化遗迹。在这里倒是常能听到一些舶来词：的士、巴士、紧士（工装裤），波士（老板）以及OK一类散装英语。岭南民间多天主教，很多人重商甚于重文，崇洋甚于崇古，对西洋文化的大举复制，难免给人自主创新力不足的感觉，但岭南今后永远是一块二流的小西洋

① 丁帆主编：《中国新文学史》（下），高等教育出版社2013年版，第224页。

② 丁帆主编：《中国新文学史》（下），高等教育出版社2013年版，第233页。

么？明人王士性《广志绎》中说，粤人分四，"一曰客户，居城郭，解汉音，业商贾；二曰东人，杂处乡村，解闽语，业耕种；三曰俚人，深居远村，不解汉语，惟耕垦为活；四曰蜑户，舟居穴行，仅同水族，亦解汉音，以探海为生"。这里介绍了分析岭南传统文化的一个线索。可以预见的是，将来岭南文化在中西文明交汇中再生，也许还得在客家、俚人、东人、蜑户那里获取潜能，从自有文化遗产中找回主体的特征。

北是新疆。近年来新疆出了不少诗人，小说家却不多，可能是暂时现象。我在新疆时听一些青年作家说，要出现真正的西部文学，就不能没有传统文化的骨血。我对此深以为然。新疆文化传统的遗产丰富多样，其中俄罗斯族中相当一部分源于战败东迁的白俄"归化军"及其家属，带来了欧洲的东正教文化；维吾尔族、回族等民族的伊斯兰文化，则是沿丝绸之路来自中亚、波斯湾以及中东；汉文化及其儒学在这里也深有影响。各路文化的交汇，加上各民族都有一部血淋淋的历史，是应该催育出一大批奇花异果的。十九世纪的俄罗斯文学以及二十世纪的日本文学，不就是得益于东、西方文化的双重影响吗？如果割断传统，失落气脉，守着金饭碗讨饭吃，只是从内地文学中横移一些"伤痕文学"的主题和手法，势必是无源之水，很难有西部文学独特的生机和生气。

几年前，不少作者眼盯着海外，如饥似渴，勇破禁区，大量引进。介绍一个萨特，介绍一个海明威，介绍一个艾特玛托夫，都引起轰动。连品位一般的《教父》和《克莱默夫妇》也会成为热烈话题。作为一个过程，是正常而重要的。近来，一个值得欣喜的现象是：作者们开始投出眼光，重新审视脚下的国土，回顾民族的昨天，有了新的文学觉悟。贾平凹的"商州系列"小说，带上了浓郁的秦汉文化色彩，体现了他对商州细心的地理、历史及民性的考察，自成格局，拓展新境；李杭育的"葛川江系列"小说，颇得吴越文化的气韵，旨在探究南方的幽默与南方的孤独，都是极有意义的新题。与此同时，远居大草原的乌热尔图也用他的作品连接了鄂温克族文化源流的过去和未来，以不同凡响的篝火、马嘶与暴风雪，与关内的文学探索遥相呼应。

他们都在寻"根"，都开始找到了自己的文化根基和文化依托。这大概不是出于一种廉价的恋旧情绪和地方观念，不是对方言歇后语之类浅薄的爱好，而是一种对民族的重新认识、一种审美意识中潜在历史因素的苏醒，一种追求和把握人世无限感和永恒感的对象化表现。①

韩少功列举了一系列具有说服力的实例：楚文化在湘西民间的遗留、香港在商品经济冲击下出现的"文化沙漠"现象、新疆在各种文化交汇中呈现的多彩面貌、贾平凹的商州系列小说对秦汉文化的探索、李杭育的葛川江系列小说对吴越文化的发扬、丹纳对文化层次的阐述、外国优秀作家与民族文化传统的联系等，论证文学需要有"根"的观点。他将"根"作为文学创作的精神之源，认为"寻根就是力图寻找一种东方文化的思维和审美优势"，"文学之'根'应深植于民族传说文化的土壤里，根不深，则叶难茂"。他对改革浪潮中人文精神的颓势感到忧虑，主张理性对待借鉴与坚守之间的关系："这里正在出现轰轰烈烈的改革和建设，在向西方'拿来'一切我们可用的科学和技术等等，正在走向现代化的生活方式。但阴阳相生，得失相成，新旧相因。万端变化中，中国还是中国，尤其是在文学艺术方面，在民族的深层精神和文化物质方面，我们有民族的自我。我们的责任是释放现代观念的热能，来重铸和镀亮这种自我。"

带着这样一种哲思深考，韩少功将语言作为突破口，将文化植入散文文本，创作出了大量独具理性色彩和人文精神的文化散文。

① 韩少功：《孤独中有无尽繁华》，百花洲文艺出版社2016年版，第255—257页。

你是人。其实人只是特定温度、特定重力、特定元素化合一类条件下的偶然。因此相对于大地来说，人不过是没有冬眠和冬枯的山；相对于植物来说，人不过是有嘴和有脚的树；相对于其他动物来说，人不过是穿戴了衣冠的禽兽，没有了尾巴却有了文字、职位、电脑以及偶尔寄生其中的铁壳子汽车。人是大地、植物、动物对某个衣冠者临时的身份客串，就像在化装舞会上有了一个假面。

——《生命》

圣徒和流氓，怎样都行。

唯一不行的，就是反对怎样都行之行。在这一方面，后现代逆子倒常常表现出怒气冲冲的争辩癖，还有对整齐划一和千部一腔的爱好。

真理的末日和节日就这样终于来到了。这一天，阳光明媚，人潮拥挤，大街上到处流淌着可口可乐气味和电子音乐，人们不再为上帝而活着，不再为国家而活着，不再为山川和邻居而活着，不再为祖先和子孙而活着，不再为任何意义任何法则而活着。萨特们的世界已经够破碎了，然而像一面破镜，还能依稀将焦灼成像。而当今的世界则像超级商场里影像各异色彩纷呈的一大片电视墙，让人目不暇接，脑无暇思，什么也看不太清，一切都被愉悦地洗成空白。这当然也没什么，大脑既然是个欺骗我们已久的赘物和祸根，消灭思想便成为时尚，让我们万众一心跟着感觉走。这样，肠胃是更重要的器官，生殖器是更重要的器官。罗兰·巴特干脆用"身体"一词来取代"自我"。人就是身体，人不过就是身体。"身体"一词意味着人与上帝的彻底决裂，物人与心人的彻底决裂，意味着人对动物性生存的向往与认同——你别把我当人。

这一天，叫作"后现代"。

——《夜行者梦语》

　　由此看来，文明人所热爱的自然，其实只是文明人所选择、所感受、所构想的自然。与其说他们在热爱自然，毋宁说他们在热爱文明人对自然的一种理解；与其说他们在投奔自然，毋宁说他们在投奔自然所呈现的一种文明意义。他们为之激情满怀的大漠孤烟或者林中明月，不过是自然这面镜子里社会现实处境的倒影，是他们用来批判文明缺陷的替代品。

——《遥远的自然》

　　故乡存留了我们的童年，或者还有青年和壮年，也就成了我们生命的一部分，成了我们自己。它不是商品，不是旅游的去处，不是按照一定价格可以向任何顾客出售的往返车票和周末消遣节目。故乡比任何旅游景区多了一些东西：你的血、泪，还有汗水。故乡的美中含悲。而美的从来就是悲的。中国的"悲"含有眷顾之义，美使人悲，使人痛，使人怜，这已把美学的真理揭示无余。在这个意义上来说，任何旅游景区的美都多少有点不够格，只是失血的矫饰。

——《我心归去》

　　与上述所举文本一样，韩少功散文的大多数篇什都散发出哲思的光芒和语言的魅力。他始终带着对世界万物的悲悯和对现实的忧患之情在诉说、批判，如在《生命》里他认为，人是自然大家族的一员，人和动物、植物是平等的，人只是一种特定条件下形成的偶然，因此要"用新的语言来与骨肉相认"，需要以"触抚石块或树梢的问候"，才能融入"更大的一个家族"。跳跃的、诗意的语言表达使得哲思更具感染力。《夜行者梦语》中，韩少功用多个片段、多个角度展开对20世纪90年代商品经济背景下兴起的后现代主义思潮的批判和反思。他认为："人类常常把一些事情做坏，比如把爱情做成贞节牌坊，把自由做成暴民四起，一谈起社会均富就出现专吃大锅饭的懒汉，一谈起市场竞争就有财迷心窍唯利是图的铜臭。"这些都是人类思想史上有很多与生俱来的弱点，后现代主义的出现并不能改变这些弱点，相反，后现代主义不过是一场理论真空和狂欢假象，它带来精神的虚无、心灵的困境，以及"怎么都行"的价值观念都是"短暂现象"。"它对主流社会的对抗，一直被忧心忡忡的正人君子估计过高。""它充其量只是前主义的躁动和后主义的沮丧，是夜行者短时的梦影。""夜行者梦语"这一诗意表达的背后充满了隐喻的味道，"夜行者"的隐喻，直接指向后现代主义的虚无倾向，又暗示了对这一思潮的失望态度，"梦语"或"梦影"进一步对"虚无"进行了强化和补充。韩少功在文末写道："夜天茫茫，梦不可能永远做下去。我睁开眼睛。我宁愿眼前一片寂黑，也不愿当梦游者。何况，光明还是有的。上帝说，要有光。""夜"与"光"对举，黑暗中睁开眼，宁愿落入"寂黑"，也不愿在后现代潮中"梦游"，这一表达形式赋予了散文哲理与诗意上的双重质感。

韩少功的散文以哲思见长，他追求语言的新奇以助推思想的锋芒，可以说，他的语言和思想一样锐利，完美的搭配使得他的散文涌流出汩汩哲思与美。

二、贾平凹散文中的"理念寄托"

在消费文化的冲击下，20世纪末散文以多元蜕变之姿走向另一个极端——个体狂欢、众声喧哗，散文的疆域呈爆裂式升腾开来，"大散文""文化散文""小女人散文"等散文门类层出不穷。散文作为生命体验与个体精神的承载体，在"众声喧哗"的时代呈现出丰富的文化意识与审美景观。"世纪末散文既与'五四'散文、'十七年'散文、'新时期'散文有着千丝万缕的、无法斩割的血脉联系，又是产生于世纪末喧哗与骚动、闲散与紧迫、稳固与变革、宽容与苛责共生的世界独立存在的文学样式。在世纪末，散文是依存的，也是独立的。散文不可能脱离人的世界而独立，也不可能完全割舍与历史的系结。散文与人的世界的同构，使阅读者可以从自己的视角，从不同的维度去解悟它的真谛，寻求其美的内涵而获得艺术的享受。"①

---

① 梁艳萍：《世纪末散文审美意识的嬗变》，《山花》2001年第3期。

贾平凹在反省20世纪末散文态势的基础上，创办《美文》月刊，并在其上大力提倡"大散文"理念，呼唤"大散文"写作，"提倡大境界、大气象、大格局、大奇葩的散文"。"什么样的社会必然产生什么样的文学现象，而文学现象又反过来影响到社会。靡弱之风兴起，缺少了雄沉之声，正是反映了社会乏之清正。而靡弱之风又必然导致内容琐碎，追求形式，走向唯美。"①面对这样的散文格局，贾平凹提出了遏制"浮靡甜腻之风"的"大散文"，为纷杂浮靡的文坛注入了一股"苍茫劲力"。

贾平凹的散文带有明显的地域特色，他将故土商州作为自己的精神家园，将个人对宇宙人生的感应寄托在他的商州世界里。他的商州系列散文主要包括《商州初录》《商州又录》和《商州三录》，"这些散文以商州作为背景，挖掘秦汉文化的源流，表现了商州在现代文明的时代氛围中所经历的嬗变、整合、发展、变迁。总之，一部商州系列散文，构成了一个具有相当文化意蕴的独特空间，在这个空间中，作者演绎着对传统文化和现实境遇的关注"②。"三录"中最独特的一辑便是《商州又录》，他在这一辑的小序中写道：

> 去年两次回到商州，我写了《商州初录》。拿在《钟山》文学期刊上刊了，社会上议论纷纷，尤其在商州，《钟山》被一抢而空，上至专员，下至社员，能识字的差不多都看了，或褒或贬，或抑或扬。无论如何，外边的世界知道了商州，商州的人知道了自己，我心中就无限欣慰。但同时悔之《初录》太是粗糙，有的地名太真，所写不正之风的，易被读者对号入座；有的字句太拙，所旨的以奇反正之意，又易被一些人误解。这次到商州，我是同画家王军强一块旅行的，他是有天才的，彩墨对印的画无

---

① 《弘扬"大散文"——"94西安散文研讨会"纪要》，《美文》1994年第9期。

② 徐晶晶：《论贾平凹的商州散文》，《江苏广播电视大学学报》1999年第2期。

笔而妙趣天成。文字毕竟不如彩墨了，我只仅仅录了这十一篇。录完一读，比《初录》少多了，且结构不同，行文不同，地也无名，人也无姓，只具备了时间和空间，我更不知道这算什么样文体，匆匆又拿来求读者鉴定了。

商州这块地方，大有意思，出山出水出人出物，亦出文章。面对这块地方，细细作一个考察，看中国山地的人情风俗，世时变化，考察者没有不长了许多知识，清醒了许多疑难，但要表现出来实在是笔不能胜任的。之所以我还能初录了又录，全凭着一颗拳拳之心。我甚至有一个小小的野心：将这种记录连续写下去。这两录重在山光水色、人情风俗上，往后的就更要写到建国以来各个时期的政治、经济诸方面的变迁在这里的折光。否则，我真于故乡"不肖"，大有"无颜见江东父老"之愧了。

《商州又录》全篇不过近万字，分为11篇，"地也无名，人也无姓，只具备了时间和空间，我更不知道这算什么样文体"，题目也没有，仅有代号。从小序中可以见出作者的不断更新的创作自觉。在商州散文中，贾平凹从商州的地理、风情、习俗等带有商州文化显著标志的内容入手，为读者描画了商州文化的各个侧面。地理、习俗、风情，是贾平凹商州散文关注的商州的表层，是生活其中的商州人的文化氛围、文体实验。我们"很难用一个主题或一种目的来概括"①这11幅画面：

1. 商州春意图。作者在这一节中写商州初春的景象，从冬天的山起笔，山如寂寞的、清瘦的、落难的皇宫女子，从山上的石头、草木、劲风写到春天"嫩嫩的太阳""暖暖的风""每一根草""初生的小鹿""荷担的山民""山洼的屋舍"等。从山间草木到世俗人情，笔墨如流水般肆意流畅，正如范培松先生的阐释："写商州的

---

① 范培松：《序言》，《贾平凹散文选集》，百花文艺出版社2009年版，第17页。

春，短短的几个镜头：暖暖的风，发酥的石头，初试脚力的鹿以及眯了一只眼儿对着太阳耀着新生的热量的小妞等，构成了一幅商州春意图，也是平凹的心灵感应图，它是一种心境的展示。你很难明确地说他在展示一种什么思想和目的，但它却能形成一种'境'。"[①]

2．雪里岁安图。这一节主要写商州的"安宁"。作者写道，雪落的冬天是最安宁的，大雪覆盖的山像一位慈祥的"梦中的老人"。纵然外面的世界大雪纷飞，山民的家里却其乐融融，"冬天是他们享受人伦之乐的季节，任阳沟的雪一直涌到后墙的檐下去，四世同堂，只是守着那火塘"。"一切都是安宁的"，就连雪堆上的狐狸和山鸡也自感安宁，它们此刻正对着远处另一个雪堆上爷孙俩"黑黑的枪口"。生动活泼的画面将商州冬日的祥和安宁描摹得栩栩如生。

3．一个女人的年轮。这一节中，作者讲述一个商州女人一天的生活：一边坐在炕上"磨拐儿"，一边照顾孩子，孩子爹在对面山头犁地。"外边人在地里转圈圈，屋里人在炕上摇圈圈"，一圈一圈，年复一年，这便是商州女人一生的写照。

4．斜壁冬青图。这一节讲的是高而陡的山嘴处有一户人家，他家有一个独生女，"二十出头，一表人才"，方圆几十里的后生们都来争相来为她唱花鼓，她似乎从不在意。一次大雾天，她牵着毛驴下山打水，什么也看不不清，感到清净又觉得有些失落。这时，她看到高崖斜壁上有一棵几百年的老树"冬青木"，"她突然心里作想：这冬青，长在那么危险的地方，却活得那么安全呢"。看着冬青木，她似乎解开了心结，唱起了花鼓曲儿，"后院里有棵苦李子树啊，小郎儿哟，未曾开花，亲人哪，谁敢尝哎，哥呀嗳！"意味深长的唱词，唱出了"悠悠我心谁人知"的心结，也是对那些唱给她的花鼓曲儿的回应。

5．秋以为期。这一节中，作者写的是商州的嫁娶风俗。开头写

---

①　范培松：《序言》，《贾平凹散文选集》，百花文艺出版社2009年版，第17页。

道："秋天里，什么都成熟了；成熟的东西是受不得用手摸的，一摸就要掉呢。""成熟"不仅意味着完满，同时也意味着"掉落"，人世嫁娶也是如此。秋日逢嫁娶自然是再合适不过，作者通过"四个女子"的视角，描述了一次迎亲的过程。从这山到那山，迎亲队伍要走半天的洼地才能到达，花轿里的女人"一生都在山路上走，只有这一次竟不走路啊。被抬着，娘生她在这个山头上，长大了又要到那个山头上去生去养了"。观迎亲的"四个女子"被发现了，"羞羞的"，殊不知，别人来时的山路正是她们未来要走的路。

6. 山月夜生子图。上一节写"嫁娶"，这一节便写了"生子"。作者写"一个男人"焦急等待屋里生产的妻子，他既烦乱又害怕，一边搅着泉水祈祷，一边看着天上的月亮眩晕，他认为山洼里的生活这么好，为何孩子"来到这个世界竟这么为难"。终于，他的儿子生下来了，他说道："又一个山里人。"话语间满含着身为山里人的自豪。

7. 满山刺玫，知为谁开。"十八道弯口，独独一户人家，住着个寡妇，寡妇年轻，穿着一双白布蒙了尖儿的鞋；开了店卖饭。"作者以典型的小说笔法讲述了连接山里山外一个寡妇开的小店的故事。寡妇如刺玫，惹人远观，"满山的刺玫都开了，白得宣净，一直繁衍到店的周围。因为刺在花里，谁也不敢糟蹋花，因为花围了店屋，店里人总是不断"。故事似乎刚开了头就结束了，留下大片的空白，不禁让人遐想：满山刺玫，知为谁开。

8. 仲夏山中奇遇记。这一节以第二人称"你"的视角，记一次仲夏山上的奇遇。奇遇非真，而是梦。"你"的角色是梦中人，故事则是一个苦闷、寂寞的人在仲夏夜的梦。梦中的"你"因为惊恐滚下了山，遇到一位老者，老者用嚼碎的"蕇蕇芽"为"你"治好了伤，得知其乃山上采药人。"你"想陪陪孤独的采药者，在心里寻思"山上是太苦了。正是太苦，才长出了这苦口的草药吗？采药的人成年就是挖着这苦，也正是挖着了这草药的苦，才医治了世上人的一生中所遇到的苦痛吗？"想到这里，梦醒了。"第二人称"很少出现在散文记述中，作者的这一尝试疏淡了梦的神秘感，拉近了阅读的距离，颇为真实自然。

9．唢呐响，山上河里静如月。这一节描摹了山中人死后"上山"安葬的情景。"在水里钻了一生，死了却都要到山顶上去，女人们不明白这是为什么，或许山上有荆条，有龙须草，有桐子，有土漆，河里只有运往的路吧。唢呐吹得这么响，唢呐是人生的乐器呢，上世的时候，吹过一阵，结婚的时候，吹过一阵，下世的时候，还是这么吹。"那边在下葬，这边正孕育新生，"山河里总是盼着一个劳力啊！"这是山民朴素的祈愿，也是山中岁月绵延久长最真实的写照。

10．场畔观影记。这一节中，作者写山里人聚集到一起看电影，"场畔的每一棵苦楝子树，枝枝丫丫上都坐满了，从上面看，净是头，像冰糖葫芦，从下面看，尽是脚，长的短的，布底的，胶底的"。其间，有"八个女子"，她们是看银幕的人，同时也是被看的人，她们的故事是商州人情俗事的浓缩。

11．盼孙早归图。作者着浓墨描述了一处山谷老屋，"右边是十三个坟墓，坟墓前边都有一个砖砌的灯盏窝。这是百十年里这屋里的主人。十三个主人都死去了，这屋还没有倒，新的主人正坐在炕上"。新主人是个老婆子，七十多岁的老婆子"盼着这孙子好生守住这个家"，但孙子渴念外面的世界，"越来越不像山里人了"。老与少的心灵冲突，新与旧的强烈对抗，折射了商州世界面临的现实矛盾。

这11幅图景以独特的方式全面展示了商州的山光水色和人情风俗，虽然确如贾平凹引文中所言："地也无名，人也无姓，只具备了时间和空间，我更不知道这算什么样的文体。"但正是这种模糊的方式创造了深邃的意境，寄寓了深刻的理念和情思，拓展了散文写作的无限可能性。

第四节　从"乡土情怀"到"历史长思"：刘亮程与李存葆

一、刘亮程散文中的"乡土情怀"

审美日益日常化的现代社会，传统与经典早已被陌生的叙事，类型化的群体记忆以及冷漠的时尚沉湮淡化。有人这样对"美的远去"表申不快而唏嘘：现代社会是散文社会，不但诗意消解，根本上是与诗对立的。散文在浩渺的历史语境中竟然成了远离美的空淡无奇、赘述写实的符号指称，无论是从形式上的观照、内容的析解还是诉诸情感的升腾层面，这都是对散文这种文学类型的一种误解。相反，在个人精神状态混乱与迷惘、群体性意识亟待重建的现代文明中，那些对人性中温暖、真实又不乏虚假与幽暗的境况进行深度摹写的散文作品，最能析出浮躁、飘忽的社会语境中一个时代的真实性、原初性，弥补现代人信仰、情感、审美体验的匮乏感，而这类作品真纯话语的背后，处处流淌着隽永的诗意。现代社会理应是散文社会，朝着真实而诗化的维度，如梦实真的呈现开来，获得物质具象饱满与精神内质深含的双重开启。

在中国，本土化的乡土散文可以担当起这个重任。了解这一类散文创作史的人都知道，乡土散文的创作主体一般是历经城乡结合处徘徊的那一代人。他们对乡土的切身体验与远离式的关照，在隔与不隔的微妙转化中，温情与诗心共融、正是这种亲密的疏远关系，练达出散文附丽于诗意的真实美来。当然，这里并不是反照描摹都市美的散文题材不能突显散文作品的这种美且实的特质，而是为避嫌都市浮华空洞、物质化的庸俗之见，以免模糊物质美与艺术美之间的界限，故将这种散文与诗化的关系置于乡土、乡村的系列散文中加以讨论。散文是最重个性与情思的文学类型，将其归于题材式的划分是发展中的文学史不断成长的一个阶段，相信在日渐成熟与完善的人类观念意识里，形神消融，散文的天空只会有美的统照，而不会为世俗化的题材分类所固囿。

乡村散文的诗化倾向，在刘亮程、谢宗玉等人的散文中已不陌生，诗与情的碰撞，似乎是散文向美而生的灵丹妙药。刘亮程的村庄纯朴至道，在精神的高空飘飘远逝，读来哲学味、出尘味很甚，便是怀旧的审美光晕介入乡村记忆的显现。"刘亮程的散文试图在个人与世界、瞬间与永恒之间建立一种全新的关系，构筑一个完全属于自己的经验世界，以便'寻找一条走回去的道路'（《只有故土》）"，这使得他的散文无论是精神向度还是叙事形式，都与中国现代散文的启蒙传统和当代散文的流行色既有割不断的联系，又有相当的距离，由此在20世纪末的散文领域独树一帜。[1]这种远离和边缘的姿态构成了刘亮程独有的散文话语和抒情风致，比如他在《对一朵花微笑》一文中对草木的独特观照：

　　　　我一回头，身后的草全开花了。一大片。好像谁说了一个笑话，把一滩草惹笑了。

　　　　我正躺在山坡上想事情。是否我想的事情——一个人脑中的奇怪想法让草觉得好笑，在微风中笑得前仰后合。有的哈哈大笑，有的半掩芳唇、忍俊不禁。靠近我身边的两朵，一朵面朝我，张开薄薄的粉红花瓣，似有吟吟笑声入耳；另一朵则扭头掩面，仍不能遮住笑颜。我禁不住也笑了起来，先是微笑，继而哈哈大笑。

　　　　这是我第一次在荒野中，一个人笑出声来。

　　　　还有一次，我在麦地南边的一片绿草中睡了一觉。我太喜欢这片绿草了，墨绿墨绿，和周围的枯黄野地形成鲜明对比。

　　　　我想大概是一个月前，浇灌麦地的人没看好水，或许他把水放进麦田后睡觉去了。水漫过田埂，顺这条干沟漫漶而下。枯萎多年的荒草终于等来一次生机。那种绿，是积攒了多少年的，一如我目光中的饥渴。我虽不能像一头牛一样扑过去猛吃一顿，但我可以在绿草中睡一觉。和我喜爱的东西一起唾，做一个梦，也是满足。

---

[1]　参见丁帆主编：《中国新文学史》（下），高等教育出版社2013年版，第495页。

一个在枯黄田野上劳忙半世的人，终于等来草木青青的一年。一小片。草木会不会等到我出人头地的一天？

这些简单地长几片叶、伸几条枝、开几瓣小花的草木，从没长高长大、没有茂盛过的草木，每年每年，从我少有笑容的脸和无精打采的行走中，看到的是否全是不景气？

我活得太严肃，呆板的脸似乎对生存已经麻木，忘了对一朵花微笑，为一片新叶欢欣和激动。这不容易开一次的花朵，难得长出的一片叶子，在荒野中，我的微笑可能是对一个卑小生命的欢迎和鼓励。就像青青芳草让我看到一生中那些还未到来的美好前景。

以后我觉得，我成了荒野中的一个。真正进入一片荒野其实不容易，荒野旷敞着，这个巨大的门让你努力进入时不经意已经走出来，成为外面人。它的细部永远对你紧闭着。

走进一株草、一滴水、一粒小虫的路可能更远。弄懂一棵草，并不仅限于把草喂到嘴里嚼嚼，尝尝味道。挖一个坑，把自己栽进去，浇点水，直愣愣站上半天，感觉到可能只是腿酸脚麻和腰疼，并不能断定草木长在土里也是这般情景。人没有草木那样深的根，无法知道土深处的事情。人埋在自己的事情里，埋得暗无天日。人把一件件事情干完，干好，人就渐渐出来了。

我从草木身上得到的只是一些人的道理，并不是草木的道理。我自以为弄懂了它们，其实我只是弄懂了自己，我不懂它们。[①]

在刘亮程的散文世界里，一草一木都是通人性的，它们和人类一样感知世界，拥有比人更敏感的神经，人在它们面前经常显得"麻木""可笑"。他将一株草开花看作是草在开怀大笑，将个体融入到荒野草木的世界里，倾听草木的心音，体会草木的生命感受。草木于他而言，不是托物言志的对象，而是与之对话的客体。然而，草木本身是没有人的感受的，草木的回应实则是作者的主观想象。将自我放

---

① 刘亮程：《对一朵花微笑》，湖南少年儿童出版社2017年版，第1—4页。

置于万物之中，在自我想象中完成对生命意识的体认，获得思考与表达的自足，这是刘亮程散文的典型形态。

在万物系统中，在他一个人的村庄里，刘亮程是自在的，同时也是虚无的、孤独的，他的生命体验仿佛一场梦境。"我在这个村庄生活了二十多年。我用这样漫长的时间让一个许多人和牲畜居住的村庄慢慢地进入我的内心，成为我一个人的村庄。"他的散文便是在这种虚无的、孤独的心境中完成的。在《最后时光》里，刘亮程写道：

> 让我梦见自己，又在天上飞。
>
> 我曾无数次飘飞过的村庄田野，我那样地注视过你记住你一草一木的眼睛、只有梦中才飘升到你上头饱受你风吹雨淋的身体，将全部地归还给你。
>
> 当我成一锨土，我会不会比现在知道得更多。我努力地就要明白你的一切时，却已经成为你田野上的一粒土。下一个春天，我将被翻过去，被雨一遍遍淋湿，也将在一场一场的风中走遍你的沟沟梁梁。
>
> 那时，我或许已经是你的全部。
>
> 或许永永远远，只是你广袤田野上的沙土，在此后无尽的年月里，被像我一样的农人翻来覆去。
>
> 现在，让我再飞一次。
>
> 那是你的夜空，干净、透明。所有的尘埃沉落下去，飞得最高的草叶已经落回大地。我在这样的深夜，孤独地飞过这个镰刀状的村子。
>
> 我一回头，看见我前世的一双巨翅，深灰色的，风中的门一样一开一合——我是否一直在用它的力量，在今生的梦中飞翔。
>
> 黄沙梁，当我忘记时间，没有把最后的时光留给你。当我即将离开，我会祈求你再给我一个完整的日子。
>
> 让我天不亮早早醒来，看见柴垛东边的启明星，让我听见第一声鸡叫，一出门碰到露水青草，再开一次院门，放进鸟和风。

再摸一回顶门的木棍。

我拿过多少回的那根木棍，抓手处的木节都已磨光磨平。它的另一头我或许从未曾触摸，它抵着地的那头，多么的遥远陌生。多少年，多少个天亮天黑反反复复的挪动间，我都没来得及把手伸到一根短短木棍的另一端——那个不经意的小弯，没脱净的一块粗糙树皮，哪年的一片灰黄油渍……让我小心地，伸手过去，触到那头的土和泥，摸摸那个扎手的节疤和翘刺，轻轻抚过那道早年的不知疼痛的深深斧印。

我将不再走远。静坐在墙根，晒着太阳，在一根歪木棍旁把你给我的一天过完——这样平平常常的一天在多少年前，好像永远过不完、熬不到边。

最后，让我在最后的时光回到屋子里，点着炉火，像往常的每一次。无数次。

天已经全黑。

看不见的人此刻清楚明白地坐在家里。

看不见的路已到达目的。

我将顺着你黑暗中的一缕炊烟，直直地飘升上去——我选择这样的离去是因为，我没有另外的路途——我将逐渐地看不见你，看不见你亮着的窗户，看不见你的屋顶、麦场和田地。

我将忘记。

当我到达，我在尘烟中熏黑的脸和身体，已经留给你，名字留给你。我最后望见你的那束目光将会消失，离你最远的一颗星将会一夜一夜地望着你的房顶和路。

那时候，你的每一声鸡鸣，每一句牛哞，每一片树叶的摇响都是我的招魂曲。在穿过茫茫天宇的纷杂声音中，我会独独地，认出你的狗吠和鸡鸣、你的开门声、你的铁勺和瓷碗的轻碰厮磨……我将幸福地降临。①

---

① 刘亮程：《一个人的村庄》，春风文艺出版社2013年版，第336—337页。

刘亮程散文的诗化意味源自其诗人敏锐的感受力，他著有诗集《晒晒黄沙梁的太阳》，并在访谈中表示"个别散文直接是诗歌的改写，或是一些未完成诗歌的另一种完成形式"[1]。他以充满诗意的眼光看待村庄的一切事物，将日常生活装进诗与梦的行囊："我一生都在做一件无声的事，无声地写作，无声地发表。我从不读出我的语言，读者也不会，那是一种更加无声的哑语。我的写作生涯因此变得异常寂静和不真实，仿佛一段黑白梦境。"[2]范培松将刘亮程的"村庄"阐释为"诗意地安居的意象"，他指出："刘亮程的散文整个意境是梦境。……在创造梦境上，刘亮程另一个重要手段是寓言化，他巧妙地用互换角色的手法，把灵性赋予笔下的狗、驴、马、虫子以及花花草草，和这些本是同根生的'异类'亲密的接触，带着诗意去设身处地地品察，使得'狗眼看人'，用'驴耳听人'，用'虫角触人'等一连串的动物行动语言中擦出诗的火花，这又应验了海德格尔的一句名言：'纯粹地被说出的东西就是诗。'"[3]当下，散文对文化精神向度的偏倚，容易导致具象的淡化与伪饰感，村庄这个原始而素朴的对象，在过度诗化的语境中，成为一个附庸风雅的摇篮，装着无限升腾、圣化的孩子的梦，而失去了本源的古典与真纯。就像对风俗传统的刻画，无端地加以圣殿化的装饰，简单纯朴的风俗成了信仰式的膜拜，由此误导了当下没有乡村经历的人群，土地承载的苦难、贫穷，时代苦涩深重的情绪，那种痛彻肌肤的历史沧桑感，未来的人怎么体会？诚然，最纯真的乡村或许是最靠近精神本源的地方，但是诗意的栖居应该是有度的，过犹不及。

刘亮程在他"一个人的村庄"里寻找自己的精神家园，"当家

---

① 刘亮程：《对一个村庄的认识——答青年诗人北野问》，《风中的院门》，上海文艺出版社2001年版，第419页。

② 刘亮程：《一个人的村庄》，春风文艺出版社2013年版，第11页。

③ 范培松：《20世纪中国散文研究系列之一——刘亮程》，《刘亮程散文》（下），新疆人民出版社2009年版，第299—300页。

园废失，我知道所有回家的脚步都已踏踏实实地迈上了虚无之途"。寻找是一种归途，这归途指向虚无。刘亮程书写的乡土情怀里充满了这种寻找与虚无的悖论，他在《关于黄沙梁》中写道："我的全部学识，就是对一个村庄的见识。我在黄沙梁出生，花几十年岁月长大成人，最终老死在这个村里……生活单调得像翻不过去的枯涩课文，硬逼着我将它记熟、背会、印在脑海灵魂里，除了荒凉这唯一的读物，我的目光无处可栖，大地把最艰涩难解的章节留给这群没啥文化的人。""黄沙梁"是他原乡，一个单调的、荒凉的村庄，而这荒疏的土地却滋养出纯粹的诗意人生、细腻的乡土情怀、本真的生命体验……刘亮程用虚无对抗现实，在梦里完成了对生命的审视，为乡土审美文化开辟了另外一种可能。

二、李存葆散文中的"历史长思"

兴起于20世纪八九十年代的历史文化散文，凭借其鲜活的艺术叙事、崇高的审美，不仅在一定程度上弥补了以往同类作品的某些缺陷和不足，而且为散文的繁荣与发展提供了新的路径和新的可能。这种全方位的历史文化观照，固然有利于构建不乏形象性和趣味性的历史文化长廊景观，便于历史人文知识的传播与普及，但也很容易因为过于迷恋历史的过程和现象而弱化、忽视对历史主体——历史中人的审视与把握。说到历史文化散文，"余秋雨现象"是不可回避的一个问题。余秋雨散文在语言上的感染力是无可否认的，其将历史文化纳入散文写作的范畴，拓展了散文表达的疆域，这种思维向度上的贡献也是无可厚非的。余秋雨散文的主要症结则在于其对文化形象的过度典型化，超出了散文"真实性"原则的承载能力。艺术的真实源于生活真实，散文相对于其他虚构性文体来说，对真实性的诉求是不能恣意违背的。情感可以渲染，然而真实不能伪饰，否则会失其自身的美而走向虚伪、盲从的卫道士一级。

历史文化散文以宏观视野，关注人类生存境遇中的重大问题，显著特点便是气势宏大、文化意蕴深厚。这一审美风格要求历史文化散文的创作者必须集诗人、学者、及思想者于一身，必须带着深沉的文化忧思，用文字凝结振奋人心的力量。军旅作家李存葆的散文可称之为文化大散文的代表。

20世纪80年代，李存葆以两部中篇小说蜚声文坛，一部是军事题材小说《高山下的花环》，一部是"文革"题材小说《山中，那十九座坟茔》，两部作品乘借转型时代的东风轰动一时，分获全国第二、三届优秀中篇小说奖。90年代，李存葆开始转向散文创作，他在一次访谈中说："当今的社会太复杂了，一般的小说很难概括。近距离看生活往往看不透，我就先写点历史方面的散文。这样写作能使我更自由一点，理智一点。"带着这样一份洞悉时代的敏感之心，他走上历史散文的写作之路，写出了《我为捕虎者说》《祖槐》《沂蒙匪事》《鲸殇》《大河遗梦》《最后的野象谷》《飘逝的绝唱》《永难凋谢的罂粟花》等长篇历史文化散文精品。他的散文集《大河遗梦》于2004年获第三届"鲁迅文学奖"，在文坛上产生了广泛影响。

李存葆之所以对散文情有独钟，首先源于他对散文文化传统的深刻体认。他说："最终印证一个国家、一个民族之伟大靠的是她的文化。文化是人类心灵之树上结出的圣果。一个民族的文化是这个民族心智果实的长期积累。而最能让文人墨客思绪恣意飞驰的是散文。中国是散文的国度，散文是中国文学的母亲。不论是记、传、书、礼、柬，还是疏、论、序、跋、碑，先人都留下了震古烁今之作。老庄是散文，《史记》是散文，《论语》是散文，《孟子》是散文。散文情感的触角可谓无所不包，无所不亲。"①他从古典散文中汲取文化养分，讲究骈散结合，作品中充满了浓郁的古典韵味。他注重语言的锤炼，称自己的散文"都是一句一句'抠'出来的"，练就了锦词华语、大气磅礴的语言风格。

其次，源于他强烈的文化"参与意识"及悲天悯人的人文情怀。"散文的参与意识，表现为社会文化传统的深深浸染、熏陶中，散文家自觉不自觉地承接了文化精神的负载而转化为其传播者，他们把对

---

① 李存葆：《李存葆散文三题》，《解放军文艺》1997年第5期。

于历史、社会、生活的知性、理性、悟性，纠结于内心的否定、怀疑、绝望，渗透的人性、至情、美蕴，以散文的形式来表现，传达着作家艺术家对于外部世界的关怀，发散他对于社会、人生的慈悲和关照。"①李存葆便是这样一位颇具"参与意识"的散文家，他在《也谈散文》中说："散文贵在真诚，散文必须与小农经济生发出的乌托邦意识绝缘。散文应避开无病呻吟的痛苦状，也应远离那种甜得令人发腻的小布尔乔亚的矫情……我们的散文应该更贴近中国人的生活，也应该更关注人类面临的生存危机与种种困境。散文里应该有情感的浓度，哲学的深度，应该有作家的正义和良知。"②于是，他将眼光投注于历史文化、自然生态等领域，采撷历史深处的跫音，展开对人类文明的探求，拓展了散文"载道"传统的新向度。如他在《大河遗梦》这篇散文中书写对母亲河黄河断流的思虑和联想，全文体大思深，共分为五个部分，梳理黄河断流的历史，描摹自己与黄河的情愫，畅言黄河断流对人类生存及民族文化的影响，寄望黄河的美好未来，气势恢宏、深远辽阔的创作风格在其中显露无遗。请看下面这段节选：

　　豪雨倾泼过的盛夏，我故地重游，为的是重温大河的神秘。但大河的"河府"里仍空空如也，一览无余。神秘与威严同在，神秘与大美共存。神秘是诱发人类不断追求的因子，大自然的神秘与壮美，也是我们这些困在水泥方块中的现代人那浮躁灵魂能得以小憩的最后一隅。黄河，断流的黄河，你失去了神秘便失却了威严，你失去了大美，从而也使我们失去了一块偌大的慰藉心灵的栖息地……

　　黄河，面对断流的你，我深信，在你干涸的河床下面，仍有我们民族不竭的心泉。你那滞重的赭黄色的波涛，曾拉弯了多少

①　梁艳萍：《世纪末散文审美意识的嬗变》，《山花》2001年第3期。
②　李存葆：《李存葆散文三题》，《解放军文艺》1997年第5期。

纤夫的脊背，曾洗白了多少舵工的须发，曾嘶哑了多少舟子的喉头……黄河，你分娩一切又湮没一切，你哺育一切又撕碎一切，你包容一切又排斥一切。因了你的存在，中华民族忧患意识的潜流与你不息的波涛一起翻卷，流过商周秦汉，流过唐宋明清，直灌注入今人的心田。你使圣者垂思，你使圣者彻悟。

黄河，老子从你怀抱里走出，这位睿智无比的老翁，仅用一部五千言的《道德经》，便诠释了宇宙万物的演变，道出了多少"道法自然"的真谛……黄河，庄子从你臂弯里脱出，这位枕石梦蝶的先哲，用外星人一样的耳朵，去闻听我们这个星球上的天籁之音，用心灵去感悟神秘的自然，那灿若云锦的辞章，那汪洋恣肆的著述，令今人读来扑朔迷离……黄河，孔子从你的波涛中荡来，这位生前四处碰壁的老头儿，当今已被世界推为十大哲人之首，一部《论语》，曾被多少代统治者奉为"治国安邦平天下"的圭臬……黄河，孟子从你黄土上站起，这位首先提出"民贵君轻"思想的大儒，把儒家学说推上极致，使孔孟之道，历两千年誉毁而不衰……

黄河，我知道，只有你那气贯长虹的肺活量，才能让李白吟出那飞霆走雷的诗句，才能让冼星海谱出那"风在吼，马在叫，黄河在咆哮"的滂然沛然的乐章……

黄河，当今我们这个民族正处在历史大转型的紧要关口，我们需要黄河大米，需要黄河"毛蚼"，需要黄河绒螯蟹，需要你三角洲上那素衣缟服的天鹅……但我们更需要思想，需要智慧，需要精神王国的两大骄子——哲学与诗。黄河，当我们的物质的大厦遍地耸立时，民族精神的大厦也应巍峨齐高。黄河，面对这个七色迷目、五声乱耳、连空气中也飘散着物化的浮嚣之气的世界，我不希望因了你的断流，而使我们这个民族的忧患意识消弭，让哲人停止思索；也不希望因了你的干涸，而使诗人关闭了那能催人奋袂而起的激情的闸门……

黄河，我还知道，是你的黄涛、黄浪、黄泥、黄土塑造了我们这个民族的风骨。你横向流淌北方大野，你纵向雕刻了中国的性格。那带剑的燕客，那抱琵琶的汉姬，是你真正的儿女。你既能使"挑灯看剑"的赳赳武夫，高歌"梦回吹角连营"；也能使低吟"绿肥红瘦"的纤纤弱女，赋一曲"生当作人杰，死亦为鬼雄"的绝唱……

黄河，你用黄水养育出青海高原那会唱花儿的娇娃，你用黄风抽打出内蒙草原那剽悍的骑手，你用黄浪冲刷出陕北那满脸都是鱼纹皱的坚韧农夫，你用惊涛铸成山东大汉那青铜色的胸膛，你狮子般的气概，赋予我军营士兵那钢铁般的神经；你一泻千里的奔放，注入我油田铁人那地火般喷突的豪情……

哦，黄河，我历史的河，我文化的河，我心灵的河！当我们这个黄皮肤的民族正把握命运的缰绳，紧攥时代的流速，去际会新世纪的大波时，断流，你怎么能断流呢？①

这段文字选自《大河遗梦》的第三部分，写暴雨过后，作者满怀"对大河奔流的渴望"前往济南附近的河堤上凝望，只见河床依然干涸一片，方才想到黄河下游河段早已是"空中悬河"，"若无上游浩浩来水，哪有大河下游那煌煌烈烈的风姿"。所望徒然，作者一时间，陷入忧思之中。"对长于形象思维的作家来说，幽忧的是：倘若黄河长年断流，我们会不会失去梦的亮翼，美的长虹，力的彩练，诗的灵犀，乃至失却浸润民族灵魂和精神的故乡。"接着，作者便以作家的丰富联想展开了对"黄河断流，我们这个民族已经失去和将要失去的会是什么"的思索和认识。作者认为，首先失却的便是对这条大河的"神秘感"。他重游故地想追寻黄河的神秘，在它看来，黄河之美在于它的神秘和威严，这两种特质都有激发人的探索欲和挑战欲求魔力。而现在，黄河断流了，神秘不在，作者的心灵无处安放，不禁攒眉浩叹。他以"黄河"二字起头，用吁请的口吻，制造出一连串气

---

① 李存葆：《大河遗梦》，解放军文艺出版社2002年版，第29—44页。

势如虹的排比，从黄河奔涌的历史血脉、沉淀的文化底蕴、传承的思想智慧、塑造的民族风骨等方面，阐扬黄河的历史文化意义，称之为"历史的河、文化的河、心灵的河"，字里行间流溢出的感情，真挚深邃、炽热豪迈，令人动容。

相较于甜腻、柔软的小格调散文，李存葆的历史文化大散文所体现的是一种博大、壮阔、深刻的"崇高美"。在康德的定义里，"崇高"是与"美"分庭抗礼的审美范畴，美是想象力与知性的协和一致，崇高则是在想象力与知性互相矛盾中产生的。崇高可以分为数学的崇高与力学的崇高两种，崇高不存在于自然客观之物中，而只存在于人们心里，是人的心灵受到冲击时顿生的反抗，是冲破情感阻滞时瞬间产生的一种空前的震惊。李存葆的散文带给我们的正是这样一种不可回避的、震撼心灵的崇高感。

第五章

散文记忆和散文叙事

　　周作人在《中国新文学的源流》一书中指出："中国的文学在过去所走的并不是一条直路，而是像一道弯曲的河流，从甲处流到乙处，又从乙处流到甲处，遇到一次抵抗，其方向即起一次转变。"[①]周作人认为，文学这种迂回的姿态皆因"言志"和"载道"两种不同的文化思潮的更迭起伏，"这两种潮流的起伏，便造成了中国的文学史"[②]。他在书中简要梳理了先秦以来中国文学游走于"言志"和"载道"之间的发展态势，并断言"中国文学始终是两种互相反对的力量起伏着，过去如此，将来也总如此"[③]。他将明末公安、竟陵两派与民国以后的新文学运动进行类比，认为这两次革命运动"很有些相像的地方"。为了进一步证明明末和民国两次文学运动的相似之处，周作人举例道："更奇怪的是，有许多作品也都很相似。胡适之、冰心和徐志摩的作品，很像公安派的，清新透明而味道不甚深厚。好像一个水晶球样，虽是晶莹好看，但仔细地看多时就觉得没有多少意思了。和竟陵派相似的是俞平伯和废名两人，他们的作品有时很难懂，而这难懂却正是他们的好处。同样是白话写文章，他们所写出来的，却另是一样，不像透明的水晶球，要看懂必须费些功夫才

---

　　① 周作人：《中国新文学的源流》，华东师范大学出版社1995年版，第17页。
　　② 周作人：《中国新文学的源流》，华东师范大学出版社1995年版，第18页。
　　③ 周作人：《中国新文学的源流》，华东师范大学出版社1995年版，第18页。

行。然而更奇怪的是俞平伯和废名并不读竟陵派的书籍，他们的相似完全是无意中的巧合。"①暂且不论周作人对几位作家作品的评判是否有失偏颇，仅仅考量五四新文学与明末公安、竟陵派文学之间微妙相承的关联，我们不难发现，公安、竟陵两派倡导"独抒性灵，不拘格套"，以清新流丽的文风对抗前后七子的文学复古之风；而五四新文学凭借革故鼎新的蜕变、自我意识的觉醒，与旧文学分道扬镳，开一代文学新风。二者的主张和趋势确有相似之处。那么，周作人的这一论断可有引申之意？中国文学的发展脉络缘何在"言志"与"载道"之间回环往复？

从文化发展的宏观角度来看，中国文化在传承与发展之路上确实出现过多次复古的现象。自古以来，中国文学一直承受着道德教化的制约，被赋予言志、载道等功用，当文学难以承受社会形态赋予的束缚时，势必以回归传统的方式达到重建秩序的目的，几乎每一次文化领域的大变革都会带来文学文本的复古式革新，梁启超将其归结为"欲创新必先推旧"②的历程："综观二百余年之学史，其影响及于全思想界者，一言蔽之，曰'以复古为解放'。第一步，复宋之古，对于王学而得解放。第二步，复汉唐之古，对于程朱而得解放。第三步，复西汉之古，对于许郑而得解放。第四步，复先秦之古，对于一切传注而得解放。夫既已复先秦之古，则非至对于孔孟而得解放焉不止矣。然其所以能著奏解放之效者，则科学的研究精神实启之。"③复古不是简单提及过去，而是一种具有传承意义的仪式，通过模仿过去、再现某种象征性概念，构建新的时代精神，似乎更具有说服力。前文提到文化思潮、文学革命和语言创新层面，究其内部有何关联？

---

① 周作人：《中国新文学的源流》，华东师范大学出版社1995年版，第28页。

② 朱维铮校注：《梁启超论清学史二种》，复旦大学出版社1985年版，第3页。

③ 朱维铮校注：《梁启超论清学史二种》，复旦大学出版社1985年版，第6页。

文学文本又是如何反映这些关联的？这是本章所要探讨的主要问题。

这一问题涉及文学与历史时代乃至文化记忆之间的关系。文学一方面受到历史的深刻影响，另一方面也以其独特的叙述方式再现历史的风貌。对于文学与历史的关系，刘勰在《文心雕龙·时序》中梳理了从先秦到南朝千余年间文学发展的轨迹，得出了这样的结论："蔚映十代，辞采九变。枢中所动，环流无倦。质文沿时，崇替在选。终古虽远，傯焉如面。"①刘勰认为，各朝各代的文学在辞采风格上各有所异，可以说代代相变，但纵观其中的变化，也有规律可循，无非是循着时代的发展，在"质"和"文"两种风格间转换，时而"质胜于文"，时而"文质彬彬"，时而"文胜于质"，即"时运交移，质文代变"。同时，文学的兴盛衰亡也与时代紧密相连，正所谓"文变染乎世情，兴废系乎时序，原始以要终，虽百世可知也"。文学的生成受到社会环境的影响，这种影响既是直接的、连续的，同时也是复杂的、矛盾的，一方面产生了文以载道式的主流文学，另一方面造就了疏离潮流之外的新文学。这种影响的延续性在一定程度上促成了一种文学传统的形成，影响造成的反抗和断裂也为文学发展提供了崭新的维度。正因如此，文学在不断发生变更的动态过程中，自觉接受时间的淘洗，而那些堪为正典的文本抵挡住时间的洪流，具备记录并参与人类记忆的能力。

文学如何参与人类文化记忆？文学以独特的方式开启了连接过去和现在的通道，人们可以根据文字记录了解过去，并在文学语境构造的时空中回忆过去，也可以通过文学文本媒介探知时代的演变历程，继而找到一扇窥探文化记忆的窗口。在下文中我们将从记忆与文学之间的关联着手，借助文化记忆理论对散文文体记忆进行阐释，并以此为契机对散文进行文化层面的寻根与追寻，回归散文文化传统，反思散文文体意识和现代意识，梳理散文文体流变和语言变革的过程，观照散文叙事策略，努力尝试探寻大众文化时代散文的传承与创新之路。

---

① 刘勰：《文心雕龙》，上海古籍出版社2010年版，第93页。

第一节 文化记忆理论

一、文化记忆的两个基本要素释义

文化记忆，顾名思义是一个与"文化"和"记忆"有关的范畴，但不能简单地从字面上进行理解，将其视为"文化"和"记忆"两个概念的机械组合，释义为"关于文化的记忆"或者直接作为文化历史、文化传统的代名词。提及"文化记忆"这一概念，我们首先要对它所指涉的两个核心要素的含义进行关注和解释。

（一）"文化"概念的形成与解释

提及"文化"一词，我们首先想到的是人类社会独有的一种复杂景观，它与人类的生产生活密不可分，其诞生与发展经历了漫长的过程。汉语"文化"一词最初的形态是"文"和"化"两个词的结合体。从字源字形上来看，"文"字的原意为"纹"，许慎《说文解字》里将其解释为："文，错画也。象交文。凡文之属皆从文。"[①] "错画"是对"文"的释义，段玉裁注曰："错画者，交错之画也。""象交文"是对"文"的字形考量，即纹理交错形。可见，"文"的本义带有"纹理、花纹"之意。《易》书有言："物相杂，故曰文。"《礼记》上写道："五色成文而不乱。"其中的"文"指的都是"纹理"这一义项。关于"文"字何以为"纹"之由来，许慎在《说文解字·序》中这样论述，"卦象"和"结绳"先起于"文"，伏羲在仰观象于天，俯观法于地，洞察鸟兽的行迹及大地万物的规律，通过自身对自然的感应获取征象，创作了"卦象"作为表达和记录的符号，乃至到了神农氏时期都是采用简单的结绳记事的方法治理社会，这些记事的符号还不能算作真正意义上的"文"。直到黄帝的史官仓颉观察到不同的鸟兽留在地面上的痕迹和蹄印纹理不同，受到启发创造出"象形之文"，"文"的雏形才产生。关于"文"的进一步发展，许慎写道："仓颉之初作书，盖依类象形，故

---

① 许慎：《说文解字》，浙江古籍出版社2016年版，第297页。

谓之文。其后形声相益，即谓之字。文者，物象之本；字者，言孳乳而浸多也。著于竹帛谓之书。书者，如也。以迄五帝三王之世，改易殊体。封于泰山者七十有二代，靡有同焉。"①他认为，最初的"文"只是依象描画出的一些简单纹理，仅具有"象形""指事"的特征，进而发展到具有"会意""形声"等复杂特征的"字"，再发展到书于竹简、丝帛上的、带有"转注""假借"意味的"书"。从构成方式上讲，"字"是对"文"的衍生，"书"则将"文"和"字"两种构成模式结合在一起，形成了表意更为丰富的文字符号系统。"文"的含义从最初的天地万物之纹理演化为用于记录和交流的语言文字符号，更在后来用于指涉"文章""文学"等概念，这一独特的发展过程，本身就是一种文化现象。

从字源字形上看，"化"的古字是"匕"，《说文解字》的解释为"匕，变也。从到人。凡匕之属皆从匕"②。即"匕"的本意为变化，"人"字颠倒过来便是"匕"字。《说文解字》对"一"的解释："惟初太始，道立于一，造分天地，化成万物。"③《易·系辞传》有言"知变化之道"。《礼记·乐记》说："和故百物化焉。"其中的"化"都是变化之意。对于"匕"与"化"的区别，段玉裁注解到："凡变匕当作匕，教化当作化，许氏之字指也。今变匕字尽作化。化行而匕废矣。"而"化"字在《说文解字》中的解释为："教行也。从匕从人。"段玉裁对之进行了详细的注解："教行也，教行于上，则化成于下。贾生曰，此五学者既成于上，则百姓黎民化辑于下矣。老子曰，我无为而民自化。从匕人。上匕之而下从匕谓之化。化篆不入人部而入匕部者，不主谓匕于人者。主谓匕人者也。今以化为变匕字矣。匕亦声。呼跨切。十七部。"④段玉裁引用贾谊《治安策》和老子《道德经》中的话，进一步佐证"教化"之意，即在上者

---

① 许慎：《说文解字》，浙江古籍出版社2016年版，第500页。
② 许慎：《说文解字》，浙江古籍出版社2016年版，第266页。
③ 许慎：《说文解字》，浙江古籍出版社2016年版，第1页。
④ 许慎撰，段玉裁注：《说文解字注》，中州古籍出版社2006年版，第384页。

的教化思想，在下者会加以效仿，这种教化是在潜移默化中完成的，不带任何的说教或强制。

由"文"和"化"合成的"文化"一词，最初的含义与"文治教化"相类，与"武力征服"相对。《说苑·指武》中有言："圣人之治天下也，先文德而后武力。凡武之兴，为不服也。文化不改，然后加诛。夫下愚不移，纯德之所不能化，而后武力加焉。"①圣人治理天下，先用文教、礼乐的方法进行教化，只有当文治不起作用是时，才会使用武力。文化有其特定的传播方式和缓慢、持续的感知过程，我们很难将某种文化思想强加于人，尤其是那些麻木不仁、愚昧顽固的人，只有武力才能让他们归服。但"文化"作为一种温和的、保守的力量，与带来强烈冲突、对立的"武化"相比，更具稳定性和持久性，从而成为人类社会向前发展的神秘引力。正如唐朝诗人卢照邻在诗歌《中和乐九章·总歌第九》中写道："明明天子兮圣德扬，穆穆皇后兮阴化康。登若木兮座明堂，池濛氾兮家扶桑。武化偃兮文化昌，礼乐昭兮股肱良。君臣已定兮永无疆，颜子更生兮徒皇皇。若有人兮天一方，忠为衣兮信为裳。餐白玉兮饮琼芳，心思荃兮路阻长。"②卢照邻以"九章"名，复古为新声，以绮丽的文风描述"文化"带来的安定清明，抒发对初唐偃武修文时代的歌颂。古代汉语中的"文化"在"文以经邦，武以定乱"观念中涵义已经接近"文化"一词的现代意义。

现代汉语中的"文化"虽与古代"文"与"化"的概念有些渊源，但它的真实所指早已超出了古语"文治教化"的范畴。现代"文化"一词来源于日文对英文"culture"的翻译。从词源学角度来看，"文化"一词的英文与法文都是"culture"，德文是"kultur"或"bildung"，它们都来源于拉丁文的动词"colere"和"cultum"等

---

① 卢元骏注译，陈贻钰订正：《说苑今注今译》，台湾商务印书馆1979年版，第517页。

② 卢照邻著，任国绪笺注：《卢照邻集编年笺注》，黑龙江人民出版社1989年版，第234页。

词，"原是一个农业上的概念，意思是种植植物对土地进行耕耘和维护；另一个意思是举行宗教仪式。在罗马时期，尤其是在中世纪末期，该词才用于对人的培养和深造，其意义除了包含人类与自然有关的活动，也指对人及社会在教育、科学、艺术上所进行的'维护'。在启蒙运动时期，该词的动词形式（对人的培养）被视为使人完善的手段。到了这个时候'文化'这个词才包含了它现在语用中具有根本性的、将人与动物区分开来的人文主义特征，成为一个抽象、独立的概念。文化将人与自然对立起来，在一定程度上可以把文化理解为是人类的本性"[1]。古罗马哲学家西塞罗说："智慧文化即哲学。"人类学家爱德华·泰勒在《原始文化》一书中这样界定"文化"的概念："从广义的人种论的意义上说，文化或文明是一个复杂的整体，它包括知识、信仰、艺术、道德、法律、风俗以及作为社会成员的人所具有的其他一切能力和习惯。"[2]社会人类学家马凌诺斯基也认为文化概念包含着物质器具、精神文化、语言和社会组织等各方面："文化是指那一群传统的器物、货品、技术、思想、习惯及价值而言的，这概念实包容着及调节着一切社会科学。"[3]哲学家恩斯特·卡西尔在《人论：人类文化哲学导引》中写道："作为一个整体的人类文化，可以被称之为人不断解放自身的历程。语言、艺术、宗教、科学是这一历程中的不同阶段。"[4]文化的概念从早期较为单纯的"耕耘、栽培和种植"等含义逐步引申为对人的培养、教育，并持续在人类学领域获得新的活力，成为涵盖语言、艺术、思想、意识、历史等人类精神系统的综合体，似乎没有什么东西是文化包含不了的。意义的发散免不了走向复杂和晦涩，对于"文化"这一综合化、普遍化的

---

① 缪雨露：《文化记忆中的词义原型》，外语教学与研究出版社2008年版，第25页。

② 泰勒著，蔡江浓编译：《原始文化》，浙江人民出版社1988年版，第1页。

③ 马凌诺斯基著，费孝通译：《文化论》，华夏出版社2002年版，第2页。

④ 恩斯特·卡西尔著，甘阳译：《人论：人类文化哲学导引》，上海译文出版社2013年版，第389页。

概念体系，更有意义的是，我们寻求的不只是抽象的定义，还有具象的感知，比如考察它在文学活动中是如何存在的。上述的定义也为我们理解文化概念提供了一种线索，文化概念带有一定的思想性和情感性，如果我们可以找到承载这些思想和情感的载体，对于感受文化概念的丰富性来说，文本、记录乃至记忆都是可辟的蹊径。

（二）"记忆"研究概说

"记忆"在人类文化早期便是一种不可思议的力量，无论是中国远古时代的结绳记事，还是西方古罗马时期神秘的记忆术，都显现出它对于人类历史发展的特殊意义。时至今日，记忆更是成为一个跨学科的概念，频频进入学术研究视野，正如德国学者阿莱达·阿斯曼所说："就像有很多条道路通向罗马，也有很多条道路通向记忆——神学、哲学、医学、心理学、历史学、社会学、文艺学、艺术、媒体科学。"[1] "记忆"作为人类独有的一种能力，最先在生理学、心理学领域获得关注。生理学将"记忆"作为人脑神经元回路中产生的一种反响振荡，意图通过对神经结构的分析探索人类记忆和遗忘的生理机制。心理学在生理学的基础上，将"记忆"作为一种个体的"理智能力"来看待，认为"记忆不是简单的信息存储库、图书馆或是电脑，而是一种高级的智能活动。记忆的可贵之处就在于它与人类的认知、创造、想象与预测紧密相连"[2]，进一步强化记忆的"存储"功能，重点关注记忆活动的建构过程以及影响记忆的因素。心理学家巴特莱特这样阐释"记忆"的联想、再现等特征："每个正常的个体一定随身携带无数个人的痕迹。由于这些痕迹储存于单个有机体内，它们实际上肯定互相关联，这就为回忆提供了它的不可避免的联想特征；但是，每种痕迹一直保持其基本的个体性，而在理想的情况下，记忆是

---

[1] 阿莱达·阿斯曼著，潘璐译：《回忆空间：文化记忆的形式和变迁》，北京大学出版社2016年版，第27页。

[2] 康澄：《象征与文化记忆》，《外国文学》2008年第1期。

简单的重新兴奋，或者说纯粹的再现。"①巴特莱特阐释的是个体心理活动层面的记忆，记忆是对"过去"的重建，在理想状态下，"过去"在人脑中的留下的痕迹是连贯的、稳定的，只需要记忆力驱动，便能重新显现。然而这种理想的情况并不存在，"过去"便意味着消失，"一个现象要先消失，才能完全进入人们的意识"，阿莱达·阿斯曼写道："回忆只有在相关的经历结束后才会开始。"②消失不是彻底不见，而是留下相关的痕迹用于记忆的重建。我们可以说，记忆是伴随着遗忘产生的，有所遗忘才有所记忆，遗忘是人进行回忆的心理动力，人生则在不断的回忆和遗忘中走向终点。

过去已去，纯粹的记忆是不存在的，因为记忆的形成不是简单的重复与再现，而是在不断地修正与改造中成为一种新的记忆模式。"记忆"研究显然不能满足于仅仅以理想状态下的个体记忆为目的。随着个体心理学向社会心理学的扩展，记忆研究也开始向文化学维度转移。携带个人痕迹的个体记忆完全淹没在"集体记忆"光辉中，这一转向在哈布瓦赫《论集体记忆》一书中表现得最为明显。正如陶东风所言："自从法国著名社会学家哈布瓦赫的《论集体记忆》出版后，记忆研究的一个重要转向就是从个体视角转向了集体视角，从生理/心理学转向社会学、文化学。"③哈布瓦赫提出了"集体记忆"的概念，将记忆作为一种社会现象。他认为，记忆是对"过去"的社会性建构，集体记忆在本质上是立足现在而对过去的一种重构，任何个人的记忆都不能脱离社会框架而单独存在，而是参照现有的社会环境重构出新的形象和经验。记忆的觉醒使得"过去"在现时社会找到了存在的意义和理由，并在不断的重构与延续中超越个体记忆的层

---

① 弗雷德里克·C.巴特利特著，黎炜译：《记忆：一个实验的与社会的心理学研究》，浙江教育出版社1998年版，第297—298页。

② 阿莱达·阿斯曼著，潘璐译：《回忆空间：文化记忆的形式和变迁》，北京大学出版社2016年版，第11页。

③ 陶东风：《记忆是一种文化建构——哈布瓦赫〈论集体记忆〉》，《中国图书评论》2010年第9期。

面，获得普遍的认同，形成一种共同的认识、经验或者称之为"传统"的东西。文化的延续和传统的形成恰似一条平行线，过去在时间中流失，我们在记忆里想象和构造过去，文化在这一过程中沉淀，用德国学者扬·阿斯曼的话说就是"过去并非自然生成，而由文化创造"①。从这个意义上说，文化的形成就是一种记忆现象。

将记忆和文化联系在一起虽是人类文化学兴起后的产物，但早在古希腊时代，就有哲学家感应到"记忆"与生俱来的神秘光晕，对其进行了理性的分析。柏拉图在阐释"灵感说"时将灵感产生的途径分为两种：一种是诗神灵凭附到诗人身上，使之陷入迷狂，灵感顿生，文思不断；另一种则是来源于"回忆"的力量。柏拉图认为，人的灵魂知晓理式世界的一切知识，降生后仍然带着前世的记忆，通过现实世界各种经验的提示和自身的思维反省，还可以回忆起理式世界那些真正的知识。这些记忆，人们可以回忆起理念的知识。在《斐德若篇》中，柏拉图说："哲学家的灵魂常专注在这样光辉景象的回忆中，而这样光辉景象的观照正是使神成其为神的。只有借妥善运用这种回忆，一个人才可以常探讨奥秘来使自己完善，才可以真正改成完善。"②哲学家便是通过回忆起灵魂前世的那些"光辉景象"即纯粹理性的知识，恢复了对理式世界的直观，获得自身的完善。换句话说，记忆即遗忘，先有遗忘才有记忆，知识是在忘却中获得的，正如博尔赫斯在小说《永生》开头引用培根随笔《论世道沧桑》中的话：

所罗门说：普天之下并无新事。正如柏拉图阐述一切知识均为回忆；所罗门也有一句名言：一切新奇事物只是忘却。③

---

① 扬·阿斯曼著，金寿福、黄晓晨译：《文化记忆：早期高级文化中的文字、回忆和政治身份》，北京大学出版社2015年版，第41页。

② 柏拉图著，朱光潜译：《文艺对话集》，人民文学出版社1963年版，第125页。

③ 博尔赫斯著，王永年译：《阿莱夫》，浙江文艺出版社2008年版，第1页。

关于"回忆"带来的"迷狂"状态，在中国古代以老庄为代表的道家思想中有一个类似的"忘"的境界。庄子提出"坐忘"说，"坐忘"出自《庄子·大宗师》篇孔子与颜回的对话：

> 颜回曰："回益矣。"仲尼曰："何谓也？"曰："回忘仁义矣。"曰："可矣，犹未也。"他日，复见，曰："回益矣。"曰："何谓也？"曰："回忘礼乐矣。"曰："可矣，犹未也。"他日，复见，曰："回益矣。"曰："何谓也？"曰："回坐忘矣。"仲尼蹴然曰："何谓坐忘？"颜回曰："堕肢体，黜聪明，离形去知，同于大通，此谓坐忘。"仲尼曰："同则无好也，化则无常也。而果其贤乎！丘也请从而后也。"①

颜回先是忘掉仁义、礼乐的存在，尔后忘了四肢形体，忘了固有的想法和逻辑，摆脱了身与心的束缚，与自然、大道相契相通，这就是物我相忘的"坐忘"境界。"忘"的状态是忘却一切有形之物和无形之道，"内不觉其一身，外不识有天地"，进入自我陶醉的超脱之境。颜回何以能忘？"忘"是一种想象力，确切地说，是一种审美想象。"忘"不是简单的头脑放空、忘乎所以，它具有非常复杂的意味，须是审美的、理性的、纯粹的，是调动所有的知觉和情感去理解和感受。如庄周梦蝶，消解万物之间的差别，入"物化"之境界；如陶潜归隐，"心远地自偏"，回归自由之境，都需要主体将现实世界中的形象彻底打碎或者忘却，然后在回忆中进行重组，创造出符合审美主体意志的全新的形象。这种审美想象力也适用于文学创作，纯粹的物我相忘的想象世界更有利于灵感的迸发。刘勰《文心雕龙·神思》说："文之思也，其神远矣。故寂然凝虑，思接千载；悄焉动容，视通万里；吟咏之间，吐纳珠玉之声；眉睫之前，卷舒风云之

---

① 郭庆藩辑，王孝鱼整理：《庄子集释》，中华书局1961年版，第282—285页。

色：其思理之致乎！故思理为妙，神与物游。神居胸臆，而志气统其关键；物沿耳目，而辞令管其枢机。枢机方通，则物无隐貌；关键将塞，则神有遁心。是以陶钧文思，贵在虚静，疏瀹五藏，澡雪精神。积学以储宝，酌理以富才，研阅以穷照，驯致以怿辞，然后使元解之宰，寻声律而定墨；独照之匠，窥意象而运斤：此盖驭文之首术，谋篇之大端。"①在刘勰看来，文章的情思来源于神奇的想象，审美想象不是天马行空的幻想或虚无缥缈的幻觉，每一种审美意象的生成都有其内在的逻辑。意象的"再生"或"新生"中，"心灵—感官—语言"是一体的，心灵世界生出审美理想，耳目感官提供表象和经验，心灵与外物相接，物象按照审美想象的需要进行离析、重构，新的意象最终在语言文辞的世界落地生根。这是神思畅通时的状态，当想象力受到阻滞的时候，神思便涣散了。

刘勰试图找到驾驭文思的不二法门，总结出要预备"虚静、疏瀹五藏、澡雪精神"的心灵状态，要有知识储备、生活阅历及安排文辞的能力，归根结底，必先"澡雪"而精神，从精神上去秽存真，方能在日常现象中见出美的形象。"澡雪精神"实质上是对现实所见所感加以修饰和美化，在同样的意义上，经过回忆修饰后显现的世界已不再是现时性的世界，而是想象构造的另一个世界。

（三）"文化记忆"理论概述

个人通过记忆完成人生的检索、整理和再现，一个国家或民族通过集体记忆完成文化的凝结，整个社会的历史和文化都与记忆相关联。"记忆"与"过去"，"文化"和"传统"等概念杂糅在一起，体现了"记忆"本身在时间、空间、社会、历史等多重维度的强大包孕力。将文化与记忆接轨，拓展了人类回忆的限度，从人类文化发展史的高度思考记忆问题，从时间、空间维度审视文化和记忆的关系，正是"文化记忆"研究开拓的新方向。扬·阿斯曼说，要开始一项研究工作，首先要确定一个概念并对其进行定义。"文化记忆"所涉及

---

① 刘勰：《文心雕龙》，上海古籍出版社2010年版，第53页。

的是人类记忆的一个外在维度，它包含"某特定时代、特定社会所特有的、可以反复使用的文本系统、意象系统、仪式系统"。这一概念已经超越了文化理论中根深叶茂的"传统"概念，对研究文化的本质、作用、产生、传播、变迁等问题来说，它是一种"更恰当的描述"①。

> 20世纪70年代，我们仿照"诗学与阐释学"这个德国人文社会科学领域最著名的研究小组的榜样成立了一个研究小组，名字听起来有些拗口，叫"文字交流的考古学"。研究小组建立之初，便召开两次学术会议讨论口传和书写。人们当时对"书写文化"与"记忆文化"加以区分，认为前一种文化借助文字和文本运作，而后一种则靠记忆和口传运作。经过两次学术讨论，我们得出结论，文字与记忆不仅不是相对的，而且密切相关。文字不是记忆的对立物，而是记忆的媒介。因此，我们试图寻找一个能够涵盖口传和书面传统的概念，最后决定使用"文化记忆"这一概念。借助这个新的概念，我们有可能从全新的角度对文化概念和记忆概念进行研究。②

扬·阿斯曼是德国研究埃及学、宗教学及文化学的知名学者，他与妻子阿莱达·阿斯曼共同致力于记忆与文化相关理论的研究，提出了文化记忆理论。扬·阿斯曼的理论从回忆文化、书写文化、文化认同和政治想象几个方面着手，针对回忆如何指涉过去、传承文化，以经典文本为载体的书写文化如何参与文化记忆，文化记忆在促成民族认同、政治认同、身份认同过程中如何形成并发挥作用等问题进行了理论阐释，并在此基础上以古埃及、以色列和希腊等地区的早期书写

---

① 扬·阿斯曼著，金寿福、黄晓晨译：《文化记忆：早期高级文化中的文字、回忆和政治身份》，北京大学出版社2015年版，第10页。

② 扬·阿斯曼著，金寿福译：《"文化记忆"理论的形成和建构》，《光明日报》，2016年3月26日。

文化为例，进一步展示文化记忆的变迁过程。阿莱达·阿斯曼是研究英美文学的专家，她的文化记忆研究将地中海文明及欧美近现代时期的文学文本、图像、建筑等标志物视为记忆媒介，借助他们对文化记忆的形式和变迁进行讨论，并对数码时代电子媒介引起的文化记忆危机进行了反思。阿斯曼夫妇的研究成果凝结为《文化记忆：早期高级文化中的文字、回忆和政治身份》和《回忆空间：文化记忆的形式和变迁》，这两本著作奠定了文化记忆理论的基石。

什么是文化记忆？文化记忆理论研究的范畴是什么？扬·阿斯曼在《关于文化记忆理论》一文中指出：

> 文化记忆这一概念从一开始就具有两个不同的方面，它既可以用在文化理论（Kulturtheorie）的范畴之内，也可以用在记忆理论（Gedächtnistheorie）的领域中。在文化理论范畴中，它专门指代文化的记忆功能，从而有别于文化当中与记忆关系不大的功能或方面。在记忆理论领域内，这一概念特指记忆中的文化方面，即个体记忆和集体记忆中受制于文化的记忆形式，因此有别于个体和集体记忆中文化色彩并不明显的记忆形式和功能。我们并不认为，文化在整体上就是一种记忆，同时也不认为，记忆完全受文化的支配或由文化建构而成。我们所理解的文化记忆理论是一种文化理论，同时也是一种记忆理沦，所以，这个理论的长处就是它的兼容性。

> 假如从文化理论的视角考察文化记忆，如同洛特曼（Lotman）和乌斯潘斯基（Uspenski）一样，我们会很自然地把它看作人类无法（以生理的形式）继承的记忆。在自然界中，动物们借助身体中的基因结构，并且通过代代相传即由父母传授的方式获取适应环境求生存的必要技巧和能力，而人类则必须而且能够通过象征性的符号与各种视觉和听觉的符码传承相关的知识和能力，其中最为重要的莫过于语言。所不同的是，人类不仅传承这些知识和能力，而且能够积累和丰富它，因此可以在文化上

得到进化，以惊人的速度超越自然所赋予人类的本能。[①]

扬·阿斯曼指出，文化记忆理论的研究重点关注的是文化的记忆功能和记忆中的文化方面，但这并不是说"文化"与"记忆"之间有部分内容是重合的，或者说可以简单地画上等号。也就是说，文化记忆并不是文化与记忆两个概念的交集，而是二者相互协调、相互作用产生的结果。这颇有些自圆其说的意味。然而，扬·阿斯曼的意图并不在概念本身，而是试图通过人类社会中具体的例证尽可能多样地、典型地展现文化记忆的变迁过程。正是带着这样的学术目的，他沿着理论和实证两条路径展开了研究。

关于文化记忆的类型和特征，扬·阿斯曼根据列维-施特劳斯对"冷社会"和"热社会"的区分，将文化记忆分为"冷"回忆和"热"回忆两种类型。"冷"和"热"是对待历史记忆的两种方式，"冷"回忆即具有镇静作用的历史回忆，"热"回忆即具有刺激作用的历史回忆。他认为："将对待历史的方式进行冷热区分，这可以帮助我们更准确地表述关于历史意识和回忆的镇静作用或者刺激作用的问题。镇静作用为冷的类型服务，其重要作用是冻结变迁。在这里，被回忆起的意义，都附着于反复回归和有规律的事物上，而不是附着于一次性的、不同寻常的事物上。其意义在于持续，而非断裂、突变和迁。与此相反的是，刺激作用服务于热的类型。意义、重要性、值得回忆性等存在于那些一次性事件，特别是例如骤变、变迁、发展和成长或者衰落、下降、恶化等之中。"[②]对待过去和历史，是重复还是改写，是顺应还是反抗，不同的回忆方式可能带来不同的历史驱动力，从而将文化引向不同的发展方向。冷回忆习惯于保持平稳和重复，以回归和遵循的姿态对待过去，这一记忆模式造就了一些颇

---

① 陈新、彭刚主编：《文化记忆与历史主义》，浙江大学出版社2014年版，第4—5页。

② 扬·阿斯曼著，金寿福、黄晓晨译：《文化记忆：早期高级文化中的文字、回忆和政治身份》，北京大学出版社2015年版，第66页。

具特色的文化现象，如人类社会多次出现的文化重演和文化返祖现象，"从文化史更长时段视角观察，所谓'文化返祖'，其所返之'祖'，往往是文化元典（如中国的《周易》《尚书》《诗经》，希伯莱的《圣经》，印度的《吠陀》）所贮蓄的某一民族文化的'元精神'。这种由元典通过文字确定，凝结起来的'元精神'，好比是细胞中的遗传基因，我们权且称之'文化全息基元'"①。这种"元精神"崇拜似乎早已植根于人类文化的集体无意识中，成为一种共同的记忆，纵然时代变迁、思想动荡抑或是遭遇技术革命的颠覆、外来文化的冲击、政治暴力的摧残，这种潜伏的共识也不会就此埋没或永远消失，随时都可能因某种激发而复兴或直接在回忆中起死回生。热回忆热衷于急剧的变化和变革，当过去的记忆不再产生意义，我们的文化开始出现断裂、冲突、革新等现象，如中国古代春秋战国时期思想领域出现的"古今礼法"之争，20世纪早期的一场强劲的新文化运动，"这些内容所涉及的，是与被现时化的意义相对的那些意义、被遗忘内容的重新提及、对传统的重建和被压抑内容的回归——书写文化的这种典型的动态，是克洛德·列维-施特劳斯所谓'热社会'的主要标志"②。列维-施特劳斯认为，热社会利用回忆的作用果断地将自己的历史演变进行了内化，使其成为自身发展的动力。过去在这种内化过程中被改写成具有奠基意义的历史，转变成了神话。"一种热的回忆，它不是单纯地把过去作为产生于时间层面上的、对社会进行定向和控制的工具，而且还通过指涉过去获得有关自我定义的各种因素并为未来的期望和行动目标找到支撑点，我们称这样的回忆为神话。"③神话具有"奠基作用"和"与现实对立"的作用，神话在指

---

① 冯天瑜：《关于"文化重演律"的思考》，《中国文化研究》1993年第1期。

② 扬·阿斯曼著，金寿福、黄晓晨译：《文化记忆：早期高级文化中的文字、回忆和政治身份》，北京大学出版社2015年版，第14页。

③ 扬·阿斯曼著，金寿福、黄晓晨译：《文化记忆：早期高级文化中的文字、回忆和政治身份》，北京大学出版社2015年版，第75页。

导当下发展方向时所发挥的力量即"神话动力"。冷回忆与对应"奠基作用"的神话动力，带来的是重复和固定；热回忆对应"与现实对立"的神话动力，带来的是颠覆和革命。扬·阿斯曼将回忆文化划分为"冷"回忆和"热"回忆两种记忆，为其阐述"书写文化"从"仪式一致性"到"文本一致性"过渡奠定了基础。

文化记忆是连接过去与未来的纽带，它的传承和延续不是凭空而为、因时而化，"因为文化记忆并非借助基因传承，它只好通过文化的手段一代又一代地传承下去"①。这其中起关键作用的功能和载体便是语言文字。"我们无法设想，离开了语言传承的形式，什么东西能像一个神圣的中心一样把传统紧紧地固定在自身的周围，而使得这种传统成为有机的整体的元素就是'文化记忆'。"②"文化记忆并不一定与文字相联系，它也可以借助仪式、神话、图像和舞蹈保存下来。但是在有文字的文化里，文字扮演着关键性的角色。"③扬·阿斯曼详细分析了"书写文化"在文化记忆传承过程中扮演的重要角色。他指出，拥有不同文化背景及思维方式的古代埃及和古代中国一开始都是借助举行仪式维系对世界认知的一致性，直到阐释文本的出现，这种"仪式一致性"才逐渐向"文本一致性"过渡。"仪式"以固定不变的重复方式完成知识的传承，并在不断重复的过程中激发参与者的联想与回忆，每一种仪式都指向某种特定的意义，"仪式的作用就是促使人们想起相关的意义，不然的话，仪式就会沦为毫无意义的例行公事了"④。相对于"仪式"来说，"文本"不用承受千篇一律的"重复"带来的压力，它本身就是一个意义承载体，但它没有仪

---

① 扬·阿斯曼著，金寿福、黄晓晨译：《文化记忆：早期高级文化中的文字、回忆和政治身份》，北京大学出版社2015年版，第87页。

② 扬·阿斯曼著，金寿福、黄晓晨译：《文化记忆：早期高级文化中的文字、回忆和政治身份》，北京大学出版社2015年版，第176页。

③ 扬·阿斯曼著，金寿福译：《"文化记忆"理论的形成和建构》，《光明日报》，2016年3月26日。

④ 扬·阿斯曼著，金寿福、黄晓晨译：《文化记忆：早期高级文化中的文字、回忆和政治身份》，北京大学出版社2015年版，第89页。

式那样鲜活的形式，只有在被解释的时候才能实现传承的目的。而有一种被奉为"卡农"的特殊文本，如一些不容随意篡改的神圣经文类文献，伴随着专门机构和解释者的出现，具备了和节庆仪式一样保持文化一致性的能力。然而，扬·阿斯曼无意于讨论这种僵化的文本，虽然仪式注重重复，而文本却允许差异，这使得文本在传统延续中容易造成断裂，很难保证知识传承过程的持续性，但有一些文本就可以对抗断裂的命运，这才是阿斯曼关注的重点所在。

文本一致性顾名思义就是架起一座桥梁，目的是克服作品在转化为文字形式以后可能引发的断裂，有了这样的联系纽带，文本即便历尽沧桑也不至于消失，而且保持其效力并与当下无缝对接，我们把这种对接称为互文性。归纳起来，我们可以区分三种互文性：注释色彩的互文性、模仿色彩的互文性和批判色彩的互文性。被注释的文本一般属于卡农性质的文献，因为卡农既不许被扩写也不许后人模仿和批判，而且它的字面形式一旦确定便不能做丝毫的变动，换句话说，文本本身完好无缺，所出现的差异因此完全在另外一个层面上发挥其作用。与之相反，经典则受到后人的模仿。经典当然也被注释（auslegen），亚历山大的语文学家们称这种注释为处理（behandeln）。需要指出的是，一部作品只有当它业已变成了有差异的诸多文本的范本之后才有可能成为经典，正如荷马史诗成为维吉尔的范本，维吉尔的作品又被弥尔顿视为范本样。批判色彩的互文性出现在科学领域，因为在科学讨论的语境中，具有奠基意义的文本需要接受批评。在这方面典型的例子可以说是亚里士多德与柏拉图、孟子与孔子之间的关系。这是个形式特别的互文性，我们称之为"接合性"，在专论希腊的章节中将对此做详细的阐述。上述三种互文性的共同点在于，涉及的文本都具有奠基性意义。在书写文化和文本一致性构成的框架里，文化记忆的运作形式主要是与奠基性文本打交道，即对它们进行注释模仿，学习它们、批判它们。我们必须再次强调，神圣的文献在这样的语境里并不是奠基性文本，因为它们无法对接，而且也不可能借助互文性生成有所差异的不同文本。神圣文献只具有仪式一致性并且不断地被重复。①

文本一致性所指涉的文本，不包含一成不变的神圣文献，而是指那些具有互文性意义的经典文本。但互文性仅仅是保持一致性的一个方面，经典文本也只是文化记忆生成的必要条件之一。扬·阿斯曼认为，人类文化保持连续性和一致性有两种不同的形式："重复"和"差异"。仪式借助严格的重复获得恒定不变的力量，文本则在保持差异和互文性作用下抵抗时间的磨蚀。自然世界周而复始，人类世界从来不会自足、封闭地向前发展，亚里士多德将重复和差异作为人类世界和动植物世界的根本区别，扬·阿斯曼表达了对这一观点的赞同，并在关于希腊书写文化与思想进化的论述中对其进行了延伸。他认为，"自然的连续性源于它不断的重复"，"文化的延续性表现为一个递进的变化"②，在"递进的变化"中起关键作用的是一种称为"接合性"的原则，因为思想的进化不可能单纯依靠文字完成，必须依靠"接合性"原则，即"依据具有奠基意义的文本，接受和吸收前人所说的话，遵循真理或者可信的原则，关注问题的相关性"，必须完成这一整套接合过程，思想才有历史。也就是说，具有奠基意义的文本必须被后世不断接受和理解，才能成为可以承载文化记忆的文本。

尽管"每一种媒介都会打开一条通往文化记忆的特有的通道"③，但自有书写文字以来，文本以其强大的记录和存储能力帮助人类对抗遗忘、保存了更多的记忆。"文字在很长一段时间里被看作

---

① 扬·阿斯曼著，金寿福、黄晓晨译：《文化记忆：早期高级文化中的文字、回忆和政治身份》，北京大学出版社2015年版，第101—102页。

② 扬·阿斯曼著，金寿福、黄晓晨译：《文化记忆：早期高级文化中的文字、回忆和政治身份》，北京大学出版社2015年版，第313页。

③ 阿莱达·阿斯曼著，潘璐译：《回忆空间：文化记忆的形式和变迁》，北京大学出版社2016年版，第13页。

是一种‘透明’的媒介，它可以跨越空间和时间，毫无损失地保存过去的‘思想’。"[1]然而，人的记忆也是有选择的、有限的，不是所有的文字记录都能进入人类的记忆空间，只有那些值得回忆的东西才会始终保持被重新激发的活力。诚如阿莱达·阿斯曼所言："人们回忆什么呢？他们当然回忆与自己有关系和对自己至关重要的事情，即回忆那些不应该忘记的东西。我们人类的回忆过去并非出于任何冲动，也不是因为什么天生的兴趣，而是基于一种义务，这种义务是我们所应培育的文化的组成部分。"[2]

通过考察不同社会结构文化记忆的传承方式，扬·阿斯曼发现，古埃及借助"用石头构筑的回忆"——神庙将文化记忆奉为法则和制度，在不断的意义强化中保证文化的持久性；以色列以宗教构筑精神"铜墙铁壁"，用来抵抗外来文化的侵蚀，达到保持文化内部独立性的目的；"在西方，呈现为诗歌和哲学的希腊经典与希伯来《圣经》《新约》成为文化回忆的核心；在伊斯兰文化中，希腊科学占据主导地位，而且《古兰经》发挥了相当于希伯来《圣经》的作用"[3]。具有奠基意义的建筑或文本促成了这些文明古国的思想进化，其中最常见的文本就是宗教正典。但希腊无疑是特例，它将《荷马史诗》视为传统进行回忆，并在此基础上走向了一条通往哲学和科学的"特殊的路"。扬·阿斯曼不禁自问："为什么公元前8世纪的希腊人要进行回忆，而且是以史诗的形式叙述五百年之前发生的事情？"[4]他认为，这个问题的解释与文本诞生时的历史条件有关，《荷马史诗》是希腊历史过渡时期的产物，它的出现是希腊人试图"用虚构的连续予

---

① 阿莱达·阿斯曼著，潘璐译：《回忆空间：文化记忆的形式和变迁》，北京大学出版社2016年版，第476页。

② 阿莱达·阿斯曼著，潘璐译：《回忆空间：文化记忆的形式和变迁》，北京大学出版社2016年版，第279页。

③ 扬·阿斯曼著，金寿福、黄晓晨译：《文化记忆：早期高级文化中的文字、回忆和政治身份》，北京大学出版社2015年版，第173页。

④ 扬·阿斯曼著，金寿福、黄晓晨译：《文化记忆：早期高级文化中的文字、回忆和政治身份》，北京大学出版社2015年版，第296页。

以拼接"断裂的历史，以保持传统的连续性。选择伊利亚特传说中的英雄故事来重构断裂的历史，是因为"在一个特定的社会形式框架下，英雄史诗不失为一个用来进行文化记忆的首选文学类型。这个社会形式的特征是骑士的、贵族的、好斗的，带有强烈的个人主义的色彩。不管在世界睡眠地方，骑士阶层的特点都是优越感以及特殊的和因人而异的自信心"①。因此，古希腊选择《荷马史诗》进行文化记忆并非偶然，而是因为"特定的人群需要借助它确立自己的形象"。

以诗歌的形式回忆英雄时代，并将其纳入文化记忆，这是一个颇有意味的现象。我们不妨沿着阿斯曼文化记忆理论的路径对中国文化记忆进行简单的观照和反思。

西方的文化记忆建立在古希腊经典的基础上，而"在希腊，荷马史诗传承的过程就是希腊民族形成的过程"。与希腊民族一样，中国传统文化的形成也与一部具有奠基意义的作品有关，那就是以孔子为代表的儒家思想的经典之作《论语》。《荷马史诗》是后人根据荷马流传下来的口述诗作编辑而成，《论语》也是孔子弟子及后人根据孔子的语录整理而成，二者都是后人通过回忆的形式完成的。《论语》产生于春秋战国社会大分裂、大变革时期，宗法奴隶制在动荡冲击中瓦解崩溃，封建土地私有制逐渐形成，思想摆脱专制力量的钳制，各国统治者争相揽"士"，新兴"士"阶层开始崛起。在这种自由的空气中，贵族官学式微，私人讲学兴起，各家各派相互论争和批判，呈现诸子百家争鸣的局面。具体来说，西周社会"学术官守"，只有官府才能办学，只有贵族才有接受教育的权利；到了战国时期，教育垄断被彻底打破，民间可以自由办学，社会各阶层都能参与文化教育活动。获取知识的自由性和平等性使得更多的庶人凭借学识才能、人格名望、风骨气节加入学术思想争鸣的行列，进入上层制度建设体系，跻身"士"阶层。在天下纷争的背景下，"士"阶层萌发了"以天下为己

---

① 扬·阿斯曼著，金寿福、黄晓晨译：《文化记忆：早期高级文化中的文字、回忆和政治身份》，北京大学出版社2015年版，第297页。

任"的忧患意识，他们周游列国、品评时局、游说执政者、推行思想主张，逐渐演化为从事文化教育的专业文化阶层，获得身份认可，成为封建文化创造和传承的主体。孔子及其弟子组成的儒家学派作为"士"阶层的典型代表，"士"阶层立场鲜明、思想活跃、价值多元、个性独立，竭力维护自己的人格尊严，渴望施展理想和抱负，这些独特的行为准则和精神品格为《论语》的生成提供了文化土壤，而"士"阶层的"游离状态"也在一定程度上促进了《论语》的传承和传播。

　　从内容和编排方式上看，《论语》以"语录体"的方式记言论理，首开私人著述的先河，为诸子百家编辑著述提供了范本，之后的《孟子》《荀子》《墨子》《庄子》《韩非子》几乎都是沿用这一体例。从传播和接受情况上看，《论语》在"百家争鸣"时期大放异彩，在后世的传播更为显著。儒学在汉代被视为"独尊"之学，《论语》作为儒学的奠基经典，成为支撑儒家文化的核心文献，如汉人赵岐《孟子题辞序》中所言："《论语》者，五经之辖辖，六艺之喉衿也。"汉代以降，《论语》的传播和接受之盛从大量的注疏本中可见一斑，如王弼《论语释疑》、皇侃《论语义疏》、朱熹《论语集注》、邢昺《论语注疏》等，各家各派均在解释《论语》的基础上阐发自己的思想。当然，历史在选择儒学和《论语》作为文化记忆首选类型时，也为它们安排了跌宕起伏的命运。回溯历史，儒学的每一次重大转进与发展都与其遭遇的困境以及与此相联系的时代课题紧密联系在一起。儒学在中国历史上先有杨、墨的挑战，再有汉晋的新道家反对"周孔名教"的运动，继而是佛教在中国长期的支配性地位，而至明末又发出了"不以孔子之是非为是非"的思想运动。如一位著名学者所言，这些反儒学的思想运动"都没有突破中国文化传统的大格局"，"儒学在经过一番自我调整之后，仍能脱出困境，恢复活力"。①无论是"焚书坑儒"式的暴力冲击，还是不同文化富有挑战

---

① 沈小勇：《百年回眸：儒学的现代之境》，浙江大学出版社2014年版，第6页。

性的对抗，都没能彻底撼动儒学在中国传统文化中的主导地位，因为支撑它的奠基性文本——《论语》已在后世"按照特定的规则重回文本"①，即通过"互文"和"接合"过程完成了文化的一致性，早已超越单纯的文本意义，发展为一种具有民族同属感的思维方式、价值取向或者说是哲学精神。正如阿斯曼所言："并非只有希腊人获得了这一成就，同样是通过接合性原则，以孔子为代表的中国人在哲学领域独放异彩。"②

　　记忆是过去的一部分，从回忆的那一刻起便意味着遗忘已经发生了。因此遗忘不是记忆的对立面，而是它的一部分。记忆指向过去，同时也连接现在与未来，文化记忆更是如此，不止为了纪念过去，更多的是为了用回忆的目光注视未来。西川认为"文化记忆"是一个容易使人陷入虚无的话题，他说："涉及文化记忆的问题非常复杂，当然不应由我们简单的生存处境、道德立场、怀古幽情、现代化观念等等蛮横地决定记忆的走向。……既然文化记忆如此复杂，我们就无法期望仅仅使用几个文化符号来表达我们的文化记忆，更别说使用虚假的符号了。……有一个指标性的标准可以用来区分真确的文化记忆与虚假的文化记忆，那就是，真确的文化记忆其内部充满了自我辩驳，而虚假的文化记忆呈现出来的仅仅是静态的文化符号。"③诚如西川所言，文化记忆是动态的，真正的文化记忆是充满辩驳的，似乎只有文字书写的历史带有这种辩驳的力量。和希腊一样，中国的文化记忆大多是建立在文字书写的历史之上的，"中国人的历史记忆手段更多地依赖于语言性的文字而不是图像性文字。普通中国人的历史感是由汉字培养的。中国人不习惯在历史事件发生地点保存纪念性铭刻物，

---

　　① 扬·阿斯曼著，金寿福、黄晓晨译：《文化记忆：早期高级文化中的文字、回忆和政治身份》，北京大学出版社2015年版，第313页。

　　② 扬·阿斯曼著，金寿福、黄晓晨译：《文化记忆：早期高级文化中的文字、回忆和政治身份》，北京大学出版社2015年版，第313页。

　　③ 西川：《文化记忆和虚假的文化记忆——在柏林世界文化宫"文化记忆"研讨会上的发言》，《作家》2006年第7期。

而更依赖府志、县志等官方文字记载。在中国人的观点里，文字的记忆大于实物的记忆，府志、县志具有不可怀疑的权威性。此外，石碑是中国常见的历史铭刻方式。它以汉字书写为主，各种内容、数以千计的碑刻遍布在中国的大街小巷，无疑记录了地方过去和当时的历史"[1]。因此，借助文字文本建立的文化记忆想要保持自身的一致性和延续性，就不得不在经典文本的解释和重构上下功夫。

回望历史，我们不难发现，中国文化记忆的形成有承继自身古老传统的因素，也有源自外来力量的作用，前文提到的互文性原则和接合性原则使具有奠基意义的文本时刻保持着"因时而变"的能力，但在20世纪初期的一场新文化运动中，借助《论语》等传统经典文本保持一致性的中国文化记忆在西方启蒙话语的挑战下遭遇了前所未有的危机。这不禁令我们开始反思，我们的文化记忆该如何保留？文本该如何适应多元化的现代文化语境，才能不被人忘记，一直在回忆空间里延伸，永不停滞？

第二节　文体与文体记忆

通往文化记忆的道路漫长迂回，想要重回到文学文本的岔路口，似乎绕不开文体记忆这座桥。

什么是文体记忆？我们首先要了解文体的概念。文体就是文学体裁吗？童庆炳先生在《文体与文体的创造》一书的导言中写道："不知从什么时候开始，'文体'被定义为文学体裁，于是文体研究也就被限定为文学体裁的研究。实际上，无论在中国古代，还是在西方，'文体（style）'都具有丰富的涵义。中国古代的'体''文体'既指文类，也指语体、风格等。西方的'style'一词可以翻译为文体、语体、风格、文笔、笔性等，内涵也很丰富。本书研究的文体不单是指那种被狭隘化了的文类，也不单是指文学的风格，我们试图从更丰

---

[1]　张宇婷：《浅谈文化记忆》，《大众文艺》2011年第4期。

富的意义上来探讨它。我们大致上给文体这样一个界说：文体是指一定的话语秩序所形成的文本体式，它折射出作家、批评家独特的精神结构、体验方式、思维方式和其他社会历史、文化精神。上述文体定义实际上可分为两层来理解，从表层看，文体是作品的语言秩序、语言体式；从里层看，文体负载着社会的文化精神和作家、批评家的个体的人格内涵。"①童先生将文体作为理解作品的一种特殊形式，认为文体不仅仅是文章类型、话语体式、结构方式、文本样式等外在形式的指称，还是关乎语言风格、修辞手法、思想感情、文化背景等内在机理的显现，这种系统全面的文体观自然是站得住脚的。

文体是对文学特质的阐释，我们可以说，语言凝练、意象丰富、节奏跳跃是诗歌文体的特征，具备人物、情节和环境三要素的作品是小说文体，表达灵活、情感真实是散文文体的特点。除了这种对某一类文学作品特质的描述，文体也可以用来描述一个作者的作品甚至仅仅针对其中一部作品，我们可以说林语堂散文文体的特征是闲适幽默、性灵超远，余华小说的文体特质是苦难意识、先锋精神，海子诗歌的文体特质语言质朴、浪漫主义、悲剧色彩，也可以说朱自清散文《荷塘月色》的文体特征是语言清丽、情景交融、诗意盎然，张枣诗歌《镜中》的文体特征是意境古雅、韵律整齐……可见，对于文学作品来说，文体就像一种万能试剂，无论是结构、成分，还是条件、产物，都可以通过"文体检测"见分晓。而文体也像是文学的一件审美外衣，披上这件外衣，合不合身、美不美，立见分晓，因为对于文学作品来说，审美分析无疑是最意味深长的、自由无拘的、无限延伸的，文体分析也能达到这一效果。将文体分析与审美分析对等，韦勒克与沃伦在关于"文体和文体学"的论述中进行了很好的诠释。他们认为文体研究应首先从文学语言的角度开始，因为"语言是文学艺术的材料"，"文体学的核心内容之一正是将文学作品的语言与当时语言的一般用法相对照"。同时，他们指出文体学的研究范围十分

---

① 童庆炳：《文体与文体的创造》，北京师范大学出版社2016年版，第3页。

广泛，"文体学研究一切能够获得某种特别表达力的语言手段，因此，比文学甚至修辞学的研究范围更广大。所有能够使语言获得强调和清晰的手段均可置于文体学的研究范畴内：一切语言中，甚至最原始的语言中充满的隐喻；一切修辞手段；一切句法结构模式。几乎每一种语言都可以从表达力的价值的角度加以研究"。这里所说的"表达力"，指的应该是一种语言的张力，或者说是一种语境造成的审美效果。在语言表达过程中，有很多修辞手法可以增强或减弱语言的效力，比如用夸张的语言引起强烈的感官刺激，用反讽式的语言制造惊异的效果，用悖论式的语言激发深思的力量，用诗性的语言制造美妙的韵律，只要恰到好处地使用这些修辞手段，制造了好的表达效果，形成了独特的文体风格，表达力的价值就实现了。也就是说，当修辞影响了作品的风格，修辞都可以作为文体分类的标准。当然，在韦勒克、沃伦看来，修辞学分类只是一种古老的、浅表的分类方法，与那些通过一般性的文学作品臆测民族心理的做法一样，都有浮于语言表面之嫌。每一个文本都有其独具个性的语言系统，只有深入到语言系统内部做全面的、系统的分析，"从一件作品的审美角度出发"，这样才能解析出它有别于其他作品的"全部的意义"，这就是文体学的意义。

> 文体学的纯文学和审美的效用把它限制在一件或一组文学作品之中，对这些文学作品将从其审美的功能与意义方面加以描述。只有当这些审美兴趣成为中心议题时，文体学才能成为文学研究的一部分；而且它将成为文学研究的一个主要部分，因为只有文体学的方法才能界定一件文学作品的特质。[①]

文体分析的意义在于辨别不同文体之间的风格差异，有的作品个人风格明显比较容易进行文体分析，有的作品区分起来则较难。韦勒克、沃伦认为，散文作品便是较难区分作家风格特征的一类，要想分

---

① 韦勒克、沃伦著，刘象愚等译：《文学理论》，三联书店1984年版，第193页。

辨出散文作品的风格差异，"需要有灵敏、锐利的听觉和观察力"，在遣词造句上进行细致取证，而不是将文体分析与其他关涉作品外部的内容混为一谈。因此，韦勒克、沃伦的文体观坚持的是一种纯粹的基于文本本身的分析原则，他们反对"把文体分析说成是作家表达自己的哲学见解的方式"。那什么样的文体分析才有意义？韦勒克、沃伦的结论是：只有文学研究范畴的文体分析才是行之有效的，"当文体分析能够建立整个文学作品中普遍存在的统一原则和某种一般的审美目的时，它就似乎对文学研究最有助益"。

无论是从作品的语言材料出发分析其文体风格，还是从"世界、作家、作品、读者"文学理论四要素的角度看待文体研究，都是为了进入文学奥秘之林寻找文本之间的风格差异，只是寻找的出发点不同。这也在一定程度上显示文体之于文学的重要意义，它的重要意义在于，它是以语言为质料，将文学内容整合并限定在艺术美的容器，加以提炼、润色，最终成就文学之体。因为文学内容一开始就像是心灵闪现的幻影，没有实体，不可捉摸，要想变成一件能为人所理解的事物，必须经过文体的炼化，才能得到被接受和认可的机遇。从这个角度来审视文体，可以说，文体是审美的化身，文体中所显现的层次、逻辑和智慧都是作者心灵的映照。写作之人锤炼文体的表达活动，将文体化作人生的需要，通过文体展示学识和才华，表达人生理想，培养审美意识，从而锻造出优秀的人格。文体最显著之处在于它就像是一个人的精神标记，可以轻而易举显示出差异，让我们意识到自我的不同。同样的题材经不同的手笔一写，可能出现天壤之别，因为"题材是身外物，只有文体才属于你自己"[①]，是风格的力量使得文本历久弥新。正如法国文学家布封所言，文章中包含的知识、事实与发现等，"这些东西都是身外物，文笔却是人的本身"[②]。布封认为，风格是内容的基础，一个文本首先必须言之有物、有思想、有意义，但拥有这样的内容并不难，因为"作品里面所包含的知识之多，

---

① 童庆炳：《文体与文体的创造》，北京师范大学出版社2016年版，第8页。

② 布封著，任典译：《布封文钞》，人民文学出版社1958年版，第12页。

事实之奇，乃至发现之新颖，都不能成为不朽的确实保证"，而只有当它的文笔具备了高超美、典雅美、壮丽美，才获得了永恒的力量，在任何时代都将被赞美。以此反观前文提到的那些具有奠基意义的文本，除了在内容上标新立异于时代之上，也在文体风格上显示了超凡的力量。《荷马史诗》以悲壮雄浑的史诗笔调诠释英雄传说，是这种崇高的文体造就了伟大的题材和叙事诗范本；《论语》用文质兼美的语言风格承载深刻的忧患意识，以微言大义的语录体散文模式将儒家思想串联成一个整体，这种典雅、高超的文体描画出时代文化精神的底色，并导引了中国古典说理散文的方向。

有经典的文本，自然也有经典的文体。经典的文本是文化记忆得以存在和延续的关键载体，经典的文体也能在记忆维度的持续和延展中发挥作用。我们知道，古代中国最为显著的文学样式便是诗歌和散文，"诗言志，歌永言""诗缘情而绮靡"，诗歌讲究的是一种情志的冲动；文以载道，文乃"经国之大业，不朽之盛事"，这里面的"文"指的便是古典散文之类，"载道""经国"都是就文章的实用性而言。虽然这一"实用"功能时常遭到各路文人的质疑和批判，但散文这一文类始终驰骋在文学的广阔疆域步履不停，并在文化的漫长序列里占有一席之地。究其原因，大概是散文文体兼具实用与审美两种特性，这足以支撑它成为一种代表性文类，随着时代源远流长。

散文文脉不曾断绝，文脉之延续实质上是文体本身的延伸，而这一延伸是由文体固定统一的体式特点和时间维度的持续性决定的。从这个意义上说，文体本身就带有储存和记忆的功能。因此，我们可以说，文体记忆确是存在的，它是文学之魂，失却了文体记忆，便失却了文学本身。而文体与时代之间有着千丝万缕的联系，文体承载、见证一个时代的记忆，描绘、造就了一个时代的风格，同时又导引、照亮了一个时代的未来空间。一个时代有一个时代的文体风格，对于时代而言，文体记忆扮演着引领和调度的角色，而且始终对其施与美化，使之变得鲜明、清晰，更加合乎规律，足以在后世获得长久的回响。

时代一去不返，文学历久弥新。中国文化记忆大体上是依赖文学而存在的。文学作为特定文化土壤滋养下的产物，文学的写实与抒情功能也在一定程度上促进了文化的传承与创新，以文学为窥孔研究文化记忆是一种可行的途径。王德威在《现代中国小说十讲》一书的序文中说道：“文学与其说是印证了历史的独一无二的理性逻辑，不如说提醒了我们潜藏其下的想象魅域、记忆暗流。游走虚实之间，文学将我们原该忘记的，不应或不愿想起的，幽幽召唤回来。”①文学对记忆的“幽幽召唤”正是文学创作助力文化记忆延续的生动写照。

将文化记忆理论延伸到散文研究中，通过考察散文语言修辞、叙事策略等形式层面的特点及散文文化传承、记忆书写等内在层面的发展态势，从散文文本的角度探讨文化记忆的轨迹，从文化记忆的高度探索散文文本的创新之路，可以开辟散文文化研究崭新的批评视角。

上文对本章所依托的文化记忆理论进行了梳理，接下来的篇幅将对照一些“记忆”书写痕迹颇为清晰的作家作品，进行具体的文本分析，看一看这些具有代表性的散文文本是如何描绘“记忆”，又是如何运用叙事策略扩展散文记忆空间，渐次成为文化传承和批判的经典文本的。下面主要以杨绛和詹福瑞的散文作品为例进行分析。

第三节　杨绛散文的记忆书写

杨绛在翻译、戏剧、小说、散文、文学研究等方面均有很高的造诣，她的主要作品有译作《堂吉诃德》《小癞子》，剧作《称心如意》《弄假成真》，长篇小说《洗澡》，短篇小说集《倒影集》，散文集《干校六记》《杂忆与杂写》《将饮茶》，论文集《春泥集》《关于小说》等。在《杨绛文集》自序中，杨绛写道：“我不是专业作家；文集里的全部作品都是随遇而作。我只是一个业余作者。”她谦称所有文章都是“随遇而作”，写剧本是为了生计；写小说是自己

---

① 王德威：《现代中国小说十讲》，复旦大学出版社2003年版，第1页。

的志向，却"还在试笔学写阶段"，自认为此生有志无成，"只随笔写了好多篇文体各别的散文"。谦虚是因为她对自己的作品要求极为严苛，"不及格的作品，改不好的作品，全部删弃"。"被逼而写的文章，尽管句句都是大实话，也删。"虽然她对自己的作品"都不满意"，但"有'一得'可取，虽属小文，我也留下了"。她自认为有一点收获"可取"的小文，大概指的就是"随笔"所写的散文。

在杨绛"文体各别"的散文作品中，《干校六记》无疑是风格最为独特的一个文本。《干校六记》完稿于1980年年底，最早于1981年4月全文刊载在香港《广角镜》杂志上，同年5月在香港出版，同年7月由北京三联书店出版，随后被译为英、法、日、俄多种语言出版，引发广泛关注，成为20世纪记忆书写的经典之作。有评论称："《干校六记》以其独特的散文表达，开启了新时期散文文类觉醒的先河，是中国当代散文史真正美学意义上的开端。"①

让我们先从《干校六记》的体例开始，再回溯到文本的深处。

杨绛在《干校六记》的结尾写道："回京已八年。琐事历历，犹如在目前。这一段生活是难得的经验，因作此六记。"寥寥数语，平缓冷静，干净利落，交代了写作的主题和缘由：为追记一段特殊的记忆。书中记述了"文化大革命"期间杨绛和钱锺书被下放到河南干校的生活，将这段经历编为《下放记别》《凿井记劳》《学圃记闲》《"小趋"记情》《冒险记幸》《误传记妄》六个篇目名其名曰《干校六记》。从书名和篇目编排来看，模拟的是清朝文人沈复的《浮生六记》。钱锺书在《干校六记》小引中说，《浮生六记》事实上只存四记，而《干校六记》理论上该有七记，杨绛漏写了一篇关于批判斗争的《运动记愧》，因为"'记劳'，'记闲'，记这，记那，都不过是这个大背景的小点缀，大故事的小穿插"。这是反讽的说法，钱锺书表面上对杨绛漏写"大故事"生出缺憾之感，实则是对记述这些

① 范培松、张颖：《钱锺书、杨绛散文比较论》，《文学评论》2010年第5期。

"无关宏旨"的驳杂琐事的肯定，因为只有忘却了某些记忆，回忆起过去才更加冷静客观，与其事后言愧，活在记忆的阴影里，倒不如选择遗忘，留下缺憾，"落得个身心轻松愉快"。这也正是杨绛书写记忆的态度和视角。

回首向来萧瑟处，"文革"记忆，对亲历者来说，是一种苦难，也是"难得的经验"，因此成为那一代散文家提笔必抒的话题。然而，对于苦难记忆的书写，"远近高低各不同"，有愤恨的控诉，也有温情的救赎；有沉重的哀悼，也有理智的反思。楼肇明与止庵早期曾在一次"关于老生代散文的对话"中谈道，"文化大革命"之后出现了一批"哀悼散文"和一些表现伤痕的作品，这些作品只是"文革"特殊历史阶段的产物，因缺乏深度的思考，没有长期存续的生命力，"从文学史上看，中国散文还没有回归到一条正路上来。直到巴金、杨绛、陈白尘等的文章出现，散文才从政治反思进到文化反思，20世纪中国散文长期青黄不接的断层靠他们才给胶合起来"[1]。楼肇明将文化的传承与更新的过程比作"凤凰涅槃"，认为老生代散文便是中国文化凤凰涅槃的一次结果，他从文化传承的角度犀利地指出"散文的本体是文化，有文化的写散文，没文化的不要写"。也就是说，散文作为一种反映现实的文学书写样式，深植于历史文化土壤之中，本身便具有文化属性，"有文化"的散文的表达方式大多呈现为一种深沉冷峻的风格，所表达的东西带有良好的审美趣味、反对愚昧的精神、人格的良知、持久震撼人心的力量……正是这些文化属性使得散文担得起承接"古典传统、五四传统"的重任。

散文的文化属性主要源自散文作者个体的学识修养。在有关记忆书写的散文中，创作主体思想、智慧、审美所能达到的高度，直接影响其支配记忆、还原记忆的能力。因为对记忆书写来说，真实可信比文本本身更宝贵。《干校六记》对"文革"记忆的描述，呈现为一种

---

① 楼肇明、止庵：《瀚海冰川仿沧桑——关于老生代散文的对话》，《南方文坛》1997年第2期。

不加修饰的记忆书写，更大限度地保留了那段历史的原真度。如止庵所言："杨绛散文的朴素之美，使得我们从沉溺已久的浮夸做作和滥抒情里抬起头来，看清楚文章原有如此之大的高下区别，她恢复了一个不移的尺度。"这一尺度指的便是作品的真实度、可信度。

杨绛将1969年底至1972年春两年多的干校生活浓缩在"记别、记劳、记闲、记情、记幸、记妄"六个片段之中，这些片段涵盖了干校生活的方方面面，看似残碎却相互依存，从第一篇"离别"开始到最后一篇"遣返"结束，所有的记忆碎片黏合在一起，成为不可分割的整体。

在《下放记别》中，杨绛写离别的笔法不同于一般的离别书写，她没有花太多的笔墨描写离别时的情态，而在等待行期、置备行装、家信来往等生活细节处着墨。她写道，自己为钱锺书缝补了一条裤子，"坐处像个布满经线纬线的地球仪，而且厚如龟壳。默存倒很欣赏，说好极了，穿上好比随身带着个座儿，随处都可以坐下"。描述为下干校打包自己的床："我用细绳缚住粗绳头，用牙咬住，然后把一只床分三部分捆好，各件重复写上默存的名字。小小一只床分拆了几部，就好比兵荒马乱中的一家人，只怕一出家门就彼此失散，再聚不到一处去。"这些细微的记叙、纯白的话语呈现的是可视化的画面，没有直言离别，却能刺激读者的联想和记忆。杨绛没有大肆渲染离别时的场景，而是在只言片语中显露出充满尊严的隐忍之态。她在描述与钱锺书的离别中，陷入了一段神思：

> 我记得从前看见坐海船出洋的旅客，登上摆渡的小火轮，送行者就把许多彩色的纸带抛向小轮船；小船慢慢向大船开去，那一条条彩色的纸带先后迸断，岸上就拍手欢呼。也有人在欢呼声中落泪；迸断的彩带好似迸断的离情。这番送人上干校，车上的先遣队和车下送行的亲人，彼此间的离情假如看得见，就决不是彩色的，也不能一迸就断。[1]

---

[1]　罗俞君选编：《杨绛散文》，浙江文艺出版社1994年版，第24页。

迸断的彩带被当作离情的象征物，使得"离情"变得清晰可感。神思是对记忆画面的填充或者说辅助，它代替记忆完成记录的功能，这种掺杂着想象的独特回忆与记忆事实之间形成了强烈的比照。送人出洋和送人上干校自然是天差地别，一边是拍手欢呼，一边则是泪语凝噎。然而，此番的离情虽苦涩，不是彩色的，但不会一迸就断。这一重新激活的自我感受进一步巩固了记忆的效果。当我们还在设想，杨绛记忆中的离情到底是什么颜色，她却笔锋一转，很快回到现实：

> 　　默存走到车门口，叫我们回去吧，别等了。彼此遥遥相望，也无话可说。我想，让他看我们回去还有三人，可以放心释念，免得火车驰走时，他看到我们眼里，都在不放心他一人离去。我们遵照他的意思，不等车开，先自走了。几次回头望望，车还不动，车下还是挤满了人。我们默默回家；阿圆和得一接着也各回工厂。他们同在一校而不同系，不在同一工厂劳动。①

　　这段话中描写真实的离别场景，只用了"别等了""遥遥相望""几次回头望望""默默回家"等字眼，叙述语调和节奏也极为平缓、紧凑、简括。短短百字交代了送别的过程，展现了彼此间的相知相惜，"也无话可说""放心释念""各回工厂"等话语，暗示了自由受限的特殊境况、经受折磨的无奈选择。杨绛肯定简·奥斯汀，在《有什么好？》一文中这样评论《傲慢与偏见》："奥斯汀无论写对话或叙述事情都不加解释……都只由读者自己领会，而在故事里得到证实……因为作者不加解释，读者仿佛亲自认识了世人，阅历了世事，有所了解，有所领悟，觉得增添了智慧。所以虽然只是普通的人和日常的事，也富有诱力；读罢回味，还富有意义。奥斯汀文笔简练，用字恰当，为了把故事叙述得好，不惜把作品反复修改。"②

---

① 罗俞君选编：《杨绛散文》，浙江文艺出版社1994年版，第24页。
② 止庵编：《杨绛散文选集》，百花文艺出版社1995年版，第262—263页。

好的作品并不会仅仅因为主题而获得盛誉，还在于恰当运用语言的智慧。这一点不仅适用于小说的艺术，对于散文也同样重要。摆脱了修饰语的干扰，越是陌生和冷静的语言风格，越能保证记忆的准确性，激发读者求证的欲望。后文中，杨绛在对记忆中的"离别"场面进行了更加确切的描述："大家脸上都漠无表情"，"我们等待着下干校改造，没有心情理会什么离愁别恨，也没有闲暇去品尝那'别是一般'的'滋味'"。然而，这"别是一般"的滋味终究还是来得更猛烈了，相较于"送别默存""送我走"更为苦涩。

> 阿圆送我上了火车，我也促她先归，别等车开。她不是一个脆弱的女孩子，我该可以放心撇下她。可是我看着她踽踽独归的背影，心上凄楚，忙闭上眼睛；闭上了眼睛，越发能看到她在我们那破残凌乱的家里，独自收拾整理，忙又睁开眼。车窗外已不见了她的背影。我又合上眼，让眼泪流进鼻子，流入肚里。火车慢慢开动，我离开了北京。①

苦涩的缘由在于："上次送默存走，有我和阿圆还有得一。这次送我走，只剩了阿圆一人；得一已于一月前自杀去世。"杨绛没有描摹得一自杀带来的伤痛，只是大略交代了其中的缘由，将所有的伤痛都夹杂在与阿圆别离之中。她始终以一种审慎的、简明的记述语言，不动声色地剪辑、布局着一切，能省略的绝不多说一言，能让读者自行领会的绝不多加铺陈，颇有"冰山"风格的意味。杨绛写尽离别的凄楚、克制中的尊严和责任，在忍耐"心中凄楚"时几经挣扎，"忙闭上眼睛""忙又睁开眼""又合上眼"，直到将眼泪"流入肚里"，尽力保持着记忆书写的节制与平衡，时刻不忘深省自身，以清醒的意识对抗主题的苦涩。

《凿井记劳》《学圃记闲》两篇写的是干校的劳动生活。杨绛只

---

① 罗俞君选编：《杨绛散文》，浙江文艺出版社1994年版，第28页。

用开篇一段话便将干校日常劳动梳理清楚。

> 干校的劳动有多种。种豆、种麦是大田劳动。大暑天，清晨三点钟空着肚子就下地。六点送饭到田里，大家吃罢早饭，劳动到午时休息；黄昏再下地干到晚。各连初到，借住老乡家。借住不能久占，得赶紧自己造屋。造屋得用砖；砖不易得，大部分用泥坯代替。脱坯是极重的活儿。此外，养猪是最脏又最烦的活儿。菜园里、厨房里老弱居多，繁重的工作都落在年轻人肩上。①

回忆总是和个人判断糅合在一起，因有个人的感受和判断，回忆的文字才变得可感、可读、可理解。从杨绛的回忆和判断中，我们了解到干校劳动的大致情况：种豆种麦起早贪黑、造屋关键在脱坯、养猪又脏又累、菜园和厨房较轻松。这些劳动一个接一个地出场，堆叠在一起，构成了杨绛干校回忆的真实画面，因为记忆是一个重新整合的过程，过去历历在目的东西终会随着时间简化、弱化，当时的感受再怎样深刻、鲜活，放进回忆里也会被消磨、丧失、损坏，留下的是什么，杨绛就记下了什么。这段话全是直白的介绍和引导，不多加一言一语，杨绛像是在以第三人称的视角进行陈述，但叙述的声音确是来自她自己的回忆和判断。她把自己当作一个观察者，她自己和记忆里的东西都是她正在观察的客体，观察意味着要和客体保持足够的距离，要始终保持理性、克制的姿态，这样才能确保观察结果的真实可信。

记忆中的画面在遗忘中有所丧失，也会在想象中得到补偿。"想象是一种感性的力量，它具有生动的感知，走在回忆之前，并且在事

---

① 罗俞君选编：《杨绛散文》，浙江文艺出版社1994年版，第29—30页。

后取回回忆时跑来相助。"①紧接着，杨绛写道："有一次，干校开一个什么庆祝会，演出的节目都不离劳动。"有表演烧砖窑的，有表演钻井的。钻井节目只有"推着钻井机团团打转"一个动作，伴随着"嗯唷！嗯唷！"的声音，她说："'嗯唷！嗯唷！嗯唷！嗯唷！'那低沉的音调始终不变，使人记起曾流行一时的电影歌曲《伏尔加船夫曲》；同时仿佛能看到拉纤的船夫踏在河岸上的一只只脚，带着全身负荷的重量，疲劳地一步步挣扎着向前迈进。"大家都推许这个节目演得好，"戏虽单调，却好像比那个宣扬'不怕苦、不怕死'的烧窑剧更生动现实"，"而且不必排练，搬上台去现成是戏"。杨绛没有正面叙述干校的劳动多么单调、苦涩，而是用这样一段"观剧有感"的联想替代劳动记忆的书写，并顺带加入了一些暗示性的话语：

> 有人忽脱口说："啊呀！这个剧——思想不大对头吧？好像——好像——咱们都那么——那么——"
>
> 大家都会意地笑。笑完带来一阵沉默，然后就谈别的事了。②

大家是有意闪烁其词，杨绛也是有意这样回忆和书写。这些不甚明了的话语带给人一种欲说还休的意味，是对劳动记忆最有力的补充。

上述关于"劳动节目"的回忆不再是对记忆材料的简单复制，而是感情、经验、态度、审美取向等多种因素共同发挥作用，有意识地对记忆进行变形、分解、组合的结果。回忆具有选择性，有些东西不一定会讲出来，越是痛苦的似乎藏得越深，如何选择、把握全凭个人的意志。借用止庵对杨绛这段描写的评述："漫长人生的磨炼使得

---

① 阿莱达·阿斯曼著，潘璐译：《回忆空间：文化记忆的形式与变迁》，北京大学出版社2016年版，第110页。

② 罗俞君选编：《杨绛散文》，浙江文艺出版社1994年版，第30页。

杨绛对于人生、社会和历史有一种最真挚、最基本的把握。从本质上讲，她是一个人道主义者；在她的作品中始终关注的是人。她的人生感受源于一个个具体的细节，但不限定在这些细节，她并不针对生活发一些具体的议论，而是直达整个人生，从而有一种悲天悯人的胸怀。人道主义说穿了就是对人类的命运的痛苦感受，在杨绛的作品中表现的也是这个，但她有她的独特视角，有属于自己的表现方式，更多的是表现为一种隐忍，而不大习惯于痛苦地表现痛苦，我们从中感受到的是很深沉的回味，一种苦涩之感。"①

在回忆"劳动改造"时，杨绛描写了很多"苦涩"细节，但无一让人感受到创痛记忆的重负，她惯用戏谑、对比、隐喻、反讽、悖论等方式消除其中的苦涩。比如她描述与同伴编了一个漂亮的厕所门帘，自感"非常得意，挂在厕所门口，觉得这厕所也不同寻常"。结果门帘第二天就"不知去向"，"从此，我和阿香只好互充门帘"。当发现菜地小溪干涸，夫妇俩"菜园相会"再也不必绕道，她心中暗喜："这样，我们老夫妇就经常可在菜园相会，远胜于旧小说、戏剧里后花园私相约会的情人了。"哪怕是种个萝卜，她也能生出"偏爱"之乐来，说成是在"培养尖子"；她将自己以菜园为中心的日常活动比作"蜘蛛踞坐在菜园里，围绕着四周各点吐丝结网；网里常会留住些琐细的见闻、飘忽的随感"。这些戏谑式幽默感时常不经意间出现，带给人惊异之感。

再如杨绛写道，自己虽然干的都是一些简单的轻活，但长期和大伙儿一起劳动渐渐产生了一种"我们感""集体感""合群感"，这是体力劳动才会有的感受，"脑力劳动不容易通力合作"，加之干校的生活让人别无选择，"眼前看不到别的路"，"我们感"便增强了。她反讽自嘲："得到了教益"，领会到一点"阶级感情"，但自己这份始料未及的"我们感"并不是"他们"眼中的"我们"：

① 止庵：《序言》，止庵编《杨绛散文选集》，百花文艺出版社1995年版，第18—19页。

　　我能听到下干校的人说："反正他们是雨水不淋、太阳不晒的！"那是"他们"。"我们"包括各连干活儿的人，有不同的派别，也有"牛棚"里出来的人，并不清一色。反正都是"他们"管下的。但管我们的并不都是"他们"；"雨水不淋，太阳不晒的"也并不都是"他们"。有一位摆足了首长架子，训话"嗯"一声、"啊"一声的领导，就是"他们"的典型；其它如"不要脸的马屁精""他妈的也算国宝"之流，该也算是属于"他们"的典型。"我们"和"他们"之分，不同于阶级之分。可是在集体劳动中我触类旁通，得到了教益，对"阶级感情"也稍稍增添了一点领会。

　　我们奉为老师的贫下中农，对干校学员却很见外。我们种的白薯，好几垅一夜间全偷光。我们种的菜，每到长足就被偷掉。他们说："你们天天买菜吃，还自己种菜！"我们种的树苗，被他们拔去，又去集市上出售。我们收割黄豆的时候，他们不等我们收完就来抢收，还骂"你们吃商品粮的！"我们不是他们的"我们"，却是"穿得破，吃得好，一个一块大手表"的"他们"。①

　　"文化大革命"制造了各种两极化的对立关系，如"我们"和"他们"之间的阶级对立、传统与反传统的对立、理性与反理性的对立……在这些思想毒雾笼罩下，传统文化遭受破坏，人与人之间不平等关系异化为阶级感情，大字报矫揉造作的文风盛行一时。对于"文化大革命"这段创伤记忆，杨绛有自己的认识标准。在她看来，"我们"并不是和"他们"所有人之间都隔着不可逾越的障碍，"他们"中也不乏劳苦之人，只有那些用阿谀的文体写大字报的、用粗野的骂语侮辱他人的，才算是真正的"他们"之流。从这里可以看到止庵反复强调的，杨绛"对于人生、历史、社会的深刻理解"，杨绛的散文

---

　　①　罗俞君选编：《杨绛散文》，浙江文艺出版社1994年版，第34—35页。

"无一例外是在追忆往事。她不写正在进行或刚刚发生过的事情。这种写作时间与所写内容发生时间的间离，或许只是个人的一种习惯而已，但是这样一来可以不受所谓'现实'的干扰，对所写的东西能看得清楚、透彻；二来经历岁月的冲洗，在情感上反而更贴近记叙的对象。作者是保持了完整的自我，通过距离而达到真实"①。

然而，杨绛对"他们"的悲悯和理解，并未得到相应的"回报"。她所同情的"他们"对"我们"却很见外，不是偷掉我们种的菜，就是口出诡辩之言，讽刺我们"吃商品粮的""天天买菜吃，还自己种菜！""我们"对"他们"而言也是"他们"，且是"穿得破，吃得好，一个一块大手表"的"他们"。两相对比，可以见出，"我们"和"他们"之间深深的误解与隔阂。但不管"他们"如何看待"我们"，杨绛始终都是同情"他们"的，这在《学圃记闲》中可以证实。当她看菜园时发现三个女人正在偷拔青菜，她追了一路后暗自思忖，"我倒但愿她们把青菜都带回家去吃一顿"。当一位老大娘带着小姑娘等着拣菜帮子时，她疑惑：干老的菜帮子如何吃得？听到小姑娘说干老的菜帮子"可好吃哩"，她流露了自己的同情，深感这"可好吃"的味道是"我们应该体验而没有体验到的"。当老大娘抢着将稍大些的菜疙瘩拣回篮里，她最后用小的换回了一些大的，由此心生歉意，"因为那堆稍大的疙瘩，我们厨房里后来也没有用"。再如她看到几个小伙子围猎一只野兔，透露出对粗暴、血腥行为的抵触和失望："几条狗在猎人指使下分头追赶，兔子几回转折，给三四条狗团团围住。只见它纵身一跃有六七尺高，掉下地就给狗咬住。在它纵身一跃的时候，我代它心胆俱碎。从此我听到'哈！哈！哈！'粗哑的訇喝声，再也没有好奇心去观看。"这一心态也暗合了她在《隐身衣》一文中所说的"保其天真，成其自然"的愿望："肉体包裹的心灵，也是经不起炎凉，受不得磕碰的。要炼成刀枪不入、水火不伤

---

① 止庵：《序言》，止庵编《杨绛散文选集》，百花文艺出版社1995年版，第5—6页。

的功夫，谈何容易！如果没有这份功夫，偏偏有缘看到世态人情的真相，就难保不气破了肺，刺伤了心，哪还有闲情逸致把它当好戏看呢。况且，不是演来娱乐观众的戏，不看也罢。假如法国小说家勒萨日笔下的瘸腿魔鬼请我夜游，揭起一个个屋顶让我观看屋里的情景，我一定辞谢不去。"①

杨绛散文的情感流露很少有喷薄而出的，多是一种源于心性的自然流露，这样的情感更接近于一份天真的信仰。她的记忆书写始终保持着朴素、真诚的文风，哪怕看到的是最离奇的世态人情：

> 有一次，那是一九七一年一月三日，下午三点左右，忽有人来，指着菜园以外东南隅两个坟墩，问我是否干校的坟墓。随学部于校最初下去的几个拖拉机手，有一个开拖拉机过桥，翻在河里淹死了。他们问我那人是否埋在那边。我说不是；我指向遥远处，告诉了那个坟墓所在。过了一会儿，我看见几个人在胡萝卜地东边的溪岸上挖土，旁边歇着一辆大车，车上盖着苇席。啊！他们是要埋死人吧？旁边站着几个穿军装的，想是军宣队。
>
> 我远远望着，刨坑的有三四人，动作都很迅速。有人跳下坑去挖土；后来一个个都跳下坑去。忽有一人向我跑来。我以为他是要喝水；他却是要借一把铁锹，他的铁锹柄断了。我进窝棚去拿了一把给他。
>
> 当时没有一个老乡在望，只那几个人在刨坑，忙忙地，急急地。后来，下坑的人只露出脑袋和肩膀了，坑已够深。他们就从苇席下抬出一个穿蓝色制服的尸体。我心里震惊，遥看他们把那死人埋了。
>
> 借铁锹的人来还我工具的时候，我问他死者是男是女，什么病死的。他告诉我，他们是某连，死者是自杀的，三十三岁，男。

---

① 罗俞君选编：《杨绛散文》，浙江文艺出版社1994年版，第235—236页。

　　冬天日短，他们拉着空车回去的时候，已经暮色苍茫。荒凉的连片菜地里阒无一人。我慢慢儿跑到埋人的地方，只看见添了一个扁扁的土馒头。谁也不会注意到溪岸上多了这么一个新坟。

　　第二天我告诉了默存，叫他留心别踩那新坟，因为里面没有棺材，泥下就是身体。他从邮电所回来，那儿消息却多，不但知道死者的姓名，还知道死者有妻有子；那天有好几件行李寄回死者的家乡。

　　不久后下了一场大雪。我只愁雪后地塌坟裂，尸体给野狗拖出来。地果然塌下些，坟却没有裂开。①

　　这段对亲眼所见的"埋死人"事件的描摹，不亚于任何一部虚构小说里的情节，只会比那些"奇思妙想"更加荒诞离奇。她清楚记下了时间："那是一九七一年一月三日，下午三点左右。"这也是《干校六记》中唯一一次对见闻时间的准确记录。想必这件事在作者心里留下了深刻的印记，抑或是引起了强烈的情感波澜。除了如实记述事件的过程，杨绛也显露了少见的惊异："啊！他们是要埋死人吧？""我心里震惊，遥看他们把那死人埋了。"本不愿多看这等"残酷"场面的杨绛，心中不由得泛起深深的哀怜，屏息凝神地"远远地望着"，还跑去埋人的地方看了一眼："只看见添了一个扁扁的土馒头"。"土馒头"一语常出现在古诗中，《红楼梦》中妙玉最喜欢的一句诗词便是："纵有千年铁门槛，终须一个土馒头。""土馒头"后成为"坟茔"的俗语。"土馒头"这一凄凉、萧索的意象在"暮色苍茫""荒凉的连片菜地里阒无一人"的映衬下，凄凉的效果得到了强化。

　　目击军宣队埋死人的全过程，杨绛"记闲"的笔调发生了一些改变，一股难以掩饰的孤寂之感冲破语言的节制弥散开来："整个冬天，我一人独守菜园。……晚霞渐渐暗淡，暮霭沉沉，野旷天低，菜地一片昏暗，远近不见一人，也不见一点灯光。""人人都忙着干活

---

　　①　罗俞君选编：《杨绛散文》，浙江文艺出版社1994年版，第43—44页。

儿，唯我独闲；闲得惭愧，也闲得无可奈何。""但有灯光处，只有我一个床位，只有帐子里狭小的一席地——一个孤寂的归宿，不是我的家。因此我常记起曾见一幅画里，一个老者背负行囊，挂着拐杖，由山坡下一条小路一步步走入自己的坟墓；自己仿佛也是如此。"这些孤寂的体验，证实了一点，杨绛所谓"学圃记闲"实则是"记孤寂"，"闲"只是表象，无可奈何的"孤寂"才是保留在记忆深处的"创伤"所在。杨绛在《学圃记闲》最后写道："临走我和默存偷空同往菜园看一眼，聊当告别。只见窝棚没了，井台没了，灌水渠没了，菜畦没了，连那个扁扁的土馒头也不知去向，只剩了满布坷垃的一片白地。"几句简短朴素的话，却具有穿透心灵的力量，道出了这孤寂的本来面目，就像是"落了片白茫茫大地真干净"。

如果对杨绛散文中的"琐细的见闻、飘忽的随感"稍加体味，我们可以发现，在她的回忆中，"见闻"看似多，"随感"看似少，但"随感"始终是她记得更深的一面。对于个人记忆而言，事实留下的印象远不如情感留下的印记深刻，过往的场景、物象再怎样重复、记录，终会在遗忘中变得模糊，而当时的"情感"是"写入身心"的印记，随时都可能显现，唤醒记忆的画面。"伤痕和伤疤代表的身体记忆比头脑的记忆更可靠"，"强烈情感在记忆术历史中扮演着特别重要的角色"，"强烈情感记忆的基础是心理生理的经验，它不仅摆脱了外部的矫正，而且不允许自己修改"[①]。阿莱达·阿斯曼在《回忆空间：文化记忆的形式和变迁》中这样写道，"强烈情感"是记忆"稳定剂"和"增强剂"，因为强烈情感的植入，记忆才变得坚不可摧。在接下来的"记情""记幸""记妄"中，这种"情感"记忆的作用表现得更加明显。

《"小趋"记情》中，杨绛回忆了菜园里的小黄狗"小趋"。与前面几篇相比，这一篇有所区别，如题所言，记有一丝"温情"。作

---

① 阿莱达·阿斯曼著，潘璐译：《回忆空间：文化记忆的形式和变迁》，北京大学出版社2016年版，第280—287页。

者对小赵的感情是矛盾的，一边"很可怜它"，一边待它"向来只是淡淡的，从不爱抚它"，有时候又"感它相念，无以为报，常攒些骨头之类的东西喂它，表示点儿意思"。对小赵的"可怜"源自善良之本心，与它保持距离则是荒谬、严酷的形势所迫："有人以为狗只是资产阶级夫人小姐的玩物。"当然，这只是应对之策而已。缘何对小赵生出这样复杂的情感？她给我们讲了小猫"花花儿"的故事：

> 小赵陪我巡夜，每使我记起清华"三反"时每晚接我回家的小猫"花花儿"。我本来是个胆小鬼：不问有鬼无鬼，反正就是怕鬼。晚上别说黑地里，便是灯光雪亮的地方，忽然间也会胆怯，不敢从东屋走到西屋。可是"三反"中整个人彻底变了，忽然不再怕什么鬼。系里每晚开会到十一二点，我独自一人从清华的西北角走回东南角的宿舍。路上有几处我向来特别害怕，白天一人走过，或黄昏时分有人作伴，心上都寒凛凛的。"三反"时我一点不怕了。那时候默存借调在城里工作，阿圆在城里上学，住宿在校，家里的女佣早已入睡，只花花儿每晚在半路上的树丛里等着我回去。它也像小赵那样轻轻地"呜"一声，就蹿到我脚边，两只前脚在我脚踝上轻轻一抱——假如我还胆怯，准给它吓坏——然后往前蹿一丈路，又回来迎我，又往前蹿，直到回家，才坐在门口仰头看我掏钥匙开门。小赵比花花儿驯服，只紧紧地跟在脚边。它陪伴着我，我却在想花花儿和花花儿引起的旧事。自从搬家走失了这只猫，我们再不肯养猫了。如果记取佛家"不三宿桑下"之戒，也就不该为一只公家的小狗留情。可是小赵好像认定了我做主人——也许只是我抛不下它。

原来，杨绛之所以不愿意对小赵生出太多爱怜，是因着之前"花花儿"的旧事。杨绛在另一篇散文《花花儿》中写道："我们费尽心力也找不到它（花花儿）了。我们伤心得从此不再养猫。"对杨绛而言，小赵和"花花儿"一样，都陪着她度过现实的黑暗和苦厄。"花花儿"曾在那段艰难的时光中每天伴她回家，因为这份陪伴，也是因为看到了比黑暗更恐怖的现实，她忽然变得"不再怕什么鬼"。小趋陪她巡夜，认定了她做主人，也打着滚儿欢迎默存，"一见默存，快活得大蹦大跳"，小趋的纯真可爱带给夫妇俩些许温暖；同时为了保护小趋，作者也变得更加强大，为了帮小趋躲避两条大狗的骚扰，她"蓄意结识"那两条大狗，"我见了它们总招呼，并牢记着从小听到的教导；对狗不能矮了气势。我大约没让它们看透我多么软弱可欺"。如此看来，和"花花儿"相比，作者似乎对小趋更加亲昵，她与"花花儿"可能是相互取暖的关系，而对小趋则是一份纯粹的、"抛不下"的情感依赖。因此，她以佛家"不三宿桑下"之戒为训，佛家讲究不得在同一棵桑树下连宿三个夜晚，以免时间久了生出情意和牵挂，自己也"不该为一只公家的小狗留情"。可是，情至深处，不是理智能左右得了的，"小趋好像认定了我做主人——也许只是我抛不下它"。无奈的是，小趋终究还是和"花花儿"一样与作者"走散了"。大概是对小趋心存感念，杨绛写下了如下的反讽之词：

> 默存和我想起小趋，常说："小趋不知怎样了？"
> 默存说："也许已经给人吃掉，早变成一堆大粪了。"
> 我说："给人吃了也罢。也许变成一只老母狗，拣些粪吃过日子，还要养活一窝又一窝的小狗……"[1]

这是杨绛夫妇的日常对话，有人读罢表示不解，认为这些话与前文所言"抛不下"小趋相比，显得颇为冷漠。其实，倘若了解杨绛夫妇其人其作的人不会感到奇怪，这是他们惯用的笔墨。杨绛曾在《记钱锺书与〈围城〉》中写尽钱锺书的"痴气"："孜孜读书的时候，对什么都没个计较，放下书本，又全没正经，好像有大量多余的兴致没处寄放，专爱胡说八道。"[2]他的父亲还因此为他改字"默存"，叫他少说话的意思。钱锺书也在《说笑》中说："一个真有幽默的人

---

[1]　罗俞君选编：《杨绛散文》，浙江文艺出版社1994年版，第54页。
[2]　止庵编：《杨绛散文选集》，百花文艺出版社1995年版，第169页。

别有会心，欣然独笑，冷然微笑，替沉闷的人生透一口气。也许要在几百年后、几万里外，才有另一个人和他隔着时间、空间的河岸，莫逆于心，相视而笑。"又言，"幽默减少人生的严重性，决不把自己看得严重。真正的幽默是能反躬自笑的，它不但对于人生是幽默的看法，它对于幽默本身也是幽默的看法"[1]。很多人只看到了幽默的表面，而没有体会到幽默背后的"忧世伤生"。二人对话中忆起小趋说的"痴言痴语"，看似带着调笑、讽刺的意味，实则表现的是一种更为理性和严肃的态度，是对逼仄现实的洞察和对"小趋"命运的担忧：不知道它是否活着，活着又是如何"解决自己活命问题"。话语中虽没有悲哀的腔调，却含有悲悯的声音，想必这冷然幽默的言外之意正是《围城》里说的"包含对生的讽刺和伤感，深于一切语言、一切啼笑"。

　　《冒险记幸》中，杨绛回忆了自己的三次冒险经历。一次是擅自外出、雨中犯险踩泥路去看默存。跟随作者的笔端，我们见识了干校的雨天和泥路："灰蒙蒙的雨，笼罩人间；满地泥浆，连屋里的地也潮湿得想变浆，尽管泥路上经太阳晒干的车辙像刀刃一样坚硬，害得我们走得脚底起泡，一下雨就全化成烂泥，滑得站不住脚，走路拄着拐杖也难免滑倒。我们寄居各村老乡家，走到厨房吃饭，常有人滚成泥团子。""息县的雨，使人觉得自己确是黄土捏成的，好像连骨头都要化成一堆烂泥了。""一路上的烂泥粘得变成了'胶力士'，争着为我脱靴。"作者在对雨的描述中强化了感官的体验，给人留下了深刻的印象。这些描写形象地呈现了当时冒险的情景，作者仿佛不是在回忆，而是重新经历了那一刻。作者详细记录了走过水淹处、渡过大水塘、踩着小岛跳过小河的艰辛过程："居然平安上坡"，"想不到竟安然渡过"，"一路坑坑坡坡，一脚泥、一脚水，历尽千难万阻，居然到了默存宿舍的门口"，用意想不到的语气表达庆幸之感。作者的回忆侧重在冒险过程中的个人感受和环境气氛方面，却记不清其他客观事实，"我再也记不起我那天的晚饭是怎么吃的；记不起是

---

① 钱锺书：《钱锺书作品集》，甘肃人民出版社1997年版，第434—435页。

否自己保留了半个馒头，还是默存给我吃了什么东西；也记不起是否饿了肚子。我只自幸没有掉在河里，没有陷入泥里，没有滑跌，也没有被领导抓住；便是同屋的伙伴，也没有觉察我干了什么反常的事"。即便记忆是不完整的，但在情感上却是充分的、真实的，而情感的真实有时候似乎比那些一板一眼的客观记录更有价值。

另外两次冒险写的都是"走黑路"的经历。一次是年夜送默存回家后，冲黑冒雪"一人闯去"，在一团昏黑里迷失方向，一脚踩空撞入沟里，却"不胜忻喜"，找到了回去的大道；后又失去了方向，走入秫秸田里，既怕遇上坏人，又怕野狗，只能"五官并用"摸索向前。她为自己的勇气感到庆幸："幸亏我已经不是原先的胆小鬼，否则桥上有人淹死，窑里有人吊死，我只好徘徊河边吓死。"几经辗转，她终于到家了，感叹"在灯光明亮的屋里，想不到昏黑的野外另有一番天地"。还有一次是在学部看完电影，"睁着眼继续做我自己的梦，低头只看着前人的脚跟走"，结果跟错队伍，走丢了。她这样描写当时的感受："我忽然好比流落异乡，举目无亲。"为节省时间，"只顾抄近"，结果误入营地的菜圃，害怕跌进沤肥的粪井爬不起来，"战战兢兢，如临深渊，一步不敢草率"，终于走出了菜地，"一口气跑回宿舍"，"睡在硬邦邦、结结实实的小床上，感到享不尽的安稳"。值得注意的是，两次走黑路的记忆，作者感受最深的险境都是"田地"，作者最害怕的也是拐进田里，"拐迟了走入连片的大田，就够我在里面转一个通宵了"。"好容易走过这片菜地，过一道沟仍是菜地。简直像梦魇似的，走呀、走呀，总走不出这片菜地。"我们可否如此推断，诸如"菜地"一类的地点之所以在作者记忆深处频频显现，一方面源于作者的菜园学圃经历，它是作者干校经历的标志地；另一方面则是因为，这个地点是作者经受苦难、见识"恐怖行为"的"创伤之地"，如目睹埋葬死人等，作者总会无意识地将回忆固定在这一地点上。

在"记幸"的最后，杨绛写道："所记三事，在我，就算是冒险，其实说不上什么险；除非很不幸，才会变成险。""险"与

"幸"这两个相悖的概念，明明是"记险"，却名为"记幸"，何故？杨绛在一次采访中表明，自己坚信人的力量，更多的是为了"战胜自己"，"逆境是对人的锻炼"①，用这话来作解，似是恰当不过。事过境迁，她选择记住的、甘愿接受的，从来都不是负载苦难的"险"，而是充满美好的"幸"，这也是她一直不变的对人生的态度，就像她在《丙午丁未年纪事——乌云与金边》结尾所说的："乌云蔽天的岁月是不堪回首的，可是停留在我记忆里不易磨灭的，倒是那一道含蕴着光和热的金边。"②

《误传记妄》篇和开篇的"记别"，一头一尾所记之事较为集中：一是离别，一是回归。因此这两篇也写得较为简短。"记妄"开头，杨绛描述了一桩"倒霉事"，一只猫儿把一只开膛破肚的死老鼠拖到了她的床上。钱锺书将这件事解析为："这是吉兆，也许你要离开此处了。死鼠内脏和身躯分成两堆，离也；鼠者，处也。"杨绛虽然不信钱锺书为她"编造的好话"，因为事实再明晰不过了，想离开是不可能的，但在心里仍存有一点希望。这从后文中可以见出。当得到一件"意外的传闻"，回北京的"老弱病残"名单上有钱锺书时，她"急煎煎只等告知行动的日期"，但名单公布了，却只是误传。因为"误传"事件，杨绛为自己妄想一场感到苦恼，一边"反复思忖""感触万端""念念在心，洒脱不了"，一边又"自惭误听传闻，心生妄念"。对于自己心中的这份怅然、不甘，杨绛没有任何遮掩，全部一一道出。然而，即便"思前想后"，她还是坦然接受了自己的抉择，"不再生妄想"。不再妄想只是不想在妄想上浪费时间，但对早日"回京"的渴望仍在。这不是一份单纯想要离开的渴望，而是一份源自内心的忧患意识："我们既不劳体力，也不动脑筋，深惭无功食禄；看着大批有为的青年成天只是开会发言，心里也暗暗着

① 刘梅竹：《杨绛先生与刘梅竹的通信两封》，《中国文学研究》2006年第1期。

② 罗俞君选编：《杨绛散文》，浙江文艺出版社1994年版，第225页。

急。"当看到夫妇俩都在第二批回京的名单上，杨绛忍不住"私心窃喜"，她窃喜的绝不只是"私心"得以圆满，更多的是庆幸自己的"本心"仍完好如初，如她所言："改造十多年，再加上干校两年，且别说人人企求的进步我没有取得，就连自己这份私心，也没有减少些。我还是依然故我。"对自我的追求和体认，彰显出杨绛独立的人格和精神风骨。

杨绛《干校六记》用语简单朴素，"不着一字，尽得风流"；书写回忆真切自然，"薄言情悟，悠悠天均"；表达真我超然独立，"泛彼浩劫，窅然空踪"。沉潜凝练的语言风格、温柔敦厚的审美品格足以让它成为一部可读性强的文学经典，而其真实准确呈现个人经验的立场、冷静客观书写记忆的姿态足以支撑它成为一部具有奠基意义的文化经典。

第四节　詹福瑞散文的叙事艺术

詹福瑞是有名的中国古典文学研究专家，著有《南朝诗歌思潮》《中古文学理论范畴》《汉魏六朝文学论集》《论经典》《不求甚解》等文学理论和批评著作，另有诗集《岁月深处》、散文集《俯仰流年》。这位深谙中国传统文学之道的作家似乎对散文的叙事传统体认深刻，他用散文记述故乡、故人、故事，笔力沉稳古雅，叙事疏密得当，大部分作品收录在《俯仰流年》中。

《俯仰流年》分为四辑。第一辑追忆故乡往事篇，作者按照自身成长的时间线，从身边的亲人起笔，从姥姥家、母亲、父亲写到故乡的家常菜、关帝庙、青龙河，再到童年伙伴、小学师长，中间插入了一篇有关读书的琐事，最后以一篇《疏淡了回家的念头》作为结尾。作者用平淡质朴的语言、深沉缓慢的笔调打开回忆的通道，透露出对流年已去、故人不在的不舍、忧伤与无奈之情。第二辑是回忆师友篇，作者描画了韩文佑、魏际昌、詹锳、胡人龙、苏仲翔、裴斐、傅璇琮、任继愈、李离、雷石榆、余恕诚等十余位前辈学人及邓红梅、陈炎等同道友人之群像，讲述一代学人敬畏学术、"唯真理马首"的良知，写他们坚忍宽厚的人格修养，写他们历经坎坷遭际，展现了中国传统文人的风骨和情怀。第三辑人生琐记篇，作者记录人生路上所见、所闻、所思、所感，包含贺年卡负载的情谊、一座旧楼连带的往事和故事、书店淘书情结、夜宿会稽山神思、西昌接待处吉古阿机的故事、有关一位"杭州女子"的杜撰以及通过古代读书人进行精神寻踪等。第四辑是感世抒怀篇，作者针砭时弊、月旦社会，聊发对大学教育、社会现象、传统文化的认识和看法。

探讨散文的叙事艺术，是对前文所述散文文体记忆中"载道"即实用传统的延伸。

"叙事"本是中国传统散文的基本文体属性，这从《尚书》《春秋》《左传》《史记》等秦汉史传散文中可以见出。史传散文以"实录"的笔法记人记事，开创了"文必秦汉"的散文叙事传统，之后的小说、戏剧等文体也是传统之"文"身上衍生的果实。郁达夫言，中国古代，"说到文章，就指散文"，"中国向来只说仓颉造文字，然后书契易结绳而治，所以文字的根本意义，还在记事。……而六经之中，除诗经外，全系散文；《易经》《书经》与《春秋》，其间虽则也有韵语，但都系偶然的流露，不是作者的本意。从此可以知道，中国古来的文章，一向就以散文为主要的文体，韵文系情感满溢时之偶一发挥，不可多得，不能强求的东西"①。可以说，作为主要文类的中国散文，"始于文字记事"，它的叙事传统和诗歌的抒情传统一样源远流长，只是到了后代，散文的叙事性受到一定程度的遮蔽，沦为了形式美、语言美等审美规范的附属。这种遮蔽造成了散文的两种倾向：一种是散文的"泛化"，一种是散文的"纯化"。散文"泛化"体现为散文边界变得模糊，致使诗歌界、小说界出现了各种"跨界"现象。诗歌与散文的融合不用详述，单以"散文诗"这一新型文

---

① 郁达夫：《导言》，郁达夫编选《中国新文学大系·散文二集》（影印本），上海文艺出版社2003年版，第1页。

类的生成便能证明。小说对散文的借鉴，如萧红《呼兰河传》《生死场》《小城三月》，沈从文《边城》等小说作品中都有大量散文式的叙述；而废名的《桥》《竹林的故事》《莫须有先生传》等作品更是堪称"散文化小说"的典型，以至于周作人在编选《中国新文学大系·散文一集》时"不忍割爱"，特意将《桥》中的部分篇什直接纳入散文的行列："废名所作本来是小说，但是我看这可以当小品散文读，不，不但是可以，或者这样更觉得有意味亦未可知。"[①]散文的"纯化"体现为对散文本体性的追求，如五四时期王统照提出的"纯散文"概念、周作人提出的"美文"概念、梁实秋提出的"艺术散文"、胡梦华提出的"絮语散文"等，都旨在为散文这一文学性文体"正名"。

然而，追求散文的"泛化"和"纯化"也在一定程度上加速了散文与其他文类尤其是小说的分野，并使得叙事性成为分野的标准。在各类文学批评中，叙事学理论研究多以小说为观照对象，散文中的叙事则少有人问津。台湾学者郑明娳提出"散文叙述论"，从叙述的意义、叙述者、叙述观点、叙事时间、叙述内容几个方面对"散文中的叙述"进行了考察。她认为叙述理论不是小说研究的专利，也应且本该作为散文研究的方向，"事实上散文叙述论和结构论的建立将有助于现代散文的发展，也将改革半个世纪以来漫无结构观点的散文理论研究方向，使得散文重新移回主要文类之一的位置"[②]。

于散文而言，抒情发挥到极致，所能抵达的难免是苍白的、空洞的、言之无物的境地。散文呼唤叙事传统的回归。任凭时代如何忽视或回避，都无法阻挡散文叙事性书写的光芒。

詹福瑞的散文便体现了这种叙事艺术的回归。《俯仰流年》里最具叙事性的篇什集中在第一辑"回忆故乡往事"中。

① 周作人：《导言》，周作人编选《中国新文学大系·散文一集》（影印本），上海文艺出版社2003年版，第10页。
② 郑明娳：《现代散文理论垫脚石》，广东人民出版社2016年版，第119页。

第一辑《姥姥家》的开头也是散文集的开篇，作者写道：

> 姥姥家的历史，就是母亲的口头史。母亲在世时常说娘家的
> 事，久而久之，有了姥姥家房屋、院落，还有走来走去的姥爷、
> 姥姥、舅舅和姨们。如今，故事中的人都已故去，连讲故事的母
> 亲都已离世十年，连缀起这些故事的碎片，如写一篇迟到的墓志
> 铭，体会到日月如石头般坚硬，而人情却如文字般温暖。[①]

作者说，奶奶家的历史是母亲的"口头史"，"口头史"意味
着接下来的故事虽是以"我"的口吻讲述，实则多是以"母亲"的视
角来看待的。"母亲"的视角相当于隐含的第三人称视角，一方面拓
展了回忆空间，另一方面也增强了回忆的客观性。"母亲"和"我"
双重视角的杂糅，"连缀起这些故事的碎片"，令故事更加生动、真
实、可感。小说的叙事性基于虚构，散文的叙事性则基于事实。抒发
情感可以渲染，但真实不能伪饰，散文的叙事须在合乎"真实性"原
则内进行。当然，散文的"真实"仍然是一种文学的真实，而有别于
历史的真实。亚里士多德在《诗学》中论述"诗"比"历史"更真
实，因为"历史"记录的是"已然"——既定的事实，而"诗"描述
的是"未然"——可能的事实，既定的事实呈现的是具体的、个别的
现象，"诗"所描述的事实则更具普遍性。散文中呈现的事实也是如
此，散文恪守的是作者主观情感上的真实，而非盖棺论定的史实。从
这个意义上讲，散文的真实实则表现为一种情感的真实，换句话说，
情感是散文真实的尺度。双重视角的交错叙述，之所以没有产生明显
的断裂痕迹，正是源自作者把控"情感真实"这一尺度的能力。

虽然作者回忆的都是一些"故事碎片"，但这些碎片在条理清
晰的叙述中环环相扣、互为补充，虽各自独立却又自成整体。《姥姥
家》全篇分为五小节：

---

① 詹福瑞：《俯仰流年》，生活书店出版有限公司2016年版，第3页。

第一节写"杖子与旗人"，以描述、议论作为叙述中心。作者以"我"的视角描述姥姥家"杖子"的地理位置和环境，并穿插一小段议论表达对"旗人"的理解："时下名士有一癖，喜做孙子，称自己是某某的几代传人，某某状元、解元之后，其实都是鬼画魂儿，和阿Q一样，没意思得很。《启颜录》讲了一个服药的故事：后魏孝文帝时，诸王及贵臣多服五石散，皆称石发。也有非富贵者，亦云服石发热。有一人于市门前卧，宛转称热，要人竞看，同伴怪之，报曰：'我石发。'同伴人曰：'君何时服石，今得石发？'曰：'我昨市米中有石，食之今发。'众人大笑。凡说祖上如何者，皆如此类。"这段议论意在讽刺，也为了表明，对于姥姥家是否正白旗或镶黄旗之后，母亲和姥姥都是不在乎的，而对自己而言，姥姥家与满族八旗有关还是无关都不甚重要，平凡就是最伟大的名气，母亲"她老人家在子女的心中，是世上最伟大的人"。

第二节写"老黄家"，以情节作为叙述中心。"老黄家"指的是寄居在姥姥家后院西厢房的黄鼠狼一家。作者写道："姥姥家过去是个好过的家主。母亲说，姥姥家发家和败家，都与黄鼠狼子连在一起，黄鼠狼子对姥姥家的态度，是姥姥家盛衰的征兆。当然母亲不直接叫它黄鼠狼子，而称老黄头。"简短的开头颇具小说的风姿，引人入胜。作者以黄鼠狼的故事寓意姥姥家的兴衰，自从老黄家搬来后，姥姥家吃喝不愁，"恁是家里的什么东西总是出息"；自从老黄家搬走，姥姥家开始衰败。作者写姥姥家的衰败那年天下大雪，"满人的规矩是干净"，可那一年"扫了下，下了扫"，院子怎么也扫不干净，通过这一自然异象烘托人物命运的突变。作者没有直接写老黄家搬走的情况，而是通过姥爷、姥姥的对话和动作来表现：

> 有那么两天，姥爷突然感到家里冷清得出奇，十分纳闷。夜里就和姥姥叨咕。姥姥说："我也觉得家里怎么这两天少了什么。"姥爷披着衣服，一袋接一袋地抽烟，突然翻身而起，拎着罩子灯去后厢房。不大功夫，回到屋里，顿足说："出事了，

老黄家搬了。"两人就沉默。良久，姥姥安慰说："别把它当回事儿，也许还在里边，也许串串亲戚再回来。"姥爷一句话也没说。再过了三天，还没动静，姥爷搬开柴火垛，连个黄鼠狼的影儿也没见，只留下了一方肉。

就是这个腊月底，姥爷剥羊，感染了癀病，转年去世。[①]

作者没有通过直接的心理描写刻画姥爷的心理变化，而是连用了一系列动作描写，姥爷觉察出家里出奇冷清后，从"叮咕""翻身而起"到"顿足""沉默"，再到"一句话也没说"，他从预感到彻底失望的全过程就这样自然地、动态式地呈现在读者面前。作者没有赘言姥爷的悲伤，而是以这种叙事性的描写，大大增强了追述的真实可感性。黄鼠狼搬走了，姥爷不久便感染癀病，转年去世，他的命运似与老黄家搬走联系在一起，充满了神秘感。对于姥爷的命运，作者无意于凸显"神秘"，他写道："我一直认为，姥爷家的老黄头，应是真实故事，与民间信仰无关。"对于母亲说老黄家就是姥爷的财气，作者表示："母亲的话，我信。信的是姥爷和母亲他们那一代人关于命运的理解。无力掌握自己的命运，自然就会相信外力，尤其是神秘的力量。仔细想来，我们又何尝不是如此呢。"在这种情感与理性并存的解释中，表现了作者对于命运、人生的深刻思考与体认。

第三节写"姥爷和舅舅"，以人物性格为叙述中心。开头这样写道："老语话，过日子过的是人，姥姥家过的是姥爷。"这句话承上启下，看起来只是陈述式的话语，实则充满了隐含的意义，叙事的意味也在其中得到了充分显现。篇中接续前文，补写姥爷沉稳、友善、刚毅、正直的性格，作者描述姥爷的"刚毅"性格，仅用了一个细节来表现：姥爷"感染癀病，痛极，大汗淋漓，咬破被头，却连哼都不哼一声。姥姥叫姥爷吸点儿烟土，缓解伤痛，却被姥爷狠狠地瞪了一

---

① 詹福瑞：《俯仰流年》，生活书店出版有限公司2016年版，第7页。

眼"。这虽不是作者亲眼所见，而是母亲的回忆，但一个"瞪"字完全弥合了记忆转述的距离，让人感觉那时的情景就在眼前。"舅舅与姥爷外形相像，性格却迥异。""舅舅柔弱内敛，说话都是细声细气的，从不高声，却有老主意。"此番对照简单、鲜明，颇有"互文见义"的效果，三言两语便将父子俩的形貌、性格差异勾画清楚了。但父子俩的对照远不止如此，作者写舅舅输掉家产却因祸得福平安度过一生，姥爷一生挣命却死于非命，"母亲说起这对父子，常常感慨命运的捉弄人"。舅舅以与世无争的性格对抗命运，姥爷以坚毅顽强的性格对抗命运，截然不同的性格对应了截然不同的命运。然而，作者将姥爷和舅舅放在一起回忆，不是因为他们相貌相似、性格迥异，更不是为了说明父子俩命运悬殊，而是为了以"异"写"同"，写他们都敌不过命运的偶然和变数。作者写道，老年的舅舅"话不是很多，总是笑眯眯的"，还"爱哭"，"我想，舅舅这一辈子，有很多需要解释的事"。"他也许想把握自己的命运，甚至试图改变外界，但他遇到的这个世界，那么诡谲，甚至神秘莫测，充满偶然和变数，一切努力也许皆为徒然。"从这些可以看出，舅舅与姥爷的命运只是表面上殊异，命运深处都藏着难言的无奈、愁苦、惋惜、感伤。

　　第四节写"大姨、二姨"，以情节为叙述中心。作者以母亲的叙述视角，写她的两个姐妹悲苦的一生。三姐妹中，大姨去世早，二姨"过日子心气儿最盛"，却因难产意外离世。作者写二姨难产那天，母亲做了一个极凶险的梦，梦见二姨满身是血，说自己为人所害，结果这个梦真的应验了。梦为虚，却印证了现实，虚实相间，这完全是小说的笔法。接着，作者转虚为实，讲述母亲怀疑二姨血崩而死与为其接生的婆家大嫂有关，"坚决要告二姨的大嫂"，"舅舅息事宁人，认可了血崩之说"，并进行了劝阻，"母亲最终没告，但是从此和二姨家断了来往"。复杂的情节在作者流畅、平和的笔墨中舒展开，其间辅以密集的对话，却丝毫没有冗繁、凌乱之感。此去经年，"待二姨夫再到家里来时，已经是老人。母亲也不再记恨她姐夫"，还常邀二姨夫来家做客，"每次，母亲都送二姨夫到街上，看着他慢慢地走远"。母亲最终选择了宽恕与和解，二姨的故事就此结尾。

第五节写"姥姥"，以人物性格、抒情作为叙述中心。作者在开头写道："姥姥的印象总是与母亲重合，这真是很奇怪的心理记忆。"作者所谓心理记忆指的是一种情感的传承，这在后文多处得到印证。姥姥是小脚，但一点也不保守，她反对母亲缠足太紧，鼓励舅舅上私塾，从不打孩子，持家利索等，一个开明、坚强、果敢的母亲形象活灵活现。受到姥姥的影响，母亲"砸锅卖铁也要把儿子供出来"，从来不体罚孩子，"是敞亮之人"，为养活孩子闯关东……作者对姥姥的记忆源于对母亲的既视感，或者可以说是一种印象式描写，是基于似曾相识之感的记忆幻觉：

> 在我的回忆中，姥姥空坐炕头，谛听着门口的声音，幻想女儿归来的身影，常常与母亲独坐炕间的孤独身影叠合。母亲到了晚年，虽有哥哥、姐姐和妹妹在身边，却常常想念远在京城的小儿子，快过年时，也会到庄头前张望，想象蓦然见到小儿子的身影，真是天下母亲同此心啊。[①]

很多事情我们可能并没有真实经历过，但却有一种熟悉的感觉，因为记忆不一定是真实的，也可能是想象的，但情感一定是真实的，只有真实的情感才能制造出这种真切的感受。母亲闯东北的第三年，姥姥就去世了，她到死都没有等到女儿归来。作者在该篇的结尾写道："姥姥去世的事儿，母亲讲了无数次，每次讲，母亲都会流泪。我知道，那是母亲永远的痛。"这永远的痛是生离死别之痛，这痛既是难舍的亲情，也是难解的人生；既是母亲的痛，也是作者的痛。在接下来的《冬暖》篇中，作者便体会到了同样的痛，但这一次，作者不称之为"痛"，而称之为"暖"。

---

① 詹福瑞：《俯仰流年》，生活书店出版有限公司2016年版，第17页。

《冬暖》篇写母亲，以描写、抒情为叙述中心。这一篇分作三节，第一节写故乡的冷：

> 故乡之冷，是把大地冻得嘎巴嘎巴响的干冷。夜里，北风怒号，呼哒着窗纸，似要把门窗撕扯成碎片，或者把房屋平移。到了下半夜，风停息下来，万籁俱寂。此时躺在炕上，常常听得见大地冻裂的声音。河冰冻裂，咔嚓咔嚓响脆；土地冻裂声，则沉闷而又绵长，如同老人睡梦中的一声叹息。[①]

简省的笔墨刻画出"干冷"细致的线条，传神的拟声修辞则将这些线条描画得更为精致。描写技巧之上，是诗意的渗透，"土地冻裂声，则沉闷而又绵长，如同老人睡梦中的一声叹息"。故乡的冷不只是身体的感受，更是穿透心灵的一种感悟。这感悟多是带着无奈和惆怅，"但是，人的记忆颇有选择性强调，或选择性遗忘。故乡的冬天，留在我记忆中的不是寒冷，而是温暖"。第二节写的便是故乡的"暖"。故乡的温暖是父母严实包裹的房屋、烧暖的炕头、焐暖的被褥、特意准备的火盆，是刻在回忆里的"暖烘烘"的亲情。故乡虽冷，但"有父母在，我们从没感受到冬天的寒冷"。接下来第三节写远在他乡的"我"过年回乡感受到年迈母亲的"最后温暖"：

> 母亲在炕头，我挨着她睡。……庄里的夜晚静得出奇，连狗吠声都没有。万物似乎全都覆盖在厚厚的雪下，进入梦乡。母亲也已经睡着，有轻微的鼻息。炕洞里的树叶似乎还在燃烧，发出啪啪声，被窝越来越热。我坐起身来，想掀掉被子上的衣服。一模，愣住了。不知何时，母亲把她的棉袄，盖在了我的被窝上。母亲自己是不能坐起来的呀，她又是怎样坐起来，把她的衣服搭在儿子身上的呢？我不再揭起搭在身上的母亲棉袄，重新躺下，把头蒙

---

① 詹福瑞：《俯仰流年》，生活书店出版有限公司2016年版，第18—19页。

在被子里，失声哭起来。我知道，这是母亲给我的最后温暖。①

　　作者的情感始终是节制的，明明表达悲痛，却丝毫没有留下明确的痛的痕迹，他似乎有意淡化这样的痕迹，抑或是不愿回忆痛楚，正像是刻意遗忘故乡的"冷"一样，他选择记住的始终是温暖的人情，他的记忆由时间过滤、沉淀而成，因而才有"人情如文字般温暖"。全篇最后一句写道"我知道，这是母亲给我的最后温暖"，与《姥姥家》的结尾"我知道，那是母亲永远的痛"笔法完全相同，都以独特的心理视角陈述母亲不久将逝的事实，这种感应式的心理判断比直接陈述更为自然，更贴近真实的内心，也增强了抒情的表达效果。

　　詹福瑞的散文中还有很多间接抒情、不枝不蔓但意韵隽永的结尾：

　　从小屋走出来的意象，浓缩了我在东北的记忆。②

　　　　　　　　　　　　　　　　　——《跟着父亲闯关东》

　　松树死了，庄里的父辈，也都已凋零殆尽，没人再讲关帝庙的故事。③

　　　　　　　　　　　　　　　　　　　　　　——《关帝庙》

　　我后悔多问了这一句。因为，这注定是一个毫无新意的故事。④

　　　　　　　　　　　　　　　　　　　　——《村里的同伴》

　　这些结尾多半留有"审美空白"，或特意制造一些"弦外之音""象外之意""言外之情"，带给人无限的想象空间。这种表达效果的实现，有的是借用诗化风格，以陌生化的语言结构模式延长阅

---

① 詹福瑞：《俯仰流年》，生活书店出版有限公司2016年版，第23页。
② 詹福瑞：《俯仰流年》，生活书店出版有限公司2016年版，第35页。
③ 詹福瑞：《俯仰流年》，生活书店出版有限公司2016年版，第50页。
④ 詹福瑞：《俯仰流年》，生活书店出版有限公司2016年版，第68页。

读接受的时间。如上述第一个例子，对作者来说，东北的记忆是充满苦难的，父亲从屋门走进走出的意象，构成了一家人在父亲坚强的臂弯下度过灾荒的象征，因此记忆便浓缩在这样的意象中。有的是以干脆利落、婉转含蓄的回忆笔调不动声色地制造感伤的韵致。如上述第二个例子，神奇的大松树承载着关帝庙的神圣故事，也承载着作者对过去的深沉留恋，父辈的凋零离散也带走了关帝庙往日的神圣，不再有敬畏之人，也没人再讲神圣的故事。有的则带着"突转"的意味和戛然而止的语气，让人猝不及防，读罢又觉得有情有理、余味绵长。如上述第三个例子，那个带给作者"仙女般记忆的女子"最终输给了现实，"毫无新意"地成为了平常的家庭妇女，这是作者意料之中的事，但他之所以存着"意料之外"的希望，缘于对表妹的悲悯和对现实的无奈。

细读这些文本，可以发现，詹福瑞是一位注重叙事艺术的作家。他散文中所呈现的叙事性，他简单平实又不失诗意的语言特色，使我们瞥见了散文在古典时期的影子：一种高度融合的艺术，可言志、可抒情、可说理、可状物、可叙事……并且常是兼而有之，无所拘囿。这其中尤为令人注目的是，古典史传散文开创的叙事传统并未消失，仍在现代散文的叙述罅隙里悄然涌动。也许，深谙古典文学和文化的詹福瑞正是从中得到了更多的叙事经验，才不露声色地创作出言简、情真、意深的散文佳品。

鲁迅先生这样评价萧红的小说《生死场》："细致的观察和越轨的笔致，又增加了不少明丽和新鲜。"[①]其中"越轨"一词所指，一方面是萧红小说大胆运用散文笔法叙事之越轨，另一方面则是萧红小说迷人的人文情怀、批判意识、悲剧人格之越轨。在日渐平庸的当代散文园地中，詹福瑞的散文也有类似"越轨的笔致"，比如上文所观照的散文叙事性的回归。当然，叙事性只是詹福瑞散文部分文本的表现艺术，他的散文不只有这一处笔致，很多篇幅透露出作为学者的人

---

① 鲁迅：《序》，萧红《生死场》，长江文艺出版社2005年版，第2页。

文风神、悲悯情怀、忧世之心，这些也可以称之为"越轨的笔致"。詹福瑞的散文艺术无疑是独特的、丰富的，本节仅仅围绕"叙事艺术"这一维进行了一番浅析，不过是以管窥天、以蠡测海而已。

第六章

散文的创新与文化融合

中国原是没有"散文"这个概念的，关于"散文"范畴的规范性一直是学界论而未定的问题。学术界一般用排除法规定散文，如郁达夫所说的："散文既经由我们决定是与韵文对立的文体，那么第一个消极的条件，当然是没有韵的文章。""可是我们一般在现代中国平常所用的散文两字，却又不是这么广义的，似乎是专指那一种既不是小说，又不是戏剧的散文而言。"[①]周作人又提出"美文""小品文"概念；20世纪30年代的"杂文"风行一时；40年代有"报告文学"；60年代流行杨朔的"诗化散文"；90年代相继提出"大散文""新艺术散文""新散文"的概念，新散文作家们表现出强烈的先锋意识，出现了90年代的"散文热"。可见，现代散文被认为是没有规范的、最自由的文体，作家们重新发现了"个性之自由"，现代散文呈现出"多元化"的创作局面。

在散文文体方面，现代散文呈现"跨文体"写作趋势。贾平凹1993年提出"大散文"，认为"散文是大而化之的，散文是大可随便的，散文就是一切的文章"[②]。小说、诗歌、戏剧、学术随笔等与散文的界线模糊，散文越写越长，虚构写作、历史书写、"断片"札

---

① 郁达夫：《导言》，郁达夫编选《中国新文学大系·散文二集》，良友图书出版公司1935年版，第2—3页。

② 贾平凹：《发刊词》，《美文》1992年第1期。

记、地域发现、行旅笔记、学术随想、生命意识、宗教情怀等出现在散文创作中，多元化思想形式必然出现多元化的文体形态，文体的规范性几乎成为伪命题。

以祝勇为代表的"新散文"作家群，如张锐锋、宁肯、钟鸣、于坚、习习、李娟等，无一不是"自由"文体的创作者，都表现出强烈的文体创新意识；南帆、王先霈、於可训、聂运伟、梁艳萍、刘川鄂等一批学者参与散文创作，丰富了散文的理性光辉；湖北作家李修文以底层融入性姿态写就的《山河袈裟》重构了知识分子的主体身份；张承志、史铁生、张炜等作家的散文中表现出强烈的生命意识，将个人对生命的经验性感悟融入理性哲思，作家对人生的终极追问上升至对宗教的审思；贾平凹、刘亮程、张抗抗、迟子建、素素、小引、刘富道、杨洁、尔容等人深入感受当地的人情风物，以个性书写地域风情；另有一批温和的女性先锋散文作家抛开宏大叙事，以敏锐的感官重新发现生活的细微之美。

在散文的审美特征方面，"真情实感、以小见大、短小精悍、文笔优美、卒章显志"的传统审美被彻底打破。现代散文强调"个性的发现和张扬"，散文的文化底蕴增强，表现出对现实、对文化的批判意识，散文的"理性精神"得以彰显。散文的表现手法亦呈现多元化状态，小说中常见的意识流、戏谑反讽、黑色幽默、荒诞、复调叙事、隐喻象征等现代主义手法被迁移至散文书写，散文的文学审美性得以重视。

散文的创新来源于对当下散文写作的不满，来源于对现实生活的敏锐性发现，作为"最自由文体"的散文，其创作者来自社会各行各业，不同的知识结构、认知模式、意向兴趣必然导致散文的文化多元性。散文的多元化呈现是文学现代性进程的一部分，虽然散文的现代性意识与诗歌、小说相比仍相对滞后，但散文作为"个人文学之尖端"，作家若能以其对现实生活的真切体验为基础，以现代意识、现代审美为创作指导，坚持"开放性""在场性"和"发现性"写作，极有可能引导散文走向更具创新性的领地。

第一节　宗教文化与张承志散文的"三位一体"

一、宗教文化与散文书写

宗教总是与人的终极价值与终极关怀相关，当人生处于困境，或多或少我们会有类似宗教意识的提问，可以说任何追问生死与价值的人最后都大有可能走向宗教的神秘中去，毕竟现今还有很多现象、很多精神心理的困惑是科学无法解释的。宗教，无法被证实却又无法被证伪，它对生命体验、生死意义的超越性阐释给人以无限可能性的想象空间，大部分宗教提倡"爱人"与"向善"，至少这种努力会应允一个共同的美好未来，哪怕它迟迟未到或只存在于不确定的来世。爱因斯坦曾指出："一个有宗教性志向的人，是在尽其最大能力从自私欲望的镣铐中解放出来。他沉浸并执着于超越个人价值的思想、感情与抱负中。科学只能断言'是什么'，而不能断言'应当是什么'，在科学的范围以外，各种价值判断仍是必要的。宗教的作用与科学是可以互补短长的。"[①]作为科学家的爱因斯坦比任何人都清楚这个世界的复杂性与神秘性，多元性的价值判断保证人的自由发展，宗教的终极关怀指引人们从情感和精神的向度上去坚持和安忍，使人获得一种不由分说的信任，面对或放下世俗中难以承受或无法理解的事情。基督教认为人都有原罪，以奋斗赎罪为做人的本分，生的痛苦因此在积极入世的创造里被稀释大半；佛教认为"一切皆空"，放下七情六欲即得解脱，生时安忍行善无私奉献，来世必然被庇佑；伊斯兰教坚守和平的信仰，以坚定的信仰指导世俗生活，极其坚韧地创造今生与后世的幸福生活；中国本土的道教崇尚"道法自然""无为而治"，万物自有规律，身心和谐、潇洒随性。因此，宗教有时类似于文学，是一种精神上的牵引，像神秘的魔法一般召唤出面对现实的勇气，抑或营造出逃避生活的"精神小屋"，宗教与文学的天然联系不言而

---

① 转引自许正林：《中国现代文学与基督教文化》，《文学评论》1999年第2期。

喻。更何况宗教对生死价值、人生意义、现实困境的追问是任何一个有思想深度的作家都无法忽略的。

在中国散文书写的历史中，不少作家以散文这一最为自由的文体有意无意地表达了自己的宗教观念，如五四时期郁达夫、许地山、废名、俞平伯、丰子恺等作家散文中的佛教思想，冰心、老舍、萧乾、林语堂等作家散文中的基督教情结。20世纪80年代后，个人的价值得以高扬，90年代的市场经济迅速使文学世俗化，宣扬积极入世的基督教也因此有了更大的吸引力。刘小枫的《沉重的肉身》《这一代人的怕和爱》等无不饱含基督之爱的启示。谢有顺的学术思想也有基督教哲学的影响，在与于坚的学术对话中，他一再提到人与上帝之间无法僭越的界限，指出："人要有自我限制的勇气。"史铁生以个人生存困境为起点选择"昼信基督夜信佛"。流淌着回族血液的张承志在大西北遭遇了"前定"的哲合忍耶，从此一发不可收拾地站在了少数人的边缘立场，找到了对抗世俗潮流的精神信仰。随着市场经济的进一步发展，一部分青年在物欲和房价的重压中不堪重负，出世的佛教保守了青年内心仅剩的一点自尊空间，所以林清玄、简媜的禅宗散文受到喜爱。

宗教与文学是注定要相遇的，它是人性复杂性在文学领域的显现，是人的身体、理性和情感在落向大地时疼痛的思考或柔软的慰藉。

二、张承志：宗教信仰、底层抗争与自我重构的三位一体

在宗教意识浓郁的散文书写中，张承志绝对是一个异类，他所书写的信仰是中国伊斯兰教苏菲派中的哲合忍耶教派。更为重要的是，张承志不是以知识分子的态度来考察宗教，而是双腿裹满泥巴深入人民的生活之中。他的宗教情怀介入了个人的世俗生活体验和真诚的情感，他在其中发现的不仅是清洁和坚韧的宗教信仰，而且是自我的作家立场。他要表达的不仅是哲合忍耶的信仰和生活，更是对现代物欲社会的批判和反省。在与宗教精神的世俗相遇中，他找到了自己要坚守的位置，拒绝了潮流的走向，站在了弱者的位置上。在这种批判性立场的坚守中，张承志找到"自我"的精神立场，为物质社会的发展提供了一个不同的参照体系。张承志散文的语言流畅自如、激情飞扬，读者不难感到这种叙述语态的背后是一个何其真诚的灵魂。作者精通日语、蒙古语、哈萨克语等多种语言，在散文叙述中这些语言或宗教词汇常常会冒出来，这并非有意制造的语言陌生化效果，而是作者保持"区别"的一种方式，是打破读者汉字阅读思维惯性的语言碎石，也是其自我重构的文字能量。倘如王彬彬教授所言，"欣赏文学就是欣赏语言"，那么张承志的语言绝对是值得欣赏的，它的美不是传统意义上的温柔之美，而是血性的强硬之美，是宗教的神秘之美。

（一）信仰与抗争中的自我追寻

张承志早期以小说《北方的河》《黑骏马》《心灵史》闻名。1991年出版的《心灵史》描述了哲合忍耶派对苦难的坚韧。这之后张承志主要写作散文、杂文和随笔，散文集有《绿风土》《荒芜英雄路》《清洁的精神》，散文书写的疆域以内蒙古草原、黄土高原、新疆天山为三中心，辐射到日本、加拿大、摩洛哥、西班牙、墨西哥、美国。张承志介绍自己时说："一介自由作家的视野，自由而辽阔：我有意识地使自己的观察，扩大为多角度的参照体系。"[1]张承志有意扩大的自己视野，从多个维度来观察体验自己的写作对象，他激情飞扬的文字不只是宗教精神的加持，更多的是继承了鲁迅的文化批判精神，所以他说："我不仅不是圣职者，而且不是宗教学者，甚至我也不做宗教文学的宗教作家。"他不止一次地表白："我的微渺文学，不过是三片大陆的一抔沙土石砾。我用一生的履历，否定了寄生强权和屈从金钱的方式。三十年弹指而逝，直间锻炼了的，也许只是立场。"[2]这种立场显然不是单一的宗教立场，而是为底层的文学立场。文学史上很少有作家将自己完全融入到底层人民中，一般都是站在知识分子的立场把底层作为观察和写作对象来看待，而张承志是把自己的身心融入其中，与他们同吃同住，把热情全部投入其间。正如

---

① 张承志：《清洁的精神》，中信出版社2008年版，内封作者小传。
② 张承志：《清洁的精神》，中信出版社2008年版，内封作者小传。

他所说的："在我的广袤深沉的领土上，我的双脚踩着真正的泥巴。我穿行在寒伦的村庄之间，结识着时饥时饱的人们——我们是文化的主人，是心灵的富有者。"①

宗教对张承志散文来说不是一种张扬文学特性的东西，而是一种精神信仰的直接表现，是为底层写作的社会责任感，是发现文学和生命异质性的创造性文学。吉尔·德勒兹说："文学的最终目的是在谵妄中释放对健康的创造，或对某个民族，也就是对一种生命可能性的创造。为缺失的民族而写作……（'为'的意思是'为了谁的利益'而非'代替'谁）。"从这个角度上来说，张承志的文学是具有发现性的健康的文学写作，他为物欲横流、信仰缺失的社会发现了一个具有热忱信仰的民族，他不是"代替"底层人民发声，而是以中国和世界的宽广视角去审视伊斯兰的宗教信仰和现代都市的精神向度。他在为穆斯林写作，同时也是为整个中国社会而写作，他宣称"做整个中华的儿子"。在《在中国信仰，需要勇敢》一文中，他说："在中国的信仰者，无论门槛的异同，他们那随时意识着的、准备着的牺牲，是真实的。与拜金主义的风俗相对，他们充满情感的生存，是真实的。在世纪末的惶惶中，他们用持久的坚持，为贫血的中国文化提供的参照，是真实的。尽管存在着种种复杂性，说他们是高尚的人，是真实的。"张承志的立场与其说是宗教的，不如说是整个社会的。他拒绝被同一化，拒绝单向度的社会复述，他希望看到的是社会的丰富性，他希望看到的是一个如他一样充满血性和正义感的社会，他在为历史上看不见的贫困者说话，他在为社会潮流中被不断忽视的弱者说话，他看到的不仅是一个宗教，更是对生命的尊重，尤其是对被历史践踏的弱者生命的尊重，是对全球化市场下中国文化发展的责任担当。在《在中国信仰，需要勇敢》的结尾处，他说："我们只是渺小的一员，若是我们能够跻身于民众的现存方式中间，并且竭尽威力使

---

① 张承志：《撕了你的签证回家》，《清洁的精神》，中信出版社2008年版，第100页。

它获得些许的补足——我们就可以说：我们赢得了有意义的人生。"张承志是在全球经济殖民的背景下为中国而战，为中国而反抗，哲合忍耶的信仰是他的精神力量。张承志散文的宗教书写，是中国知识分子在物质社会中精神突围的一次自我回归之旅。

　　20世纪80年代的"反思""寻根"和"重估一切价值"让张承志这一代人开始重新审视社会，重新定义自己的身份。1984年因一场大雪，他滞留于西海固，这次经历让他发现了刚硬坚韧的信仰之力，他的心境从此"全变了"。在《离别西海固》中，他说："天命被道破时就这么简单。我决心让自己的人生之作有个归宿，六十万刚硬有如中国脊骨的哲合忍耶信仰者，是它可以托身的人。"在西海固的经历让张承志对自己的文学方向有了明确的定义，他离开中国文坛，与哲合忍耶的信仰者站在一起。他开始在各地进行田野调查，从国内到国外的访学旅行经历中"锻见识"，"丰满思想"，"寻找一介知识人的道路"。在《语言憧憬》中，他说："我是一位从未向潮流投降的作家。我是一位至多两年就超越一次自己的作家。我是一名无法克制自己渴求创造的血性的作家。"艺术的创造本质上都是作家自我身份的表达，张承志无疑是一个不断追寻自我，坚持自我超越的作家，一次又一次的文学创作无疑也是一次次孤独和怀疑中的自我重建和自我确认。他一再明确自己的立场，他知道自己生存的意义。"人的尊严和高贵比什么都重要，文学的正义和品级比什么都重要。"[1]张承志的自我核心是"正义"和"清洁的精神"，他站在全球化背景的立场上坚持正义和心灵纯洁，"未来的人只需要纯洁的心灵追求，以及相应的真正艺术"。他出发时就明确了终点，一路的文学都在致力于他的初心，然而终点的胜利是需要有人站出来努力的，是需要有人提醒现实的残酷真相的，于是张承志站出来了。他成了抗争的英雄，成了走在荒芜之路上的孤独英雄，"以笔为旗"，致力把精神世界的"清

────────────

　　[1]　张承志：《撕了你的签证回家》，《清洁的精神》，中信出版社2008年版，第91页。

洁"和"公正"引入到现实世界。这一过程中，张承志的自我其实经受了强大的现实冲击，孤独怀疑中他依靠着信仰之力才得以维护着精神自我的完整。尽管"失败的大陆像一艘下沉的巨船"，他也是"它还给卑鄙海洋的一个漩涡"。

张承志以强大的激情反抗着、挑战着，哲合忍耶对苦难超乎寻常的坚韧正契合了他英雄奋斗的道路。所以张承志选择皈依哲合忍耶派其实也是对自我英雄人格的确认，真正的英雄不是为自己，他为的是人民，为的是民族的未来。哲合忍耶信仰者苦难的生活也召唤着像张承志这样的英雄，从这一意义上来说，张承志的出现其实也是哲合忍耶派信仰者坚持的结果，是他们的一个阶段性胜利：终于等到一个英雄作家把他们的声音、他们的处境从尘封的历史带入现实。张承志的自我是与底层民众不断联系起来的自我，这样的自我认知是极为罕见的。

（二）神秘体验下文字的神性之美

张承志的文字充满激情，随便读上一段都能感觉自己呼吸加快。《离别西海固》中"我开始呼喊，开始宣传，我满脸都蒙上了兴奋激动造成的皱纹。静夜五更，我独醒着，让一颗腔中的心在火焰中反复灼烤焚烧"。看到凡·高的画时，他感受到了火焰：

> 火焰，无论蓝的丝柏或是绿的橄榄树，它们都附着一种火焰般的影像。无须我再饶舌解释。我们已经懂了：凡·高最终选定的是他内心中一种"什么"形状。……于是，无数幅扭摆躯干的橄榄树被粗野的弧彩几笔一棵地栽上。浓烈的绿、黏稠的棕、刺眼的黄、乱调的红、迸溅的黑——简单至极地几笔一棵、几笔一棵，橄榄树从此获得了意义。嚎喊的黑、挣扎的绿、激动的蓝、流血的红——熊熊翻滚愤怒燃烧着簇拥着，触目惊心地耸起成一柱火苗，丝柏已经变成了凡·高本人的遗嘱和精神。①

---

① 张承志：《禁锢的火焰色》，《清洁的精神》，中信出版社2008年版，第46页。

　　这段文字色彩浓烈、情感流畅，从凡·高的画中看到的"火焰"何尝不是作者自己内心的火焰呢？作者的文字除了飞越的激情之美，还有一种神秘体验之美。"神秘""天命""前定""冥冥之中"这些词语经常出现，信仰式的思考方式让张承志笔下的表达也充满着神秘的氤氲之美。他说："一个真正爱到疯魔的艺术家，一个真正悟至朴素的艺术家，在某个瞬间一定会赶到神助般的关坎上，获得自己利剑般的语言。"①

　　读《离别西海固》中的两段文字：

　　　　大雪如天地间合奏的音乐。它悠悠扬扬，它在高处是密集的微粒，它在近旁是偌大的毛片。远山朦胧了，如难解的机密。近山白了，涂抹着沙沟白崖血色的褐红石头。

　　　　我痴痴盯着山沟。猜测不出算是什么颜色的雪平稳地一层层填着它。棱坎钝了，沟底晶莹地升高，次第飘下的大团大团的雪还在填满着它。沟平了，路断了，——这是无情地断我后路的雪啊。我为这样巨大的自然界的发言惊得欲说无语，我开始从这突兀的西海固大雪之中，觉察到了一丝真切的情分。

　　作者当时的内心是充满激情和不安的。可"雪"，这天地万物共同谱写的"音乐"，却"悠悠扬扬"，大自然胸有成竹，安定悠远。远山和近山似乎都是一个秘密的隐喻，等待被揭示。这场大雪似乎就是为了作者而下，大雪一层层地填了路，不急不缓地飘着，作者也分明感受到神似的安排，他要在此领悟天命。张承志的散文一般都很长，似乎是情感流淌得太快，来不及给每节取名，只用"一""二""三"这些数字来标识，读者可能会惊叹为什么作者会

---

　　① 张承志：《禁锢的火焰色》，《清洁的精神》，中信出版社2008年版，第49页。

有那么多、那么深、那么独特的体验，生命体验转化成文字的过程又那么流畅自如，仿佛一条光明磊落的河流不顾左右尽情流畅。一定有人会羡慕这份自由和激情吧？而他是怎么写出来的呢？他说："我心里满盈的感受，使我依然自信。文章从来靠体验和感受而短长，甚至汉字也因见识和立场而明黯。"[①]"感受""体验"是他的法宝，他不是先有思想再有文字的作家，他径直地从情感到文字，任由思想旁逸而出。我们可以轻易感受到他的喜悦、激动、愤怒、无奈、沉默和决绝，从情绪到文字的转化，作者显示出了他应有的自信。

张承志多次提到语言和风格是作家的气质问题，这再次证明了他写作的真诚，从内在流出来的文字，无论是否有激情，都是真诚而健康的声音，语言的美感首先在于真诚，而非技巧。张承志的语言甚至可以说来自直觉，信手直抒，内心翻滚的情绪落纸即成，体验以神秘的方式凝固成语言，然而作者还是察觉到语言的限制，但这不妨碍我们欣赏它酣畅的美感、干净利落、血性阳刚。宗教的察觉方式让人容易面向自我，突破现有的束缚完成个人之创造。无须举例，只需读上几段张承志的散文，结合他对蒙古语、哈萨克语和满语的学习热情和精通程度，我们不难看出他对语词的重视，多种语言的文化融合也造成了神秘的文字表达。张承志读《古兰经》原文，被故事所震动，更被一个词组"两个中的第二个"（原文为阿拉伯文，此处为作者翻译）这样的表达所感动，他写道："尽管无知、尽管身为门外汉，一旦收获，狂喜袭来，我禁不住推窗大喊'原文的感觉！'"谁能读到一组好的翻译词就如此激动？或许唯有宗教信仰者才能理解并体验到文字所传达出的神性。如在《被呼唤的和平，呼喊着的爱》中，他写道："十一个铿锵的双句，此刻在胸中震荡。句句缭绕，字字捶打，感受滴滴渗入，酿成沉淀的爱情。它十一遍反复，向着破败的人间，

向着希冀的天空，一叠一叠地呼喊，渐渐托举起主题。"①另外，张承志的散文中常穿插着日语、蒙古语、西班牙语、阿拉伯语的不少词汇和句子，这些句子本身就彰显着不同文化所表达出的语言张力，这种无法言说的文化语词张力借助张承志的宗教感知被再次赋予神秘性，有耐心的读者可以细细体会。

张承志散文的宗教精神完美阐释了宗教信仰对人的体验和存在方式的影响力，这种力量鼓励人们去探索属于自己的道路，引导人去发现日常生活中的神秘指引。对庸众世俗的省思是所有宗教的原意旨归，但是这种信仰的指引也容易让人产生英雄主义的救世情怀或安忍主义的遁世生活。显然，张承志属于前者，这样，他就比较容易看到世俗对人的束缚和异化。其散文宗教精神、反抗世俗的血性之美是不容置疑的，然而重在反抗的宗教视角也是有局限的，哲合忍耶在保持战斗性和反抗性的同时，能否向现代社会的进步面呈现开放姿态？纯粹的信仰如何与现代技术社会合作，以改善底层的生活状况？这个问题也是值得考虑的。

第二节　先锋文化与习习散文的"文学质地"

一、先锋文化与散文书写

先锋文化，创新、叛逆、前沿的文化气氛，我们可以在从服饰饮食、家居装饰、娱乐休闲、建筑风格到政治概念、哲学讲座、雕塑绘画、企业论坛、天文物理等多个场合发现它的身影，这里我们把话语缩小至文学领域，谈先锋文学领域里的散文创作。陈思和在《试论"五四"新文学运动的先锋性》一文中指出，"在中国，'先锋文学'是一个外来的概念。它在西方除了指第一次世界大战前后西方某些激进的现代主义文学思潮以外，本身还包含了新潮、前卫、具有探

---

①　张承志：《被呼唤的和平，呼喊着的爱》，《张承志世界与我散文》，文汇出版社2017年版，第266页。

索性的艺术特质"①。在此文的注释中，陈思和考察了"先锋"一词的词源，"先锋"原是军事术语，"在中国古代是指军队作战的先遣部队。在法国，avant-garde一词最初出现在1794年，也是用来指军队的前锋部队"②。1830年开始这一词汇被借用到政治领域，1870年随着现代主义思潮风行，这一词汇进入文学艺术界。卡林内斯库在《现代性的五副面孔》一书里，把"先锋"这个概念追溯到16世纪，彼时先锋已用于文学领域。③现在的文学文化界说到先锋时，一般意指"先锋意识"或"先锋精神"，它意味着反叛和创新，"以前卫姿态探索存在的可能性以及与之相关的艺术可能性，它以极端的态度对文学共名状态发起猛烈攻击，批判政治上的平庸、道德上的守旧和艺术上的媚俗"④。

可见，先锋就如同俄国形式主义的"陌生化"理论一样，是一个自我悖论的命题，它无法一劳永逸，它适时地自我革命来保证自己的"先锋性"。这也正是它的魅力所在。试观中国文学史，五四的先锋性解开束缚中国人几千年的封建缰绳，发现了自由、民主、科学与个性，然而这一先锋性的发现在20世纪六七十年代被毁坏践踏，直到70年代末、80年代初，以顾城、舒婷等为代表的"朦胧诗"重新开启了中国文学的先锋意识；80年代中期，马原、洪峰、残雪、莫言、苏童、格非等作家运用西方现代派的意识流、魔幻现实主、表现主义、未来主义、黑色幽默等现代义手法创作出一批具有先锋意识的小说，打破了中国传统的小说叙述模式，被命名为"先锋小说"。先锋意识蔓延到散文领域已经是20世纪80年代末90年代初，贾平凹、张抗抗、

①　陈思和：《试论"五四"新文学运动的先锋性》，《复旦学报》（社会科学版）2005年第6期。

②　陈思和：《试论"五四"新文学运动的先锋性》，《复旦学报》（社会科学版）2005年第6期。

③　陈思和：《试论"五四"新文学运动的先锋性》，《复旦学报》（社会科学版）2005年第6期。

④　陈思和：《试论"五四"新文学运动的先锋性》，《复旦学报》（社会科学版）2005年第6期。

冯骥才、余秋雨、史铁生、周涛等把现代主义的思想和技巧运用在散文写作中，突破"散文三大家"的写作模式。至此，散文终于接续起五四的先锋传统，再次开启了变革的风气。五四时期，周作人提出"美文"的概念，提倡写短小精美、表现个人趣味的"小品文"，晚期创作"抄书体"；林语堂提倡"幽默""性灵""闲适"的散文；郁达夫大胆暴露的散文、鲁迅《野草》式"独语"散文都是现当代最早具有先锋意识的散文。郁达夫把五四散文的这一特点命名为"个性的发现"，个性、自由，如今已是文学艺术领域里的圭臬，成为艺术家们打破桎梏、大胆创新的有力武器。

当代所谓的"先锋散文"等同于"新散文"，学术界一般以"新散文"来指称新时期以来具有先锋创造精神的散文。作为一种正式的散文命名，"新散文"开始于1997年云南《大家》杂志推出的一个新栏目。此后，《人民文学》《十月》也相继开辟专栏提倡新散文，一大批新散文的创作者出现在人们的视野中，新散文的丛书和选本也陆续出现，如王军、苏垣主编的《当代先锋散文十家》（1996年）、祝勇主编的《新锐文丛》（1996年）、《深呼吸散文丛书》（2001年）、《一个人的排行榜》（2003年）、《新散文九人集》（2003年）、《中国散文双年展：2002—2003》（2004年），南帆、周晓枫主编的《7个人的背叛》（2004年）等。①祝勇的长篇论文《散文：无法回避的革命》（2003年）、散文评论集《散文叛徒》（2010年）从理论上推动了新散文的创作潮流。新散文作家、评论家蒋蓝在2005年10月的中国新散文批判研讨会上有如下陈述："'新散文'有两个含义：一是指'新时期'以来，明显区别于杨朔式歌德散文，开掘个人心路和生命体验的散文的总称；二是指以祝勇、周晓枫、钟鸣、张锐锋、于坚、宁肯、苇岸、冯秋子、翟永明、庞培、王开林、格致等为主的，以《布老虎散文》为根据地、相对松散的新锐散文家。与

---

① 参见祝勇：《散文：无法回避的革命》，《一个人的排行榜》，春风文艺出版社2003年版。

《七月》诗人不同的是，目前尚未形成'新散文'清晰的流派概念，他们只是逐渐形成了有关'新散文'在思想、美学、文体意识方面的趋同。当然，'新散文'展示得较为充分的是在文体的'破与立'方面。"①

确如蒋蓝所说，"新散文"在文体方面的变革尤为突出，跨文体写作很是常见，祝勇主编的《新散文九人集》里的散文大都如此。新散文与小说、诗歌、戏剧之间的界线越来越模糊。于坚在《新散文九人集》里自白："散文是一种自由的文体，在各种文体中它的边界是最模糊的，因此它保持着文体试验上的种种可能性。在20世纪的汉语写作实验中，散文似乎最少受到外来形式的影响，因为认真说，散文是没有形式的，或者说它的形式是开放的。"②同是新散文作家，梁小斌对散文的自由文体有赞许，也有隐忧，他说："因为散文是一种自由的文体，甚至不学都会，中国散文的现状，仅从文体上来说是写得太自由了。"③"散文文体的过度自由化，导致我们较少看到仆人式的拘束文体和散文家的拘束心态。"④"如果我们不注意箴言精神的培植，不注意培植苦思冥想，那么'随想'就会大肆泛溢，我们就将迎来散文世界的精神枯竭，也不是人的枯竭。"⑤新散文的创造确实在形式上走得太远，"新散文"如何在思想上保持现代性的生命活力？这是所有新散文家面临的一个考验。

在"先锋思想"的锤炼上，先锋散文家不是没有自觉的，如梁小斌的散文以精神漫游的姿态，以充满隐喻的后现代式的箴言培植述着散文的超越性精神形态，他在《空碗哲学》里写道："当你只有一个碗后，才有小虫子爬进碗柜，你捻灭虫子，回复黑暗。原来那是萤火虫，餐具在荧光的点缀下变成了碗，你懂得：碗剩下一个方

---

① 转引自蒋蓝：《祝勇的散文精神》，《百花洲》2010年第3期。
② 祝勇编：《新散文九人集》，中国广播电视出版社2003年版，第63页。
③ 祝勇编：《新散文九人集》，中国广播电视出版社2003年版，第4—5页。
④ 祝勇编：《新散文九人集》，中国广播电视出版社2003年版，第5页。
⑤ 祝勇编：《新散文九人集》，中国广播电视出版社2003年版，第6页。

知空。""第三代"诗人代表于坚在《治病记》《装修记》《绳子记》中表现出散文小说化的倾向，但同时注重对日常生活琐细的思想挖掘，以"在场"的姿态表达生活的荒诞与尴尬。翟永明保持着女性特有的"发现性"视角，《轻伤的人，重伤的城市》写作者自己的同名诗作，描述战争、城市与建筑之间的关系，她写道："人，创建城市，又任意摧毁它，并不当它是一个生命；人，既能让城市生，也就认为有权让它死，政治家们所谓'谈笑间灰飞烟灭'。所以，城市（它一般也代表了这个城市的文脉、历史、象征）在战争中受到的内部重创是被轻视的，是一种现实中的'轻伤'。"祝勇被称为"新散文"的领军人物，以其叛逆精神在文体、语言、叙事等多个方面表现出对传统散文的革命精神，他的《一个军阀的早年爱情》采用复调叙事的方式，《旧宫殿》则打通多种文体，沉潜到历史细部中让读者看到一个迥异于线性书写的宏大历史。

尽管如此，我们仍然发现"新散文"的先锋性在形态上自由远远超前于对思想的谨慎凝思，新散文诸多作家如冯秋子、张锐锋、庞培、李敬泽、周晓枫、蒋蓝、张悦然、郑小琼、傅菲、沈念、姚雪雪、江苏子等也都为散文创新贡献着自由的探索。散文之"先锋"绝不仅依靠形式上的不断开拓，正如其他艺术门类一样，对散文精神无限挖掘和开创更是散文创新的源泉，否则"新散文"也将如"先锋小说"的历史命运一样，很快失去活力而偃旗息鼓。那么"新散文"如何在保持语言、文体、叙事等形式探索的同时，又不失对当下现实血肉着的超越精神？自由探索的个性、紧贴大地的生活体验、关注社会的民众立场、超越表象的现代意识如何能在散文中保持鲜活性？这是很值得思考的问题。

在先锋散文的发展中，"跨文类""大散文""虚构叙事""文化散文""历史叙事""女性散文""在场散文"等新命名显示出散文的先锋志向，然而"先锋"不是一味跟着先锋将士在几条名曰"先锋"的道路上"冲锋陷阵"，"先锋"需要更多元化的探索，"求异"而且"尊异"。在众多已为人所关注的新散文作家中，还有一些作家作品并不很多，态度亦不激进，然而表现出自我拓展、自我探索的创作趋势，这样的作家以自己的"真诚"性远离宏大叙事，亦不让想象或情感的洪流湮没，他们尽可能贴紧生活大地，温和地书写着。兰州的习习就是这样一位新散文作家。哪怕她的散文并无太多世事苦难的批判，但她确是个人主体意识的安静绽放。哪怕她并不完全成熟，她依然真诚地自我拓展，她的"断片"式写作、对植物的情感性觉知即具有表达自己及认知世界形式的拓展性。

二、习习：沉浸民间向度探索散文的"文学质地"

蒋蓝评价习习散文时说："她的散文让日益隔膜的事物得以归位，让咋咋呼呼的玄论回到了常识，一句话让散文回到了散文。""从个人化的生活史中彰显既符合历史语法、又迥异于宏大叙事的言说，通过习习言说的指向，抵达那看不见的所在。'说出即铭记'的心证方式，正在成为一种检验散文家实力的标尺。"①蒋蓝的评价是精准的，读过或高深、或诙谐、或荒诞、或叛逆、或锐利、或艰涩的新散文，再来读习习的散文，会觉得平淡，然而平淡文字蕴含着俯身向下的真诚和素朴，柔软可爱不失力量，它是一种真诚的回归，扎根于自己生活的土壤，以融入性的民间姿态旁溢出日常素材的余音，拓展着人们表达多样自我的散文形态。

习习从2000年开始写散文，至今出版的散文集有《浮现》（2006年）、《表达》（2012年）、《流徙》（2014年）、《风情》（2017年），另有报告文学集《讲述：她们》（2008年）。集子中亦有重复的选文，习习写得不多，然而每一篇都表达着作家"对散文的尊重和敬意"②。她警惕"工匠范畴"的"无限重复"，设置书写的难度，称自己"始终在路上，不停地行走"③。习习的题材由最初的个人家庭命运、生活片断延伸到历史叙事、行旅体验、植物风情、读书随

---

① 蒋蓝：《逆风中的习习》，《文艺报》，2014年11月26日。
② 习习：《写作谈》，《风情》，中国言实出版社2017年版，第253页。
③ 习习：《写作谈》，《风情》，中国言实出版社2017年版，第255页。

笔，作者有意创造新的生活经验，这种认真的"心证"书写见证着习习开掘生活、开掘散文的方式。她说："偶尔我会想，在我写作的内心，我愿意处于一种左奔右突的挣扎的状态，既为各种形式和主题所困，又不为它们所挟制。我希望对创作常常处于警醒状态，不怠惰、不惯性，尽量发出自己的声音……"这样自省的、不因"自由"而随意写作的谦卑和耐性，是值得投以敬意的。

（一）回望生活褶皱，体察人间烟火

习习的散文，写自己的家庭经历、家人、朋友和陌生人，日常所见的器物、植物与风俗，行旅所至城市、古镇、遗迹，历史探寻中的人物史实，诗书随笔的日记断想。常常以回忆的视角切进旧时光，叙事平静而克制。《流徙》中，一场大雨冲垮了房子，一家人迁至别处，父亲被调离自己喜欢的工作变得阴郁，母亲离家出走，姐姐离婚，弟弟被拘囿继而病重，悲切苍凉的长故事写得沉重而克制，亲历的苦痛在时间里冰镇过，变得安静。《木器厂》同样写自己的亲历亲闻，时代发展技术革新，人们的生活也被迫发生着惊变，父亲对木质老器物的坚守显得虚弱无力，时间湮没的旧物只能封藏在个人的记忆里。《蒙昧之光》依然是时光深处的关于陈太及其小屋的记忆。《梨花堆雪》讲述作者当教师的时光，学生小六儿的孤独和自卑，以及两个颇有特色的老师。《片断：某年夏》以"断片"的形式把不相干的小小短篇放置在一起，如"卡门""蚂蚁""月亮""话剧""打雷""湖""一节课""颜色"等事件、人物、意象，不经意的小插曲记载着作者在某年夏的生活和心理轨迹，这些文字不给予启示，也不丰美，以这种方式凝结易逝的时光显示出作者在生活中打捞意趣的意向，或许也能使读者产生类似的回忆，原本被湮没的平淡竟沉淀出一份安宁。《旧相册》《某日流水》亦是记录旧时光，习习是恋旧的，她打捞起这些容易被历史抹掉的寻常瞬间，也把笔触伸向遥远的被时光沉淀下来的历史故事。《有塔的院子》讲述兰州城"求子塔"的历史渊源，《白皮纸·罐罐茶》讲述有时光沉淀之感的器物，作者说："想来白皮纸包裹茶，茶香不会散逸。但总觉得还有着别样的滋味，就仿佛两样美好古朴的事物，要把它们安静地聚在一起。"①

作者为什么偏爱旧时光，偏爱细微之事的记录呢？在这个快速变更的信息时代，几人还有耐心去品尝旧时光呢？新奇和创意、繁华和喧闹才是人们注意的地方。就是在这里，我们发现了习习安静书写的先锋性，倒不是她书写个人记忆与个人情韵，而在于她的文字所展现出来的耐性，在于她书写的是不被"生活"看见的部分，是不被大数据收集的边缘时间，它那么纤细平淡，似乎是可有可无的存在。即使它们通常不被赋予意义，而有作家能有耐心去表达它们，在快速逝去的线性时间中停驻于个别瞬间品味"自我"的时间，也正是这样的书写提醒我们喧哗的生活里的褶皱空间。习习自己也说："很多时候，我眼中的文字，是盛开的隐秘之花，它努力打开生活的褶皱，呈现着被遮掩的事实。"②

谈到散文的壮大，习习说，一方面"散文的自由触角应该伸向更广阔的领域，自然、科学、理论、哲学等"；另一方面，散文之大还应该是"一种被钻探到幽微处被安静呈现的'大'，一种靠近心灵的有分量的'大'"③。她还说："作家的可贵是，能在大部分时间里自知自觉地经历着生活。无论外在的世界如何喧嚷，但当动人之事一旦落入心间，喧哗在刹那间就更换了场所，它开始于一个人的内部沸腾和反应。宇宙无涯、尘世苍茫，写作探照那些打动我们的事物，文字将它们放大、映射。"④这段创作读白解释了习习的题材选择取向：首先是打动她的，然后她会沉浸到其幽微处放大她的感受，去呈现一种靠近心灵分量的"大"，这是一种感官体验的叙事和表达，不得不说，在感官退化的今天，这份细微和敏感是难能可贵的，在喧闹得听不见寂静的时间里，在焦虑张皇的人群里，感官成为消费的奴

---

① 习习：《白皮纸·罐罐茶》，《流徙》，甘肃文化出版社2014年版，第60页。

② 习习：《寒凉之季》，《流徙》，甘肃文化出版社2014年版，第195页。

③ 习习：《写作谈》，《风情》，中国言实出版社2017年版，第248页。

④ 习习：《写作谈》，《风情》，中国言实出版社2017年版，第252页。

隶，习习的文字却安静表达着宇宙上的另一种声音。

伊格尔顿在《文学阅读指南》里说："艺术的任务就是为大家已知的事物提供生动的意象。"[1]习习的"断片"书写在这个意义是有文学质地的。在《记录：场景》里，她说："时间流逝，但时间不是线条。回望过去的时候，很多个日子是空白，是隔离。而另外的一些日子里，有能够触摸到的有体积的断片，这些断片才是具体的时间。有时候，一些断片很暖很轻，飘在沉沉的日子上，像一些浮动于灰色之上的有光泽的花。"[2]这样的断片，类似于张爱玲短篇小说《爱》中那一瞬间的短小爱情故事，这个"断片"甚至成为女主角生存下去的念想。从另一个角度讲，"断片"也许是作者对时间流逝的恐惧，但她以温暖的形式表达出来，细细地收集时间的形状，包装珍藏。在作者生病做手术的文章里，她写道："心被搅乱了，搅疼了，时间慌乱了，有许多的未可知。"结尾又写道："老妇正在等待手术，她看着窗外，说：天儿热起来了，等我心脏好了，我要去玩、去旅游、去跳舞，抓紧时间好好地活人……"[3]细读习习的文章，会发现习习对时间的关注，在习习这里，时间是有空间凝聚感的。

习习散文呈现的不仅仅是寻常事物里的细微之"大"，她所关注的亦是底层的、容易被人忽略的人和事。《春日祭》写农村亲人的生活状况，《塬上的一家》是西海固阿伊舍一家的农村生活，《小酒馆手记》《梨花堆雪》《与诸神狂欢》《和秀珍在一起》《青青豌豆尖》等无不是平常人家的细碎生活，在都市化的生活空间里，这多样的个体及其生活实际上是被压缩进看不见的"褶皱"的，而作家融入性的书写带来了真实而辽远的人间烟火味。没有悬置漂浮的语言，习习的表达是沉浸式的，是无比真实的个人体验。

---

[1]　伊格尔顿著，范浩译：《文学阅读指南》，河南大学出版社2015年版，第199页。

[2]　习习：《记录：场景》，《流徙》，甘肃文化出版社2014年版，第231页。

[3]　习习：《在阴面》，《流徙》，甘肃文化出版社2014年版，第237页。

（二）不断生长着的"细微"书写

习习安静，视角细微，一串串的文字不经意间就抵达了"看不见的所在"，这是习习的才情和内力。重要的是，习习虽然注重个人主观性体验，却不沉浸于情绪的私语，在主观和情感的牵动下是作者的克制，史实和科普类的介绍穿插其中，正是随笔与散文的结合。习习不断扩展自己的题材，书写形式上除了早期的"断片"书写，也尝试历史细节虚构、小说式和随笔式书写，这一个不断拓展自我的作家，坚持着"不断生长、愈加繁盛"的书写方向。

对人事万物的体察，习习是细微的。当过教师的习习，写了一段《"×"和"√"》：

> "√"是赞许、肯定，却要将笔尖落到低谷才提上去，仿佛对肯定总有所迟疑。而"×"恰恰相反，两条快意的向下的线，即使怨怨地相交也没有任何犹疑，而这样做却是为了表示否定和不快。
>
> 我还记得那种长杆的蘸笔，有锋利的鸟喙那样的笔尖。当它划"×"时，极易戳破纸张，鲜红的墨水就细细地渗到下一页干净的纸上。满纸的小伤口，仿佛总是带出了怨怨的姿势和表情。小时候看见本子上的红"×"，总是担忧和伤心。[1]

如此这般细微地体会"√"和"×"的情感内涵，习习是第一个。习习对城市、对古镇的视角也是细微而独特的。人住了北京，多关心北京的"贵"或各类吃食，写下的是"清晨乌鸦和喜鹊的叫声"，她看到了北京浓浓的"俗常劲儿"。她写道："其实，北京的俗常劲儿浓着呢。东家长西家短，北京人嘴上抹油了，话头子一出口就一串一串往外淌。"[2]习习略去了显在的具象，去看内里的本原的

---

[1]　习习：《寥寥数笔》，《流徙》，甘肃文化出版社2014年版，第174页。

[2]　习习：《北京册页》，《流徙》，甘肃文化出版社2014年版，第13页。

东西，《面相》里写道：

> 我说是另一种面相，是后天慢慢长出来的面相。比如，我常常看到的一种：目光游弋不定，神情变化多端，如鱼得水似的穿梭于各类人之间。你发现，他的面相就一直朝着他追逐的方向生长着改变着。①

再有《一角》里的一段：

> 那是一些朴素的鸟儿，因为朴素而时常引起我的注意。大面积的朴素后面往往隐藏着鲜为人知的华贵，我是我用了很多年得来的看法。总是在若干年后，很多事情内里的一些东西都成了我的了，甚至它们自己都不知道的和它们牵挂的东西也成了我的了。总是在若干年后，轻的重了，重的轻了……②

作者的视角总是游离于时尚之外，这或许就是先锋，而习习是温和的先锋。这一段自白无意间透露了作者建构自我的方式，具象至深的素朴细微之处，经时间风干的精华才是作者要寻找、要表达的。《风砺石》中作者拣一块儿戈壁滩上随处可见的风砺石，看到"上面果然有风，风把石头吹皱，砂砾再把一层层皱纹敲击得千疮百孔"③。

习习对自然的细微是值得钦佩的，自然的拟人化早已不是新鲜事，习习写自然显然不是文学修辞，亦非做作矫情，这是一种对万物的悲悯情怀，是万物平等的生命意识，作者看到的是人与自然的情感距离。习习写杀驴的场是这样的：

——————————

① 习习：《寥寥数笔》，《流徙》，甘肃文化出版社2014年版，第177页。
② 习习：《手记》，《流徙》，甘肃文化出版社2014年版，第181页。
③ 习习：《一些手札》，《流徙》，甘肃文化出版社2014年版，第208页。

屠夫给驴戴上了头套，之前驴一直流着眼泪。驴被拴在一棵瘦小的树上，它知道躲不过这一劫，就低着头默默地流泪，不再看人一眼。这叫我觉得驴真是苦得太绝望了，如果屠夫能够替驴快刀斩乱麻多好，如果驴愚钝一些多好。①

习习在《滋味》里写中药：

"良药苦口"，作为一个古训，有着奇怪的意味。世间甘甜美味的食物给人们带来幸福和健康，而身体上的苦痛，恰恰要这苦药去祛除。曾经艳美的花朵、碧绿的树叶、埋在地里纠缠不清的根须、模样儿互不雷同的种子，为什么被煎熬后，纠合起来的基本滋味是苦涩？色彩缤纷的植物，为什么熬煎后，混合出的都是极不赏心悦目的浊汤？熬煎，这个词，对那些柔弱的植物来说，多么疼痛。②

读者可以感受到习习文字后面的悲悯、细微和柔情。

然而习习的写作是追求着不同形式的，"断片"是其自由创作的一种；而《卢梭这个老头儿讲给我的》《原来有这么庞大的一个故事》是习习的读书随笔；《风情》又是植物的科普辅以日常生活的叙述；《血牡丹：另一种镌刻》是历史的书写，史实串连简洁准确，语言克制，情感在字下显现张力，写作气度渐大；而《月色幽微》《飞雪苍茫》有明显的小说倾向，神秘氤氲，略带惊悚。《月色幽微》里作者宿命般地遇见银花，柔弱的银花，拄着拐杖，做过很多年的铁路修理工，一向沉默无言的银花带来幽暗的故事："她说，那时，她时常碰到一个拾荒的老者，那老者细细的一缕白发扎成一条辫子长长拖在身后，冬天的一个清晨，那个老者被火车碾死了，有人把她捡起来，搭在铁道边一

---

① 习习：《记录：场景》，《流徙》，甘肃文化出版社2014年版，第230页。

② 习习：《滋味》，《流徙》，甘肃文化出版社2014年版，第272页。

个矮墙上，就像一件破旧的衣服，她软软地耷拉着，白色的细辫拖到了地上。"①这个场景在作者的笔下飘着淡淡的魂灵气。

我们看到习习散文中不同的文字气象，"断片"是轻灵的柔情的，历史书写是严谨而简洁的，随笔书写是理性的知识逻辑，散文与随笔的结合大气中又有柔情，小说化的散文带着诗意的笔力，在记叙行旅的文章里，习习是开放而敞开的，夹杂着对历史故事的探索。习习的视野正变得越来越开阔，从个人生活回忆的书写辐射出对历史、对更远的地方、对远方的人、对自然及科学等各个领域探索的兴趣，文体与生活的活力、与永远的好奇互动着。

李敬泽在《散文的现代性转型还没有完成》中写道："散文作为一种文学，作为一种认识自我和表达世界的方式，一种有意义的艺术形式，它的前途就在于能不能完成现代性转型，真正地面对书写的难度。"习习的创作之路亦是不断生长着的，但是写有"文学质地"的散文却是她的坚持。"文学质地"是习习在多个场合谈到的，她提倡把散文放进文学，写出散文的质地和难度。由此，我们看到习习的努力和不断探索的先锋精神，可以说，"文学质地""自由""散文之我"是习习散文的三大追求。她说，散文的自由"是从内容到形式的彻底自由"。②"我迷恋写作，它只遵从内心的指使，它赋予我精神上的自由，让我时常如入无人之境，让我可以在一个人的疆场上万马驰骋。"③习习看重的是精神的自由，是个性情意的宣扬，然而她又冷静克制地追求着"散文之我"中"独一无二的身体气息"。习习"未完成式"的新散文写作是值得期待的，于寻常中发现独异，于喧嚣中守望安静，于繁华中看见素朴，于表象中细掘精微，于激进中温和前行，于规范中寻求突破，这应该是所有艺术家，也是习习"正在行走"的散文之路。

---

① 习习：《月色幽微》，《风情》，中国言实出版社2017年版，第10页。
② 习习：《写作谈》，《风情》，中国言实出版社2017年版，第246页。
③ 习习：《写作谈》，《风情》，中国言实出版社2017年版，第253页。

第三节　生命文化与史铁生散文的"命运之轮"

一、生命文化与散文书写

生命的问题，涉及人的价值和意义等人生终极问题，几乎所有的文学都在叙述、怀疑、追寻和建构着生命的意义。文学阅读者也总是试着从阅读中寻求重新阐释生命的方式，然而破碎的现代文明几乎使得一次次建构起来的意义不断被消解，追寻意义几乎成了没有耐心的事情。然而故事的讲述和意义的建构是人定位自身身份、寻求行为整合性的方式，人类需要故事，需要意义的力量或信仰生活下去，否则人终究会觉知到自己的漏洞。如同发现烙印在身体上的洞那样深感不堪和痛苦，对生命真相的探求过程很好地填补了这种虚空和痛苦感，即使最后一无所获，也至少让人自我感觉"有故事"，不至于被生活的挫败、虚空和孤寂快速消耗。

"生命"这个词一旦与"文化"放在一起就有了被悬置的危险，因为生命不能是符号式的建构，它应是一个高速运动着的、活生生的状态，它不是命运的显化工具，它更意味着自由意志和创造精神，意味着无限拓展边界的运动，意味着真切的感官体验，缺乏感官体验的书写只能成哲学的玄思。然而仅仅依赖有限肉体的五感并非"人"之所为，人类的智慧在于对生命体验的超越性把握，在体验的同时以第三视角（或上帝视角）加以观照，才有可能真切地经历人生的各种境况，又不被任何境况所束，既有体验生活的能力，又有超越的智慧反思这一切意识和行为背后的人性欲望，如此才可活得通透明澈，才有可能触及生命应有的喜悦和快乐，才能在有限与无限、短暂与永恒的悖论中找到玄妙的平衡点。因此，生命需要经历和体验，同时又需要意义来把握超越，正如文化需要生命的呈现，肉体体验与灵魂超越的双重维度才有可能应许一段幸福的人生旅程，抑或才有可能迸发出人生的奇妙之花，创造出"开启人性"的生命奇迹。

谈及生命文化与散文书写，私以为散文的自由最适合生命本真的自然流露，散文题材之广泛可发现习惯所易忽视的领域，散文形式之自由便于文字溢出框架，发现形式之外的天地。回顾文学史上着力探寻生命感的散文篇章，我们想到了鲁迅的《野草》式沉郁独语，想到了萧红的倔强追求，想到了张承志澎湃的生命激情，想到了贾平凹自在独行的平实感悟，当然还有张炜散文中厚重的思想张力。然而谁也不会绕过史铁生，史铁生完全是用他的整个生命在写作，他所有的文字都是在贡献自己对生命的疑惑，写作于他本人就是一条生命价值探求的心流之路，是自我拯救之路，于读者来说则是一条通往早已被遗忘的自我回归之路。史铁生不断质疑着已有的生命阐述方式，不断深掘人生暗井，探讨生命的终极问题，"扶轮问路"的一生即如他自己所言："弱冠即扶轮，花甲犹问路。锋芒钝而折，迷途深且固。曾问生何来，又问终归处。苍天不予答，顾自捉笔悟。"何其可幸，史铁生的悟似乎从不满足任何理论的答案，他像一个顽皮的孩子，总是问"为什么"，总是问"为什么不可能是"，他迷恋终极意图、终极之真，生命的困惑他无一不曾思索，无一不曾探究。然而虽是有些沉重且费力的话题，史铁生却把握得深稳畅然，没有张承志的激情却不失真切情感，不似周作人的淡泊却自有其智慧。我们可以看到史铁生文字中的深稳与坚韧，偶然也会出现幽默之词，在沉重生活中亦有纯朴的欢乐。史铁生的生命探索基于对现实处境的超越性体验，它有哲学的深邃和艺术的优雅，生命的谜团一点点剥开，即使是沉痛哀伤也从未失去理性的反照，理性穷尽的边缘又是神的启示与信仰，文字不急不滞，深稳中或见幽默。他用自己的生命和灵魂上演了一出人之拓展命运边界的戏剧，他从"死"中活出"生"，从有限中开拓出无限，从肉体的束缚中找到自由的路径。他的生命散文美在个体生命意义的觉醒，美在文字的诗意流淌，美在集体价值观的解构，美在沉重命运抒写的安宁韵律。

二、史铁生：转化命运之轮的地球旅者

史铁生以写作的哲理性闻名，其代表作有小说《务虚笔记》《奶奶的星星》《命若琴弦》《礼拜日》等，散文作品有《我与地坛》《病隙碎笔》《记忆与印象》《扶轮问路》等。史铁生说："写作源于对生命发生疑问。"他的疑问是："人要不要去死？人为什么活？写作是为了什么？"他的答案是什么呢？这些疑问在史铁生的散文中并不是一次解决，他的散文几乎围绕这疑问又生出肉体与灵魂的疑问、爱情的疑问、命运的疑问、人生价值和宗教的疑问，答案在一次次的自我对话中渐渐明确，并由此生长出的勇气和热情，一种可能性真实地呈现出来。然而或许答案并非是重要的，或许只是适用于史铁生的生命拓展，但他"问路"的灵魂之旅却是对所有生命的启示，不是启示某种答案，而是启示着与自我生命的连接和对话。

"我们从遥远的地方来，到遥远的地方去……我们是地球上的朝拜者和陌生人。"史铁生多次引用凡·高的这句话并指出这句话是在暗示："此一处陌生的地方，不过是心魂之旅中的一处景观、一次际遇，未来的路途一样还是无限之问。"史铁生认为自己的心魂会多次在地球或其他星球出现，这一次不过是无限心魂之旅的一次而已，而每一次都会生出许多疑问。基于这种认识，史铁生也常常把人生比作戏剧，因是戏剧故能抽离观之，如此对一些事情常常有旁观者的智慧和轻松，因此即使身患重症，文字仍然有轻灵的游戏轻松感。

（一）人间戏剧：演员与观众双重视角的发现性体悟

文学存在的意义在于其发现性，在于其对习惯性生活和思维逻辑的打破，以此才能不断突破以往的框架探索更广泛的时空。而这种难得的发现性常常被误解为新奇的语言技巧和精彩纷呈的故事情节，真正的发现性一定是语言背后超越性的思维模式，它不仅仅是一个方向上的平面性拓展，它应该是一个空间维度的提升。对于散文的走向，史铁生说："就是现世的空白处，在时尚所不屑的领域。"这样的认知再加上他本人在极度痛苦基础上对命运的无限追问，确是有所发现。他发现了视角转换之后可以有效缓解痛苦，尽管这转换并不容易。他还发现"在科学的迷茫之处，在命运的混沌之点，人唯有乞灵于自己的精神。不管我们信仰什么，都是我们自己的精神的描述和引导"。他发现"死是一件不必急于求成的事，死是一个必然会降临的节日"。他发现了"不实之真"，他发现宇宙时间交叠轮回："往日和未来，都刮着今天的风。"他发现的是从"沉默的心中流出"的字。邓晓芒在《史铁生：可能世界的笔记》中说："史铁生本人，则已经开始着手来创造一种新的语言，即自我否定的语言，要把人们在沉默中所想所做的事说出来，把真相说出来。要说出人们的原罪，恢复人的自由，解除文化的魔咒。这就是《务虚笔记》最重要的意义。"这一评价是针对其小说《务虚笔记》的，然而用来说明其散文的一大特性也是可行的。新的语言即是发现，从沉默中找到隐藏之思来即是发现，从固定的角色里引出无限的视角来即是发现，从线性的时间里看到宇宙时间的重叠即是发现，从不自由中寻到恢复自由的路径即是发现，从文化的桎梏中解脱出来即是发现。

史铁生在散文中多次用"戏剧"与"角色"来作比喻：

> 所谓命运，就是说，这一出"人间戏剧"需要各种各样的角色，你只能是其中之一，不可以随意调换。……要让一出戏剧吸引人，必要有矛盾，有人物间的冲突。……上帝深谙此理，所以"人间戏剧"精彩纷呈。
>
> ——《病隙碎笔》

> 让不可能成为可能，使非现实可以实现。这才是戏剧之魅力不衰的根本，这才是虚构的合理性根据，这也才是上帝令人类独具想象力的初衷吧。
>
> ——《理想的危险》

> 这剧作不断上演，不断更新着舞台、布景、灯光、道具和演员——这取决于"热力学第二原理"，即生而必死的铁律；但剧程或戏魂永远不变——正如尼采所说的：永恒复返。
>
> ——《种子与果实》

> 好吧，欲在，可这有什么意义吗？有哇！一是警告轻狂：生

命是一出时时更新的戏剧，但却有其不容篡改的剧本。二是鼓舞乐观：每一个被限定的角色，都可以成就一位自由的艺术家。

——《欲在》

我在园子里坐着，我听见园神告诉我：每一个有激情的演员都难免是一个人质。每个懂得欣赏的观众都巧妙地粉碎了一场阴谋。每一个乏味的演员都是因为他老以为这戏剧与自己无关。每一个倒霉的观众都是因为他总是坐得离舞台太近了。

——《我与地坛》

"不识庐山真面目，只缘身在此山中"，人常常是因为把自己置身于某一个戏剧里的一个角色，就常常用这个角色所思所行，忘记了可以变换角色，更忘记了只是身在戏中，痛苦着剧中人的痛苦。倘若这时猛然意识到眼前只是虚拟之戏，定会轻松许多。史铁生散文中呈现的这种戏剧视角，这种观看者心态无疑是他痛苦之极以求解脱的一种智慧，这种智慧的背后更是心魂人生观和循环时空观的支持。

何以可能把真实的生活经验看成是人间戏剧的一种角色体验？何以人生体验是多种戏剧可能中的一个？史铁生终于想明白出生是一件不可辩驳的事实，死是不必着急的，是必然会到来的节日，而且死不是结束，或许是另一种"活"，或许是无，是没有。剩下就是怎么活，怎么面对活的残酷。生命的意义何在呢？关于怎么面对生活的绝境，史铁生经过推演和思索后说道：

过程。对，过程，只剩了过程。对付绝境的办法只剩它了。不信你可以慢慢想一想，什么光荣呀，伟大呀，天才呀，壮烈呀，博学呀，这个呀那个呀，都不行，都不是绝境的对手，只要你最最关心的是目的而不是过程你无论怎样都得落入绝境，只要你仍然不从目的转向过程你就别想走出绝境。过程——只剩了它了。事实上你唯一具有的就是过程，一个只想（只想！）使过程精彩的人是无法被剥夺的，因为死神也无法将一个精彩的过程变成不精彩的过程，因为坏运也无法阻挡你去创造一个精彩的过程，相反你可以把死亡也变成一个精彩的过程，相反坏运更利于你去创造精彩的过程。于是绝境溃败了，它必然溃败。你立于目的的绝境却实现着、欣赏着、饱尝着过程的精彩，你便把绝境送上了绝境。……

过程！对，生命的意义就在于你能创造这过程的美好与精彩，生命的价值就在于你能够镇静而又激动地欣赏这过程的美丽与悲壮。但是，除非你看了目的的虚无你才能够进入这审美的境地，除非你看到了目的的绝望你才能找到这审美的救助。

——《好运设计》

正是有了"过程"哲学的领悟，史铁生提出的问题就成了个体生命的价值所在。他写道："什么才能使我们成为人？什么才能使我们的生命得以扩展？什么才能使我们独特？使我们不是一批中的一个，而是独特的一个，不可顶替的一个，因而是不可抹煞的一个？唯有欲望和梦想！"这是非常有力量的一问一答，他把人生引向独特的自我，是超越集体意识的个人自我的觉醒，是个人生命创造力的有力提醒。而且一个人若要创造有意义的生命，实现个体生命的价值，是可以超越肉体限制的，因为意义不与肉体相遇，意义是精神的层次，所以我们总会读到史铁生与"我"的对话，肉体史铁生是不自由的，而精神史铁生（"我"）是自由的，所以意义由自由的"我"来提出，与肉体史铁生一起完生。这便是史铁生注重心魂的人生观。

史铁生的时间观念消融了人对"死"的恐惧以及面对时间的紧迫压力感。对史铁生来说，时间是循环交织的，甚至是重叠的。"太阳，它每时每刻都是夕阳也都是旭日。当它熄灭着走下山去收尽苍凉残照之际，正是它在另一面燃烧着爬上山巅布散烈烈朝晖之时。那一天，我也将沉静着走下山去，扶着我的拐杖。有一天，在某一处山洼里，势必会跑上来一个欢蹦的孩子，抱着他的玩具。"

史铁生的诗作《不实之真》或许能更好地说明其人生观和时间观，"我是永行之魂"，所有人都是从同一个神中被分裂出的整体，因而我们都是一个"我"存在于所有人之中，所有的道路都有可能是"我"的道路，"众生的脚步轮回不止"，"往日和未来都刮着今天的风"。

（二）"既然是戏剧"：史铁生散文语言的深稳与幽默

史铁生患病无疑是悲痛的，他也正是因这彻骨之痛而一直注视着人生之意义，也因此才有了无数个写作之夜的心流涌现。史铁生将这条"困苦频仍"的路转化成了热情浪漫、爱愿常存的美善之路，行文充满哲思却显得镇静沉稳，不急不躁，深沉的追问中时常会有轻松的幽默之词。史铁生生活审美化的感知视角也使得其散文语言有着独特的诗的韵味。

史铁生散文语言的深稳指其语言的哲理深邃、节奏平衡厚实，主要体现在层层追问和深思上。随便取一篇文章来读，我们就能感受到作者"追而问之"的深稳智慧，如《乐观的根据》中引用某位西方艺术家的见解："生活分为两种，一种叫作悲惨的生活，另一种叫作非常悲惨的生活。"这里，作者问："怎么办呢？"艺术家说："艺术可使我们避开后一种。"史铁生则追问："那么死呢？死，能否逃脱这苦难的处境？"他的答是："说说行，想想更行，但你信不信，其实不行？"分析出不行之后，说这一条苦难之路就看你如何面对了，这种心态其实隐藏着无奈。一般来说问题到这就可以结束了，但史铁生继续追问下去："不过，为啥无奈你可想过？"这一想就想到了终点，又追问："有谁看见过'头儿'吗？"然后又自答："永远的道路，难道不比走到了头儿好得多？"最后呼应开头西方艺术家的生活分类，史铁生说："所以生命也分为两种：一种叫作有限的身在，一种叫作无限的行魂。聪明人已经看见了乐观的根据。"

类似于以上的层层追问，在史铁生散文中是常见的行文逻辑，重点是他总是比一般人问得深，在很多人以为可以不再追问的时候，他常常会继续问"为什么是"或"为什么不是"，也正是因为这深而打破了传统文化的魔咒。其行文之稳在于他的追问总是自然平静的质疑，一点一点问出来，哪怕是他本人多么不赞同的观点，他也总是镇静而无激愤。他似乎在小心翼翼地筛选着进入头脑中的观点，不会让他们轻易腐蚀掉自己"转化式生命过程观"和"灵魂式意义"的精神建构。这里不得不说，相比大众充满激情和依赖感的宗教信仰，史铁生"昼信基督夜信佛"的宗教观也是经由智慧追问筛选的结果，宗教对他并非严格的信仰，而是主体建构的某种理论依据。

史铁生戏剧人生感的双重视角，有时甚至是宇宙的上帝视角，这使他没有一直深陷于"不幸者"的角色，他扮演作家角色，在写作里他既是主角又是观众，或许还扮演其他角色。这种角色和视角的转变，以及对自身苦难的抽离感让他的语言时而会有幽默流露，增加了散文的浪漫主义色彩，也使沉重的命运变得松弛简单、天真灵活。借助这幽默之词，我们更能看见作者内心的坚韧。试读以下句子：

> 那是座古旧的小楼，又窄又陡的木楼梯踩上去"嗵嗵"作响，一代青年作家们喊着号子把我连人带车抬上了二楼。

> 1980年秋天，"肾衰"初发，我问过柏大夫："敝人刑期尚余几何？"她说："阁下争取再活十年。"都是玩笑的口吻，但都明白这不是玩笑……
>
> ——《扶轮问路》

> 上帝在交给我们这件事实的时候，已经顺便保证了它的结果，所以死是一件不必急于求成的事，死是一个必然会降临的节日。

> 要是有一种小说试剂就好了，见人就滴两滴看他是不是一篇小说，要是有一种小说显影液就好了，把它泼满全世界看看都是哪儿有小说。
>
> ——《我与地坛》

　　森笑笑，猛地把轮椅转动三百六十度，打趣道："喂喂我说二位，是不是就像这样，自个儿会转？"然后，借助光滑的地面，他把轮椅前后左右地移动、旋转……像伴着一首谐谑曲，森把个轮椅摆弄得翩翩如舞。

——《地坛与往事》

　　1号和2号是病危室，是一步登天的地方，上帝认为我住那儿为时尚早。

——《我二十一岁那年》

　　当然史铁生散文中的幽默是潜在的，是词语调和而来的，虽然不太多见，但是读到这些词语和句子时，却能感觉到这词语下面的乐观调皮，轻松下的坚韧。如以上句子中病危室的"一步登天"，死是一种"节日"的描述，在轮椅上旋转、一群青年"喊着号子"抬轮椅的谐趣场景都是作者乐观幽默心态的呈现。

　　史铁生散文语言的另一个独创性就是他的自我对话性，文章多使用第二人称，这种人称是一种平等的对话视角，是一种心灵对话的哲思。史铁生写散文是在黑夜里解除白昼各项规约下的游丝，这种写作状态下的语言必然是灵魂的写作，是生命的发声，抑或是来自神灵的声音。这种语言让作者通达本真的自我，获得解开人生困境的钥匙。史铁生的散文是一个生命开掘自身的过程，它没有教导，只展示生命的一种可能性。

　　借由写作，史铁生找到自我的生命意义，构建了具有无限之思的"史铁生"。"世间一颗最为躁动的心"也经由文字和生命意义的寻求走向宁静，走现"死生同一"的无限。

第四节　地域文化与小引散文的"诗性行旅"

一、地域文化与散文书写

我们常说"一方水土养一方人"，作家的文学书写与地域的关系也是文学研究的热点话题。近人刘师培说："南方之文，亦与北方迥别。大抵北方之地，土厚水深，民生其间，多尚实际。南方之地，水势浩洋，民生其际，多尚虚无。民崇实际，故所著之文，不外记事、析理二端；民尚虚无，故所作之文，或为言志、抒情之体。"①法国19世纪文艺理论家丹纳提出了著名的"三因素说"，即文学的创作受"种族、环境、时代"的影响，他也认为"作品的产生取决于时代精神和周围的风俗"。古希腊三面环海，产生了热情浪漫、开放扩张的神话风格；中国地处内陆，产生了务实内敛、敦厚中庸的传统文学。地域的自然环境、风土人情、生活习惯、器物礼仪、精神风貌无不影响着作家的感受方式和情怀视野，一部分作家把故乡的人情物理当作自己的写作资源来处理，有意识地创作出具有地域特色的作品，丰富了散文的表现空间。

五四的乡土文学开辟了以现代视角审视故乡文化的维度，如鲁迅作品中的浙东风俗，沈从文的《湘行散记》中贫穷而幽美的湘西风情，李劼人作品中的成都风味，萧红、萧军、端木蕻良作品中的东北特色。1949年之后以赵树理为首的"山药蛋派"作家群描写的山西农村风俗，以孙犁为代表的"荷花淀派"作家群描绘的河北白洋淀风光都以其地方特色而闻名。新时期以来的文学受到拉丁美洲民族文学的影响，中国作家也积极拓展自己的文学疆域，在寻根文学的热潮中再一次展现了边地乡村的自然山水与风土人情。就散文而言，贾平凹描写西北黄土地的商州系列，刘成章开掘陕北文化精神的风情散文，汪曾祺讲述老北京的京趣散文，甘肃作家马步升的"绝地风景"系列散

① 刘师培：《南北文学不同论》，郭绍虞、罗根泽主编《中国近代文论选》（下），人民文学出版社1959年版，第206页。

文都呈现出鲜明的地域特色。张抗抗、迟子建、素素延续了萧红的东北书写，以女性视角切入东北的历史与现实，东北的器物民俗和精神风貌在深情的体悟中再次发光。作家刘亮程的新疆乡村地区写作嵌入真诚的生命思考。湖北作家刘醒龙的《上上长江》围绕长江沿岸的城市追问传统与现代的关系；刘富道的《从紫云山归来》、杨洁的《故乡的萝卜》、尔容的《景秀年华》等对荆楚人文风物的书写也彰显出独特的楚地文化。

生活于湖北的诗人张执浩、小引也同时创作散文，张执浩的散文以其诗性和虚构性而具有先锋意识，小引的散文以游历串起不同的地域色彩，以现代诗性视角观照、体验不同的空间地域。所以小引散文的空间地域书写是流动的，它不是固定书写某个地域，长期游历的生命体验也拒绝了以固定视角审视异乡空间，唯一不变的是视角，是诗人的眼光和诗人的"命名"方式。这种流动性的地域书写要传达的是生命所经验过的多个空间韵味，它变幻流动，但每一份都色彩鲜明，地域文化的丰富性如画卷般徐徐展开。小引在《即兴曲》中说："后来我回到了武汉，然后我又离开了武汉，最后又回到了武汉。从诗歌的角度来说，我不能确定自己的属性，或者说我根本就不愿意确定某种属性。每个诗人都有一个只属于他的国度，隐秘、自由、无拘无束。"小引的地域书写以"人"的多维地域体验为轴，对西藏、云南、长沙、武汉、成都等地的书写不是刻意寻找地域性，而是以诗人的敏锐视角，切入历史与现实的双重时空，重新发现地域文化。以下将对小引散文的地域性加以解读。

二、小引：以诗意行走大地的地域散文

生于20世纪60年代末的小引，本是诗人，著有诗集《我们都是木头人》《北京时间》等，诗歌《西北偏北》获得2000年首届榕树下全球网络文学大赛诗歌金奖。小引生活于武汉，常常四处旅行，尤其喜欢进藏，路上的所遇所悟写在诗歌里，也写在散文里，天生的敏锐诗性传达出路途中的独特风采。其散文集《悲伤省》《世间所有的寂静此刻都在这里》中跳动着的词语擦亮了旅途中的每一个地方，带来了

极富地域色彩的行走体验。一般认为"散文与诗是相通的，散文中应该有诗的特性和追求"。散文中诗的特性既有创作主体的智慧诗性，也有表现形式的审美诗性，其中，散文的语言诗性则"让语言在审美中得以解脱和超越"，使语言返回自身，表达自身的情感，发出它本有的声音。语言的审美追求使得文学具有召唤魔法的功能，经它命名的事物，由它组合的句子把真实的事物和情感召唤到读者眼前，那些平凡之物突然变得充满神性。读诗人小引的散文不仅能领略不同地域风貌之美，亦常有语言诗性的审美喜悦，作者的禅佛妙悟也常常给人以心灵的静妙玄思。

（一）在历史与现实中体验地域风情

小引散文的地域书写往往把个人生活的细微体验渗透于历史故事与民俗风情中，作者所书写的地域也随行旅而异，如写西藏的《河谷的上下犹如师徒》《拉姆拉错的眼泪》《塔拉岗波》等，写祁连山的《即兴曲》，写云南的《双廊的月亮》《古镇约黄昏》，写湖南的《月光下的米粉店》，写作者自己生活地武汉的《青龙巷口夕阳斜》《昙华林的寂静》《东湖水，浪打浪》等，此外还有写安徽、内蒙古、成都、兰州、贵阳、杭州、哈尔滨等地。作家的写作之所以不同于一般的旅行游记，就在于作者在现实的体验中找到了这个地方的特色意象或独特风味，由私人体验浸入当地历史故事和风俗习俗，在物理人情的讲述中串连历史和现在，读者可以由一个意象、画面或体验的描绘中迅速感受当地的独特氛围，并在历史时空的想象中抵达地域人情的深处，获得不同于游记观光的历史文化纵深感和在场感，跟随作者走过历史的车辙与现实的炉灶，不经意间眼也辽阔，心也安宁。

小引散文的标题几乎没有单纯的地名，很多标题都是带有地域情感色彩的，一般从标题就能捕捉到当地的诗性基调。如由《杭州慢》感受到杭州舒适的生活节奏，由《孤独得像根荒草》感受作家眼中的海拉尔，由《古镇约黄昏》领略束河古镇的古香古色，由《宝通寺的月亮》联想到闹市中僻静的一隅，由《古德寺的夏天》感受古德寺的阵阵清凉，由《火车向着武昌跑》听到武昌隆隆的火车声联想到武昌热闹的紧贴大地的市井气息。类似这样由形容词或由象征意味的名词构成的标题营造了散文的漫漫诗意，也描画了地域风味。

小引地域散文的一大特色就是在生活体验中讲述当地历史故事，在纵深的时空感中体验风俗的传承变迁，有时他甚至比当地人更了解当地。《清白传家》中，作者走到小巷中一家僻静的白族餐厅，由一道"乳扇"道出了元末杀入南疆腹地的蒙古军队的故事，又引明朝杨升庵的《南诏野史》道出当年的蒙古军队对云南当地文化的影响和改变。而另一道地地道道的白族菜"凉拌树皮"，经作者考察竟不是树皮，而是生长在"岩石和树根处的苔藓"。作者讲述了这两道菜的不同口味与文明的丝丝相扣，感悟到"风水轮流，皇帝生死，并不重要。永远不会变化的，是人们的衣食之欲"[1]。大理人的民族构成及安定度日的朴实民风在两道菜中"水落石出"。

小引地域散文中着墨较多的当然还是自己的生活地武汉。作家以自己和朋友们的生活为线索，几乎写尽了武汉有名的景点、相关历史名人和文化传说，武汉的浓厚的文化氛围、注重饮食的市井气息、战争故事的历史沉思、湖水与寺庙装点的清雅与神秘从文字中飘忽而至。《抱冰堂外桂花香》中对抱冰堂的书写牵引出20世纪30年代的武昌和20世纪80年代初的武昌，在对照中窥见城市的时代变迁。《出门一笑大江横》写黎元洪的功绩、身世及其墓地终被毁，感叹"白云苍狗、人世多舛"。《青龙巷口夕阳斜》中，武昌20世纪30年代的明星样貌、书店形态、饮食文化随着作者的行走和回忆扑面而来，读者完全可以顺着文中的路线一路走来，在与现实的对比中感受历史名城的"书香暗影"。《东湖水，浪打浪》中，作者顺着自己的游历路线讲述东湖的神话故事、自己成长不同时期的东湖、"徒步东湖"的流行活动及东湖周围的秀丽景致，自然风光与人文生活融为一体。《风动葵园》由古代诗文写到归元寺。《松岛长春观》由《射雕英雄传》的丘处机引出对武昌城中、双峰山下长春观历史的考察。《苏东坡的竹

---

① 小引：《清白传家》，《悲伤省》，暨南大学出版社2014年版，第44页。

笋和菜薹》由武昌的城墙、湖水、荷花、青山、寺庙、炊烟、瓦房、天井、孩子、老人一系列的城市意象营造出旧武昌城的美妙的古韵生活，接着由北宋元丰二年（1079年）苏东坡被贬黄州的一首诗写到楚天名菜菜薹的做法及其历史，嫩笋中又有《二十四孝》的故事，日常生活与人文历史如此紧密相连，这大概就是武汉的地域风貌。《游泳池边的年轻人》由东湖附近风光极好的一段路写到东湖附近可游泳的三个地方，风景与往事的叙述中传达东湖气息。小引散文中对历史的喜好让他笔下的风景人物饱满而多彩，有情有味，他笔下的武汉也因此不是平直的旅行照片，而是现实与历史、人文与自然的立体交融。

小引在散文集《悲伤省》中描绘了武汉以外的旅行之乡。散文《悲伤省》中写湖南的诗人朋友，写李白在肃宗乾元二年（759年）秋过洞庭湖时的诗歌、写深夜的小镇、想象沈从文顺沅水坐船写信时的叹息和静静流淌的沅水间，感受湖南诗人身上的忧伤气息。《旁边有座吹香亭》写岳麓山和岳麓书院。《月光下的米粉店》写与朋友在长沙吃米粉的自由与忧伤，写米粉的历史传说。作者仅用三篇散文就聚焦了湖南最具地域特色的山、水、文化和饮食，文字自由流畅，湘西如水般的柔情浪漫呼之欲出。

小引多次进藏，西藏及其周边地区也是其散文写作的对象。他笔下的萨迦是"顽固、敏感又寂寥的小城"[①]，萨迦北寺在"文化大革命"中被摧毁，"当年重叠逶迤的建筑群，现在只有残存的一些断壁互相支撑着"[②]；然而萨迦南寺"依旧伟大，恢宏，器宇轩昂"，作者像建筑家一样描绘了南寺的建筑平面图，其大小、形状和周边地理都一一交代。当然，作者也没有忘记讲述萨迦政教合一的历史。《桑顶寺的心》《藏北记忆》《人往高处走》《燃灯节的时候在拉萨遇见你》等文书写西藏的人、事、景，建筑的历史、西藏人日常的生

活场景、作家对西藏的私人体悟融合成一种新的文化发现。内蒙古、河北、青海、甘肃、成都等地的书写也都如其他地域的书写一样，笔下的每一处景物都经作者自身感知、体验和省思，文化历史和名人传奇、神话传说融合进现代化的景观地貌和生活起居之中。可贵的是小引的认真和简洁，作者以诗人的简练梳理历史的乱麻，以平凡的意象切入现实的核心，其散文中不常有专门的抒情段落，却能在人、事、景的描绘中感受到作者对一片土地、一群人的坦诚之心。总的来说，小引的地域散文给人安宁平静、自由淡雅的感觉，也许是诗人的缘故，他的语言读起来简明轻快、随性自然，这轻松而释怀的平静可能也是多次进藏熏染出的佛教禅意。

（二）诗性语言与心灵静悟的审美体验

读诗人的散文，不得不承认其对语言的领悟力，词语像精灵一般落在纸上，召唤出一块块地域的独特性。小引喜欢连用两个四字词语，不但极有画面感，还有音乐般的韵律之美。试读下面几段文字：

> 蓝月山谷，香格里拉。我一个人坐在珍珠海边上，望见皎洁的月光普照森林和雪山，漫天星辰，天地合一，心里一动，拿出手机看了看，夜晚十一点，没有信号。那时候，一定有什么东西在天外窥视着我，它就藏身在我仰望的星辰之中，无所不在，无所不能。[①]

> 从奎屯南下，翻越北天山，就进入了天山中部富饶广阔的伊犁河流域。这一带气候宜人，植被丰富，高山雪原，森林密布。从那拉提草原一直到特克斯城再到昭苏，沿路风光绝美，河流在峡谷间穿行，野杏花树，野苹果树，冷杉、云杉随处可见。峡谷幽深，地形复杂，人迹罕至，主要居住的人群是游牧的哈萨克族。[②]

---

① 小引：《大雪山中有稻城》，《悲伤省》，暨南大学出版社2014年版，第180页。

② 小引：《乌孙国，在哪里》，《世间所有的寂静此刻都在这里》，新星出版社2015年版，第51页。

崔师傅引我们绕着赛里木湖走到了哈夏林场方向。中午，湖边没有人，也没有游客，我们坐在湖边的草地上野餐，哈密瓜和啤酒，水蜜桃和面包，湖水荡漾，雪山安稳。当年穆天子周游天下，八骏引路，铁骑浩荡，过天山，上昆仑，俯仰天地悠悠，与西王母瑶池把盏，诗酒相和，何等逍遥。

不过人生不得意十之八九。分手的时候西王母举杯对穆天子说："白云在天，丘陵自出。道里悠远，山川相间。将子无死，尚能复来？"呜呼，此生一别，后会无期，款款深情，化作青烟。唯有浩荡的赛里木湖水，千百年之后，依旧在群山环绕之中轻轻摇晃。①

无须再多举例，上面几段中连贯的四字连用词，如"漫天星辰，天地合一，心里一动"，"气候宜人，植被丰富，高山雪原，森林密布"，"周游天下，八骏引路，铁骑浩荡"，"此生一别，后会无期，款款深情，化作青烟"等，这些文字仿佛邀请来诗、画、音乐和时光，静则深情，动则轻灵，别是一番美趣。

另外，小引散文的语言常带乐感，细心的读者常会听到美妙的声音，感受到词语自身的审美情趣。就像作者在《花房姑娘》中所写的："在诗的世界里，声音的发生永远解释不了语言的绽放，也永远解决不了语言带来的困惑和迷茫。而诗在声音之前，诗也在声音之后，它不再归属于物的指涉，也不再臣服于声音的指导。更微妙的是，它转身而去却并未远离，它依旧期待着从沉默中唤醒另一种'声音的力量'。"诗样的字句唤醒了声音的魔力，试读下面对人名和花名的描述：

但我还是觉得拉姆拉错这个名字更好听，四个字，单纯得

---

① 小引：《赛里木湖的清晨》，《世间所有的寂静此刻都在这里》，新星出版社2015年版，第55页。

像一朵花，也像一片云，无依无靠。她就在你的前面，也可能在你的后面，你无法分辨清楚方向，当我们停下车，仰望蓝天或者回望来路的瞬间，那些来自前世今生或者来世的声音，会安静下来。①

据说，格桑花就是杜鹃花。还有一个很好听的名字，叫娑萝。娑萝听起来，似乎是质地很好的感觉。我对词语的感受，大多源于直接的生命感觉。这两个字听起起来，有点丝绸的意思。很单薄，很简单，比杜鹃好听多了。②

小引散文的诗性美还来自文章中信手拈来的引用诗句，而诗句一般都与当地的人文历史、自然地貌相关。如《诺恩吉雅》用一首民歌来表现内蒙古的"粗粝、硬朗、辽阔、深远"，其中就引用司空图的《诗品》来作反衬。《大渡桥横铁索寒》写四川的铁索桥引用的是毛泽东的诗词。《花房姑娘》中有这句情感饱满的歌词："我就要回到老地方，我就要走在老路上，我明知我已离不开你啊，姑娘……"

小引散文的诗意之美，从意境到语言，随便读上一篇便可知。这里随意拿出几个文章的结尾段，感受诗人在语言之美以外的玄妙禅思之美。

天苍苍，野茫茫，风吹草低见牛羊。这是杀虎口，这是右卫城，一棵孤独的树，一个寂寞的牧羊人。那个下午我坐在古长城的废墟下抽烟，俯仰天地，想起诗人陈小三的诗，他说："山东山西，人生如寄。"咳咳，路越走越远，人生却越走越短，该继续往前走了。朋友，上面是宇宙，下面也是宇宙。

——《野火春风右卫城》

---

① 小引：《拉姆拉错的眼泪》，《悲伤省》，暨南大学出版社2014年版，第79页。

② 小引：《人往高处走》，《悲伤省》，暨南大学出版社2014年版，第195页。

一定有些什么事情是我所不了解的。尘世如烟云，裹挟而去的东西都是不重要的。这个世界上重要的东西已经越来越少，窗户比门要多，窗户里的姑娘，骨头比肉还要软，她在春天遥望拉姆拉错，一滴眼泪从她的眼角落下，还有落地就消散成烟。

——《拉姆拉错的眼泪》

那时候，还有什么你愿意去做的事情呢？不如归去。在玻璃窗的这边喝茶。你看，窗外荒洪，时间停止，宇宙不大，就在你我的杯中。

——《双廊的月亮》

我喜欢这样的小地方，不张扬，不夸张，淳朴得一如旧社会。或者说，它们之所以不着气魄却尽得风流的原因，正是因为它们本来就是这样。有一天，我在北京机场等飞机，忽然听见机场咖啡厅在放一首很老的歌，名字叫《加州旅馆》。悠扬的吉他声……似乎看见黄昏中的一片乌云，伤心地悬挂在天边，我喜欢的女人在乌云下轻快地走动，这让我异常想念那些偏居一隅的孤单小镇。

——《古镇约黄昏》

不管是抒写淡淡的文人情怀，还是描写某个场景，散文最后的结语倾向于一切归于沉静随缘、万物不扰我心的传统文人心态。潇洒地孤单着、自由地行走着，于日常平淡中觉出文雅之美来，"人世无常，泰然处之"的佛家清寂时不时流露出来，让人掩卷沉静，于沉重喧闹中发现了一点清闲的处境。其散文集命名为《世间所有的寂静此刻都在这里》更说明了作家对静的发现和追求。

小引的散文作为地域书写是成功的，它是地域历史与现实的诗意发现，地方的风物人情裹挟着漫漫诗情翩翩而来。极富审美情趣的语言是散文中不多见的，尤其是对武汉的书写，细致入微，不经意间常常给人重新发现武汉的惊喜。需要指出的是，小引散文中选择的意象偏沉寂悠远，诗情画意自不待言，作者关注城市的眼光始终是传统文人的雅致，诗意中安闲自处，行旅中潇洒体味，而现代城市中喧哗之下的无形压力、底层人民生活的隐忧被有意无意地遮蔽。在这一点上，同为湖北作家的李修文则更愿意站在底层人民的立场上去发现生活的沉重与不易，当然这里无意批评小引散文的古典文人情怀，其作品的诗意追求对当下叙事过度的散文风气也是一种矫正和借鉴。

后 记

　　本书是我们师生合作研究的成果。从接受任务的那一刻开始，我们就在思考如何表述历史长河中的散文文化，如何写作才能凸显散文的历史嬗变与文化内涵。经过几番商讨，数次推敲，反复交流，我们决定采用现在的写作方式来表达我们对散文文化的理解与阐释。其间，我本人也在进行国家课题以及与同仁合作的研究工作，由一省的文学到一国的文学，由一个地域的散文到一个国度的散文，由一个作家的批评到一段文学史的重现，拣选、比较、分析、斟酌，确实颇费思量。

　　感谢陈剑晖教授的邀约与肯定，感谢古海阳编辑的辛劳和耐心，没有你们的关注和关心，就没有这部书的呈现。

梁艳萍

2020年2月